读客® 这本史书真好看文库

轻松有趣，扎实有力

上兵伐谋

管仲传

灭国不用兵，杀敌不用刀！

若虚 著

江苏凤凰文艺出版社
JIANGSU PHOENIX LITERATURE AND ART PUBLISHING

图书在版编目（CIP）数据

上兵伐谋：管仲传. 1 / 若虚著. -- 南京：江苏凤凰文艺出版社，2021.3（2022.10 重印）
ISBN 978-7-5594-5479-9

Ⅰ. ①上… Ⅱ. ①若… Ⅲ. ①长篇历史小说－中国－当代 Ⅳ. ① I247.5

中国版本图书馆 CIP 数据核字 (2020) 第 241759 号

上兵伐谋：管仲传. 1

若虚 著

责任编辑	丁小卉
特约编辑	徐贤珉　乔佳晨
装帧设计	陈　晨
责任印制	刘　巍
出版发行	江苏凤凰文艺出版社
	南京市中央路 165 号，邮编：210009
网　　址	http://www.jswenyi.com
印　　刷	三河市龙大印装有限公司
开　　本	710 毫米 ×1000 毫米 1/16
印　　张	19
字　　数	293 千字
版　　次	2021 年 3 月第 1 版
印　　次	2022 年 10 月第 3 次印刷
标准书号	ISBN 978 - 7 - 5594 - 5479 - 9
定　　价	42.00 元

目录

第一章
泰山岩岩

一

鲁桓公十三年（公元前699年），周正二月，暮冬时节，寒流依旧在天地间冲锋陷阵，空气里漫灌着沉重而冷冽的压抑感，风似发了狂的巨兽，奔腾在纪国（今山东寿光）边境。这纪国濒临渤海，全境几无山岭丘壑，平原地区少有遮拦，仿佛完全敞开的一张肉皮，任凭狂风蹂躏摧残。

就在这躁风不息的纪国边疆的弥河岸边，一场恶战已见分晓。

交战双方皆是诸侯联军，一方是齐、宋、卫与其附庸国南燕，领军的是齐国；另一方是鲁、纪、郑，主战的是鲁国。

战事的起因是齐欲吞纪。

回溯既往，齐纪有宿世仇怨。两国本皆姜姓，周初分封诸侯，齐纪同为天子镇守东土，彼此疆土毗邻，从临淄东南去纪都，相距不过一百多里，说来比隔着泰山相望的齐鲁，关系应该还亲近些。可惜西周诸封国，似乎从建国那日起就爱奉行“远交近攻”的邦交政策——越是领土相接，关系越恶劣。

至周夷王时，齐哀侯不幸失宠于周天子。纪国君主趁机告刁状，说齐国阴谋联盟南淮夷，欲忤逆谋反。那时西周与淮夷正成水火之势，纪侯的刁状恰恰戳中了周天子不可侵犯的逆鳞。周夷王遂召齐哀侯入宗周，以不问之罪，将齐哀侯丢进鼎镬里煮熟了。

齐哀侯的惨死致使齐国君位空悬，从而引发了后续几十年的内乱。一时国无宁日，邦无安期，齐国险些沦落为乞食他国的末流小邦。

这前代宿怨，齐国上下永志难忘。当今齐侯自继位以来，便立誓要扫灭纪国。纪国为避免宗庙不血食之灾，竭其所能应对——又是与周天子联姻，求得王室屏障；又是请鲁国斡旋，居中调停。然而齐国灭纪祚之心硬如金刚，无论是天子威严，还是他国情面，都不能改变分毫。

这壁厢齐纪的恩怨没了结，却又逢着郑国易主。一代雄主郑庄公薨逝，太子忽登位，屁股还没坐热乎，偏被宋国粗暴干涉内政，撵了新君，使其远奔卫国，又扶植公子突为君。宋国自以为有恩于郑伯，对郑国频繁勒索。郑国不堪重负，一度祈请鲁国转圜。可宋国才吃开胃口，哪里肯损膳。几个回合下来，郑宋原是阴谋夺权的盟友，结果却反目成仇。

于是两边各拉盟友。郑国恨宋国无礼贪饕，也恼卫国接纳新君。宋国气郑国忘恩负义，也怒鲁国多管闲事，兼之齐纪搅和进来，各国都有非战不可的理由，都不肯罢手，便有了弥河这一战。

春秋时的战争是以军阵对决，率先交手的军阵是宋军先旆（先锋军）与郑军先旆。然而，仅仅不到半个时辰，在郑军先旆万箭齐发的迅猛攻势下，宋军先旆已经一败涂地。溃逃的宋军慌不择路，撒丫子乱跑一气。郑军仿佛撵失散的羊群似的，拢着往一个方向追，一直把先旆散兵追进了宋军的后师，生生把后师的阵形冲散了。刹那间马嘶人吼，数辆战车的辔绳缠成一团乱麻，车辖、车辐、车轴撞击不断，还有车舆翻倒，砸断了十来个徒兵的腿骨。

随着宋军的溃败，作为己方主力的齐军旋即遭到对方军队的无情围攻：鲁军自右，纪国自左，宛如两条伸开的铁手臂，对准齐军的左右两翼，同时出拳！为了冲开齐国军阵，鲁纪联军竟然不计伤亡地往齐军中心挤压，前一拨刚被齐军砍杀刺死，后一拨又冲上来，靠着人数优势，鲁纪联军终于在齐国军阵的右肩上撕开了一个小伤口。

被撕开口的军阵，似破了洞的屋顶，鲁军战士如雨点儿似的溅进了阵中，伤口越撕越大，从右肩斜拉向左腹，直到将齐国军阵撕成了两半。

遭到腰斩的齐军，军不成军，阵难成阵，各行、各旅、各师乱成了一锅粥。当时以战车为核心编制军队，战车驱使徒兵，徒兵保护战车，如果战车出事，徒兵便成了无根之木，往往会演变成一个小编制的灭亡。齐国军阵为鲁纪联军痛击，一辆战车连人带马翻个底朝天。又一辆战车的战士全员战死，越来越多的车下徒兵失了主心骨，唯有四散奔逃。

这时，一直烈烈不休的风忽然间又加大了力度，仿佛一声怒喝，喷在齐侯戎车竖立的羽旄上，九旒七仞的诸侯旌旗惊得跳纵上天。齐侯禄父像被仇家砸中了鼻子，竟自打了个趔趄，若不是为戎右拉拽，也许会摔下车去。

齐侯禄父才一站定，放眼望去，四面八方是慌乱逃散的人影、披靡垮倒的旌旗。全面溃败已不可避免，他便一面躲开闪着金光的飞箭，一面歇斯底里地号叫道："卫朔何在！"

卫朔（卫惠公），卫国国君，本次战斗的卫军主将，也是齐侯的外孙——有道德的君子都批评他得位不正。正因其"不正"，登位没几日，即来齐国朝聘，天天围着齐侯拍马阿谀，一口一声"外祖"，对他语气稍重些儿，便一把鼻涕一把泪地哭诉：什么"看在母亲面上""可怜我年少不懂事"，或是发誓赌咒"卫国唯齐国马首是瞻"。

齐侯甚为不齿卫朔为人，觉得他岁数不大，心机却恶毒，踩着亲兄的尸体登临君位。偏生太子诸儿与卫朔交好，不仅当初力主承认卫朔君位，而且这次还力邀卫国与盟参战。

然而，值此败军之际，平日口口声声"唯齐国马首是瞻"的卫朔在哪里呢，作为联军一支臂膀的卫军又在哪里呢？

禄父本想遣军使传唤卫朔——好赖你外祖父受困，你作为盟友不能视若无睹——却猛地听见距自己两辆战车之外的愤怒吼声："卫朔懦夫！"

怒喝的人是公孙无知。

在嘈杂混乱的战场上，公孙无知的吼声像锋利的弩箭，穿透了重重交错的戈盾。禄父循声而去，立在战车上的公孙无知仿佛岿然的铁塔，黑炭似的方脸盘子，体格结实得像头公牛。

公孙无知是禄父亲弟公子年之子。原先太子得臣早夭，先君齐庄公一度在禄父与年之间摇摆，拿不准择谁为嗣君，是公子年主动让国，自称不堪大任，公子禄父年长且有才干，应该立禄父。为此，禄父对公子年既感激又敬佩。两兄弟情好密笃，齐侯对公子年的宠待，诸公子与众大夫无人能及，坊间一度传闻，齐国君位怕不是要兄终弟及。

前岁公子年病逝，禄父伤心欲绝，好在还有个血脉相续的亲侄儿。禄父每每看见无知，便似看见公子年。大概是代偿心理，慢慢把那对亲弟的爱昵，转到了无知身上，一样的恩宠过隆，特赐他等齐于太子的礼秩。无知倒也非泛泛庸人，素以果敢猛毅著称，在临淄的公卿子弟中是数一数二的勇士，更让禄父的喜爱厚了几分。

无知吐了口带血的唾沫，因嫌驭手驾车不得法，一把拽过辔绳，驭车横过早就乱成一锅粥的军阵，竭力向齐侯靠过来，或许是想告诉国君卫朔的动向。其实无需无知开口，齐侯已经知道卫朔去了哪里。

早在齐军被鲁军撕开军阵缺口之际，卫军就被郑军“吓跑了”。

原来郑军以先旆之师击溃了宋军，其最精锐的后师始终未动，看到先头部队打了胜仗，士气高亢起来，旋即趁着胜势扑向了卫军。

卫朔眼见形势不利，哪里有斗志号令部下血战到底，当即掉转戎车迅速逃离。他向来机诈，为防被追军认出，就把标志自己是诸侯的戎车旌旗丢了，还和戎右换了位子。他这一跑，底下的人跑得更起劲，至于齐国盟友会不会被全歼，自求多福吧。

盟友不中用，己方又一败涂地，禄父气恨满胸臆，不曾稍停的风扫荡而来，吹得九旒旌旗呼啦啦乱飞，像是千万人奚落的声音。

念及出征之际意气风发，告庙时对齐国列位先祖信誓旦旦：必要踏平纪国！未料一朝交锋，竟覆败如斯，不禁使人丧气难当。

禄父恨恨地骂道：“大辱国……”话音未落，眼前有飞逝的光一晃，恍然以为是随风飘荡的一缕旗旒，“嗖”的一声自耳际擦过，警觉瞬间炸出来，禄父本能地闪了一下，但还是来不及了。

同车的戎右与御左也意识到危险逼近，一个惊呼，一个吆喝。但人的反应哪里及得高速运动的武器，他们眼睁睁看着一支带铤双翼铜箭，如同疯子张开的利齿，咬穿了齐侯的大腿。

国君中箭了！

中箭的禄父往后仰倒，整辆战车因为他的摔落颤了一颤。戎右无暇多念，豹子捕食似的，不顾一切往车后扑去，将即将跌下车的禄父提了回来。

那重创禄父的铜箭，箭镞深深没入血肉里，尾部的金色翎毛战栗着，宛如一道凶悍的目光。这箭是金仆姑。

金仆姑，鲁国最精良的弓箭，由技艺高超的鲁国工匠铸造。此箭号称百步之外，箭无虚发，有削金断玉之力、斩将搴旗之能。金仆姑专供鲁君配用，他国诸侯求一而不得，即便周天子有心求箭，也得看鲁君的心情好赖。

奄奄一息的禄父撑起半边身体，周遭的风吹得急，把眼底的世界吹模糊了，唯有鲁侯的脸清楚无比。更清楚的，是他手中的弓，以及箭箙（古代用以盛放弓箭之具）里的金仆姑。

二

前头作战部队败不成军，纷纷夺路而逃。后边在军营里守辎重的白徒，听说仗打败了，一样闻风而遁。草料、军械、衣被，丢的丢，抛的抛，除了粮食和载辎重的大车——前者是紧俏物资，后者能在奔亡时助脚力。按理说，这些辎重属于国有，纵使没有被敌军抢夺，也不该监守自盗，可惜白徒没那为公不顾私的责任心。

白徒出身低微。春秋社会等级森严，一国之中，划分为国人与野人，居于国都的是国人，大多为贵族出身；居于边鄙的则为野人，被当作群氓贱民。国人又分成士、大夫、卿三个等级，越往上身份越尊贵。那阵子，天下不脱上古习气，仍旧追崇尚武精神。对贵族来说，战死沙场是毕生最大的荣耀，但不是每个人都能实现马革裹尸的理想，首先他得成为一个士，才能获得上战场的资格。

很多白徒连士也不是，也没有经过正规军事训练，身份以野人居多，也有犯了罪或穷困至无以谋生的国人。他们之所以来战场上刷马做饭，有的是为了讨口饭吃，给军队提供后勤服务，能领到叫作稍食的酬劳。这酬劳其实蛮菲薄，上头宽厚时，一袋子黍谷；上头悭吝时，半袋子陈麦，但无论多少，好歹是一家数口的活命稻草。有的单纯是被抓了壮丁，出门遛个弯，上山采把樵，沟里摸条鱼，莫名其妙就被逮了，五花大绑地押到军营来，强制劳动。

白徒亦有不肯屈服的自由灵魂，所以逃跑时有发生，趁监管不备，一猛子扎进深林丛山，如一粟入沧海，再也抓不回来。对白徒经常性的一去不返，列国军队都习以为常，弥补的法子是再去征召志愿者，或是再去抓壮丁。

这次战斗，虽是齐军大败，倒成就了后方白徒的狂欢。机灵的紧着争夺好物件，再抢过一辆舆厢结实的大车，邀上三五同道，登车挥辔，赶紧逃个没影儿；迟拙的也能拾得边角料——人家嫌弃的糙米杂草、薄帷轻襜，欢天喜地塞了满怀。

当无知率少数残兵，拥着受重伤的齐侯奔到后方营垒时，触目一片狼藉。白徒们正抢劫到兴头上，有抢得急眼的，骂不够了，竟打得头破血流，本来负责监管白徒的徒官，也不知跑哪儿去了。

无知之所以奔来营垒，是因为禄父伤势过重，此去临淄路途迢迢，护送多有不便。他寻思找来一辆大车，因那大车的车身宽长，正可将禄父平放上去。

可眼前情景让人心里一紧，哪里还有合适的大车？若是想找个方便的人问话，又该去问谁？满目是晃动的人头，却没一个搭理他。

无知怒火填膺，加上败兵之恨，国君重伤之痛，怒、恨、痛叠加起来，像在心间烧起的火里加了万吨柴薪，天也要被他烧干净。狂怒之下，他紧握手里的长戈，刺死了两个正在抢一囊麦子的白徒。

死了人，血腥味掩不住，其余白徒回过神来，乍瞧见满脸焦火的公孙无知，多少晓得他的手段，立时叫的叫，跑的跑。跑得快的，自然无事，跑得慢的，被无知驱车追及，后背心戳出偌大的窟窿眼。

不过一刻，无知的战车后丢下十来具白徒尸体，若不是御左看不下去，提醒无知尚有国君要救护，只怕他还要杀个尽兴。

无知到底醒悟，吩咐左右去寻大车，入眼恰有一辆大车，吱嘎吱嘎地往相反方向驶去。车上坐着的两个白徒，许是受了无知屠戮无辜的惊吓，正要趁乱逃命。

一辆战车径直奔去，车上甲士大声喝道："滚下车！"

那两个白徒听到身后雷霆似的喝止，想想即使拼出老命来，如何能逃过久经战阵的战士的追击。驾车的白徒叹了口气，推了同伴一把，两人对视一眼，把车停了下来。

战车驰到跟前，俩白徒已下得车来，像是担心被战士刺死，噌噌往后退，一面退一面解释说："不知子欲用车，并非擅逃。"

车左挑起眼睛瞥了这俩白徒一眼：十五六岁模样，说话的个子高一些，虽污了脸，也看得出是个模样清俊的少年，眼睛深邃如湖，总觉得那里藏有无限心事；另一个肩膀很宽，宫殿铜柱似的身板，瞪着眼喘息，不知是生气，还是害怕而不知所措。

“贱人盲眼，没瞧见是国君征车吗，也敢逃奔不顾，不忠不义不耻，必要诛尔阖宗！”车左劈头一通极威慑的叱骂。

高个少年一言不发，面上显出温顺神情来，不时拽一拽宽肩膀少年的胳膊，也许是怕他回嘴反驳。

“把车拖过去！”车左命令道。

高个少年“唯”了一声，用力一扯宽肩膀少年，两人忐忐忑忑、小心翼翼地牵住大车，亦步亦趋地跟在那辆战车后面。

无知正在照看禄父，见国君昏厥不醒，生死难料，心情着实烦乱，打不起精神去责问这俩白徒的逃跑意图，眼下最要紧的是赶回齐国，其余污糟烂事不值得分心，因见大车寻得，即要将禄父挪到大车上去。

“得在车舆里垫上软物。”高个少年忽然说。

“岂容尔多嘴！”适才那车左吼道。

高个少年平静地说：“国君负伤，车舆坚硬，兼之归国之路颠踬遥遥，若不在舆内垫软物，颠坏了国君，可如何是好？”

车左被问住了，无知照他脸上吐了口唾沫：“蠢！还不如一白徒！”

幸得白徒提醒，众人便拾掇来各样软物。因是非常时期，也顾不得符不符合国君身份，什么盛黍谷的袋子、扯烂的旗帜，能用的一概用上。无知甚至撕下自己的战袍，须臾在车舆里铺了厚厚一层，这才将禄父稳稳地抬上去。

草草一番收拾，时间也不等人，于是无知招呼众人迅速出发，回头又对那俩白徒道：“这回暂且饶了你们，下回再让我撞见，只有一死！”

俩白徒伫立不动，望着无知一行人疾驰而去，一直卡在心头的大石落了地。两人都暗自庆幸，而后又忧虑起来，互相看着，接下来该怎么办呢？

忽听得背后有人的嬉笑声，一辆大车耀武扬威地驶过来，车上载满了粮食，有三个白徒坐在堆得小山似的“战利品”上，昂着头翘着腿，脚丫子挂在车舆外晃晃悠悠，乍见像抢亲未遂的乡间流氓。

“哟，这不是管夷吾与召忽吗？”车上一瘦条条的白徒咯咯笑道。

“要不要同行？”另一矮个子白徒朝两人挤了挤眼睛。

黄面皮白徒捂着嘴儿，虫鸣似的咧咧：“尔等不知，管夷吾是出名的惯逃，双足快过戎车，哪里用你我操心。”

三人顿时大笑，一面笑一面挤眉弄眼，口里不忘喧嚷着：“管夷吾真乃齐国第一逃徒，眉寿万年！”

仨白徒与俩少年是同乡，住得也近，可谓知根知底的老家人，可叹并无乡里之谊，平日里是对头，斗嘴、打架、使绊子、设机关，彼此就没和睦相处过。这仨适才抢夺凶狠，又躲过了无知的残戮，恰瞧见对头的狼狈模样，眼角眉梢都飞出幸灾乐祸的得意劲儿，势要在对头面前炫耀一番。

宽肩膀少年气他们无礼，指着那三人斥道：“放，放，你老母，母……”孰料越是着急生气，越是结巴。

黄面皮白徒拿腔拿调地学着他的结巴：“我，我，我是召忽忽忽……”他是这仨白徒的头儿，名叫丙季，年岁不大，一肚子坏水，最爱干些偷鸡摸狗、恃强凌弱的缺德事儿，与这俩少年一样，皆是蓬门穷家，却没生出天涯沦落人的同理心，反而爱欺负同类。

又是一通哄笑。

宽肩膀少年憋红了脸，肚里满是骂人的脏话狠话，偏偏在这急怒的时刻，半句话也说不出来。对面的笑声愈加猖狂。他吼了一声，作势要扑过去与这仨拼命，背后却被人死死拉住，耳边响起同伴毫无感情的声音：“何必与死人一般见识。”

笑声骤断，丙季恶声恶气道：“贱人，咒谁死人呢？”

高个少年冷冷道：“尔等已在赴死道上，竟如盲人见日，茫然不知！”他指着那堆成尖儿的大车，说道：“大车负重而行，一日可三十里。你们看看这车，物既重，又有三人同车，载重超逾三倍不止，一日走不得十里。只恐不及半日，已为纪人所逮。不仅你们自己沦为虏囚，你们辛苦抢来的东西也必为人所据。倘有须臾贪念，欲与戈戟之士夺物，死期至矣！”

高个少年一席话，说得仨白徒脸色大变，虽固执认定是他危言耸听，却也难免惶怕。齐国与纪国交恶多年，两国边境时有冲突，除了争田械斗、夺地抢水，便是抢夺对方的人——少时三五人，多时数十至上百人，每有俘获，便向他国要挟交纳赎金。所谓一手交钱一手交人，若是抓获身份高的贵族，要价便更高了。倘对方无意赎回，或身份太低，家中贫寒不能举一赀，倒也无妨，留在本国做奴隶，一概脏苦累活皆交由他们，一朝困病而死，还能喂狗，岂不人犬俱得利。

被击中要害，仍要充脸面，丙季讥讽道：“我辈之好歹不劳你操心，你还是管管自己吧，凭你这双足，怕还不如我辈一日行十里。”

仨白徒又兴奋起来，打嗝儿的打嗝儿，吹口哨的吹口哨，着力吆喝几声“齐国第一逃徒万年”，赶着大车嘎吱嘎吱走了。

宽肩膀少年气得很，眼见人走远，话倒说利索了：“不该拦着我，揍不死他们！”

高个少年摇头道：“平白生是非，误事误时，不划算。”

宽肩膀少年重叹一声，环顾四周，该抢的都抢得干净，别说车了，连一根牲畜的毛也没有，为难道：“车也被国君征走，可怎么走？”

高个少年自嘲道：“没听他们说吗，我是齐国第一逃徒。逃亡这事，谁还能有我在行？”

两人往东疾行，一路上常能遇见齐国溃兵，有血染征袍的兵车战士，有受伤蹒跚而行的徒兵，有腹中鼓囊囊的白徒。身边时不时驰过一辆战车，扬起齐头高的尘土，迷了人眼。人流自各方涌向东面，也把各样消息散布开来。听说得胜的鲁、纪、郑军正在扫荡战场，趁便抓俘虏。尤以纪国最起劲儿，追得齐国残兵无路可逃，凭这被胜利鼓舞的蹈锋士气，怕不是要踏破齐国山河，把临淄城攻破了给纪君作行宫。

吹了大半日的狂躁寒风，随着战事的结束，低弱了下去，贴着弥河水面吹起波澜，一层纵跃，一层覆过，一层坠落。

东行之道处处是水，像是那影响战场形势的狂风，把明沟暗流都吹溢了出来。前边有一辆战车歪在一川溪流边，可能是驾驭不得法，偏离了正道，左边的车轮陷了下去，不巧被水中大卵石卡死了。

那战士立于车下，狠命拽着左骖胸前鞅带。左骖咬紧了马衔，奋力往前一挣，带着两服右骖踏踏甩蹄，半只车轮终于抬了起来，可车轮卡得太死，反作用力过大，战马的力气用尽了，车轮又哐的一声落下去。

两人经过战士身边，仿佛是不经意，彼此对视了一眼。

原来那战士只是十来岁的少年郎，脸是团团的圆，像十五的明月，眉弓浓密，目似点漆，这眉目与那团脸不甚搭调，透出不可强屈的刚毅。大概与这失陷的战车搏斗了太久，他急得一头一脸热汗。

少年战士盯视着同龄人，唇角翕动了一下，恍惚是要说话，倏忽却把脸转了过去，一手拽鞅带，一手拍马臀，继续与这“失足”战车进行不屈不挠的斗争。

两人脚不停步，人虽往前走，眼睛却总往后瞅，像是那背后有吸力极强的磁铁，将他们的魂紧紧吸附。

高个少年突地刹住脚步，像被打通了经络，猛然掉过头去，呼道：“要不要帮手？”

那少年战士先是错愕，后是喜悦：“若，若是不甚劳烦，多，多谢。”也许是过于激动，不自觉与宽肩膀少年一样结巴起来。

宽肩膀少年尚在迷惘中，被高个少年拐了一胳膊。他向来听这同伴的话，但有吩咐，绝无二话，半个字疑问没有，跟着高个少年折返回去。

高个少年与宽肩膀少年一左一右检查那战车状况，两人还将手探进水里，抠了抠硌着轮辐的污泥碎石，却有两块大卵石嵌进轮辐间，将车轮往下沉压。高个少年说道：“车卡得太沉，若是生拽，出不来。”

少年战士抹了一把汗，苦着脸道：“正是。我费了偌大力气，竟挪不动分毫。”

高个少年沉吟片刻，说道：“车得卸载，负重少了，戎马受力轻，自然出得来。”

少年战士认为他说得在理，可这战车不是大车，不曾承载辎重，说要卸载，到底卸什么呢？便问道：“怎么卸？”

高个少年不多言，只对宽肩膀少年点点头。宽肩膀少年爬上车，他却守在车下，两人气力哐啷地一阵捣鼓，医师挖痈似的，将那战车赘疣一一除掉。

原来一辆战车看似整体不可分，实则不然。比如倚在车舆两輢作为屏障的藩盾，那盾足有成年男子半身高，沉似垒石，再有插在前舆左右的兵杖，还有指挥军队进退攻守的大鼓金钲，更有标识身份的旌旗。

诸如此类的战车附物，皆可卸下。因此高个少年与宽肩膀少年将战车上的藩盾、长兵、弓箙一一取下，插旗杆的空筒虽不曾插有旗旒，到底是负担，一并旋开弃去。经过一番卸载，车舆陡然一空。

宽肩膀少年下车来，那少年战士会意，拽住左骖鞅带往前拉，高个少年与宽肩膀少年也搭了把手，这个牵辔，那个扶轭。三人齐力，战马亦不懈怠，轮毂咔啦咔啦转动，好一阵将倒欲倒的摇晃，战车终于从水中冲了出来！

战车离了险，三人皆是大汗淋漓。少年战士感激不尽，正要说些由衷的道谢词，有战车飞驰之声渐渐逼近，远眺一眼，不是齐国溃兵，却是追溃兵追得兴起的纪国战车，一前一后两辆战车奔得意气高亢。有齐国徒兵逃无所逃，慌得一跤扑进水里。

少年战士惊呼一声，这时即便上车奔逃，因双方相距太近，必有一场恶战，凭一己之力，如何能抵挡如狼似虎的纪国？死则死矣，万一被生擒，成了胁迫家人交纳赎金的人质，真奇耻大辱，倒不如死了。

他正在烦乱时，高个少年蓦地挨近他，耳语道："请勿言。"

少年战士莫名。当此之际，纪国战车已近在咫尺，车轮碾过带起的浮土乱草，将视野掩得浑浊难辨。高个少年来不及解释，不由分说，一把扭住少年战士的胳膊，大声喊道："这儿有贵重敌虏！"

少年战士大惊：刚刚还古道热肠出手相帮，一遇危险，便卖了自己？

高个少年的呼喊才发出去，纪国战车已踏到身前，两车八马像天降陨石，俯冲而落，腾起一人高的尘埃。左首战车的车左提声质问："贵重敌虏何在？"

高个少年捅了一下少年战士的脊背，高声道："他！还是齐国公子呢！"

车左犹犹豫豫地打量少年战士，瞧那戎装也瞧不出个真章。春秋时战车甲士的戎装，君臣无别——所谓均服，也称同甲。车左再看那张团团脸，不知是恐惧，还是惘然，也可能是疑惑，复杂的情绪让五官瘪得厉害。

车左看不出个所以然，去问高个少年："你又是谁？"

高个少年显得怯怯的："贱人区区，一介白徒耳。"他还指指宽肩膀少年，示意其为同袍。

这话说得两可：可以是齐国白徒，也可以是纪国白徒，反正两国毗邻，方言相近，听口音是有这么个意思；这两人又没穿戎装，一身行头破破烂烂，履袜皆破了洞，脚大拇趾走了光，那掩不住的穷酸味儿，十里外也能嗅到，不是白徒又能是谁。

车左朝少年战士努努嘴："这敌虏是尔等所拿？"

高个少年赔笑道："不敢不敢，这敌虏驭车不善，歪去水沟里，跌个半死，也是天意，饶幸让贱人逮个正着。”

车左颔首：“瞧你年纪不大，还蛮伶俐，今日获此敌虏，也是大功一件，之后叙功，亏不了你。”

他吩咐道：“便由你二人将此虏押解，随车而行。”

高个少年行了一礼，突然对宽肩膀少年使了个眼色。这时两辆战车转向一侧，原来是马首对着高个少年等人，高个少年对车左回话时，视线常被战马背上的衡轭銮辔一类挽具遮挡，现在却因这侧转，露出空当来。

“动手！”高个少年一声喝令。

声才发出，宽肩膀少年飞纵而起，在高个少年对他使眼色时，他已在做准备，此时双手抓住两柄自战车上挪来的长兵，左手一支矛，右手一支殳（一种兵器，无刃、有棱），闷哼一声，甩臂一掷，双兵飞了出去！

那矛直刺左首战车的驭手，驭手连反应也没有，便被洞穿了脏腑，松开辔绳的一瞬，仰倒的身体往后飞去，直坠车下。

那殳飞向右首战车的驭手，重重敲在驭手的胸骨上，因力量太大收不住，连累戎右一块儿被扫下车。

刹那间一派惊惧，谁也没想到，刚刚低眉顺目的白徒贱人，居然会突然发难。

高个少年猛推那少年战士：“走！”

少年战士醒过神来，噌的一下子跳上车，高个少年和宽肩膀少年也随之登车，高个少年还不忘记捡起弓箭。少年战士扬起六辔，战车狂奔不停，踩了风轮似的一往无前。

突遭袭击的纪国战士，死了两个驭手，重伤一个戎右。变乱来得如此仓促，也如此出乎意料。各自心中像是中了暗拳，寒栗不已，既骇于宽肩膀少年惊世骇俗的膂力，也惮于高个少年深不可测的心机。众人护死者、救伤兵，闹闹腾腾，吵吵嚷嚷，却也因此耽搁了时间，待欲重组战车追踪敌人，双方已拉开了偌长的距离。

少年战士驾车越奔越快，六辔扯得又急又重，生恐稍慢一些，便有刀兵加颈。那沿途的风声、水吟、虫鸣、鸟啼，都似纪国战士的吆喝。少年战士更不敢放松警惕，这么不顾死活地奔了五六里地，四方八面除了不时窜出来的齐国残兵，并无追击之声，他才稍稍放缓速度。

危险甫去，他才想起看那两个少年。许是一路颠簸太过，两人脸色发青，几欲呕吐。少年战士小心问道："你们，没乘过戎车？"

宽肩膀少年紧紧地抓住车轼，手指抓得发白，很怕握松分毫，就会被飞驰的战车甩出去。他磕磕巴巴道："没，没……他充过徒兵，我，我没有……"

高个少年连话也说不出，"嗯"了一声作为回答。

没有经过战车特训的人，别说是以车为兵杀敌制胜，便是驱车逐乐也是不能，车速稍快，便会站立不稳，轻易就会摔出车外。这两人能在高速运动的战车上站定，且能硬撑着站这么久，已经很难得了。

"适才看你二人卸载戎车，举手自如，我还道你们精于驾驭之术呢。"

宽肩膀少年喘气道："没吃过牛肉，但也看过解牛。身为白徒，日日刷马卸车，手中过了千百次，任谁都能举手自如。"

少年战士会意，辔绳拽得松了一些，驷马缓缓慢了下来，过了一阵，他看着高个少年，说道："适才幸有你临机应变，方能脱险，难得！"

高个少年微笑："你能全心信我，更难得。"

少年战士哑然一乐，他自己也觉得奇怪，这名陌生的同龄人一句莫名其妙的"请勿言"，他分明该有质疑，分明也可激切，却竟然真的一言不发。对这少年的信任，像是某种本能，平素的刚强理智全因这瞬时的信任情感退居幕后。

他对这同龄人生出无限的好奇，有心问问对方名讳来历，出于礼貌，便先介绍了自己："我是鲍叔牙。"

按照春秋的称名习惯，这是说他为鲍氏，字叔，名牙。听少年战士自报家门，宽肩膀少年嚷起来："你是鲍氏？"

鲍氏是齐国有名的大氏族，地位虽不及国、高这样的姜姓大宗族，也是显赫名门。若从姓氏上追溯，鲍氏为姒姓，先祖是肇开华夏文明基石的夏禹，当年西周板荡，周平王东迁成周，有七姓宗族从王，是为姬、曹、子、姜、己、姒、任，姒姓便是其中之一。这七姓有从龙之功，与周天子立有骍旄之盟：世世无失职。与其他姓氏一样，姒姓分宗支脉甚多，最大的一宗便在齐国。西周及春秋时实行世卿世官制，庙堂百官皆由宗族担任，各家族的大宗小宗，互相捆绑帮衬，长期把持着某些关键部门的职位，大家一块儿同寮做事，一块儿求田问舍，利益均沾，同舟共济。鲍氏世为大夫，曾出过主政的卿，宗族子弟在鲍氏大宗的庇佑下，最低也能混上个下大夫。

被人知道自己是鲍氏，鲍叔牙不觉得骄傲，反而生出两分羞涩来，赶紧把这茬撇过去，匆匆问道："你们呢？"

"管仲夷吾。"

"召忽。"

高个少年有字为仲，而宽肩膀少年没有，循着周礼的等级规定，庶人以下无字，也就是说，管仲的身份比召忽高。

鲍叔牙在心里悄悄琢磨，管氏与召氏，岂不是姬姓吗？管氏先代是周初诸侯管叔，因谋逆遭周公处死，封国褫夺，子孙散落；召氏该是召公后裔，至今天子座下王臣尚有召公一职，那北燕诸侯也是召公子孙。

想到这两个少年原来是姬姓王族，至今却不见些微光辉，天下姬氏多矣，而天下姬氏潦倒者更多矣，不禁唏嘘。

忽听见召忽发问道："这戎车只你一人，其余两人呢？"

鲍叔牙叹道："戎车失陷，那两人换车先走，独留我去拖车。"

"你真是老实人。"召忽感叹道。

管仲轻声道："是不想舍弃责任吧。"

鲍叔牙心中一震，微睨一眼管仲，那因疾行而颠得发白的脸上，有一抹浅淡的笑意，似乎也不是笑意。他忽然觉得，这人很难看懂，可也不难相处。

漫漫长路上，战车寥寥，想来是其他战车靠着驷马两轮，跑得飞快，也许已进入齐国边境了，苍茫原野只剩得他们这一乘踽踽独行，孤单得有些令人心慌。徒兵却是越来越多，伤胳膊的、崴脚踝的、眼睛中箭的、后背伤筋的，相互搀扶着，踉踉跄跄，委委屈屈，原先还能跑一跑，后来就跑不动了，至于累得迈不开双腿，倒下去再也起不来，也是有的。

徒兵的职责是保护战车，随战车所向而攻伐转圜。失了战车的徒兵，脚下无根，总是发虚，恰在当道遇见鲍叔牙驾驭的战车，本能地靠拢过来。原来只三五个徒兵，后来越来越多，十来个，二十来个，五十来个……松松散散蜿蜒不成阵，仿佛甩在车后的蟒蛇尾巴。

起初鲍叔牙还有所顾虑，管仲却说："让他们跟着，大家一处，遇险还能有照应。"

因为这宽纵态度，一则是寻求安全感，二则也有从众心理，车后徒兵滚雪球一般增多，有力气的奔跑而至，没力气的被同伴背着前行，渐成了一支两百多人的队伍，人数相当于半个旅。

走了半日，天色随前行的步伐，一步紧一步地暗沉下去，向晚的云霞红得泛黑。两百来人的队伍终于停了下来，天黑行路不便，只得临时驻扎。可旷野平芜，四面无遮，此地尚在纪国边鄙，万一有纪国追兵赶至，这两百来号老弱病残，该如何应对？

鲍叔牙毕竟年轻，历练少，心里知道该有所作为，脑子却想不出妥善办法。说不出缘由，他下意识地去看管仲。

管仲倒也不谦让，自作主张安排起来：将两百徒兵分成四部分，一部徒兵上半夜当值放哨，一部徒兵下半夜当值放哨，这两部徒兵先得往东西南北四个方向设藩篱，再一部徒兵去捡柴薪，倘能射中不冬眠的野兔，自然更好，最后一部随召忽去水里摸鱼当晚膳。

“吃饱了才有力气赶路。”他是这么解释的。

他还特意叮嘱设藩篱的徒兵，每个点的藩篱当距营地五十步至百步间，最好择一处高地，距离不太近，能观察到五里外的敌情；也不太远，能迅速赶回来报信。

半个时辰左右，召忽领着那群捕鱼徒兵回来了，立时架柴点火，热热闹闹烤起鱼来。鲍叔牙看着管仲忙前忙后，一忽儿指挥徒兵，分部筹划，俨然军中一将；一忽儿去帮召忽架火烤鱼，摇身一变为烹饪能手，忍不住赞道：“你怎么百事皆通？”

管仲笑了一声，道：“我怎么会百事皆通，可别取笑我了。”

召忽插嘴道：“他真的百事皆通，我可佩服他了。”

鲍叔牙也挺佩服管仲，可才认识半日，不甚熟络，不好意思随便宣达心意，免得人家以为自己轻薄不矜持。

说话间鱼也烤好了，管仲把最大的一条递给鲍叔牙。鲍叔牙承恩接受，手上翻一翻，瞧着焦煳煳、黑黢黢，一口咬下，无油无盐不说，腥味儿冲到脑门芯子，着实难以下咽，逼着自己囫囵吞下，还险些被鱼刺卡了。鲍叔牙余光瞥一瞥同行，召忽已干掉大半条鱼，连鱼骨也啃得干干净净，像是他吃的那条鱼不长刺；管仲也品咂得津津有味，似那烧煳的鱼上撒满了姜叶酱汁，每一口的咀嚼都值得回味。

鲍叔牙盯着手里的鱼出神，一样是吃烤鱼，怎么别人如食珍馐盛宴，自己却味同嚼蜡？

“不好吃吗？”管仲察言观色，看出鲍叔牙胃口不佳，

鲍叔牙尴尬地掩饰道：“没，没，还好。”

管仲温和地笑道：“我们是下等之身，平日吃惯了豆饭藿羹，偶能食鱼，已是福气。你是肉食者，平日享用的是三牲五鼎，口舌习惯了甘醇之味，而今和我等拘在野地吃这不登案俎之食，不合口味也属当然。”

明明管仲语气平和，并无讥诮之意，鲍叔牙却臊得慌，深以为自己这“肉食者”可恨可耻。一样的血肉之躯，一样的天地生人，自己凭什么能享用膏粱宴席，而事事比自己强的管仲却没有食肉资格，连在荒野吃条烤鱼也觉得是福分。

他一咬牙，把那烤鱼恶狠狠地塞进口中，一面怀着怨恨吃鱼，一面思考管仲到底是什么样的人。他猜管仲一定吃过很多苦，年岁尚小，已饱受人世磨砺，也许正因为经历过常人难有的遭际，才具备超乎年龄的成熟和睿智，作为同龄人，鲍叔牙自叹弗如。

他很想知道管仲的过往经历，也揣着羞于出口的痴想，要与管仲成为知交好友，可仍是觉得唐突，倘若管仲不情愿，甚或惹恼了管仲，岂非得不偿失。

鲍叔牙这边胡思乱想，那边有徒兵吃饱了闲不住，兴之所至，哼起了小曲儿，同伴调侃道：“调跑偏了，可污了耳朵。”

“嫌我跑调，你来！”

“我可不会，要论好嗓子，自然是宾胥无。”

周围徒兵都得了提醒，旷野枯坐，无事又无聊，一干吃太饱的、睡不着的，纷纷撺掇那叫宾胥无的徒兵唱歌。这个说唱一阕荡气回肠催人泪下的战歌，那个说吟一番缠绵悱恻生死相许的情歌。

宾胥无是小个子，身板精干结实，地基木桩子似的稳沉，因在战斗中右胳膊受了伤，临时扎了扎，再拿根腰带缠缚，将手臂悬吊在胸前。他本不愿唱，被同袍们怂恿得推托不得，无奈道：“只一篇，多的没有。”

他清清嗓子，用没受伤的左手打着节拍，慢慢吟道：

东方未明，颠倒衣裳。颠之倒之，自公召之。

东方未晞，颠倒裳衣。倒之颠之，自公令之。

折柳樊圃，狂夫瞿瞿。不能辰夜，不夙则莫。

这唱的是齐国民歌，宾胥无的声音清亮干净，仿佛齐国巧妇织出的纯白丝帛，没一丝杂质。那纯净里隐隐有浅淡的忧伤，却不太沉重，是微风吹过丝帛，掀起的几片皱褶。

歌声渐终，余音飘飘荡荡，昨日记忆一般，绕着心尖久久不去。恰此际长天廓清，皓月如昼，月下的世界安静无声，似也被这歌声催眠了。

徒兵们半晌不言，都沉浸在诗歌营造的感伤氛围里，解脱不出。终有个徒兵红着眼睛说："唱这样伤心的歌，好生讨厌！"

宾胥无驳道："我说不唱吧，你们非逼我，费力气唱了，也不给声赞，下回不唱了。"

"善。"一个沉甸甸的声音说。那是个大块头徒兵，胸背厚得像城墙，千斤重的铜锥也凿不穿，说着赞美的话，脸上却没表情，仿佛那出口的不是"善"，而是"不善"，只是惜字如金，才发了一个音。

宾胥无倒还乐意得很："多谢雍廪。"

雍廪不回应，头颅像生锈的机关，迟滞地转了过去，眼睛缓慢地闭上，不知是在假寐，还是真睡着了。

一夜再无歌声，听见风在半空呢喃，掩脚的长草一会儿仰起了头承接月光，一会儿伏低了身躲藏光亮。在凄寒冬夜，天与地，人与物，都分解了，成了这广阔宇宙间最渺小的颗粒。

天边刚刚露出浅灰的白，众人不敢多做停顿，着急上路，倒对应了"东方未明，颠倒衣裳"这句歌词。

白日天光，正好赶路，此去东途，渐入齐国疆域。众人心头绷着的弦松弛下来，忽然起了玩乐之念，又去怂恿宾胥无唱歌，宾胥无这次决心很大，发誓不唱一声。

连鲍叔牙也来了兴致，主动提出教管仲和召忽驾驭战车。管、召对此颇感兴趣，每人跟着鲍叔牙学了半日，架势是学会了，做个精巧的摆设尚可，实际操作还欠着火候。

有其他徒兵心痒，也想登战车试身手。鲍叔牙是来者不拒，但有愿者，皆可登车，胆儿大的，驾车冲一段路；胆儿小的，趴在车上摸一摸，也极满足。

徒兵的职责在于守护战车，看似与战车关系密切，然则许多徒兵终其一生，都没资格登战车，永远只能在车下挥汗奔跑，仰望着战车甲士仿佛丰碑似的身影，偶尔幻想自己哪一日能成为他们，一起距跃，一起左旋，再一起在大胜后，把功劳书策，由国君亲捧，献给大庙先君。但做战士，凭的不仅是个人技艺，更是出身。徒兵是国人中的最低等级，多是平民，爵秩普遍为下士，若不惧死，经过数次血战，可以拼到中士，那已是平民身份的天花板，再想上升，除非拜进有势力的卿大夫家门，得承恩典，或许会突破身份界限。

鲍叔牙的大方，让徒兵们得偿所愿。众人交口称赞鲍叔牙厚道，不像其他卿大夫子弟，眼皮子朝天翻，瞧不上徒兵，把那车下保卫战士的可怜平民，当作一群肮脏的蝼蚁。

一行人又行了一日歇了一宿。这一路，不管是探路、问险、寻径，还是驻扎、修整、更番，坐纛指挥的事儿都交由管仲处分，他也能干得很，把诸般事宜安排得井井有条。徒兵知他是白徒，却钦佩他能力超拔，并不嫌他身份低微。有徒兵还去向他讨好，说凭他的才干，将来能做大夫。

“我做什么大夫，笑掉牙了。”管仲压根不信这恭维。

第三日日中时分，距临淄不到三十里。长途跋涉虽疲累，好在大家伙儿相处融洽。这中间大多数人素昧平生，同行一路，倒走出感情来了，三五相邀，约好归家后一处喝酒一处耍乐，连儿女亲事也定下了几家。

前方已属临淄郊野，不到半里路即是一处乡邑。按照周礼规定的国家行政区划，国都囊括的疆域范围，是天子之国六乡六遂，诸侯之国三乡三遂，国人居乡，野人居遂，乡野同归国都直接管辖，但居民地位不同。

进入人烟稠密之地，先入眼的是大片的农田。正是农闲季节，一畦畦田甚是寂寞，看得出刚刚经过了一轮芟草农作，一冬疯长的杂草被铲平了，这些残根败叶可埋在土里以养地力，也可充当牲口饲料，还能作为取暖的柴薪。

两百来人浩浩荡荡，不像溃兵，却像凯旋之师，脸上挂着难消的喜气。鲍叔牙又在教管仲和召忽驭车。召忽有做戎右的心愿，特意站在戎右的位置，挥着手与假想的敌人“搏杀”，耍弄了一阵，嫌不过瘾，便提出由他充驭手，飞驰一段路。

鲍叔牙笑道："有何不可。"

管仲不放心道："你可稳着点儿。"

"小瞧我！"召忽"哼"了一声。他与鲍叔牙调了位置，一拉六辔，驷马收到指令，蹄飞如风，驰骋而去。徒兵们起哄，跟在车后跑起来，边跑边喊"召忽万年"。

这一奔起来，心情也跟着飞上了天，急乱的风甩在脸上，竟如此爽快，召忽喝着风，高声喊道："痛快，真痛快！"

前边是个岔路口，召忽想也不想，驭车直冲向前！突然，一辆装饰华贵的车从岔路口横过来。召忽刚刚学会驾车，还没学会如何在紧急情况下刹车，猝不及防之时，任由那车冲上前去。终是鲍叔牙反应快，侧身扑来，一把拉住六辔，用尽力气，口里猛地一喝。也幸得对方驾驭能力超群，处断及时，双车八马在危险降临前一瞬刹住了，但到底还是错毂了。轮毂撞击时，连带着车舆哐当哐当晃动。管仲站立不稳，跌倒在车里，若不是手上抓得紧，早已被甩下了车。

变故方平，惊魂未定，那华车上有人怒声呵斥："哪儿来的聋驴盲犬，胆敢冲撞贵人！"

炸了锅似的咒骂让人心底寒彻，却看那华车上所谓的贵人，眉梢都似烧着怒火，正是公孙无知。

三

弥河之战败后，公孙无知保护受伤的齐侯返国，一面焦急赶路，还得顾虑齐侯伤情，慢了怕耽搁时间，快了怕颠坏齐侯，真真两难；一面遣使者疾驰临淄告急，请国中以驲车送医官赶来救治国君。

公孙无知一拨人走到这乡邑，恰与临淄派来的医官相会。两下商议，念及齐侯伤势过重，若一味强求赶回临淄，路途颠簸，恐多有伤损，莫若在此地暂歇，待齐侯伤情好转，再归国不迟。

为这不得已，此处乡邑变成了君主行在，临时征辟了乡大夫宅第充作寝宫。“宫”外方圆一里之地皆有守卫，远近闲杂人等一概撵走，以免影响齐侯静养，又从临淄宫里简拔了心细手软的寺人若干，精心伺候齐侯。

这一日，无知刚从临淄公干回来，正要赶去行在看望齐侯，中道却遭遇这一桩飞来祸事，脸丧得像暴风雨过境的农田，一派生机全无的荒芜，像是必须掐断百十来个人的脖子，方能解气。

管、召、鲍三人也知闯祸，不待神魂归位，慌得跳下车来。鲍叔牙拜礼道：“不是有意冲撞公孙，祈请公孙恕罪。”

无知把眼皮抬了一抬，先看了一眼鲍叔牙，又看了一眼管仲、召忽，恰那为他驾车的御者也在打量犯事者，两人都“咦”了一声。

无知听出意思来，问那御者道：“你认得他们？”

御者是个脸极白的人，肤色似涂了厚厚的甜奶油，因白过了头，渗出油腻味儿来。被无知一问，他显出难为情的神色：“不敢欺瞒吾子，认得。这两人，一人名叫召忽，一人是我不成器的从侄管夷吾。”

像听着了荤段子，无知笑起来：“天下还有这等稀罕事。我前番才与这两小白徒打过交道，今日中道又再相遇，未料其中之一竟是至父从侄，你说巧不巧？”

这位叫管至父的御者讪讪笑着，他听懂无知话里的意思，惴惴道：“难道这便是吾子说起的，那两个不知死活的白徒？”

无知冷笑：“不是他们，还能是谁？”

管至父显出惊惧模样，惶恐道：“实不知这俩贱人胆大如斯，前日敢与国君争车，今日又冲撞吾子，是无君无父、无忠无义。至父亦有不察之罪，请吾子责处！”

无知大度道：“与至父何干，尔侄是尔侄，尔是尔，岂能并论。”

管至父叹息：“吾子度量可容江海，令至父动容。”他指着管仲，痛心道：“夷吾是至父从兄之子，可怜从兄早逝，留下寡妻弱子。我怜他们不易，也常帮衬一二。这夷吾素性顽劣，酷爱闯祸，屡教不改。吾嫂别无他法，数来求乞。我只得送他充任徒兵，望他改过自新，勇战建功，使得宗门不坠。不想这愚侄劣根难除，不思报效君父，竟临战而逃，一逃而再三，今已沦为白徒，还不知悛改。至父蠢拙，不知该如何管教。”

一席话说得声情并茂，不像训诫不肖子，更像是对罪大恶极者的血泪声讨，捎带描摹出自己慈悲长辈的模样。

无知生平最恨孱包，可以站着死，绝不跪着生，上了战场，便当勇往直前，至死方休，岂能当逃兵。听说管仲临战而逃，心里极其鄙夷，冷眼瞧着那张沉默的脸，被当众揭开丑事，竟没露出丝毫愧意，这人难道没有廉耻吗？再想到与管仲的两番遭际，更是恶心，天地何以生出这丑陋的懦夫来，除了污人眼睛，百无一用！

“尔从父训诫，人人皆动容，尔如何不发一言？”无知诘问道。

管仲先是静默，一会儿，淡淡地说：“吾子要夷吾说什么？”

一句反问将无知给呛了回去。按理说，管仲这时若痛哭流涕磕头求饶，大嘴巴抽自己，尽管看着糟心，别人也会觉得是人之常情，但管仲偏偏平静得像无事发生，做出这冥顽不化的死硬嘴脸给谁看呢？

“我问你话，你倒来激我，尔从父说尔顽劣，果不其然。”无知恨道。

管仲微仰起脸，眼睛却盯着管至父，说道：“吾子非要夷吾作答，那夷吾倒要问问从父，从父称对我母子多有帮衬，请问何年何月何日资助几锱几铢？夷吾母亲向在家中，极少出门，怎么从未听她提及向从父求乞？至若夷吾为何沦为下流，从父难道不知？”

管仲一口气说完这些质疑，口齿清晰，语气笃定，不见丝毫卑怯。管至父被问得说不出话，脸上青红不定，反驳不了管仲，却伤心地对无知道：“至父无能，管不得此侄了。”

无知先入为主地认定管仲是个坏胚子。他原要逼管仲服罪，并不想听管仲说这些质问，因此管仲的每一句话，在他看来，都是卑鄙的狡辩，于是怒道：“长者问话，竟敢犯礼乱言，我今日便要代尔从父，教训尔这无父无君的蠹虫！”

一时间无知怒气上昂，用力拍着车命令道：“把这俩白徒逮了，拖一边儿去笞扑，打死为止！”

当下，随从无知的私属们承令，甩开臂膀冲上前，便要拿住管仲、召忽。鲍叔牙抢步上前，扬声道：“他二人何罪，吾子何怒！”

无知摆手道：“不干尔事，贱人求死，由得他死。”

鲍叔牙不肯退让：“他二人纵有冲撞吾子之罪，然罪不至死。吾子若要惩责，这驾车不轨之罪，牙也有份，该一并论处。”

无知愣住，他凝视鲍叔牙，团团脸上一抹坚刚不可屈的倔强。怪了，堂堂鲍氏大宗嫡子，怎么为两个卑贱白徒求情？失了身份不说，还要得罪自己，能讨着什么好？

他冷漠地说："我便告诉你，他们犯了什么罪。前次敢与国君争车，此罪一。今次冲撞贵人，此罪二。"他顿了一顿，挑衅地扬了一下眉毛，"身为白徒，胆敢驾戎车，此罪三。"

鲍叔牙还没回答，管仲喊道："我们没有与国君争车。当时战败，满目仓皇，如何知道国君莅临。吾子要用车，我等便即刻送去，何尝须臾掩延。冲撞也非有意，实是不当心。"

无知咧嘴一龇："纵前二罪可恕，但以白徒之身登戎车，是大僭礼，尔又如何辩白？"

戎车是战士的武器，守着战车，便是守着独属于战士的光荣。莫说白徒登不得车，保护战车的徒兵也没资格。在严厉的等级制度下，规矩大过天，违礼行为挑战的不仅仅是那苍白机械的礼仪条款，更是由礼仪作纽带编织起的国家组织网络。

鲍叔牙没想到自己一时的小孩儿乐趣，最后成了勒死朋友的致命绞绳，急声道："是我让他们登戎车，若要责罚，我才是首犯，请吾子罚我！"

无知再怨怒，也不会头脑发热处罚鲍叔牙。像鲍氏这种世掌国家机要的卿大夫家族，是公子公孙拉拢的对象，倘想有所作为，必须结交尽可能多的卿大夫做盟友。

他缓了缓语气，说道："尔年岁尚浅，不知人心丑恶。天下多的是品格贵重之人可相交，何必为俩腌臜贱人，跌了自己的身份。"

鲍叔牙还要求情，无知不容他说话，命令私属动手，速速将贱人拖走，每人笞打三百下，打不死算他们命大，打死了就扔去随便哪坨屎堆里，烂了还能当肥料。

这里正要处死人，本一直在旁边战战兢兢围观的徒兵们，惊觉事态不妙。大家伙儿是同行伙伴，途中得了管仲、召忽许多照拂，不说有多深厚的情谊，也有依依不舍的眷顾，再看管、召二人，早前还欢悦游戏，翻转之间，便要做了荒野冤魂，原来常人一命，在贵胄眼里草芥不如，便生出戚戚之心。

“求公孙饶了他们！”有徒兵高呼道。

这一声呼喊，像开闸放水，压抑的情绪奔泻而出。徒兵们有的稽首求情，有的竭力辩驳，有的愤慨咒骂，有的甚至要动武，将私属团团围住，势要强行救走管仲、召忽。胆最肥的，已奔至无知车下，挥着拳头抗议，洪亮的声音如庙堂钟磬，惊得骖服缩了蹄子。

面对这群激愤的徒兵，无知又惊又怕，厉声道：“尔等莫不是要忤逆！”

“不敢忤逆，只求吾子给条活路！”是宾胥无的声音。

不爱说话的雍廪已掐住一个私属的脖子。贵胄私属多为勇武之士，平时看家护院，战时冲锋陷阵，能在贵胄门下讨食，靠的是真本事。可这并非庸人的私属，却被雍廪轻易制服了，仿佛雍廪只一扬手，私属的脖子已尽在掌握。粗大的手指拧起脖子来像拧抹布，拧得私属的脸也发紫了，尚留着一口残气，是死是活，得看无知怎么做。

无知再是勇略过人，突遇徒兵哗变，仍然无措，除了嚷嚷“忤逆该死”，别无良法。管至父的脸更白了，生怕那车下抗议的徒兵跳上来饱以老拳。

岔路口忽响起了清越的銮铃声，一辆轩车款款而至。那车盖帷高张，车舆彩绘，马具镶金，挽辔嵌玉，轮毂勒篆涂漆，诸末无不贴彩，整体装饰比无知的车更加华彩绚烂，足见车主人好尚奢侈。

众人正闹得不可开交，哪里顾得上看有谁过路，猛听见有人大吼一声，像泰山巅峰滚下来一截巨木，震得天似要垮了一般，才匆匆送去一瞥。

这一瞥，方知过路客来头不小。

来的竟是太子诸儿，他生得一张漂亮脸蛋，是千万人中也算出挑的相貌，颇让一众临淄女人痴迷，要死要活的不在少数。他知道自己生得美，更不掩饰，自恋又自傲，好华服美妆、奇玉珍物，尤爱梳高髻，挽发的玉簪每日不重样。国中贵胄子弟好学他衣着装扮，却没一个学到他的风范，为此他讥诮他们：只怪你们生得太丑。

诸儿虽性子傲，日常却是个笑脸，且见谁都笑，不分尊卑贵贱，可总让人揣度，他的笑里讽刺味道重。

与诸儿同车充御者的是公子彭生，刚刚便是他震天怒吼。彭生不像诸儿，生得丑且肥，明明是可容三人的轩车，他庞大的身躯便占据了二分有一，又没脖子，囊包似的头颅深陷入肩膀里，一说话，下巴颏儿被胸口澎湃的肉掩埋了，恍惚似一坨肥油。

彭生也是齐侯之子，对他的出生，齐侯当成丑事，一直讳莫如深。但宫闱艳事总也逃不过悠悠众口，说是某日齐侯醉酒，没留神睡了宫里扫粪的老妪，酒醒悔之晚矣，奈何珠胎暗结，只得含泪认下这丑儿子。

彭生出身低贱，公子公孙都瞧不起他，经常欺负凌辱他，唯诸儿善待他。彭生不是聪明人，脑子其实蛮笨，但也懂得知恩图报，对诸儿忠心不贰，鞍前马后赴汤蹈火，即便诸儿让他以死相报，也没二话。

轩车徐徐停了，诸儿扶着车舆往外望，笑吟吟地说："这里好热闹，可是在抢肉吃，抢不着，倒急了眼？"

他慢慢撒开目光，忽地看到无知，像发现了意想不到的稀罕物儿，惊讶道："这不是无知吗！我还道你先行多时，已至君前，怎还拘在此处？难道在等我？"

不管是现在这进退维谷的处境，还是无事发生的寻常，无知最不愿见到的就是诸儿。他与诸儿向来水火不容，诸儿为太子，贵为储君，而他得齐侯恩宠，秩埒太子。论权势，两人不相上下，在国中各有拥趸。好事者搅动唇舌，称临淄有两个太子，将来国君山陵崩，鹿死谁手，尚未可知。

这趟无知先期回临淄，向卿大夫禀明齐侯伤情，依礼，须与太子同来面君。可他一则厌烦诸儿为人，成日折腾些花里胡哨的浮夸把戏，不像堂堂丈夫；二则因弥河败绩，他对诸儿怨气甚大。他认定战败一多半是卫侯朔怯战所致，而这卫侯朔，正是诸儿竭力支持的盟友。扶植一个废物诸侯，除了是为自己的私利着想，妄图仰仗外力干预内政，还能为了什么？

他便胡乱编个理由，自称事急，先走一步。本来按着原计划，直到行至国君尊前，他都不会与诸儿有任何交集，偏生天不长眼，遭遇这么一桩烂污事，麻烦尚未解决，诸儿又不期而至。让诸儿见到自己的窘迫样儿，简直生不如死。

即使再讨厌诸儿，大面上还有君臣名分，他压着火气，下车对诸儿参拜行礼，抬头见到诸儿飞着轻浮微笑的脸，险些呕出来。

无知闷着不吭气，管至父看得懂事态，一是向无知讨彩头，二是给太子献殷勤，赶紧添油加醋地把事情说了一遍。讲述真真假假，这里涂点色，那里抹把泥，概而言之，该千刀万剐的是他的亲侄，至于无知，既委屈又宽容，请太子明鉴是非。

诸儿默默听着，忽地灿笑道：“未想‘黑臀’口才这么好。”

像被诸儿当众抽了一耳光，管至父臊红了脸，奶白的脸皮像烤熟的鸭屁股，底下突兀地透出黑渣来，或是没洗净的鸭屎。

太子与无知的私属，都知道这绰号的意思，哪里掩得住笑意。管至父更臊了，恨不能天降黄土，把自己埋进一座坟里。

说来这绰号颇有来历，那时管至父还是国君御士。一日，众御士做角抵游戏，管至父自诩是角抵高手，摩拳擦掌，蹿上跳下，不得消停，指教这个该如何腾挪扭打，奚落那个输得活该。旁边观战的公子小白恼他吵得慌，小孩儿要起性子来，务必要捉弄他一番。终于等到管至父上场。这角抵需赤裸上身，独留一条单裈。不想小白突然冲上场，将管至父的单裈一把扒下来，顿时春光无限。

男人露腚实也无妨，无非众人为这小孩儿恶作剧哄笑一场，可管至父的露腚却惹出更大的笑话来。原来他右半边屁股上有偌大的一块黢黑胎记，仿若一只肥厚的熊掌温柔地抚住他的臀部，那雪白的屁股上烙印着黑胎记，真是黑白分明，清晰醒目。

“黑臀，是黑臀！”小白当时拍着巴掌狂呼。

从此，“黑臀”这绰号不胫而走，人人照面，都呼一声“黑臀兄”，管至父好长时间抬不起头来，在宫中实在待不下去，后来投入无知门下。时间渐渐过去，陈年笑话的记忆淡逝了，他才慢慢重拾自信。

可诸儿今日忽提这一嘴，一记耳光甩过来，太狠太疼，抽得他鼻青脸肿、羞耻难当的同时，也恨诸儿不留情面。怪道临淄街巷纷议：别看太子每日如春风沐雨，生了张与人为善的笑脸，实则心机毒辣，轻易惹不得。

眼见诸儿过手才一招，便使无知挫败、管至父受辱。鲍叔牙疾步上前，恳请道：“不敢辱太子明听，适才至父所述，与实情稍有出入。公孙处断二白徒死罪，是因白徒登戎车，为大僭礼，然此事实起于臣。弥河会猎，我师败绩，臣孤身返国，几陷敌手，幸有二白徒临危相救，为避敌锋芒，不得已同车而奔，以至僭礼。若非他二人仗义出手，臣已为纪虏多时矣。礼为遵义，不为败义，若为救难而申大义，屈礼何妨？纵有薄罪，也不至死，期期太子明察。”

鲍叔牙的申辩，显然是择祸从轻，抹去了擅驾战车冲撞无知一事，至于与国君争车的大祸更是一字未提，只着重在管、召不顾生死，帮助自己摆脱追兵；一番慷慨陈词，把一件可大可小的僭越祸事，变成了莫大的冤情。

诸儿听得连连点首，说道："这俩小白徒，倒也明节义，难得。"他看了无知一眼，没所谓地说，"我齐国僭礼之事，何止百千。白徒登戎车，与其余僭礼事比较，算得什么？"

话里分明藏着话，无知唰的一下白了脸，在场的人心里也明白，只不敢显露。齐侯待无知恩遇过逾，给予他与太子等齐的礼秩，诸儿有的，他都有，除了没有太子名分，他的舆服卤簿、飨宴列鼎，与诸儿一模一样。底下早就非议僭礼，有骨鲠大夫向齐侯进言，嫡位已定，该独尊太子，与太子等同乃乱之本。可齐侯甚是喜爱无知，舍不得他受委屈，一再地姑息纵容，卿大夫们见国君两分嫡位，也自动往两边站队。如今国中拥戴太子与无知的两派势力，明争暗斗，愈演愈烈。

诸儿借题发挥，几乎把话挑明了。他对无知僭礼的不满积攒多时，就像他现在管两个低贱白徒的闲事，不是仗义执言，全然是为了硌硬无知。但凡无知支持的，他不顾一切抹杀；无知反对的，他倾尽全力扶持。

"太子之言，臣不敢置喙。这两个贱人屡犯大罪，却是事实……"无知像被射中心脏的飞鸟，挣扎着发出最后的抗议之声。

诸儿不容他说完，打断道："我齐国自太公营国始，治政因其俗、简其礼，方能五月而报政周公，若事事求合礼，以至迂气太甚，何能有泱泱齐国？尔等为白徒登戎车的区区小事，斤斤计较，险些酿成军士哗变。国君如今正在乡邑静养，若因此祸事，惊动了国君，扰乱其心神，伤其玉体，尔等敢担责吗？"

无知平白被诸儿用莫须有的罪名堵了嘴巴，又被他以国君为借口威慑镇压，弄得自己里外不是人，好像这场事故的错全在自己。有心辩驳，可太子尊位毕竟在，他就算与诸儿拥有一样的礼秩，身份上也依然是臣，遇着委屈，只能打碎牙齿和血吞。

诸儿看出无知蔫了，心头得意，也不搭理他，因对鲍叔牙招手道："上次在鲍氏宅匆匆会面，有大半年没见了吧。来来，随我同车而行，我有满腹的话要说于你听。"

鲍叔牙诚惶诚恐：“怎敢与太子同车？”

诸儿推了推彭生，示意他下车，又对鲍叔牙说：“才说了一通辩礼之辞，倒拘束起来，你只管登车，正好考较你的御术。”

鲍叔牙推托不了，只得应诺。彭生温顺地把御者位子让出去，因他体型太大，这一起一下，晃得车舆摇摇摆摆。诸儿掩面笑道：“这只憨豕，真硕大无朋。”

诸儿好给人起绰号，如彭生的“憨豕”；无知因皮肤黑，平常脸嘴又臭，他戏称“黑面”；管至父的“黑臀”源于小白，却为他津津乐道；再如胡须稀少的是“童山”，缺牙的是“漏釜”，瘦子是“细柳”，胖子是“硕鼠”，身边人无一不有，许多大夫也不幸遭殃。为此，齐侯责他失礼。他却变本加厉，仿佛是要故意与父亲作对，要不是迫于身份存了些顾忌，也要给国君取几个“雅号”。

这是诸儿的随性自由，繁缛严苛的周礼在他眼里形同虚设。实际上，齐国自太公建国以来，民风一向彪悍奔放，身处东夷腹地，沾染了不少东夷习气，与诗书满腹的中原诸侯相较，原始粗放的味儿很浓厚。齐国公子更没一个是省油的灯，浪的浪，骚的骚，爬人墙头窃玉偷香的事儿也没少干。隔壁鲁国以最秉周礼自居，常骂对门非礼丢人，仿佛隔着泰山，也能闻到齐人那身骚气。

鲍叔牙登上太子轩车，不禁回头看了一眼管仲，想起自己有许多未解之疑还没来得及问管仲。他们虽同行几日，也算经历过生死，却没有完全了解彼此。这一路管仲很少说自己的事，鲍叔牙直到现在，也不知道管仲家住哪里，他日若想再见，该去何处寻管仲？

他很想问管仲一声，但过分的矜重仍压在心上，推翻一层，底下还有一层。那边诸儿已在催促，他不能不离开，最后一点儿薄薄的隔阂留在心里，可没机会揭开了。

诸儿挥挥手：“都散了，散了！”

太子一行委蛇而去。无知遭了重创，心灰意冷，哪里还提得起精神再与徒兵们争是非，遂携管至父驾车离开，只剩下这两百来号徒兵。

召忽看向管仲：“我们怎么办？”

管仲毫不犹豫地说：“回家。”

他们与徒兵们作别，彼此分道扬镳。两人拐去一条为牛马踏践出的荒野小道，很快便消失不见。徒兵们皆为国人，乡里虽不同，然归途方向大致一样，还得同行一段。

乍有蹄声响起，迎面驰来一乘，车上一人高声道："诸徒稍停！"

众徒兵愕然：难不成是无知心里不痛快，折回来寻我们的不是吗？却听那人说道："我乃太子之属，奉太子之令，请诸徒登名。"

这比无知来寻衅更让人困惑，莫名其妙的登什么名，是要把在场闹事的人都记下来，方便秋后算账吗？

那人看得出诸徒的担忧，和气地说道："诸徒勿虑，太子吩咐，登名非为其他，乃太子有赏。"

"我等并未建得功劳，太子为何有赏？"徒兵发问道。

那人仍是温软的语气："诸徒为我齐国血战，怎能叫未建功劳？请放心，我以项上人头担保，绝不会让诸徒有分毫损伤。纵信不得我，总该信得过太子，请诸徒相信太子的一片护才之忱。"

众徒兵说不出到底信还是不信，七嘴八舌议论起来，你说只怕是陷阱，不要轻易相信，贵胄们忒会骗人，日出时才信誓旦旦，日入时就变了脸；我说或可信这一遭，我们刚和公孙无知干了一场，太子与无知是对头，今番无知跌了跟头，太子高兴，有财愿意分出来，也未尝不可。

那人察言观色，知道徒兵顾虑有所松动，便有一人捧来刀笔简牍，挨个询问徒兵乡里和名字，愿意回答的，则在简牍上记下；不愿意的，也不勉强。

这时太子之属忽然环顾周遭，问道："那两个小白徒在哪里？"

"早走了。"

"哦。"那人点点头，便再没问起。

四

西周代商后，为统治殷商东夷旧地，遂以泰山为分界，山之阴封建齐国，山之阳封建鲁国。齐鲁以泰山为彼此门户，作为一衣带水的近邻，邦交却一言难尽。两国联过姻、结过盟，也斗过嘴、打过仗，鲁国嫌弃齐国无礼仪、少文教，是满身臭气的大老粗；齐国厌恶鲁国假正经、太矫情，是口是心非的伪君子。两国因领土太过接近，彼此戒心十足。隔三岔五，你在北山修城池，我在南山挖沟渠，只为防着邻居。

位于泰山以北、济水东岸的清邑，是齐国一处西鄙。这里有一片齐君专属的猎场，方圆百里，甚多珍奇兽类。每三年必有一年，齐君会来此蒐狩（田野狩猎）。

清邑虽有国家猎场，仿佛沾得上流社会的光，但乡里并不富裕，与国都下辖的大乡比起来，好似穷酸汉比照贵家子。那满山的珍兽奇木原可生财，可也不归乡人所有，兼之大片的猎苑辟出来，生夺了农田，一乡之人谋生越发艰难，时常做点儿利润微薄的小买卖。壮劳力会外出务工，为了生存，也甘愿上战场充白徒，赚几口吃食。

管仲的家正在清邑。

管仲原非齐国人，老祖宗是西周第一代诸侯管叔鲜，可惜谋反当朝，封国爵秩一概被褫夺，子孙凋零四海。管仲这一支居于颍上，长住百年不止，至祖父那一代，才迁来齐国。起先管氏尽管失了封国，但仍保留贵族身份，若子孙拼得战功，尚可跻身上流。却不知是子孙怠惰，还是昊天无情，管氏家业一再损跌，到管仲出生时，已是家徒四壁，环堵萧然，后来竟连贵族身份也丧失了。

从弥河战场归家后，已有大半年了。一年倏忽而逝，转眼便至周历新年元旦，清邑的老老少少，无论贫富贵贱，都喜气洋洋地迎接新年到来，忙着扫除、浣衣、蒸糕、尝麦、祭祖、祈神、享社、拜鬼，门口那座早也见晚也见的泰山，也该恭敬地拜一拜。

乡邑里君还为众乡人带来了远自临淄的赏赐，据闻是国君身体好转，心情大悦，赐齐国乡野大酺，自然也得按着身份来，高等的得一酒一脯，次等的一脯，再次等的半脯，至于管仲家，也就闻闻酒香肉香，还得跟着高呼：“君赐斯飨，万寿无疆！”

这一日中午，有人叫门，门拍得震天撼地，像隔壁走了水，着急来求近邻救火。管仲去应门。门一开，来人三十上下，倭瓜脑袋，冬瓜身材，生就一副贼眉鼠眼的讨嫌模样，是张熟面孔，却让人不欢喜。那人劈脸臭骂道：“一岁到头，你家今日好赖也得还上了！”

不待管仲答应，那人却像是这家的主人，别开管仲，抬脚冲了进来，嘴里骂骂咧咧，又是说“正旦也不得消停”，又是说“贱人贱心肝”。

管仲的家甚为穷陋，院子逼仄得跑上七八步，就撞到了墙。墙上爬着干枯的藤蔓，蜘蛛手似的掉下来。正对院门垒起了三间土房，两间是卧房，一间是厨房又兼待客正堂。实则也没什么客人，相识亲友嫌他家穷寒，少有走动，年节上偶来拜访，抬头望一眼这绳枢瓮牖的破败院落，吓得从此再无踪影。

“今日能还不？”那人尖声道。

管仲踌躇了一下，说道：“再……两三日吧。”

那人狠狠瞪了管仲一眼。他是债主家雇来的讨债使者，来管仲家多次了，每次都讨不着一粒米，来得多了，管家人烦恼，他更恼火。今日听管仲又说要拖日子，自然仍是无财可还，一怒之下，叉着腰骂起来，什么“贱人贱种不要脸”，什么“你管家人都死绝了吗！良心遭狗噬豕啃，白生了一张不中用的人皮，给狗披上，狗都嫌！”

管仲几度开言制止这谩骂，那人正骂在兴头上，像是耳背，越骂越狠，唾沫星子飞得太急，溅了不少在脸上。恰恰这时，有个少女怯生生地从门后探出头来。

那人骂归骂，眼神极好，乍看见一张少女的脸。少女虽衣衫褴褛，妆容不饬，也难掩俏丽。那人忽地不骂了，直勾勾地盯着那少女打量，吓得少女把头缩了回去。

“这不是有奇货吗，与其藏着掖着，莫若用来偿赀。”他淫兮兮地笑道。

管仲忍那辱骂正忍得难受，听那人起了这腌臜念头，登时火了：“放什么屁，你敢动我妹子一根头发，我掐断你脖子！”

既沦落为这般下贱地位，居然还敢威胁人！那人一则觉得尊严受损，二则仗着管仲也不敢把他怎么着，撒泼似的吼道：“你算个什么东西，敢与我顶嘴，惹急了，我让你管家绝祀！都穷饿成这贱人德行，还装什么清白节义……”

“别吠了！”忽自屋内传来一个沉着的声音，像一记重锤，将那骂声砸了个粉碎。

一个妇人款款从屋里走出，原来是管仲母亲，虽至中年，却眉目清爽，一身的干练利落。她稳稳地站定，目光冷冷，逼得那人把后半截脏话统统吞了回去。她忽地举手，将一包物什向那人怀里丢去。

“自己数数，够不够！”

那人不提防，没接稳，小包滚下去。他手忙脚乱地捡起来，沉沉的略硌手，打开来，是一包女子首服：衡笄、梳篦、耳珰。

他心里默想应该够数了，嘴上却不饶人：“谁知道够不够，你家久拖不还，忽地拿出来，或者是偷盗也未可知，万一惹上是非，我也得担责。”

管母冷笑道：“我家纵算穷死街陌，也是自食其力，不干那蝇营狗苟的脏事儿。倒不似有些小人，托食大家，为人当狗，日日狂吠，换来大家嘴里唾出的余食。”

这话说得狠辣不留情面，那人直觉说不过管母，发狠道：“别猖狂，有你们哭的一日！”

他将那小包掂掇掂掇，揣进怀里，抬脚便往外走，行到院门外，又回头重重吐了口浓痰。才在管家院墙外转了个弯，迎面有个人像被鬼咬了屁股，慌里慌张地往前冲，两下顿时撞作一团。他还没来得及骂一声“瞎了狗眼”，已一跤跌了下去。

也就如此凑巧，恁是摔了个脸朝地，偏那地上堪堪团着一坨屎，不知是隔壁黄狗犯下的罪孽，还是后院黑狗遗漏的金珠，他偏偏就摔在这坨屎上，吃了一嘴味儿醇正的黄物，真正的“狗啃屎”。

他被撞了个臭气熏天，那撞了他的人却没了影儿，也许冲撞得太厉害，飞去了泰山上。他只好自认倒霉，一路走一路呕吐，心肝都要吐掉了，却似永远吐不尽那臭屎味儿，尚有不更事的小孩一直追在他身后起哄：“黑犬食屎！”

撞了他的人远远地躲在一堵墙后，看他狼狈逃离，先是乐得肚疼，后又呸了一声，掖了掖怀里的东西，撒腿跑进了管仲家里。

“看看我带来什么！”一人欢喜地呼道。

管仲正在院里扫地，没精打采地抬起头来，看见是召忽，恹恹地问：“什么？”

召忽神神秘秘地眨巴眼睛，慢慢从怀里摸出一物，原来是一条干肉脯，长有半臂，宽可半掌。那肉脯由椒叶、生姜、酱汁等捣杵成的作料浸泡数月，再取出风干，味道极醇厚，因费时费料，贫窭人家往往无力腌制。

管仲讶然：“你哪里得来的？”

“我与人打赌赢的。”召忽得意道，“适才里君设下博局：从乡东跑至乡西，再折回来，谁占得第一，便得这条肉脯。”

他抹着脸上的汗珠子，咧开嘴笑得开怀，仿佛这场比赛于他而言不过举手之劳。可管仲知道，召忽为得这条肉脯，有多不容易。一条在富贵人家宴席上寻常无比的肉脯，于底层穷人来说，却要豁出性命去赚取。

召忽见管仲只管发呆，扯着他往屋里走，说道：“走走，拿给母亲、妹妹瞧瞧，趁着正旦大节，一块儿尝个鲜。”

管母与管仲妹妹管璧得知召忽赚了肉脯，都很高兴。管母乐呵呵地说：“幸得召忽，过节能吃顿好的。”一家人立刻忙碌起来，劈柴的劈柴，烧灶的烧灶，涮锅的涮锅。一整条肉脯舍不得食尽，只取了三分有一，剩下三分有二留待下回享用；便将那三分之一的肉脯切成细末儿，混着葵菜一起煮，再添进了一小把麦子，黏黏地熬了一陶鬲。俄而，汤汁滚开了，香味儿满出去，整个屋子肉香袅绕，像是那案俎、床板、窗棂、器皿，都贴着一片肉。

“香啊！”召忽吸着鼻子赞道。

管仲帮着加把柴，抬眼看见灶台边的母亲环佩俱无的样子，难过地说：“母亲这趟是把父亲当年的聘礼都交出去了吧，那可是父亲留给母亲的念想。”

管母平静道：“死物而已，没了就没了，我挂念的是你父亲这个人，不是死物。”

管仲低下头去，柴火烧噬的噼啪声，宛如一声声不甘的叹息，听在耳里，疼在心里。他颤声道：“儿子，实在无能……”

管母明白他心里的伤怀——一家人的生计前途，都压在他身上，家人但有委屈，他便恨自己无能——因举手抚住他肩膀，鼓励道：“打起精神来，没有什么过不去的难事。纵便当真过不去，天地偌大，总有口活气，怕什么呢。”

管仲慢慢抬起脸，火光映着他微红的眼睛。母亲的坚强，让他动容。这些年里，正是母亲那超乎常人的达观精神，才让这艰难生活不至彻底沦丧。他看着母亲，重重地“嗯”了一声。

一家人围拢起来，对着满满一鬲肉粥，先是互相祝福丰年有庆、以介眉寿，再一起享用这难得的肉宴。召忽吃得咂口咂嘴，满足得似要成仙了，连连说道："做肉食者何其快哉！"

"可惜，像我们这样的人，到死也做不了肉食者。"管璧遗憾地说。

召忽摸着脑门叹气："也是，罢了罢了，今朝有肉今朝乐。"他对管仲眨眨眼睛："若是哪一日，你成了肉食者，别忘了带上我。"

管仲苦笑："你又奚落我不是，我能成什么肉食者，不为饿死者，就是上天垂怜了。"

"我是真觉得你能的。"召忽小声嘀咕道。

饭毕，管仲与召忽说起，明日要出门讨生计。此去不远的谭国（今山东济南市东部）征辟佣人为国君修筑苑囿，若有使力者，皆可得稍食（官府按月发给的官俸），多少不论，总比坐吃山空好。

为了养精蓄锐，管仲早早就歇下了。召忽或是白日为赚肉脯不惜代价，累得体乏，沾着床就睡着了。管仲却迟迟不能入睡，原来还有些困意，翻来覆去几遭，反而越发清醒了。

夜深得可怕，望不穿的磅礴黑暗在身前很近的地方落幕。四周寂静无声，偶有两声犬吠，又匆匆远去。有细细的白光从门缝溜进来，在门前画出一条不规则的线条，不像月光，倒像谁窥伺的目光。这样深彻的夜，谁会来窥探自己呢？不会是人，也不会是鬼神吧，鬼神与人一般，也生得青白眼，一样厌弃没权没势的穷苦人。

管仲悄悄叹气，忽想起白日那讨债者的丑陋面孔，泛起一阵恶心，很快，恶心退潮，显出来的是铺天盖地的悲哀。

从他记事起，还债便占据了他的全部生命，还了一年又一年，债务却越还越沉重，像是永没有尽头。鲜活的人被还不完的债一刀刀凌迟，一日日变得人不人鬼不鬼，到最后，也就麻木了，也就枯槁了。

他其实隐约知道，这不仅是他一家一人的不幸，在齐国，与他有相同遭遇的人，还有很多很多。齐国有放贷传统，称贷之家甚多，卿大夫都好放贷，地位越高，放贷越狠，连国君也忍不住诱惑，即便不公开出面，也要挂着哪家大夫的门面，羞羞答答地把藏在背后的钱袋子伸出去。因为这是攫取巨额财富的最便捷途径，国中大富之家，其二分有一的财富来自贷息。

为有效攫取利息，称贷之家还发明出花样繁多的还贷办法：利息有高、中、低风险，时间有长、中、短期限：如三年期每月偿还、五年期每季偿还、十年期每年偿还，最长的有百年期，也就是说人死了就由子孙偿还。由于多数平民不识字，也不识数，当借贷之时，称贷之家说是多少，他们便信是多少，于是辛苦还贷许多年，算一算，利息尚还了一半，而本金却纹丝不动。最可怕的是高利贷，慈悲些的年年利滚利，恶毒些的月月利滚利，逼得借贷者卖儿鬻女。

无数的债务像附在齐国平民身上的吸血虫，也不任性吸干净，需保持适当克制，得留口活气，养一养，接着吸，终到那吸无可吸的一日。这一代人吸不出渣儿了，自然还有下一代，下下代。

管仲家的债务是父亲在世时欠下的。论起来，管仲父亲借贷，也不单单是为自己。颍上管氏自迁来齐国后，境况日下，家业日堕，宗亲子弟潦倒无生，纷纷远走他乡再不复返。在讲求等级阶层的春秋社会，想要登上进身之阶，囊中无财便迈不开半步。管氏若想在齐国站稳脚跟，须有上层照拂，不然，管氏覆亡不远。于是宗亲合议，由管仲父亲出面，向称贷之家举债。

结果呢，借贷受利的是管氏宗亲，还贷的却是管仲一家。

因为借贷券契上，只有管仲父亲一人的名字——母亲当年提醒父亲提防宗亲翻脸不认账，父亲却道：皆为管氏，总不至于陷他一人于危境。

然而人心，却是如此卑鄙而险恶。

正是依靠管仲父亲借来的财物，管至父频繁结交贵胄，出入卿大夫宅第，表演一出出礼尚往来的彬彬风度的戏码。公子公孙称赞他知礼、大方、有贵气，他终于一跃成为国君御士。

别人在人生路上越走越顺，管仲父亲却为别人的风光付出了惨痛代价。他背下了全部债务，今年的利息刚还完，明年的利息又来了，仿佛连续的暴风雨，一次更比一次猛烈。一家人被套上了沉重的枷锁，成为齐国众多背债平民中的微贱一员，在债务的深渊里挣扎一生，等待残缺的生，更等待彻底的死，最后还要把死亡也带不走的债务留给子孙。

鲁桓公六年（公元前706年），山戎侵齐，管仲父亲在战斗中阵亡。尸首运回家，家人痛悼亲人的眼泪还没干，讨债的便登门入室，先是挤着眼睛唏嘘两嗓子，过后便郑重宣告：尽管男主人已死，但父债子还，你家的欠贷依然要按期偿还！

从那时起，尚未成年的管仲便接过了上一辈的债务，开始了属于他的深渊之旅。

管仲不到十岁，就外出营生。他修过城墙、挖过墓道、开过矿山、辟过杂草，为大家养过马、放过羊，在战场上背过尸体，在沟渠里掏过粪泥，还曾披麻戴孝装孝子哭过丧，逼急了也去贵胄门前乞讨，遭门洞里蹲守打盹的恶狗追咬。有回他对召忽自嘲，这齐国的百工百业，竟没有他没干过的。

他也有过建军功拼出身的念头，千辛万苦去做了徒兵，上了战场却后悔了。他不是害怕死亡，而是害怕他的死亡让家人失了依靠。他若不在，母亲妹妹该如何办？那绵绵不绝的债务，岂不要压在她们肩上，于是他当了逃兵。

逃了第一次，便有第二次。他原来因为承袭父亲爵秩，还是个有资格上战场的士，因临战而逃，从中士降为下士，又从下士降为庶人，身份的沉降，把生活拽入人间的更底层。

他成了乡里的笑话。在尚武之风盛行的齐国，不敢上阵杀敌的男人都是孬种，人人当面唾弃他，背后诅咒他。他所过之处，遍地冷眼，满目讥诮，可他只是想要活下去。

在这苦难的世间，活下去这样卑微的愿望，却奢侈得比黄金还昂贵。

思绪沉沉如大石，压得胸膈酸胀难耐，管仲又翻了个身。身旁召忽睡得正沉，鼾声时起时落。屋里光线低暗，看不清召忽的脸，他给召忽掖了掖衾被。

这是他最好的朋友，也许也是唯一的朋友，不嫌弃他的朋友。

召忽父亲与管仲父亲曾是同一战车的徒兵，两人同行同坐，同战同斗，结下生死之谊。后来召忽父亲战死沙场，召忽母亲伤心过度，也不幸亡故。管仲父亲可怜召忽没人照顾，便将召忽带回家抚养。召忽刚来管仲家时，不过六七岁，拖着一条长鼻涕，两只袖口都有个大洞，他知道自己父母双亡，眼睛红得骇人，也是倔强，硬是不哭出一声。此后召忽与管仲做了伴，两人一块儿戏耍玩乐，一块儿做工还债，感情胜过亲兄弟。召忽极维护管仲，谁要说管仲半个字坏话，他绝不宽恕，这些年为管仲打过的架，数不胜数。

一转眼，十年过去了。

十年间，生活没有丝毫改变，风光的依旧风光，沉沦的依旧沉沦。管仲常常觉得自己会死在讨生活的路上，哪座铜山的矿洞，哪堵城墙的地基，便是他的坟墓。可召忽总是说，管仲和别人不一样，到底哪里不一样，他说不上来，他只是凭直觉认为，总有一日管仲会非同凡响。

会有那一日吗？活着，仅仅是活着，都这样艰难，又怎么敢奢想未来的不同凡响。

其实管仲现在最渴慕的，不过是吃顿饱饭罢了。

就在这千思万念编织的烦恼网里，管仲渐沉梦乡，迷迷糊糊中，好像睡了很久，但又好像只是打了个盹儿。恍惚间听见邻居家的鸡鸣了，他陡然惊醒。窗外天仍漆墨，点点光芒将浑浊黑暗戳了千百个针眼儿，却是该起身的时辰了。

管仲与召忽忙起身，随便抹了把脸，对隔壁屋的母亲说了一声："我们走了。"两人便匆匆上路。

足行了一整个白天，腿也仿佛要走细了，到向晚时分，两人才走入谭国地界。谭国是个小国，子姓，原为殷商方国，西周建立后，因及时投诚，又成为周王室的封建诸侯国。谭国北接齐国，南延鲁国，西临卫国，是卡在泰山北麓通道上的一处重要堡垒。很早以前，谭国便成为齐国的附庸国。西周封建侯国有大有小，大者横亘数百里，广袤无涯；小者守五十里之城，地狭民弱。小国要在大国夹缝中求生存，必须寻求保护，故而出现了附庸国这种特有的时代产物。

谭国自从附庸齐国，背靠大树好乘凉，得了不少利好，轻易不会受哪国欺凌，兼之扼守泰山通道，往来行商、过路羁客过此通道，皆要交纳关税，靠着这一笔不菲的关税，谭国吃得肚儿撑饱。

管仲、召忽此来谭国讨营生，原来是谭君要凿池苑。谭国国小人少，劳动力严重不足，若有营造事业，就要从临近的齐、鲁、卫征辟人手。列国贫困的国人、野人，在本国暂无事做时，也愿往邻国谋生，干些力所能及的体力活，讨得微薄的稍食。

两人在管事的工官处登了乡里和姓名。天色已晚，工程却没停，工官立即指派两人去工地背土。一人扛一畚箕，将挖出来的土装满，运到半里之外，再折回来。来回次数越多，所得稍食越多，这算是按件计酬。

两人刚把畚箕装满土，还没来得及运走，就听见有人阴阳怪气地喊道："齐国第一逃徒！"

工地上燃着数捆火把，火光荡漾开去，照见一张张鬼脸，其中一张鬼脸最可憎，管召立即认出来了，正是在弥河战场嘲弄管仲的丙季。

丙季前回与俩同伴劫掠辎重而去，管仲提醒过他们，车载负重，行路迟缓，遇险难逃。然而贪念难弃，满车的好物，那三人不舍得丢下一分一厘，果然行不到五里，被纪国追兵逮及。丙季反应快，跳下车滚向路边，撒腿跑得风生水起，被他撇开的俩同伴却为追兵所拿。他是全身而退，可怜那俩同伴至今仍陷于敌国，到底是做奴隶充苦力，还是已魂归故里，却无人知晓。

他得逃大难，不怪纪国凶暴，不怪自己贪心，倒怪起了管仲。他是心胸狭窄之人，只有人家听服他、顺从他的份，若点破了他的错误，恰恰他又真的犯了这错，他不仅不感激，还会恨你。

回乡后，他隔三岔五地来寻管仲的不是，找茬寻衅，没个消停，还去那俩同伴家里告刁状，一把鼻涕一把泪地痛诉："是管仲害得你家爱子不得归家！"撺掇得两家人打上门去撒泼耍横，要管仲还他家儿子。

为丙季的无理取闹，召忽对管仲唠叨过："大家伙儿一样的苦出身，丙季为什么偏偏找你麻烦！"说来丙季家比管仲家还潦倒，几年前，丙季母亲实在忍不得这没尽头的苦日子，与人私奔了，撇下丙季与老父相依为命；丙季父亲曾在战场上受过伤，腿有残疾，干不了重活，农活下不得力气，做工施不开技巧，家中生计一日不复一日。人穷了，精神世界也荒芜得寸草不生。丙季小小年纪，有娘生没娘教，学得一身的坏样儿，平日里专干些顺手牵羊、坑蒙拐骗的烂事糟事，自己明明是赤贫，却爱欺负弱小，还去笑别人穷，仿佛是要通过凌辱同类，获得虚假的幻想：自己和他们不同。

管仲当逃兵的事，被丙季一再拿来当笑料，当众笑，私下笑。召忽恨他欺人太甚，几回揍得他找不着北。他却不知悔改，每次看见管仲，仍要以口舌相凌。

这当口丙季又在奚落，召忽很想揍他一顿。管仲拉住了他，示意算了，安心讨生计才要紧。

两人不搭理丙季，不管丙季如何挖苦嘲讽，正眼也不瞧一下，自扛了畚箕离开。这一夜奔波，来回运了数趟，子夜时才罢手，一众苦力在野地里草草歇下，臭汗味儿随风四窜，也闻不出来。鸡鸣时，工官来催工，苦力们拖着倦怠之身爬起来。得承上头恩典，送来几鬲馊粥，大家稀里呼噜吃了，又忙忙碌碌干了一整日。其间，丙季几次来挑衅，却没讨着好处，反倒弄得他悻悻的。

一直干到黄昏之时，众人已是筋疲力尽，那凿池苑所需的土方才算挖尽。工官吩咐下去，苦力们可来领稍食，便在那挖开的大坑边，搭了一座小棚。工官居中而坐，旁边立有两人，一人唱名，一人分发稍食。按着每人的工作量，多的是一小囊麦子，少的是半囊，或三分有一，可即便是满囊，掂掇一下，也不过一锱之重。

轮到管仲与召忽上前，工官冷冷瞥了一眼，将最少的一囊麦子交给他们。

召忽一掂那布囊，疑道："为何这样少？"

工官沉着脸说："你二人偷奸耍滑，能得稍食，已不错了，还敢求多？"

召忽亢声道："我，我们哪，哪里偷奸耍滑了？别，别个背了几趟，我，我们也背了几趟，并无不同。怎么，怎么他们拿得稍食，我们就，就拿，拿不得？"着急起来话说得磕巴，却也是有理有据。

召忽当众质疑，工官觉得威严遭到挑战，恼道："贱人放肆，尔等偷奸耍滑，我自有人证，难道会冤枉你不成？胆敢口出悖言，无礼犯上，尔手头的稍食也当收走！"

说着话，便令左右抢他们的稍食。召忽护住布囊，死也不肯撒手，扭头却看见丙季那幸灾乐祸的脸，心头电光火石一闪：这工官说他们偷懒有人证，应是有人向上峰告黑状。众苦力里并无几个相识，更无仇家，也只与丙季有过节，那这栽赃的不是丙季，又能是谁！

人生已苦成这样，不过求一口活命的吃食，还要遭人陷害，愤怒如山洪暴发，召忽狂呼一声而起。旁边的管仲洞察幽微，拉也没拉住，眼睁睁看着召忽向丙季扑了过去！

刹那间一片惊呼，一阵哗然。工官起初惊得魂也飞了，却见召忽将丙季扑倒在地，两只手掐住他的脖子，发了疯一般往死里掐，怕是要出人命，他才想起应该制止，慌得招呼众人将召忽速速拉开。

五个精干的苦力，费了一身的劲儿，把个发疯的召忽生拽开去。召忽虽被拉开，口里却在歇斯底里地叫喊："畜生！孬种！我杀了你，杀了你！"

丙季被掐得面如白纸，鼻涕口水淌得满脸，半晌也起不得身，躺在地上又是咳嗽又是喘气，不知是在哭，还是在赌咒。

穷苦力为争口吃食，打个头破血流，是常有的事，所以工官把这事儿当成是穷棒子皮痒惹事，既不愿给丙季出头，也不想体谅召忽的委屈，却嫌他们多事。工官便做出此如下决断：召忽偷奸耍滑，污言犯上，擅殴同辈，管仲是他同路，也不可宽恕。两人一道受罚，每人背上笞打二十朴。至于丙季，工官反倒赏了两句体恤话。

管仲、召忽两日里胼手胝足，累得像头犁地老牛，却一粒口粮也没挣到，反倒遭打了二十朴。这趟出门讨生计的经历，在刺耳的鞭打声中结束。

一顿不留情面的痛笞，两人被打得腰也要断了，迈一步也不能，没奈何在草野之地歇了一夜，天明起身，身上的痛似乎更厉害了。归家之路尚远，却又不得不归去。两人相互搀扶着，步履蹒跚地往前踱步，仿佛两条困在干涸池塘中垂死的鱼，每往前游一寸，迈向的不是家园，而是坟墓。

走了半日，召忽一直没说话，他不作声，管仲也无言。苍茫泰山在身旁像一幅宏大的画卷，向远方的世界肆意展开，在这璀璨画卷的映衬下，人显得渺小而低贱。正午时分的阳光跳下来，不客气地压在身上，如千万句伤人的嘲笑，如此强烈而夺目。

“我想不通。”召忽忽然说道。

管仲一愣，召忽接着说道：“我真想不通，我便是个贱人，生得贱，死也贱，受点委屈吃点苦头，也没什么大不了。可你不同，你不该与我一样，也不该与他们一样。可为什么，为什么，你要受这许多苦？这天若有眼，是瞎的吗，瞎的吗？”他越说越激动，大颗大颗的泪珠落下来，举起衣袖狠狠揩了一下，没能止住那奔涌而出的伤心。

管仲怔住了，他很少见召忽哭。再大的苦，召忽至多是骂一声脏话，或者打一架，背过身也就过去了。可这一次，召忽突然情绪爆发，是真的被重伤了，也是真的绝望了。

他不知该如何安慰召忽，他其实连自己也安慰不了，心里堵得难受，真想陪着召忽一块儿大哭一场，可就算哭得呕出心来，又有什么用？

召忽发泄这一遭，情绪得了舒缓，也不再提这些话，两人更是沉默了，便在这压抑的安静里，又踉跄了半日路，天要黑时，终于走到了乡邑。

离家尚有一段距离，早有等候多时的好事者们，颠儿颠儿地奔过来报信：“可了不得了，你家来了贵客！”

"什么贵客？"管仲问。

好事者因其"好事"，更要"挑事"，非要装出高深莫测的样子，半遮半掩地说："是个大人物。"

管仲觉得莫名其妙，怎会有大人物来他家做客？像他这样的家庭平日里门可罗雀，便有熟络亲友，一向嫌他家贫寒，一道高贵的目光也不肯屈尊递进来，只怕来的是讨债的。

既是好事者故作姿态，管仲也懒得去问，不如自己去看个究竟。他和召忽加快了步伐，未至家门，便已听见人声鼎沸，大人呼，小孩闹，男的吼，女的叫。大门口挤满了人，连院墙上也爬着人，一个个探头探脑，像是管仲家里藏着一座金山，一众乡人特来此分财。

两人挤开人群，方踏进去，震惊得以为走错了门。原来那小小院子里摆满了竹筒木筥，一件摞着一件，堆得矮的有一人高，堆得高的齐了墙。有三五淘气小孩在满院乱窜，忽而撞疼了胳膊腿脚哇哇哭泣，忽而吵嚷肚饿要吃糕糕。

众乡人瞧见管仲，像着急着报功讨赏，争先恐后道："夷吾回来了！"

里屋有人奔了出来，乍见到眼前活生生的管仲，激动得结巴起来，"我，我，唐突拜访……"

管仲以为自己在做梦，他从没想过这个人会在生活中再次出现，更想不到会以如此难以置信的方式——作为客人，出现在自己家里。

这个贵客是鲍叔牙。

五

自在临淄乡郊仓促分别，鲍叔牙就没停止过寻找管仲。

当时太子诸儿遣人去给徒兵登名，他鼓起勇气，请诸儿手下代为问询管仲、召忽二人乡里。可管、召二人在诸儿的人来登名之前，就已经离开，此事就没了着落。

鲍叔牙没有放弃，他去向专掌白徒的遂人求请，要来弥河一战的白徒名录查询。但白徒多数为临时征辟，主事者不认真，被征者不诚实，其乡里要么是胡诌，要么根本没记，因此又是无功而返。

原也可向管至父打听管仲下落，然而前回在国乡郊野冒犯了公孙无知，连带得罪管至父；况且管至父与管仲一家素有嫌隙，纵便知晓管仲行迹，大概也不会如实相告；再者，鲍叔牙向来善于善、恶于恶，岂肯向管至父这类小人伏低求告，这条也许是最有效的线索便没被他采纳。

事情一拖再拖，原本以为无望了。到了年底一日，像是天光开了，不知怎么的，忽然想起召忽提过管仲曾是徒兵，他才又燃起希望。纵算白徒是无名之辈，徒兵却一定登名在籍，就这样顺着这条线索查下去，他终于在两年前因某次战斗而登记的战士籍录里，查到徒兵管仲的记录。

鲍叔牙欣喜若狂，知道了管仲乡里，也就意味着，他可以随时登门拜访；却因新年，朝内家中皆有大事，朝内有告朔礼，家里有祭祖礼，事事皆走脱不得。耐着性子耽搁了几日，待百事停当，他便备了厚礼，急急忙忙奔来清邑。

他行到清邑，因不知管仲家在何处，路口随便逮了个乡人问。这一问，问出个偌大的八卦来。

听说狗都嫌的管仲，居然有访客。再见那鲍叔牙，香车宝马，楚楚衣冠，眉毛也似镶着金，俨然是临淄城来的富贵公子。有钱的临淄贵客要见穷汉管仲，真是天大的稀罕事儿！

于是便有好是非的闲汉自告奋勇给鲍叔牙带路，路上有乡人好奇问一嘴，得知是管仲家的贵客，可不得了了，定要去看个稀奇。于是近处的闻风跟随，远处的襁负而至，为鲍叔牙带路的队伍越来越庞大，到管仲家时，半个清邑的人都涌了出来。

不想管仲、召忽去了谭国，鲍叔牙只得静候，由管仲母亲作陪，说些家常闲话消磨时间。人坐在屋里，外头的喧嚣长了脚似的往屋里跑。这个嚷贵客是什么来头，那个问贵客拜访管仲是为什么，又纷议管仲是不是要发达了，谁家有女儿的赶紧拾掇干净了，提早做好准备。

当管仲见到鲍叔牙时，竟不知说什么才好。说来他之前出手救鲍叔牙，私心也是为自己求便利，想着若能登上鲍叔牙战车，摆脱追兵不难。过后一路同行，是非常之时的非常遭遇，彼此分别后，就没想过还会再见。毕竟鲍叔牙是世卿子弟，他管仲是穷乡贱人，两人身份悬隔，人生轨迹截然不同，想来不可能有重合的一日。

可鲍叔牙突然登门拜访，像是那将自己撵走的另一个世界，大门豁然洞开，将门里的花团锦簇，一整个地抛在他面前。管仲平生第一次体会到被人重视的幸福感，对鲍叔牙生出隐隐的感动。

“对不住，让你久等了。”管仲真诚地说。

鲍叔牙连连摆手：“没有，没有，并没有太久。”他能见到管仲，心情激动得很，找了这许久，终有今日相遇之缘，其他的羁绊，又算得了什么。

管仲母亲站在里屋门口，说道：“都别在外头站着了，夷吾，请贵客进来叙话。”

众人遂一道进屋，召忽回头对看热闹的众乡人骂道：“都给我滚回去，再看，挖了你们眼睛！”他顺手从地上抄起一捆柴，将那几个在院里捣蛋的熊孩子撵出门去，哐的一声关上院门，又将骑在墙上的好事者一柴火棍打下去。

外面依然嘈杂，比之刚刚的聒噪，倒是好了许多。众人在屋里坐定，彼此凝眸，却说不出话来。鲍叔牙还在激动，管仲无从说起，召忽觉得自己嘴笨，还是管仲母亲转圜，对鲍叔牙歉然道：“荜门闺窦，款待微薄，委屈了贵客。”

鲍叔牙礼貌地说道：“管家母亲客气了，牙能再与夷吾相见，是天大的荣幸，胜过一切款待。”

管母笑道：“吾子夷吾乃屦缕之氓，劳贵人亲来拜访，实在有愧。”

鲍叔牙忙道：“管家母亲过谦了。牙自前次一见夷吾，深为夷吾才干叹服。念念不忘，千般寻觅，终得一见。牙还恐夷吾不愿见我呢。”

“鲍叔……太看重夷吾了。”管仲终于说道。他想也想得到，鲍叔牙为找到自己，费了不少工夫。这将自己糟蹋得人鬼不如的世上，竟有一个人，愿意耗损时间精力来寻找自己。管仲心里搅动了无限念想，是感动，是鼓舞，也是惆怅。

“是应该，亦是情愿。”鲍叔牙铿锵道。

管仲心中微震，想着总该表达说些感激话，可恨词穷，竟成了个无礼的哑巴。也可能是活在阴暗角落里的时间太长，受够了欺辱糟践，忽一日有人待他太好，却不习惯了。

鲍叔牙微立起身，郑重道：“牙这趟来，除了拜访旧相识，聊表别情，亦有个不情之请。”

“贵客但言。”管母道。

鲍叔牙对管母行了肃拜礼，说道：“牙自与夷吾、忽共历生死，见识过夷吾与忽临危应变之能，钦佩之至。以为凭他二人才干，不该只为白徒之身。故而，牙擅生一念，欲请夷吾与忽同归临淄。牙愿进言家父，向国君举荐他二人，一则为国举才，二则不使真才泯灭尘寰。”

他说得既恭敬，又忐忑，说到要向父亲进言举荐时，语气格外委婉，像是这寻常的进阶之事，因涉及特权，当中有让他羞耻的地方。

这一下，别说管仲、召忽不吭声，管母也沉默了。鲍叔牙并不催迫，耐心地等了一会儿。管母疑虑道：“贵客好意，我甚是感动。可他二人一介小人，有什么本事，能被举荐给国君。”

“牙以为，他们比临淄诸大夫子弟，强了百倍。”鲍叔牙说得斩钉截铁。

管母默然片刻，说道：“贵客看重我家二子，是他二人之荣幸……这样吧，贵客要举荐的是他们，就让他们自己决定吧。”

鲍叔牙便去看管仲，召忽也去看管仲，两双眼睛像灯似的，照着管仲犹豫的脸。管仲踟蹰着：“我……”停顿一会儿，他诚恳地说道：“容我想想可好？”

鲍叔牙很懂分寸，他尊重管仲的决定。将来的无数次关口，个人的人生选择，抑或国家的重大决策，他都坚持了这个原则。

这时一直在灶上忙活的管璧，提醒大家该用晚饭了。众人把余事暂放一边，聚拢在灶台边吃顿便饭。晚膳很简单，但比起平时却要丰盛。上次召忽赚来的肉脯，还剩三分有二，全部拿来切成丁，烩着豆、葵、瓜以及小麦，熬了一鬲肉羹。

“蓬门之家，没什么佳肴，想来不合贵客口味。”管母抱歉地说道。

鲍叔牙连连称叨扰，称能在管家吃顿便饭，是他的福气。这不是虚辞，他是真心觉得有福气：此际与管仲同案共食，听着管家母亲亲切地招呼大家吃饭，管仲妹妹温柔地问他烫不烫，吃饱没有，要不要再盛一些，他心里温暖得要淌出泪来。

鲍氏是世卿之家，朱门绣户，富贵逼人，宗亲从来趾高气扬，起居坐卧都端着架子，即便是他的父亲，在他面前也永远摆出宗子的面孔，而不是亲人。他尽管拥有众多亲族，却从来没有过这样温馨的家庭景象，没见过这样的母亲：虽然生活艰辛，但全心地爱她的孩子，以他们为荣，勇敢坚忍从不屈服，并把这些珍贵的品质教给她的孩子。小门小户也许贫苦，但也有高门没有的美好。

一顿饭毕，天黑尽了，鲍叔牙不愿意去住馆舍，打发随从们离开，随他们去哪儿歇脚，自己却留宿管家。管仲和召忽决定打地铺，把床让给鲍叔牙。

“不用不用，大家挤一挤。”鲍叔赶紧说。

管仲皱着眉头：“真会很挤。”

但鲍叔牙坚持不肯让管、召打地铺，两人拗不过他，只好三人同榻。尽管挤得手足蜷曲，睡在最里边的召忽还是一沾床就睡死过去。挤在中间的管仲，与最外边的鲍叔牙都有心事，久久不能入睡。

两人同时翻了个身，彼此正好脸对脸，眼睛鼻子几乎都要碰上。两人撑不住笑起来，都默契地坐起身，蹑手蹑脚地下了床，又蹑手蹑脚地走出门。

夜未央，月光如亿万银钉，将山野、河流、人户，一一钉在这黑色的世界里。在这不动的夜晚，天地仿佛变得很空阔，因为一切生气都在萎缩；又仿佛变得很拥挤，因为万物全都局促在一隅。

管鲍二人站在院中，仰头眺望那钩上弦月，像一个痴痴的问号。管仲低声道：“能问你个问题吗？”

“你问。”

“为什么要举荐我？”

鲍叔牙认真地说：“我以为你是难得的人才，不想你埋没乡野。”

管仲微微叹息：“可我乃贫家野氓。平生至愿，不过是活命。那些大功业、大节义，与我无关，我既不懂得，也无能力做到。”

鲍叔牙听得出管仲的话是真诚的，对一个长期挣扎在生存线的底层人来说，忽然间要他将生活方式颠倒，一并颠倒看待世界的视角，便是将这个人原来的人生斩断了，再造一个全新的人，谈何容易。

他谆谆道：“我虽愚钝，也略能懂你的心结，只是可惜你的才干白白浪费。我不比你多历世情，从来生长富贵，少知人间疾苦，却也看得见这天下的不公。那临淄城中多的是饫甘餍肥的公子公孙，要论真才实干，没一个能及得上你，却凭着出身，乘云上天，整日无所事事，论享乐有万语，举国策无一言。”

管仲摇摇头道：“倘或你贵为大夫子孙，也觉世道动荡，人心艰险，我不过是贫窭之身，又能做什么？”

鲍叔牙顷时无言，缓缓道：“我没法回答你，其实我自己也尚未找到应对之策。但我是真心可惜你，难道你甘愿一辈子俯首乡野，活一生下来，只为了讨口吃食？”

这疑问像撞钟般敲得沉默的心境一阵战栗，管仲陡觉那另一个世界的大门里，除了陌生的风物，或许也有令人向往的华彩景致。

鲍叔牙徐徐说道：“我不逼你，若你肯允，我自当欢喜；若你不肯，我也觉当然，仍然会认你作朋友。”

他凝视管仲，眼睛里一片清明。管仲忽然觉得，这是个内心很干净的人，他会对自己毫无保留地敞开所有，而自己的内心，比他要复杂得多，也肮污得多。

管仲被触动了，真正地被触动了，不是动容于鲍叔牙讲述的大道理，而是鲍叔牙这个人。

这一夜，漫长如半生过往，千万思绪在粉碎，也在拼合。天明时，管仲告诉鲍叔牙，愿意随他去临淄。鲍叔牙欢喜无量，着急问道可否今日就上路。

“怕夷吾跑了不成？”召忽玩笑道。

管仲无所谓得很，说道：“也可以。”

三人稍稍收整，一起向管母辞别。管母别无碎语，只说道：“少言，别闯祸。”倒是管璧哭起鼻子，还是召忽拍胸脯保证，他日一定接她去临淄游玩，她才收了悲音。

一行人踏上前往临淄的旅程，循着泰山山势东北而行。周历正月的天，是冷得拳手的季节，本该处处残败，泰山却像恒定的风景画，青翠之色依然不变，只有浓重的白雾在半山起落。

一路走走停停。巧的是三人年岁相当，召忽痴长一岁，管仲、鲍叔牙则同岁，皆为青葱少年，志趣相投，心情又大悦，不免要赏景玩乐，有时在一形胜之地逡巡悠游，并不觉时间飞度、光阴催人。他们走了小半个月，才走到临淄城下。

临淄原为殷商时蒲姑国旧都，齐国建国时，原来建都营丘，至齐献公时才迁来此地。这齐国都得名于一条河：淄河。此河源自莱芜，自国都南城外经过，绕城东北而去，城邑临河而建，故名临淄。

城中所居者，除了国君，便是卿大夫与国人。城内有两条闻名天下的大道，是为庄道与岳道。这两条大道宽平长直，可并行六辆马车，其一纵一横，在南城腹心交叉，将临淄城切成四等分。齐国最显赫家族的宅第就分布在这两条大道之侧，其高墙合围，把权与财牢牢保护起来，仿佛自成一国。大道上也是每日价车水马龙，挟贵好华的君子们来往穿梭，因而庄、岳大道，隐隐已成为齐国财富荟萃之地，也是权力凝聚的中心。

两道交叉出的十字路口，形成四个角，其东北角有一处街道，是临淄城最大的官市。临淄人对官市有个特殊称呼——庄岳之间，问去哪儿，答去庄岳之间，都知道是去逛市场。直到战国，孟子在阐释寓言时，仍然提到“引而置之庄、岳之间数年”，庄道与岳道作为某种实体象征，贯穿了齐国国家政权始终。

鲍叔牙家就在庄道一侧。那时延续西周传统，卿大夫宅第也称为宫。这鲍氏之宫实则是鲍氏大宗阖族所居之地，主事的宗子是鲍叔牙的父亲鲍夙。

鲍叔牙跨进家门，问那来迎候的家宰：“父亲何在？”家宰说有客来访，家主在待客。

“什么客？”

“伯子与崔子。”

所谓伯子与崔子，皆为公族，直系追溯到齐国第二代诸侯丁公吕伋，现在的宗子是伯舆与崔夭，两家在齐国世为大夫，且财力雄厚，尤以伯氏为翘楚。伯氏封地在骈（今山东临朐），被称为齐国称贷第一家，债务遍布齐国，甚至放到了周天子身边。因此，传出这样的说法：齐国每两家借贷者，必有一家借的是伯氏的贷。

听说是伯氏、崔氏来访，鲍叔牙倒不着急见父亲了。他是不愿意见客，过往每有访客登门，父亲必定提溜他来会客。一水闲得发慌的贵客们，不是扯着他的手看骨像，就是捏着他的脸蛋看面相，再占上两卦，赞叹此子贵不可言。这让他极不舒服，却让父亲格外满足。于是他便叮嘱家宰，暂不要把他回来的事告诉父亲，待客人走了，再说不迟。

他先将管仲、召忽安置妥当。歇了不到一个时辰，家宰便来了，说客人已走，并将鲍叔牙回来一事告知家主，家主要见他。

“稍等等我，我先禀明父亲，再带你们去见他。”鲍叔牙对管、召说道。

父亲见他的地方，不是后寝，而是刚刚会客的正堂。在敞亮的堂室里，正襟危坐的鲍夙像一尊不可侵犯的石像，带着拒人于千里之外的冰冷气息。

鲍叔牙拜了下去，才刚抬起身来，鲍夙便问道：“你这些日子去哪里了？”

鲍叔牙愕然，他走之前，父亲有事不在家，他便留了口信，称拜访朋友，需出门数日，未料父亲今日竟有此问，只得老实回答：“儿子去访友。”

“访友？”鲍夙哼了一声，“到底是访友，还是去放野了？或者，那访的友，也非益友！”

鲍叔牙莫名，父子才照面，三句话没说到，父亲便夹枪带棒地伤人，是自己哪里做得不合他心意，还是谁挑拨离间过？他解释道：“父亲明鉴，儿子确是访友，访的也是益友。”

“那你倒说说看，是怎样的益友？”鲍夙讥诮道，“是你前回逃命归来，结识的那两个下贱白徒吗？”

似被闷棒敲了头颅，鲍叔牙一阵发晕，耳际鲍夙的严厉声音仍没停止：“上回闹出那样的丑事来，回来后还瞒着我。我偶有风闻，问尔时，尔居然一再搪塞，全不想将实情交代。”

鲍叔牙顶着那渐渐覆顶的压力，努力说道：“儿子并没有要隐瞒父亲，只因小事而已，不敢劳动父亲分神。”

“为两个下贱白徒，得罪公孙，也敢说是小事！”鲍夙提声叱道。

鲍叔牙瞧不起父亲这怕得罪人的怯样儿，回嘴道：“若细究那事，是公孙处断不公。况且当时太子也力主公孙有错，哪有什么得罪不得罪！”

鲍夙腾地立起身来，狠狠指着鲍叔牙道：“你是眼瞎还是心盲呢，太子与公孙是如何情形，你不清楚吗？敢搅和进嫡侄之争，你是想让我鲍氏不血食吗？”

若父亲责怪自己为救管、召而得罪无知，行事不妥，也便罢了，如何突兀地掰扯到嫡侄之争？鲍叔牙先还纳闷，猛地想起今日家中来客，心下忽明了。太子与无知争斗，卿大夫们各分派别。那伯氏与崔氏，向来支持无知，这次登门拜访，约莫是要拉鲍夙入伙，七嘴八舌，纷说是非，自是说起那日鲍叔牙与太子一个鼻孔出气，委屈了无知，请鲍夙把泥足深陷的亲子拉回正道，切勿因一时轻忽，站错了队，将来后悔晚矣。

闲人嘴贱！鲍叔牙生了几分薄怒，硬声道："父亲休得听闲人嚼舌根，儿子并没搅和进嫡侄之争！"

鲍夙教训道："若你行的是周道，守的是正理，还害怕人嚼舌根吗？"

"儿子如何不行周道、不守正理？儿子一向秉持的是节义公正！"鲍叔牙义正词严道。

鲍夙冷笑道："什么节义公正？我瞧你好日子过太久，神志昏聩了。你素来犯下的荒唐事还少吗？不交益友，少养德行，整日与乡野贱人、走卒白徒厮混，言出非礼，所为荒忽，闹出多少笑话！看看别家子孙，哪一个似你一般？我鲍氏颜面，几为尔所败！"

鲍叔牙在卿大夫子弟里，是个另类，平素爱与身份低贱者打交道，像是天生一副慈悯心肠，偏就与厌饫膏粱的贵胄子弟不对付，嫌弃他们是百无一能的寄生虫，不过是仰靠祖宗恩荫混吃等死。故而下层人赞美鲍叔牙厚道有良心，上层人却批判鲍叔牙乖癖不合群。

遭父亲痛斥，鲍叔牙反而激出倔强气性来："儿子以为，父子唾弃的乡野贱人、走卒白徒，比之临淄废物子孙，强了百倍！我鲍氏颜面，若是为赢得他人的虚假称赞，强做撑持，不要也罢！"

越是规诫，儿子竟越是反抗，鲍夙的火气腾腾上浮："你这是说的什么混账话！我本好意规劝，你却一再顶撞，真是目无尊长！我可还听说，你这趟出门鬼混，将那俩下贱白徒也带回家来，还嫌不够丢人吗？我此际明告你，趁早给我赶出门去！"

本来还想将管、召介绍给父亲，事情还没透露片语，倒先遭了父亲一通伤人的批判，愿望落了空，自己既陷于人子不敬尊长之境，更对不起朋友，鲍叔牙是委屈又气恼，可让他屈服，却万万不可。

"儿子是请了两个朋友来做客，他们是儿子的好友。留不留，走不走，请父亲恩允儿子自己做主！"

遇到这么个犟种，鲍夙气得手足也凉了，骂道："你敢！你不撵，那我来撵！贱人若厚颜不走，打死也不可惜！"

鲍叔牙偏是个吃软不吃硬的强毅脾气，威胁逼迫对他从来没有用。他振振道："儿子说过了，他们是我请来的客人，儿子当与他们共进退！父亲若撵走他们，我也与他们同走；父亲若要伤他们性命，请先打死儿子！”

鲍夙暴怒，本还强按住自己端坐，此时不禁跳将起来，大吼道：“你既要随他们同走，现在就走！”

与被愤怒的烈焰烧光了理智的父亲讲理，鲍叔牙以为费神，既要他走，那走便是了。

“就此辞别！”鲍叔牙对父亲深深一拜，昂然转过身，大踏步走了出去。

身后传来乒乓之声，不知父亲摔坏了什么贵重物件，也无关紧要了，反正鲍氏堆金积玉，闲极无聊以每日砸碎一样珍玉取乐，也不足怪。临淄贵胄们的荒诞嗜好，还少吗？

鲍叔牙立即去见管、召，先是再三道歉，自责不已，再咬牙切齿地数落父亲如何不留情面，如何看人只看衣冠，也生了一双识不得真金的盲眼，让他好不失望。

管仲听说鲍叔牙为了自己，与父亲生分，愧疚道：“是我等罪过，我们立刻离开。你去向父亲认错，不要为两个草野之氓，致使父子生隙。”

鲍叔牙如何肯听，他既与父亲当面决裂，就不会去认错服软，也不会改变心意，势要在一条道上冲下去，哪怕前方有墙，也要一头撞上去，绝不回头。

多年以后，管仲评价说：鲍叔不惧，这世上能让鲍叔牙畏惧的事，几乎没有。他凭着一根筋的刚悍倔强，在无数次危险来临时，冲到了最前面。

管、召都以为鲍叔牙不应当与父亲起冲突，劝了许久。鲍叔牙死活不从——要让他认错，除死而已。两人总算是见识到了鲍叔牙的倔强，却是无计可施，拗转不能。

夜幕降临，管、召终于被鲍叔牙的坚持击败了，三人相携离开了鲍氏宫。鲍叔牙走时，没对父亲通报一声，至于父亲知不知道他离开，他并不关心。

这个夜晚，临淄城的贵胄们，在庭燎之光的照耀下，举觞相贺，歌之咏之，以介万年。鲍氏父子决裂的消息，如夜宴上浮动的酒香，缓慢、然而绵绵不绝地传入了冠带君子的耳里，又进入了眼里和心里。

鲍氏宫大门紧闭，将夜的沉寂关起来，也将夜的喧嚣撵出去。人人都看出这是一桩家庭纠纷，却几乎无人能预见这个事件对未来齐国政治走向的意义，便是连当事人也毫无察觉。

帆已张开，船将起航，只等风起的一刹。

六

临淄南城西门是为稷门，城门也连着一条通衢之街，但与庄、岳大道相比，显得寂寞无闻。战国时，就在稷门附近，建起了著名的稷下学宫。距稷门半里不到，有一处精巧的宅第，不过两进，堂室不大，中庭也不大，前屋种了棠棣，后屋栽了杜梨。这处宅第，便是鲍叔牙的暂居之所，原是他母亲的别院。

鲍叔牙的母亲是个刚强的女子，论起倔性子，鲍叔牙一多半得自她的遗传。往年某次，她与鲍叔牙的父亲闹别扭，愤而离家出走，带着那时才三岁的鲍叔牙，别居在这小院里。鲍叔牙的父亲遣了数拨使者，恭敬请主母归家，都被她赶走。鲍叔牙的父亲犟不赢她，只好亲自登门道歉，将母子接回家。

三年多前，母亲病逝，这处小院没有别赁或置卖，鲍叔牙时不时来此小院待一待，怀念亡母，追思既往。那日与父亲闹翻后，他便搬来了这里。

鲍氏父子的家庭内讧，很快便传遍临淄城。鲍叔牙才在这里住了两日，就有鲍氏宗亲上门来劝和，有的语重心长，有的软语温言，有的痛彻心扉，有的申饬教诲，都做出弥合父子关系罅缝的和事佬模样。

鲍氏宗亲才走，诸大夫就来了——一小半是为劝和鲍氏父子，一大半是来看热闹，起哄架秧子扩大事端，甚至有人数落鲍夙不进油盐，怎能对亲子这般绝情，像是巴不得鲍叔牙与父亲成为仇雠。

鲍叔牙出于礼貌，忍受着好事者的聒吵。可这帮闲人今日来，明日也来，每与他们叙谈，搬起是非来没完没了，实在烦恼。他便禁断访客，不管是谁，一概不见。好事者们见不到鲍叔牙的面，都指摘鲍叔牙脾气怪，他自绝于鲍氏，倒也在情理之中。只是离了鲍氏的照拂，鲍叔牙就是水面飘萍，在寸土寸金的临淄城，想活下来，恐怕难了。

齐侯也知道鲍氏父子对立，但他一是不想管卿大夫家事，二是即便想管，也有心无力。去年弥河一战，他身受箭伤，几乎殒命，精心调养多日，渐有好转，哪知过了个年，竟然旧伤复发，似比以往还要严重，时不时得卧床休养。

国君身体抱恙，底下浮浪翻动。国君挺过去，一切依然照旧；挺不过去，那些阴谋阳谋都得撕开了裸呈出来，却要看是太子顺利继位，还是无知夺位成功。

外边的客人，鲍叔牙不见；外边的风浪，鲍叔牙也不问。他离了家，把与过去有关的全部生活也一并抛弃了。

管仲有时会旁敲侧击地劝他与父亲和解，他还是不答应。

“那你以后怎么办？”管仲问道。

“与你们一处。”鲍叔牙毫不犹豫地说。

管仲对此无可奈何，道：“我们是过惯穷日子的鄙野之氓，你与我们一处，吃不消。”

“你们能吃的苦，我也能。”

鲍叔牙是真以为自己能，他做好了受苦受难的全部准备，想过与管、召一起讨营生。挖沟渠、开矿山、掘墓穴等，他什么都能做，别人倘或要取笑，便笑好了。

三人在这小院待了下去，百无聊赖之际，总得找点事儿做。鲍叔牙常常带着管、召去临淄郊野，教他们驾戎车。他说自己虽离开了鲍氏，但还能做战士，将来凭着战功，自可步步晋升，未必要靠着鲍氏，至于管仲和召忽，一样可以。

“可我们出身低，没资格做战士。”召忽怏怏道。

鲍叔牙赌誓似的说道：“哪一日有幸执掌国政，把这禁绝人才的陈腐规矩破了才好！”

便如此住了数月，夏日薰风渐至，轻暖婉媚的馥郁气息在临淄城弥漫，是花草芬芳，也是君子袖口漾出来的香味。

一日，却是个烁玉流金的溽暑天。鲍叔牙怕热，躲在屋里假寐。管仲、召忽无事可做，那小院如一方匣子，将热浪逼在里面，也把人束缚在里面。两人便坐在大门口，吹着温热的穿堂风，看门前阒寂长街变幻的日光。

不期然的，街面响起马车哐当哐当的行进声，一辆华盖轩车驶过来，恰恰在门口停住。

车上乘了三人，除了御者，走下两人，一大一小。大人是个年轻男子，生得干干净净，衣冠装束也干干净净，通身的不凡气度；小孩七八岁模样，极是漂亮，晃眼不细看，还以为是个清秀的女孩子。

年轻男子问道：“叨扰了，牙可在家中？”

来的又是访客，因鲍叔牙再三叮嘱不见客，召忽回道：“不在。”

年轻男子笑道：“他一定在，相烦通禀一声，高傒求见。”

召忽乜眼打量这个自称高傒的男人，不耐烦地说道：“我管你高傒矮傒，不在就是不在，你让我通禀，我给谁通禀去？”

年轻男子似脾气特别好，被召忽挤兑，不介意也不懊恼，仍和气地说：“我知牙不见客，但他不见别人，一定见我。”

召忽嫌他拿大，还要拿狠话撵人，管仲忽地站起来，恭谨地说道：“高子请稍等。”他一把扯住召忽往里走。

召忽埋怨道：“牙说了不见客，你怎么……”

管仲打断他道：“你知道他是谁吗，也敢撵人！”

“他不就是什么高子矮子，别的身份尊崇的大夫都撵了，如何撵不得他？”召忽不明所以。

管仲摇头叹气：“你是饱了肚子坏了脑子，我齐国除了国君最大，以下最有权势者是国、高，这位高子正是高氏。”

召忽醒悟，他不是没听过国、高，这两家是天子命卿，也就是由周天子册命的辅佐诸侯理国的卿，其身份尊荣，远远高于诸侯命卿。国、高在齐国世掌卿位，举凡齐国的重大决策，诸如战争、结盟、立嗣、大蒐、筑城，都须得到国、高的认可，才能施行。乃至临淄国人，将与国、高联姻，视为莫大的荣耀。

正在榻上辗转难眠的鲍叔牙，听说高傒求见，果真不再拒人门外，整顿衣冠便往外奔，一脚踏出门，声音扬起来：“高子是来做说客吗？”

高傒笑起来：“我这人还未进门，一言未发，牙便来堵我口，就算当真是充说客，也不敢了。”

鲍叔牙也笑起来，他与临淄贵胄不合，却对高傒素有好感。因为高傒性情温和，说话有分寸，做事有风度，从不装腔作势、恃强凌弱，所谓君子，正该如此。乍又看见那小男孩，鲍叔牙惊道：“原来公子也来了！”

那小孩在门口等得闲不住，便踩自己的影子玩，又踩高傒的影子，窜东窜西，跳上跳下。高傒拉住他的手腕，说道：“小白不要闹。”说的话是训诫，语气却极温柔，让人错以为这小孩便是他儿子。那叫小白的孩子很听高傒的话，也不跳了。鲍叔牙对他行礼，他胡乱回个礼，还不忘做个鬼脸。

鲍叔牙将高傒等人请进屋，感慨道："偌大的临淄，也唯有高子能轻车简行，不计较排场，真君子风范。"

高傒轻笑道："不敢当此誉，可要羞掉我的脸皮。"

众人在屋里分宾主坐定，彼此寒暄了些无关紧要的闲话。小白陪着坐了一会儿，却是磨皮擦痒待不住，开口说屋里气闷，他要在院子里乘凉。

高傒很是宠溺他，温声道："去也可，不要跑远了。"

小白应了一声，跳起来就往外跑。鲍叔牙看着小白的背影，点头道："高子待公子之心，令人感动。"

高傒叹息："公子可怜，我也只是尽些微职分，举手之劳矣。"

公子小白，生母是卫国女公子，原也是出身显贵，不幸生母难产而死，留下这血脉孤子。那齐侯死了妻妾，自有新的女人投怀送抱，今日生个儿子喊他君父，他日还有更多儿子拜在他面前尽孝，加上一贯的子不如侄的偏心念头，对小白的出生感受冷淡。

可怜小白襁褓里失母，在齐宫中无人照应，时常是在这个君妃处混顿饭，往那个兄长处睡个觉，像不修整的横枝杂草，胡乱地生长着。偶有一年冬日，高傒入宫面君，恰看见小白光着脚丫子从结了薄冰的廊道跑过，一面哭得声断气绝，一面还在奋力奔跑，问他做什么，说是犯了错被兄长们惩罚，得光脚跑完齐宫，不然不准吃饭。

高傒生出怜悯心来，便带他去见齐侯讨公道。齐侯把众公子呼来，劈头盖脸一通乱骂，也骂小白，说他蠢：让你跑你就跑吗，你不知道反抗吗？再者说，又为什么他们要欺负你，而不是其他人？想来也有你做得不对之处。

齐侯"不偏袒"的处理态度，让真正犯错的没有受到惩戒，被欺负的没有得到补偿。高傒也觉得失望，又见小白孤苦无依的可怜样，更不能坐视不管，当夜便将小白带回家去了。

带了第一次，就有第二次、第三次，从此，小白时常待在高傒家里，衣食都由高傒负责。他也喜欢高傒温善，不愿意回宫里，时间长了，倒像是高傒的儿子。公子被臣下领回家去养育，本不是光彩的事儿。齐侯倒是全没在乎，大概心里还有些许摆脱拖油瓶的轻松感，万一哪日高傒要认小白做义子，反正一样姓姜，也不是不可以。

小白为高傒抚养，让高氏某些宗亲叨叨不休。以往也不是没有公子养在卿大夫家里，但过后都会有所回报——一朝公子起了势，甚或做了国君，卿大夫之家自然飞黄腾达。善待一个失势的公子，能得到什么？想那小白，既不可能被立为嗣君，也不可能有大作为，太不划算。

种种非议传入高傒耳中，他却不改初衷，依然一如既往地善待小白。精于计算者看不穿这其中的玄奥，只好自我发挥只当是高傒养了只宠物猫，别的卿大夫养俳优当乐趣，他是养公子当俳优，多么别致的爱好！

跑出屋的小白，野马似的在小院里奔了一圈，这儿踢踢草，那儿摇摇树，皮了一阵，实在寻不到新鲜乐子了，扭脸看见管仲、召忽在一株棠棣树下刻木头，跳着跳着就蹭了过去。

刻木头的实际只有管仲，召忽也只蹲在旁边看着。这段时间，也许是为了消磨时间，管仲总会找些事做，要么洗衣做饭打扫庭院，要么顺手摸来木根柴薪刻一刻——他的意思是人若太闲，心智就会废掉。

小白看了半晌，管仲手中的木人已成了形。他忍不住说道："高子送过我一个木人，比你这个精巧。"

"高子送给公子的礼物，自然精巧。"

"你瞧你这个木人，嘴歪眼斜，丑死了。"

"嗯，公子说得是。"

小白扁了扁嘴巴，他本来想若管仲反驳他，那正好与管仲理论理论。人生暂时找不到乐子，斗嘴也是乐子。可管仲像是不吃这套，你讥他不好，他说讥得对，就像硬拳头砸在软棉花团里，这比针锋相对更难对付。

傻看人刻木头，看也看烦了，小白嘟囔道："无趣得很。"

管仲把木人放下来，突兀地问道："公子想玩吗？"

"玩什么？"

管仲微微一笑，他侧身走进前院西厢，俄而取来一只弹弓，硬木为弓身，牛筋做拉弦，张力十足，若为强膂者所拉，其威力相当于战场上弓箭的三分有一。

弹弓是风靡齐国民间的游戏，底层平民，凡遇社日、婚嫁、添丁、丰收，或纯为消遣，往往扶辇推舆，相聚乡里，以弹丸为戏。甚者设下博局，胜者赢得财物与尊重，败者也不会狭隘生气。

小白一见弹弓，兴奋得脸也红了，嚷着"好宝贝才拿出来，哎哟急死我了”。管仲不忙将弹弓拿给小白，却说道：“现有个弹丸好手，公子想不想看？”

“当然想看！”

管仲将弹弓递给召忽，召忽也不问缘由，往后退数步，将弹弓举起，两手猛地一拉，嗡的一声震碎了一团黏稠的热气，弹兜里的石丸激射而去。

那石丸似鹞子捕食，穿透了看不见的层层阻力，只觉快得目力未逮的一道黑影，以迅雷之势直击那株棠棣树。方听得砰的一声脆响，接着又是噗的一声闷响，满树花果便疯狂地摇晃起来，白的花儿、黄的果儿，一片片缤纷，一颗颗滚落。棠棣树似乎受了极重的内伤，痛苦地扭动着，却因这仿佛垂死的挣扎，摇摆出一支妖冶异常的绝美舞蹈。

小白看得目瞪口呆，拍着手欢呼道：“棠棣之华，鄂不韡韡。弹丸相激，莫不陨落。”

《棠棣》一诗，从周初流传至今，几乎家喻户晓，可小白竟随口改得面目全非，管仲与召忽不禁一乐。

恰鲍叔牙与高傒叙话完毕，出来却看见院中的热闹景象，小白正扯着管仲央求：“还有什么好玩意儿，统统拿出来！”

高傒清声道：“既说到玩乐，现正有一绝好去处，公子可愿去？”

只要说到玩乐，小白就被拿住了，便是刀山火海也当去瞧一眼真章，急声道：“哪里哪里，我要去！”

高傒道：“适才与牙说起，酷热难耐，困顿家中既无事又烦闷，不如往城外纳凉避暑，还可泛舟垂钓。他不好玩，推了再推，既是公子想去，我自也想去，只牙不想去，劳烦公子请一请牙，大家同乐才好。”

小白听说有绝好的玩乐处，早已急躁得抓耳挠腮，对鲍叔牙催道：“去，为什么不去，你必须去！”

鲍叔牙着实不想出门，他不好玩乐，得闲宁愿在家待着冥思，不似其他贵胄子弟，哪一日不折腾出新鲜花样来，便浑身不自在。可高傒相邀，小白又要求，他不去显得不近情理，便勉强道：“那，去也可。”

小白雀跃，一众人出了门。小白来时与高傒同乘，走时却非要与管仲、召忽同车，他说的是“这两个新朋友有趣”。高傒也依从他，便由管仲为小白驾车，召忽参乘。

出城路上，小白那张嘴就没停过。他一会儿问管仲还会玩什么，会角抵吗，会杂耍吗，齐国乡里有多少稀罕游戏，统统教给他可好；一会儿问召忽的力气到底有多大，能举鼎吗，他认识一个能举鼎的胖子，还是他兄弟呢。

又见管仲驾车稳重，仿佛积年御者，打听到他原先只会赶大车，前不久才学会驾战车，而这轩车，以往偶有涉及而已。小白惊叹道："你真厉害！"

"公子过誉，我之驭术草草，只能平地缓步，技艺超拔之驭者，其驭术神鬼莫测。"

"是怎样的驭术？"

"夷吾见识鄙陋，只知道有五驭，是为鸣和鸾、逐水曲、过君表、舞交衢、逐禽左。"这其实是管仲某次为某乡大夫筑院墙时，听那乡大夫天花乱坠地谈论自己驭术的惊人之语，一番吹嘘在旁人听来不过是闲话，他却记在心里，现在正好拿来哄孩子。

光听名字，就让人神驰向往，小白畅想着，无数风驰电掣的快活画面，一帧帧从脑海里飞过去。他憧憬道："你以后学会了……啊，不，我自己去学，学会了驾车载你。"

"岂敢让公子为我驾车。"

"我若学会五驭，没人鉴赏多无趣，你须得为我看一看，我之驭术好还是不好。"小白执拗道。

管仲与他说不上理，小声道："僭礼了。"

小白却越说越上心。"那就这样说定了，反悔的话，"他想了一想，"被狗咬！"

孩子气的话让管仲哭笑不得，他还在想把这茬圆回去，小白却是小孩儿的跳跃思维，迅速将这事抛开，问起管仲家住哪里，乡里的女子美不美。"你不知道，齐宫里的女人都生得好丑。"

车马出了临淄南城门，迤逦向西而去。前方渐渐出现了一大片湖泊，碧蓝的天映着湖面，水面金光四射，风乍起乍收，荡出轻绉似的涟漪，这里正是临淄享誉一时的申池。

申池为临淄形胜，水流自池中分而为二：西流是系水，北流才为渑水。这渑水清如明镜，仿佛酿造时间最久、口感也最好的清酒，故而临淄人有谚为："有酒如渑。"申池周遭遍栽竹木，箬竹、水竹、斑竹、刚竹、毛竹等各类竹子，竞相生长，荟萃成一片浩瀚无垠的竹海，仿佛一页页翻不完的书笺，一片片数不尽的风帆，目力不能穷极，脚力不能踏平。

有此竹林，故而盛夏之际，申池最适宜避暑。每至三伏天，临淄人便来此泛舟、垂钓、宴宾、小憩，若仍是燥热难安，便扑入水中尽情裸泳，也有借着竹林荫蔽谈情说爱的。

正值日中，阳光辣人的眼，前边有一处建在池畔的台榭，榭内榭外已憩了一拨人，却听得阵阵呼喝声，不知这拨游人在玩何种热闹游戏。

榭内一个声音笑呼道："来的可是高子？"

高傒举目望去，榭内一人正向他招手，惊道："莫不是太子？"

"好巧，竟与高子不期而遇。早知高子要来，我便与高子约一约。"太子诸儿笑呵呵地说。因天热，他怕出汗，里头着了一件细丝亵衣，外边一领轻薄中衣敞开来，不像讲究仪表风度的君子，纵是中暑，也不会袒衣露肉。便是这不羁的浪荡样儿，让持礼端严的人深恶痛绝，但也让临淄城无数女人如痴如醉。

偶遇太子，不得不拜，高傒等人忙下车参礼。诸儿说道："把虚礼统统弃了，皆是来申池游乐，不分尊卑，才有意思。"乍看见小白，津津有味地说道："小白也来了，甚好。"

小白缩了一下头，他被众公子欺负得怕了，见着年长兄弟便发怵。不过诸儿没有欺负过他，而是彻底无视他，对诸儿这样自恋自傲的人来说，欺负一个小可怜毫无成就感，能将无知欺负得欲哭无泪，那才叫真本事。

不同于其他公子，小白对诸儿的感情很复杂。他有时蛮羡慕诸儿，虽然齐侯经常骂诸儿放荡，可在小白稚嫩的想象里，放荡意味着自由，意味着我的天地我做主。但他对诸儿身边的公子存有芥蒂，小白心里有份"欺辱我的坏人名录"，这位公子榜上有名。

这位公子是纠，母亲是鲁女。关于他的身世，传闻甚多，其中一个说法是：某年齐侯朝聘鲁国，那时还是鲁宫宫女的公子纠母亲，不知使了什么手段，或灌醉了齐侯，或媚眼飞得好，或是那一日春光太灿烂，人心太浮躁，她主动爬上了齐侯的床，于是便有了公子纠。

素爱标榜自己是周公继承人的鲁国，却出了敢扑倒国君的彪悍女人，着实有些难言的尴尬。鲁国将大了肚子的宫女送走，齐国迎来了一位公子的出生。不过外头难听的碎语不断，说鲁女其实早与哪个无名之人暗通款曲，扑倒齐侯是为了掩人耳目，齐侯头顶草原，反而欢欢喜喜地为他人养儿子。

公子纠比小白年长五岁，打小就爱欺负小白，众公子摔打小白也有疲乏期，他却没有，越欺负越带劲。小白见他就绕路跑，他非得把小白拎回来折腾。那回让小白光脚跑齐宫，就是他出的主意。

这会子瞧见小白，公子纠立刻瞪起眼睛。小白心里抖了一下，把脸偏了过去，这时便是有天大的热闹，也不愿意朝公子纠那里看一眼。

高傒等人走近台榭，这才看清，原来太子一行人在玩角抵游戏。太子私属与公子纠私属在台榭下围了一圈，场中一人是公子彭生，裸着肥厚似城墙的上身，大颗的汗珠啪嗒啪嗒地滴下，已在脚边汇成一摊小湖。据说搏了七八场，竟无人能撼动彭生分毫，他往往一举手，就能将人摔出去。

小白对管仲耳语道："就是他，能举鼎的胖子。"

管仲很想笑，忽听诸儿指着他和召忽说道："这不是前回那俩小白徒吗，可让鲍叔牙找得辛苦。"

管仲与召忽连忙拜礼，诸儿却朝私属们点头："来来，见见旧相识。"

那私属里走出两人，一人是宾胥无，一人是雍廪。管、召俱是惊疑，昔日的徒兵，怎么忽然变成了太子私属？太子何时将他们收为己用？但也不适合当场发问，只得把疑惑埋下，彼此匆匆见礼。

诸儿含笑道："这半日了，也无人能赢彭生，谁还敢挑战？"

底下无人应答，彭生仿佛是坚固的泰山，强风摧拔不动，巨雷摇撼不得，私属当中最强的雍廪，也被彭生摔得胳膊脱臼，谁还敢不自量力去触霉头。

诸儿惋惜地叹了口气，缓缓举起一枚双龙首玉珩："无人挑战，只能送给彭生了。"

"我来试试！"召忽高声道。

诸儿赞道："好，有胆气！"他将那玉珩往前一送，说道："若你能赢了彭生，这奖赏便归你所有！"

召忽诚实道："公子勇力过于常人，贱人岂能赢得了，不过讨教一二，也不敢求取太子奖赏。"

诸儿笑道："你倒还诚实。"他略一思索，又道："也不用你打败他，你若能在十招之内，让彭生动一动足，便算你赢。"

“这样对公子太不公平，贱人胜之不武。”召忽摇头道。他觉得输了是技不如人，不需要别人让他。

“你能撼动彭生，已是一等一的大力勇士，尔以为让彭生挪位，是轻易的事？”

激将的话起了效果，召忽入神片刻，说道：“那贱人便勉力一试。”他将上衣脱去，两手搓了一搓，对彭生行礼道：“请！”

彭生抬起一只脚，重重一顿，恍惚让人觉得他跺出一个可埋人的深坑来。他便似宫殿栋梁一般，稳稳立定，等着召忽来攻击他。

召忽倏地腾身，胸肩使力撞向彭生，这一撞，却似撞向了一座万仞高山，山似在地心处生了根，无论用多大力气推挡，那座山都纹丝不动。“山”脚不动，“山”肩却翘起一角，彭生肥厚的右手合围过来，眼见要掐住召忽的脖子，召忽却是警醒，急速弹跳开去，躲过这危险的一击。

这拼尽全力的一招，竟不能让彭生动弹分毫，召忽才知所谓让彭生挪位不易的意思。他围着彭生左右跳跃，思考着到底如何下手，场外却是叫声连连，催促着召忽赶快上手，不明白召忽何以如此迟疑。

召忽微一皱眉，他喝了一声，再次撞向彭生，依然是蚍蜉撼大树，不能动其一厘。周围人都发出失望的叹息——这样使蛮力较劲儿，就算过去一百年，彭生别说动一动脚，头发丝儿也不见得受损，待召忽力气用尽，一根指头就能将召忽戳翻。

攻击者得不了手，防守者便要反攻。彭生举起双手，像两只沉重的翅膀，扇向召忽的肩膀，召忽竟似突然踩进泥淖里，突兀地矮下身子，彭生的手落了空，而召忽的手却寻找到空当，在彭生腋下用力一击。

彭生似被蚊蚋叮了，浑身打了个激灵。就在这瞬息之际，召忽如泥鳅似的，滑向彭生身后，往他背上连踹三脚。软肋被攻的彭生，那保护他不受侵犯的气息裂了一条缝隙，他分不出神去稳住底盘，坚固的山峰终于被撼动了。

彭生向前跌跌撞撞冲出去几步，也是他体量大，很快又收住了步子。

就在彭生迈开第一步时，众人爆发出震耳欲聋的欢呼，无数崇敬的目光看向召忽，仿佛在瞻望百战百胜的英雄。

诸儿非常高兴，畅笑道：“都道公子彭生力能扛鼎，齐国无人匹敌，如今总算遇着对手了！”

彭生傻笑着，他虽输了比试，却不见气恼，对召忽瓮声瓮气地说道：“佩服！”

召忽赶紧还礼，谦让道：“公子神力，贱人施了些小伎俩，侥幸使公子稍举玉趾，若再比试下去，必为公子所败。”

诸儿将那玉珩举起：“该你得了！”

召忽一再推让，诸儿令他非要不可，他也只得承接了。

那壁厢，公子纠一直喋喋道：“真勇士！”他像是激动得难以自已，不知该如何表达才好，浑身摸了摸，大声呼喊召忽道：“这个也赐给你！”

只见他手持一柄曲刃剑。春秋时的剑剑身很短，只为防身或装饰。而这曲刃剑是燕北山戎所铸，中原难得一见，因产地僻远，锻造精炼，向来价值不菲。

召忽推辞道：“不敢受公子馈赠。”

“收下，必须收下！”公子纠将曲刃剑硬塞到召忽手里，兴奋地说：“我最爱勇士，你是我见过的最勇猛之人。可惜我身在外游，别无宝物，待我回去，便是将齐国的奇珍异宝都搜罗来赏赐给你，也不为过。”

从没有人这样厚待过自己，在别的贵胄眼里一文不名的草野贱人，在公子纠眼里，原来贵重得抵过齐国所有的奇珍异宝，召忽感动得几乎垂泪。公子纠握住他的手，紧紧捂了捂。他埋下头，给公子纠深深一拜。

观瞻了一场精彩绝伦的比试，诸儿兴致愈加高昂，便提议泛舟申池。众人自然得随太子同乐，待上了船，仿佛有意，也仿佛无意，自动分成了几拨。太子与高傒一处闲聊，声音压得很低，不知说了什么；公子纠一直拉着召忽攀谈，问了他许多事，邀他来宅第教自己角抵；小白仍要与管仲做伴，这趟却有个鲍叔牙杵在中间。鲍叔牙是个冷面儿，不言也不笑，仿佛冰山似的难以接近。小白局促得很，也不和管仲插科打诨了，只得倚着船舷玩水。

管仲对鲍叔牙悄声道：“我怎么觉着，太子与高子不像不期而遇。”

鲍叔牙对这事从没怀疑过，听管仲提出疑问，细细思量，也觉蹊跷，矮声道：“是吗，若是有意相见，为何做出不期而遇的样子？”

“或是不方便相见，彼此正式登门拜访，恐会惹人猜忌。出得城来，假作偶遇，既躲过耳目，又能掩盖相见目的。况在此水中央，所言之事，出此口入彼耳，也无人知晓。”管仲分析了一通，又开脱道：“也或是我瞎猜，你只当是戏言。”

说是戏言，鲍叔牙却以为有道理，他想所谓惹人猜忌，惹的是谁呢？他首先想到的是无知。如今国君沉疴日重，看似平静的临淄城其实遍地干柴，一点就燃。太子与无知之争已至白热化，两派势力各立山头，每日忙着拉拢支持者。前回伯氏、崔氏拜访父亲，不也是为无知寻求鲍氏同盟吗？

国、高是齐国最具权势的两个大家族，有说得国、高者，得半齐国。在这场权力争斗中，国、高很难置身事外，两派势力一定会竭其所能拉拢。那国氏宗子尚幼，难断大事，高傒态度又一向不明，两家仿佛要从此次斗争中抽离出去。可今日高傒忽然与太子“不期而遇”，莫不是说，高氏终于选择了太子阵营？

他正冥思苦想时，身旁玩水玩得不亦乐乎的小白，见到水中有金光一闪，以为是大鲤鱼，喜欢得咯咯笑，淘气起来哪里管是在船上，将半个身子探出去捉鱼。船行水中，为浪所涌，为风所动，船身猛地一荡，小白像被颠出簸箕的豆子，颠进了水里！

刹那间一片惊呼，众人或者吓呆了，或者没反应过来。鲍叔牙却想也不想地跳入水中，将手足乱扑乱腾的小白一把环住，仿佛捞水草似的捞回来。得亏鲍叔牙警敏，众人这才回过神来，你摇橹，我伸手，合力将鲍叔牙与小白拉上船。

小白受此莫大惊吓，又喝了一肚子湖水，呛得面红耳赤，心里既怕也委屈，戚戚地呜咽起来。

“没出息！”公子纠凶道，“又没死，你哭什么哭！”

被兄长训斥，小白哭声低了，伤心却止不住：明明自己遭了大难，没人安慰不说，还要挨骂。

这一日的申池游乐，因为公子小白的意外落水，戛然而止。

回去路上，话多饶舌的小白蔫得像腌菜，常常擦眼睛，却看不见泪水，也许是他掩饰得很好。直到临别时，管仲对他说：“公子下回再来玩，夷吾等着公子。”

小白擤了一下鼻子，让人担心他下一刻会便哭出来，他吭了一声，到底是在答应，还是鼻子痒，没人知道。

待高傒带小白离开，管仲对召忽说：“这孩子真可怜。”。

可召忽沉浸在公子纠的深情厚谊里，想不到这世间还有一个需要同情的孩子，心思飞在快乐的云霄上，云下面的悲酸苦痛，他看不见。

那柄曲刃剑，安逸地躺在他怀里，剑锋的光芒藏掖起来。藏锋是为了有一天酬答知己，出鞘杀敌；也可能，那剑下伤害的生命，是自己。

七

申池游乐三日后，鲍叔牙接到了高傒的赴宴邀请。

关于赴宴一事，那日高傒拜访时提过一句，鲍叔牙当时没有反对。当正式邀请发出后，高傒遣来的家臣毫不掩饰地告诉他，同宴者还有鲍叔牙的父亲。

“我去不去？”鲍叔牙去问管仲。

管仲很坚决地回答：“去！”

鲍叔牙和父亲争执，闹得满城风雨。两个都犟，都不肯拉下面子和解，临淄城众说纷纭，这对父子到底要僵持到何时？莫不是要不及黄泉无相见。

鲍叔牙虽始终认为父亲无理，然身为人子，一言不合即抛家出走，冷静下来，他也觉得过逾了。但要他去给父亲服软，他又万难低下头颅，想来父亲的心思，也是一样。

就在他们父子关系在冰点以下越坠越深时，高傒却发来了邀请，将父子二人请到同一屋檐下。场面会不会异常尴尬？若是又吵起来，可如何收场？鲍叔牙不得不有所顾虑。

管仲宽慰道：“这是高子的苦心，在鲍氏宫相见不便，在这里相见也不便，莫若安排在高氏宫，外头的名目是高子举宴，也不碍你鲍氏颜面。况且，你总不能与父亲永远不合，借着高子之宴，与父亲剖心相谈，也是合适时机。”

鲍叔牙想了许久，最终接受了邀请。他原想带管、召一起去，可管仲说，鲍叔牙之所以与父亲生隙，起因正是他二人，此番好不容易得一良机，能与父亲重修旧好，他们不当去刺激当事人追想过去的烦恼；再者，眼睛看不见，话才好说，堂堂鲍氏宗子，也不是不讲理之人。

鲍叔牙赴宴高氏宫，午后召忽也被公子纠召去了，留得管仲一人在家，独个无事，思绪翻腾如浪，便想过不久应该回家去。打扰鲍叔牙太久，一贯的蹭吃蹭喝，用召忽补充的话说，还蹭拿蹭要，纵使他觉得自己脸皮足够厚，也不好意思。如今鲍叔牙若能与父亲和好，久悬未决的心事落定，再留下来也无道理，难道真相信凭着鲍叔牙的三言两语，便能让国君对自己另眼相待？岂非痴人说梦吗！这无耻念头就算只是过一过脑子，管仲也直打冷战。

至于回家后，是回到从前的生活，还是寻找不同以往的另一条道路，他还没想好。在遇到鲍叔牙之前，他只是齐国乡间寂寂无闻的野氓，人生梦想无非是一顿饱饭，尽管召忽无数次说过他与别人不一样，他也没觉得自己有何非常能耐。遇到鲍叔牙之后，生活像在直道行车遭了撞击，忽然拐进了弯道，前途迢迢不可见，仿佛鲜花满野、阳光如酒，也仿佛大雾弥漫、竭蹶难行。他甚至不知道自己是该不问前路勇往直前，还是该退回原路，继续他过去的生活——虽然艰苦，然而熟悉。

直到夜深得像浓墨自天倾倒，鲍叔牙才回来。他却先不说父子关系如何，反而说道："太子与公孙也去了。"

真奇了，这两个生死对头，居然出现在同一场合。高傒请他们赴宴，就不怕气氛剑拔弩张，压抑得贵客们饮不下酒，嚼不动肉吗？

管仲不问太子、无知是非，他只问他最关心的事："你与父亲如何？"

鲍叔牙迟疑着："算……平事了。"

所谓平事，也即那紧张的矛盾消弭了。实则鲍叔牙与父亲虽同处一宴，却并未私面，统共也没说几句话，但高傒在宴上时不时推鲍叔牙为父亲上寿敬酒，诸儿也在旁边插话：什么鲍子何必呢，儿子已至眼前，还不赶紧接回去，父子血脉相依，哪里有隔夜仇。本来冷着脸的无知，听到周围一迭声的劝和，也不得不发话，到底鲍氏父子闹僵，里面也有他的干系，他若不管不问，倒显得气量狭小。于是他被迫跟着哼两声，诸如父子和好是好事。

于是鲍夙说了这么一段话："鲍氏家事是小事，父子本也无大过节，斗嘴而已，让诸君子见笑了。"

把父子数月的疏离，说成是斗嘴，不管是真心，还是被逼，至少这场家庭纠纷算是告一段落了。宴毕，鲍夙没有要求鲍叔牙立刻回家。不过，有家臣过来告诉鲍叔牙，过几日有小宗宗子过寿，耄耋之年，高寿难得，孺子（卿大夫嗣子）可去赴宴。话虽出自家臣口，但鲍叔牙听出了鲍夙的意思，他一口应诺了。

“恭喜了。”管仲听说鲍氏父子修好，由衷欣喜。

鲍叔牙倒不甚喜，他在想别的事：“有件蹊跷事，我思忖半日终不得法，向你讨个主意。”

“何事？”

“原本只闲言耳。中道忽说起宋国前日乞师，请我师同伐郑国。然国君重病，不能率师。高子有意请缨，太子也想建功。你知那公孙好强，凡有军事，从不落后，一向又见不得旁人抢功，遂把中军将位抢过去了。这事原也寻常，可我总觉哪里不对，百思不得其解，只好来问你。”

管仲皱眉思索片刻，忽叹服道：“高子果然高明，这一手驱虎之计，太子嫡位已稳！”

“怎么讲？”

“听闻国君病体尪羸，说句犯上之言，没几日了。君父生死关头，身为储君，当谨守国中，不当擅离，一旦有变，便能占据主动。值此急难将至之际，公孙却离境出战，若国君薨逝，他远在别国，国中拥趸失了首领，何以成事！他奔丧尚来不及，如何抢夺君位？那时太子灵前继位，既合情势，也合礼仪。公孙顺从也罢了，若有不服举动，太子一道君令，公孙便是叛国，唯有奔逃他国避难，要想再争高低，谈何容易！”

管仲这鞭辟入里的阐述，鲍叔牙直听得毛骨悚然，冷汗也渗出来了，他虚声道：“莫不是高子之宴，明里是为我父子弥合，实则是为行阴谋做遮掩？”

管仲颔首道：“正是，太子与公孙不合已久，凡有私宴，何尝听过他们同席？这回你父子忽生纷争，恰恰又事关他二人，借着这由头，将他二人聚拢一处，当场设个陷阱，引着公孙跳进去。这公孙多勇武而少智略，哪里知道自己中计。”

鲍叔牙打个寒战，回想起宴席上高傒与诸儿一唱一和，把无知哄得团团转，心甘情愿跳进了陷阱里，往日只觉高傒温润如玉，有君子之风，孰料他腹中机阱深不可测。难怪诸儿要与他暗中结盟，得高傒襄助，大事底定。要论慧眼识真才，要论心机手段，镇日自诩无所不能的无知，比起外表浪荡的诸儿，差离千里。

他连声叹息：“若不是你，我父子俱在梦里。”

管仲一笑："我只是乱言，究竟如何也未可知，且观后效吧。"

鲍叔牙第一次遇见管仲时，便看出管仲出类拔萃。经数月结交，几番历事，更见识了管仲敏锐的洞察力与睿智的判断力，他越发佩服得五体投地，想起召忽那粗糙而直白的评论："夷吾与他们不一样。"所谓不一样，他现在了解了。

他在心里赞叹不已，又想起一事，说道："公子小白也在，他问起你来，说要来找你……玩。"他略顿了顿，似喜似惑地说："我瞧那孩子很是喜欢你。"

被小白惦记，倒是出乎意料了，管仲不禁揶揄道："是吗？或者我好玩，他也好玩，彼此臭味相投。"

一夜平静，召忽却一直没回来。想来公子纠太过喜爱召忽，两人相谈甚欢，不觉时间飞逝，以至留宿不走，是极其自然的事。

明艳的阳光铺满天空，云在头顶一朵朵绽放。召忽终于归来，脸上却不见欢悦，反而满是凝重，像是惨胜回朝的将军，胜利的喜悦极少，失败的烦恼更多。

管仲早看出他有心事，却不催问。召忽憋了大半日，怎么也憋不住，还是告诉管仲："公子让我做他私属。"

"嗯，挺好。"

"我拒绝了。"

"理由？"

召忽严肃地说："我告诉他，我与你是兄弟，向来同进退。我得到公子赏识，有机会向上走，不能撇下你，可他说，他不要你。"

话说得太不委婉，也不是召忽故意，他是个直肠子，不耐烦曲里拐弯的虚伪言辞。管仲笑叹道："好伤人。"

召忽的语气严重得像宣告丧报："所以我拒绝了。说好的饱饭一起吃，好酒一起喝，将来有了儿女，还得结成姻亲，我就算要过好日子，也不能半道撇下你。"

粗率的表白，却袒出一颗真心。管仲很是感动："没必要为我一人，耽误了你。"

"不是耽误，是共进退！公子待我若国士，我也当对他坦诚相待。我是希望我们能共事公子，更希望公子待你恩重过我！公子对你或有误解，假以时日，他会看出你的卓越不凡。他也说了，我若改了主意，他随时欢迎我。”

管仲其实不介意公子纠对自己什么态度，赞美也罢，厌弃也罢，与他何干？世间诋毁很重，压得生命摇摇欲坠；世间诋毁很轻，转身就看不见了，何所重、何所轻，看你的选择。要是非要他找个公子侍奉，他倒宁愿是小白，至少有趣，天天与小白搜寻人间玩乐事，一生过得飞快。

但他在意召忽，这个他挣扎在生活泥潭时，陪在身边的唯一的朋友。他总觉得自己欠了召忽，那些惨淡而悲伤的经历，本应只是他一个人的痛苦，不该让至亲之人承受。所以召忽能过得好，他打心里高兴，莫名像是老父亲的心态——儿女长大了，成才了，幸福了，也便放心了。

“你再想想。”他劝道。

“就这样吧。”召忽不拖沓地说。

召忽不再提这事。人人都有原则，召忽的原则是义，为义生死以之，是召忽的倔强。

不久后，朝内传出消息，公孙无知将率齐师，联合宋、蔡、卫、陈，共讨郑国。周历九月的一个艳阳天，龟甲占卜得有利军事的大吉之日，整装待发的齐师集结于太庙。授兵、祭祖、祈福，原该由齐侯主持的出征告庙礼，因其病体难支，由诸儿代君主持。诸儿又是慷慨陈词，又是声情并茂，出尽了风头，仿佛去挥师建功的是他，而不是无知，惹得无知心里腻歪，着实想朝那张漂亮脸蛋挥一拳。

“待公孙大胜回师，饮至策勋之礼，必有国君亲临。”诸儿咯咯笑道。

无知在心里唾了他千百遍，一丝好脸色都没留给他。

齐师出临淄东门而去，与宋师在边境会合。这一战诸侯联军大获全胜：一把火烧了郑国城门，战车冲进了郑国城内，战马潇洒地屙粪便在城门道，车轮在宽平的街陌碾了一遍又一遍。趁着胜利之势，联军把郑国太庙的椽木拆了，每国分得一根，有的烤鱼时丢进柴火堆里烧了，有的拿回国当了门闩，有的削一削放在榻上充枕木。

隔壁鲁国闻说后，又开始叨叨战而毁宗庙，非礼也。遇事总爱站在道德制高点批判现实的鲁国，与齐国的关系依然紧张，眼见齐侯往死路上一去不归，追究起来，还是源于鲁侯那致命一箭。也许是为缓和恶劣的邦交关系，也许是出于仁者爱人的周礼风范，鲁国遣行人来问候齐侯病情，还送来了名贵的药材。病得瘦骨支棱的齐侯起不来身见客，遣傧者回话说，礼数收下，药材不用了，相烦带回去给鲁君自己用。

碰了钉子的鲁行人扫兴而归，继续谴责大老粗齐国非礼也，但也难免忧心，齐、鲁难道要永远睽违下去吗？作为疆土犬牙相制的近邻，不强求有多亲密，却也不想处成不共戴天的仇家。周公与太公当初共兴周室时，可不是恨得这样嚼穿龈血。

这一阵子，管仲仍留在临淄，他向鲍叔牙提过想回家。鲍叔牙一再挽留，说得多了，鲍叔牙生起闷气来，哄也哄不好，非得管仲对天发誓留下不走，那边脸色才霁。一个召忽，一个鲍叔牙，都是倔驴，认准的事，便是死了，那死去的躯壳也要坚持下去。管仲也觉奇怪，怎么就交到两个犟种朋友，气性还都大，那两人倒来质疑管仲，你怎么没脾气？

“我不是没脾气，只是厚颜。”管仲玩笑道。

召忽和鲍叔牙私下议论过，管仲虽然好脾气，也不是万事不在意，他是能忍，刀子扎在心口，脸上还若无其事，就比如，他很能忍小白。

小白三天两头跑来寻他们，往往一待就是一整日。鲍叔牙是好清静的稳重人，大多数时候沉默寡言。擅长调弄风月的临淄贵胄们嘲笑他没情趣，谁家女儿要是嫁给他，闷也闷死了。而今天天有个熊孩子在家里横冲直撞，一忽儿要爬树、要翻墙、要玩弹丸，一忽儿嫌屋里闷要出城跑马，一忽儿嚷嚷饿了要吃饭，真个是闹得沸反盈天，脑仁都被吵得要炸了。若不是碍着小白的公子身份，真要三棍子打出去。

召忽同样不能忍，他不像鲍叔牙，就算心里翻江倒海一般烦躁，还得维持着得体的微笑，说一句：“公子稍安。”他索性跑出门去，随便去哪里混一日，街角蹲着看懒汉捉虱子，也甚是快活，估摸着小白走了，才溜回来。

可管仲的态度截然不同，他对小白极是和善。小白对他提出的无理要求，他都答允，实在做不到，也会耐心开释。

至于为什么，他的解释总是：“有趣。”

或者叽叽喳喳的小白真的让他感到有趣；抑或是小白孤苦的身世，让他看到自己过往的悲酸经历，生出戚戚之心；抑或是命运的精心安排，在未来跌宕精彩的人生剧目正式登场时，提前做好演练。

追逐玩乐又浪荡叛逆的齐桓公，为什么可以成为春秋霸主？正是遇见了一位能忍下他全部缺点的人生导师：贪玩不要紧，犯错不要紧，迷茫不要紧，你只需往前走。远方的璀璨景象，是你要去的地方，沿途的狼藉，我来收捡。

鲍叔牙与父亲在高氏宴会面后，那场轰动临淄的家庭风波便平息了。父亲没有强逼他回家住，鲍叔牙偶尔归一趟鲍氏宫，与父亲说些冠冕堂皇的场面话。父子关系仍然微妙，却也平稳。

父亲对鲍叔牙与管、召交往一事，几乎不提。可能是管、召的一些事，他也有所耳闻，知道管、召并非庸碌之辈，也就没有了禁断儿子交友的念头。

很快到了周历十二月，疾风把寒冬将至的消息，在临淄城奔走相告，惊得飞檐入天、华栋摇荡，预示着这个凛冬，并不好过。

外出征战的齐军即将回师，打了胜仗的公孙无知，前脚才离了郑国国都，后脚便在卫国戚邑（今河南濮阳北）被卫侯朔拦下。卫侯朔热情地招呼无知：酒热了，肉熟了，笙管备了，美人儿的衣衫也奋拉了，子不赴宴，其待我何？

无知虽讨厌卫朔那生就一副登不上台面的鸡贼模样，但架不住卫朔自降身份邀请，不能不给诸侯面子，故而在戚邑暂驻。

这卫朔果真是盛情款待，莫说无知受他倒屣相迎，殷勤相待，齐军上上下下，无论尊卑等秩，人人皆受礼，有酒喝有肉吃，还有体面的妹妹投怀送抱，齐军战士俱是乐不思齐。又见那卫朔脸嘴亲切，言谈动听，坊间说他为夺君位，使出下三烂的手段害死同胞兄弟，一肚子龌龊下水，难道是谣传？

天虽渐冷，小白仍要登门，大约他是将管仲三人当成活玩偶，因而乐此不疲。召忽提前得知，早早就奔出了门。鲍叔牙强撑着陪待，寻思着要不要学召忽，撒谎说鲍氏宫有急事，不可不去。

可这次小白来了却不闹，他对管仲难过地说："我以后不能来了。"

"为何？"

"高子说，我大了，该上国学，学什么礼啊，乐啊……哎呀，反正是些乱七八糟的破烂玩意儿！"小白提到学习，心肝都要愁碎了。

管仲是知道的，周礼规定：凡国子（贵族子弟），须八岁入学，学六艺，即礼、乐、射、御、书，数；学六仪，即祭祀、宾客、朝廷、丧纪、军旅、车马。这个规矩由周公所创，自周初延续至今，封建列国皆要遵循，但要说将国学那套规矩保存得最好的，无疑是鲁国。

鲁国最爱说“周礼尽在鲁”，是夸耀，也是事实。像齐国这样沾染了东夷土著气息的诸侯国，营国方针是简其礼、从其俗，国学里的教学内容，显得简单粗糙，有着“差不多就行了”的懒人想法，学来的是缺胳膊少腿的周礼。唯有鲁国，完整地保留了周礼，大到国家之礼、宗亲之礼，小到个人起居坐卧，都有详细规范。鲁国国子比齐国国子辛苦，为了成为君子，要经过长期而艰苦的训练，才能做到所谓泰山压顶，而君子依然食不言、寝不语。为此，齐国人时常嘲笑鲁人，打嗝也要保持优雅温柔的，大概都是疯子。

任性奔放的齐国，隔壁住着一个不做君子誓不罢休的鲁国，一座泰山，分隔出两种截然相反的性格。可齐国国学再怎么粗放，再怎么学业不重，对小白这样不喜拘束的孩子来说，仍然是天大的折磨。

管仲安慰道：“公子入学，也是好事。公子不是想学驭术吗？六艺中便有驭术，公子正可借此机会研习。”

小白将信将疑：“是吗？能学五驭之术？”

其实管仲压根不知道能不能学，一个身份低微的野氓，不能与国子同埒入学求知，就算有心自学，也请不起教礼的先生。他之学识来自生活经验，或来自道听途说，可为了哄小孩子安心，他很肯定地说：“那教导驾驭的保氏，想来驭术精湛，无所不能，公子可以向他们讨教，公子虚心以求，总不会不教。”

这么说来，枯燥的学校生活，倒也可以忍受，小白认真地想了想，便说：“那好吧，我就去看看，好玩也就罢了，不好玩，我还来找你。”

“随时恭候公子。”

小白的心情由阴转晴，立刻满世界搜乐子。鲍叔牙心道不好，正要说家父相召，非走不可，外头忽有人叫门，急得火烧火燎。来的是高傒家臣，匆匆拜礼，话赶话地说：

“奉高子命，接公子入宫。”

小白撇嘴：“我不要走。”

实在没耐心与熊孩子纠缠，家臣顾不得所以，焦急道：“国君不好了，公子不能不走。”

小白唰地白了脸，这消息如惊雷砸下来，唬得他话也说不出了。那家臣拽着小白就往外奔，管、鲍送到门口，目送小白登车离开。孩子的脸隐在阴影里，恍惚有淡淡的泪痕在颊边闪光——纵算齐侯对他刻薄少爱，终究还是父亲。

鲍叔牙沉沉地叹了口气，道："我也得准备一下，国君大限已至。"

管仲沉默着，不知在想什么。风吹得急了，枯黄叶儿在门前长街兔起鹘落般起伏，一阵接着一阵的凄厉呼啸钢刷似的，擦得城市脊梁千疮百孔。天忽然拉合帷幕，阻挡了阳光，残余在齐宫门前双阙的最后一线霞光，仿佛垂死的瞳仁，也慢慢黯淡了。

鲁桓公十四年（公元前698年）十二月丁巳，齐僖公在临淄病逝。僖公在位三十三年，被称为春秋小霸。他一生最辉煌的功绩，是让当时不共戴天的宋、卫、郑坐下来和解，因为斡旋诸侯纷争有功，由亲密盟友郑庄公为介，往京师朝见周天子。自齐哀公被周天子烹熟，齐国君主久不朝王，这是自那时起的第一次。

但郑庄公故去后，齐郑邦交跌入谷底，那原本前途光明的齐国小霸事业，也江河日下，经弥河一役战败，更是彻底被打回了原形。齐僖公的薨逝，留下了太多问题：齐鲁关系、齐郑关系，以及久拖未决的向纪国复仇之事。

齐僖公薨逝的丧报由诸行人背负，迅速送往列国，也一并送到戚邑。喝得亲娘都不认得的无知，被人摇醒，耳边听得一大声吼叫："国君薨了！"

无知的酒瞬间醒了，在得到国君薨逝的噩耗后，紧接着听到的是这样一句话："齐子请公孙速速归国与丧。"酒便醒得更彻底了。

齐子，国君薨逝，新君继位，当年称"子"，逾年称爵，这也是周礼所定，一年内只能有一个君主，与后世帝王逾年改年号所循规则相同。

既称齐子，就是说储君已于灵前继位。无知只觉如泰山崩塌般的绝望铺天盖地压下来，眼前是遮天蔽日的黑暗世界，耳边响起卫朔捶胸顿足的号啕声，他忽然想通了很多事。

高氏宫的私宴，高傒与太子的议论，这趟走出国门的征讨，包括卫朔太过热情的款待，都在编织一张阴谋大网，而他，是那网中受缚的虫豸。

可他想明白了又能怎样，手下率领的这支胜利之师，在卫国侍女的精心照顾下，腿软得站不起，战心都丢到黄河里去了，莫说让他们跟着自己血战夺位，就算是拉出郊野去追捕野兽打牙祭，也是不能。况且他身边还有个居心叵测的卫朔，说不定有点儿风吹草动，便会砍下他的头颅，献给诸儿表忠心。

正如管仲分析的那样，无知什么也不能做。他满心丧气地回到了临淄，不曾歇息，便奔赴太庙为先君哭灵。乍见到先君的棺木，望一眼那了无生气的神主，无限委屈、伤心、悲愤，如倒卷的浪潮涌上来，他疯了般扑在灵前，哭得声泪俱下，又是撞棺，又是磕头，像是要立即追随先君而去。

眼见无知吊丧失礼，分明是做给诸儿看，下头公子公孙、列卿大夫揣着看戏的心思，巴不得诸儿动怒，将无知逮下，甭管斩首还是车裂，都是精彩大戏。诸儿偏不遂他们的意，始终没有什么特别反应，既不问罪无知失礼，也不追究既往过节，还陪着无知落泪，唏嘘道："赤心难得。"

临淄国人认为诸儿十有八九会杀了无知。这两人斗法多年，恨得巴不得相互寝皮食肉。历来权力斗争都是你死我活，胜利者哪里肯放过失败者。可诸儿却有不一样的选择，正因为他是胜利者，才无意处置失败者：你已输了，我再赶尽杀绝毫无意义。而且越是无动于衷，越是对你的藐视。这也不是大度，而是自负。

何况现在对诸儿来说，与无知的纠纷早成了明日黄花，作为新的齐君，亟待处理的问题，比这重要得多。

齐僖公刚薨，齐国行人赴告丧事，第一个便来到鲁国，除了告知噩耗，还说道：寡君期待与鲁君相会。

再愚蠢的脑子，也听得出这是齐国新君的求好信号。鲁侯召见行人，亲口允诺道："寡人也殷望与齐君相见。"

之后，鲁国派来了规格非常高的吊丧使团，由上卿领衔，备了丰厚丧仪，既馈襚（赠给死者的衣物）又送琀（放在死者口中的玉），且全程参与了齐僖公的丧礼，从大殓、守庐、送丧、落葬，至反哭于庙，突显了鲁国与齐国同悲的用心。

冰封许久的齐鲁关系，却因为一场死亡，开始了破冰之旅。

这一年的整个冬天都在国丧中度过，因为死的沉重压倒了一切，恍惚让人忘记寒冷。待那烦琐的丧礼宣告尾声，凛冽的冬天也结束了。当尚有寒意的春风鼓起勇气，向冬日的壁垒发起冲锋时，诸儿在齐宫召见了鲍叔牙。

已被称为齐侯的诸儿，端坐在寝宫正殿的君座上，丧事虽毕，仍着素服，与他素日的华丽着装大相径庭，倒是衬得那张脸更加俊美。

诸儿开门见山道："有小事求你，愿不愿，由得你乐意。"

说是由得乐意，可出于国君之口，哪里可能随便选择。鲍叔牙忐忑道："我君但有吩咐，臣岂敢不遵。"

诸儿笑道："我齐国与鲁国邦交已平，两国欲互派国子。我只问你，愿不愿意赴鲁？"

齐鲁互派国子的事，在临淄早就传得沸沸扬扬。所谓互派国子，是去往他国学习交流，年长的不过是悠游消磨岁月，年少的却要进国学。鲁国子来齐国，一多半是来享乐，齐国子往鲁国，却是受罪。人人都知鲁国国学的厉害，祸害本国国子也罢了，千万别去糟蹋其他诸侯国子，是以听说此事，适龄国子闻风而遁，装生病、装家变、装垂死者比比皆是，甚至有飙车庄道，"不慎"摔断了腿的。

诸儿为派国子一事，问了一圈。从公子公孙，到卿大夫子弟，没一个答应，极端的还哭天抢地、要死要活，仿佛去一趟鲁国，从此便黄泉相见。

纵然诸儿理解国子们对就学鲁国的恐惧，可这样死活不顾地为一己私利，抛弃家国责任，也实在丢人现眼，被逼无奈，只得找上了鲍叔牙。他想的是，国子们不愿意去鲁国，无非是怕玩心受束缚，那便寻一个最不好玩的散淡之人，数遍临淄城，谁还能比鲍叔牙更沉闷？

鲍叔牙呆了一下，他"嗯"了一声，竟不知该如何作答。他不好玩、没情趣，只是性格使然，可要让他去鲁国学习繁缛的周礼，学做鲁国式的君子，他并没兴趣。

诸儿盯着鲍叔牙的脸，紧张地问道："不愿意？"他伤心地叹了口气道："偌大齐国，竟寻不到一个人为寡人分忧，寡人好不孤独！"

诸儿的喟叹让鲍叔牙心中一动，他想到自己若拒绝国君，岂不变得与他鄙视的贵胄子弟一样，为自己的喜乐，置责任于罔闻？他日日批评他们尸位素餐，轮到自己头上，如何也以个人好恶断庙堂大事，国之重任是可挑拣的吗？

瞬间油然而生的责任感，让他强迫自己压下对这事所有的不喜欢，他深吸一口气，一字一顿道："臣，愿意赴鲁。"

诸儿喜得跳到鲍叔牙身边，扶着他的肩膀大声说："寡人没看错人，就知道牙能担大任，这国中除了牙有这副肝胆，还能有谁，还能有谁？"

被诸儿夸得不好意思，鲍叔牙赧赧的，酝酿了一阵，轻声道："臣可否向我君求请一事？”

此刻鲍叔牙便是有千事百事求请，诸儿也欣然应允，他朗声道：“无论何事，皆可！”

鲍叔牙连忙拜下，道：“臣有二友，我君也见过。臣以为他们皆为卓荦之才，可充我齐国栋梁，但因身份悬隔，可恨才不得用。臣乞请我君擢升他二人，臣仅有这微薄之愿，望我君省之。”

诸儿他看着鲍叔牙，倏忽一叹：“牙待朋友之心，令人感动。天下朋友多矣，然富贵交，贫贱弃，荣时亲，衰时疏。何有如牙一般，不以衣装论朋友？识真金于草野，辨奇宝于僻市，不离不弃，不背不叛。”

他微微点头，款款道：“管夷吾、召忽，一人多智，一人有勇，寡人也甚是赏赞他们。若我齐国多有这样的人才，百事皆成！寡人允你了！”

鲍叔牙激动地稽首参拜，眼泪都要流出来。诸儿搀他起来，温煦地说道：“牙去鲁国，身负使命，是为交好两国，寡人还当谢你。”说着他的声音渐渐低沉：“也可拜谒鲁小君……”话戛然而止，他没说下去。

鲍叔牙愣住，他忽然发现，这个时刻的诸儿不像从前浪荡放纵的诸儿，却像个不小心宣露心事的懵懂少年，仿佛春风荡漾时，巷口开出的第一朵花，有点儿娇羞，有点儿期望，也有点儿野性，有点儿浪漫。

但鲍叔牙装没听见，他缓缓退出寝宫。诸儿坐在君位上，洞穿门户的阳光舔着他的脸，一笔笔勾勒出那恬淡又古怪的笑容。

翌日，齐侯下令，超擢管仲、召忽为中士。这道君令以森严的面孔宣告内外，管、召与从前的身份决裂，不但获得了成为战士的资格，更为未来的无限可能开拓了道路。

未来的无限可能，险恶抑或平坦，都从此时开始启程。春风来了，新生命也来了。

第二章
齐鲁青春

一

又一个挥汗如雨的夏天，轰轰烈烈地来到。

鲁桓公十五年（公元前697年）的盛夏时节，由鲍叔牙领衔的齐国国子们，踏入了曲阜城，随行者除了这帮愁眉苦脸的少年国子，还有管仲与召忽。

齐侯一道君令，超擢管、召。一夕之间，管、召从最底层的白徒，摇身变为可持戈冲锋的中士。这件稀罕事儿在临淄城传了许久，都说国君晋升白徒，是给鲍叔牙面子，更是给鲍氏面子。齐国封建以来，极少有下等身份跃升国人爵秩之事，这事足可载入史册。果然，秉笔直书的太史郑重其事地记了下来，到底这一笔，是作为齐侯不拘一格遴选人才的历史颂歌，还是任性妄为滥赐爵秩的历史批判，目前很难说。

管、召承领君令后不久，回了一趟清邑。与上次鲍叔牙来访时一样，半个乡邑的人涌了出来，攀着管仲家的院墙，把着管仲家的大门，脸皮薄的只在外边传递几道好奇的目光，脸皮厚的死活要坐在他家里。召忽这趟依旧要撵人，却无论如何也撵不走。

撵不走人，只好招待吃喝。众乡人吃人的嘴短，七嘴八舌说起悦耳言辞来：这个说早看出夷吾不是凡人，出生那日的天象，合着武王伐纣的天象；

那个说夷吾与我最亲，他过不好时，是我鼓励他奋进，才有了今日；你又说国君亲擢可是了不得，国君他日来我们这里狩猎，就让夷吾带我去见国君，也求个下士；我又说日后夷吾必定做得了大夫，怕不是要做卿，你我乡人仰仗夷吾，好吃好喝的甜美日子在后头呢。

满耳的阿谀之辞，不觉动听，却觉讽刺。管仲想起不久之前，他这鄙陋之屋，人厌狗嫌，乡人见面，不是奚落他是逃兵，便是掩鼻笑他穷寒；纵有好心者，也只窸窸窣窣问一声：你家欠贷还清了没有？而今却高朋满座，仿佛那昨日的潦倒景象只是一场悲酸的梦，那些人还是过去的人，只因他不一样，他们也不一样了。

乡里如此“热情”，管母以为总得答谢，有所表示才好，别人如何前倨后恭不论，自己不能失礼。管仲一家忙了两日，蒸了几百个糁饼。糁饼有荤有素，荤的是肉丁和面，煎而后蒸，素的却只有麦面或黍面。乡邑比不得临淄城，少有日日食肉的肉食者，管家也只有能力蒸素饼，但对贫窭乡人来说，这已是一份拿得出手的馈赠小礼。于是，凡来管家贺喜的客，进屋的送一份，不进屋的也送一份，后来不是客也送。管仲、管璧、召忽捧着一大盘糁饼，站在门口，撒喜钱似的，见人就发。

站了半日，一面微笑一面送饼，管仲觉得自己很像临淄城女闾迎客的小妞。召忽却推了他一下，示意他往左边瞧。他转过头去，见到丙季像田鼠似的悄无声息地钻了出来，明明已来了，却又隔着一段距离，脚尖儿铲着地皮，一下又一下。管仲想了一霎，往前走了几步，也不靠近丙季，将糁饼放在地上。

丙季却激动得很，仿佛受了莫大的侮辱，吐了口唾沫，撒腿就跑了。召忽说道：“别搭理他，他就不是好人，从前欺负你，如今你过好了，可要气死他了。”管仲确实也没心思去管丙季，待把糁饼分发完毕，他却发现，地上的糁饼已经不见了，到底是丙季折回来拿走，还是为旁人所拾，他难以判断。

乡人的事暂时了结，一家人才关了门聚拢来议正事。管母说道：“没有鲍叔牙，就没有你们的今日。做人不能忘恩，日后要竭尽所能报答他。”

管、召都认可管母的训诫，内心也对鲍叔牙充满感激。说起鲍叔牙要去鲁国一事，管母便责备道：“为什么不跟他去呢？他既是你们的朋友，又是恩人，便是相隔千万里之遥，也当奔赴相伴。”

“是想去，只是担心母亲无人照顾。”管仲解释道。

“我有手有脚，会饿死不成？哪里需要你照顾，鲍叔向国君举荐你们，为你们脱去白徒之身，不是让你们留在家陪老母亲的。若是你们从此安于现状，躺在中士之秩上等死，就是白白浪费他的苦心。”

母亲的教训，让管仲汗颜至极，恳切道：“母亲申斥得是，儿子知错了，即日便与忽上路，追随鲍叔去鲁国。”

管母这才满意，趁便准备了礼物，让管、召带给鲍叔牙，也代转问候。管、召不日复返临淄，向鲍叔牙表达了同行之愿，鲍叔牙大喜过望，旋即向齐侯请命。诸儿正愁找不到人，赴鲁队伍单薄得成了个笑话，巴巴地来了两个自愿者，毫不犹豫地给予两人国子之身。

鲍叔牙的勇担责任，管、召的志愿奔赴，让诸儿逮着了机会，趁着某次朝会，对卿大夫们一顿不留情面的责骂：鲍叔去得，二三子何以去不得，二三子自认比他矜贵吗？国之大事也推诿避让，竟还不如两个方晋升的小小中士，素日满口节义，为君父分忧、为君父效死，全是哄鬼！

下头被骂得抬不起头，脸疼心也疼。诸儿却还不罢休，对鲍叔牙大加褒赏，赏金、赐贝、铸宝彝、铭功劳自不必说，还当众宣布，鲍叔牙自鲁返国后，即封大夫。

国君甩耳光甩得劲头十足，终于高傒率先带领高氏国子，进呈国君选拔去鲁国的人员名单，并诚恳地向国君认错。高氏带了头，别的卿大夫家族再装死，便是不识时务。于是陆陆续续，这家送人，那家认错，再没人装病躲懒。眼见着越来越壮观的国子“大军”，诸儿格外高兴，又端出体恤模样说：“二三子有这份心，寡人甚是欣慰，也不用都去，遴选几个体面人则可。”

便由诸儿亲自省问，选出五十人。择一吉日，鲍叔牙率众国子，自临淄出发，循泰山东南麓往鲁而去。此行不疾不徐，稳稳行了三日，在一个叫长勺（今山东莱芜东北）的小邑歇了下来。这里是齐鲁分界线，往北是齐国，往南是鲁国。

长勺邑住的多为殷商遗民，周代商后，将殷商王畿的亡国遗民迁往各诸侯国，迁居齐鲁的最多。商人族居，宗族以世业为生，周人为便于管理，以各家世业重新命名，迁到此处的遗民擅长制酒器，被命名为长勺氏，地因人得名，遂为长勺。

过去几百年，商人、周人杂居交往、通婚贸易，早已难分彼此，但长勺当地擅制精良酒器的技艺却传了下来，既制酒器，难免也会酿酒。难得的是，这酿酒技艺与制酒器一般，一样精湛，一样无匹。鲁国在此设了国属酿酒坊，除了特供鲁君享有，还作为祭祀用酒、馈赠嘉礼，国家层面管够了，若有余酒，也会售卖给私家，赚些衣食费。

召忽在长勺买了两罍酒，一罍清酒，一罍浊酒。其实这两罍酒皆有文绉绉的雅名，清酒称昔酒，浊酒称缇齐，但他记不住，也懒怠去记，他唯一知道的是，这是好酒。自买了这两罍酒，他像着了魔，天天抱着酒罍，日也抱，夜也抱，舍不得撒手，又不开封，不给人尝，自己也舍不得喝一口。

队伍行的是大道，尽管一路经过泰山险隘，倒也算畅通。又经五六日或快或慢的旅程，队伍终于进入曲阜郊野。已经等候多时的鲁国傧者即行郊劳之礼，将他们殷勤领进曲阜城，安顿在馆舍。此际鲁侯不在国中，正前往齐国边境与齐侯相会。自两国重修旧好后，双方君主相会频繁，忽而为许国君位操心，忽而为郑国内讧斡旋，过去几年里的仇隙，仿佛云烟，被风吹散无踪。

鲁侯人不在，却早备好了招待贵客的饩牢、赐献，由傧者代君馈赠。除了国君的赏赐，君夫人也聊表心意，每个国子，各得一样精致小礼，足见主人的用心。

稍后则有款待客人的飨礼，国君不在场的飨礼，繁复的献酒礼仪皆省却了，只剩下宴会，由鲁侯特简的亚大夫作陪，热情招呼诸国子无算爵。所谓无算爵，便是宾主不拘，尽情耽乐，酒醉而止。

鲁国虽然守周礼守得死板，但待客的礼数周全得让人感动，众国子感动之余，想着那令诸侯国子闻风丧胆的鲁国泮宫（国学），也许并没有传闻说的那么可怕。

这边“无算爵”，那边却有个模样清爽的寺人来寻鲍叔牙，说是君夫人有请。

鲍叔牙错愕道：“只我一个？”

寺人微笑道：“鲍叔勿虑。寡小君嘱意，鲍氏世为齐国辅弼，与齐姜情同家人，鲍叔亦如她家人一般。寡小君离齐太久，不便归宁，而今幸有家人来鲁，故而请鲍叔去叙旧。”

这寺人俨然被君夫人调教得极好，言行得体，不见卑怯，话说得有情有理。鲍叔牙无从拒绝，只好请他稍等，转过去向管仲讨主意，问管仲要不要陪自己去。

管仲认为不妥，摇头道："小君请的人是你，我们去做什么？莽撞也失礼。"

此际人多嘴杂，鲍叔牙没法说清楚，他含含糊糊道："你不知道，小君若问起别事，我该如何作答……"他是心里没底，又恨自己嘴笨，便想把管仲带在旁边当代言人。

管仲不用鲍叔牙解释，心里便很是通透，说道："那这样吧，我们在宫外等候，既不失礼贸见，也离你近，若有不妥之事，传句话出来，如何？"

鲍叔牙感激又欣悦，过去对那寺人说："我有两个至交好友没来过曲阜，未见过鲁宫，心里好奇，想去鲁宫外看一看。放心，只在墙外看两眼，绝不会闯进去。"寺人和气得很，不觉得这有何不妥当，一概都答应。

一行人乘车赶往鲁宫，从馆舍出来，行了两条大道，鲁宫即在眼前。正方形的鲁宫像面棋盘，规模比之齐宫缩了一圈，但门前双阙却要高大挺拔得多，仿佛两座耸入云天的巨大丰碑，人在阙下站，只觉泰山压顶似的威严沉重。鲁国因为是周公封国的缘故，周天子特赐鲁国世享天子礼乐，天子礼的其中一项殊荣便是这可比肩天子王宫的双阙。

那寺人是个热心肠，临离开时，又告诉管、召：自鲁宫南门往西拐，掩映在一丛枣树后，有一处小市，宽不够并车轨，长不过半里道，围墙不高，门关不严，但那市上藏着曲阜最好的酒肆，若是逛累了，可以去尝尝鲜。

"有长勺的酒好？"召忽忍不住问。

寺人笑了笑，道："不一样，不一样，长勺酒是黄钟宫乐，这酒是徵声变调，你说能一样吗？"

召忽听不懂这文雅断语，但凭直觉认为二者各有千秋，未曾闻到酒香，胃脘已微醺。鲍叔牙进了宫，管、召二人便守在宫外等候。正是烈日炎炎的午后，太阳裸出一张愤怒的红脸，将万丈光芒如热泪倾倒，宫外无树木遮阴，两人被晒得汗流浃背，头也晕、眼也花，几乎中暑。

等得太久，宫里却无一丝消息传递出来。或是鲍叔牙过虑，君夫人并没有问"别事"，即便问了，也没发生让鲍叔牙难以应付的棘手事儿。召忽等得浑身燥热，口渴难耐，便怂恿管仲去那小市觅好酒。

管仲有些犹豫，但一则迟迟不闻鲍叔牙声音，二则是酷热难熬，只怕等到鲍叔牙出宫，他已中暑倒毙了。

“那，去看看。”他说道。

召忽雀跃，刚还被火辣日头烤得恹恹无神，现在忽然回魂了，一把攥住管仲的手就往西走，走不到百步，果见一丛枣树。枣树正是花期，细碎的黄花朵儿贴着叶面，青得惹人怜惜的枣儿藏在花叶之间，不敢轻易露头。

穿过这丛枣树，面前立起一座门，是为市门。那门后吐出一条长街，街两面是林立的商铺。在长街尽头也有一座门，门与门依凭两道长墙相连，这种市场在当时称为阛阓，其规制延续了上千年。

正如寺人所言，门关不严，可以自由出入，没有管理市场的肆长来盘查他们。两人在一家鱼肆前停住，打听哪家酒肆的酒最好。

那鱼贩子挑眼打量他们，问道：“外地人？哪一国？”

“齐国。”

鱼贩子觉得还好，若是楚国人或吴越人，大概就不搭理了，齐国人虽粗鄙，也是太公后裔，理一理，周公不会责怪。

他和气地说道：“此处只有一家卖酒，你们往前走五十步，便能见到。”末了，又补充道，“那家最好的清酒一日只卖两罍，你们今日未必能讨得着。”

管、召称谢离开。召忽听说这酒肆一日卖酒有限，便有些丧气，想要打道回府，还是管仲说：“来都来了，看看也好，趁便打听清楚，如何能买到这两罍好酒，下回再来，岂不有十全把握买得好酒？”

越往前走，喧嚣之声越来越大，已不用人指路，循着声过去，即寻到那家酒肆。诸人口中如此不同凡响的酒肆，铺面不大，堪堪如一间三楹正堂，里边却坐满了人，像一场热闹的酒宴正酣，有的醉卧不醒，有的半醉高歌，有的微醺多话，有的酩酊不言。

有侍者迎上来，开口便说：“客人若要饮酒，请就座。客人若要买清酒，不巧，今日已售罄。”

尽管已有心理准备，召忽仍失望得很，喃喃道：“售罄了……”

“嗯，已为那位贵客所得。”侍者往左一指，是一名青年男子，二十岁上下，只见他生得浓眉大眼，面孔沉毅，神情严肃，看上去比实际年龄成熟，面前案上放着一只酒罍，想来里面装的便是那求之难得的清酒。

“到底来晚了。”召忽懊恼道。

管仲到不在意今日清酒售罄，只对那青年男子如何赚得酒上心，问道：“这满座贵客，为何独独他得好酒？”

侍者一面引他们就座，一面说道：“二位或是外乡客，不知我家规矩。我家好酒，除了售卖，也可凭本事拿。”

“怎么个凭本事？”

侍者笑道：“我家常设博局，赢者得酒。譬如今日，以酒量定输赢。这位贵客酒量惊人，几轮激战，诸客皆不是他的对手，不给他，还能给谁？”

管仲环顾四周，竟是一地醉鬼，骇道：“诸客皆败在他手下？”

“正是！”

召忽也被吓住了，他自认酒量过人，周围从无敌手，可这陌生男子的酒量，却远超他想象，十个召忽绑一块儿喝，也敌不过他，遂赞服道：“佩服！纵算我来早一步，与这位客人拼酒量，也只能认输。”

召忽说话的声音极洪亮，那青年男子听见，扭头说道：“朋友过谦了，未尝比较，如何言输？或者朋友自有能力，也难说。”

召忽铿锵有力地说道：“不不，人贵有自知之明，比不了就是比不了，说大话夸海口容易，一旦行事便露了真容，我不做这样的假人。”

青年男子连连点头：“有理。”他微一睨管、召：“二位朋友不像我鲁人，敢问哪一国人？”

“齐国人。”

青年男子琢磨着：“齐国酒却不曾尝过，不知滋味如何，和我鲁国酒相比，如何？”

管仲说道：“鲁酒持正，齐酒多变。”

这两句断语，若凭空抓来的一缕风。青年男子茫然：“这是何种说法？”

管仲静静一笑：“昔年周公治鲁，太公治齐。两公相坐，问何以理国，周公称：‘尊尊而亲亲。’故鲁国尚礼义、重廉耻，至今人叹‘周礼尽在鲁’。而太公曰：‘举贤而上功。’，故齐国尚事功、重智略，简其礼、从起俗，民风多变。一则不偏不党，端持周礼；一则宽缓阔达，以变为谋。酒为人所酿，人是酒之魄，怎不是鲁酒持正而齐酒多变？”

这番论酒之辞闻所未闻，青年男子越发来了兴致，他便请教道："这么说来，列国之酒，一概因人而异？"

管仲侃侃道："燕国荒僻绝远，其酒苦寒；郑国膏腴之地，其酒肥饫；卫国逐于声色，其酒甜腻；晋国地薄人众，其酒艰涩；宋国多秉遗风，其酒醇厚；秦国山川形胜，其酒爽冽；楚国地处恶湿，其酒黏热，至于天子酒……"他微一停，继续说道，"包举天下酒。"

青年男子听得叹为观止，见这管仲年岁不大，竟对列国人地风貌与酒品口感如数家珍，仿佛饱经世事的积年老酒客，诧异道："莫不是朋友曾行遍天下，方知这列国酒？"

"哪里行遍天下，不过随口一诌而已。"管仲诚挚地说。

"纵没有行遍天下，也曾遍读书史。"

"也没有。"

这是大实话，管仲哪里有什么行遍天下的丰富经历，更无遍读书史的学识，比之大字不识的穷苦乡人，略通文墨而已。他只是听得多、记得多，天生的过目不忘，过耳不弃，旁人不经心的三言两语，他拿过来，捏一捏，团一团，变成自己的东西。像那太公周公相对问治国的典故，是鲍叔牙与他闲聊时提过一次，被他记住，遇到这个合适时机，梳理妥当，借出来说理，纯是现学现卖。

可青年男子不甚相信。管仲要么太谦虚，要么不愿露真才，到底身边略有才识之人，都曾经过或长或短的苦学，从没遇到过管仲这样的怪才，仿佛娘胎里带来的玲珑心肝。

他开心地说道："难得难得，未料本为赚酒喝，却意外结识二位朋友。"他立起身来，郑重地长跪而拜，"在下曹沫！"

管、召忙还礼，也介绍自己。那曹沫喜不自胜，说道："我素爱交朋友，今日能与二位结识，实为有幸，与朋友交谈，也甚是舒悦。来来，与我饮了这清酒！"

他抱起那酒罍，径直走过来，用力顿在案上。管仲让道："朋友辛苦赚来的好酒，我们不曾出过半分力气，却白白享用，饮之有愧。"

曹沫一挥手："一罍酒算得什么，难得的是交到对脾气的朋友，不必客气，但有好物，当与朋友共！"

管、召都看出他是个率性慷慨的丈夫，也就不推辞了。当即将酒罍启了，曹沫又吩咐侍者拿大杯来：“要最大号的，捧着小爵慢慢品咂，扭扭捏捏的，有什么意思！”

召忽盼这清酒盼得骨髓也疼了，终于得偿所愿，捧着酒一口饮尽，真个酣畅淋漓，舒爽得此刻便是身死也值了，大喊一声：“好酒！”

彼此得好酒助兴，话说得便多了。曹沫问起管、召情况：来鲁国作甚，是访亲还是游历？听说管、召是派来鲁国学习的国子，要长住曲阜，这意外之喜让曹沫兴奋不已，忙说自己住在南城，管、召随时可以来找他，喝酒也罢，郊游也罢，他都奉陪。

一罍酒喝得一滴不剩，曹沫还想再加酒，势要不醉不归，管仲却说，尚有个朋友在宫里，他若出宫寻不得他们，未免担心，故而不得不走。

曹沫也很通情达理，说道：“罢了，你们先去，下回把那位朋友一并邀来，我请你们再饮好酒！”

三人就在酒肆辞别，管、召原路返回。回去路上，召忽仿佛有些醉了，话便没停过口，又是赞美好酒难得，得饮此酒，三年不吃肉也甘愿；又是赞赏曹沫“这个朋友交得值，下回我们请他喝酒”。两人走到市门时，有个寺人模样的急急忙忙迎上来，见面就道，鲍叔牙出宫没见到他们，猜他们必在阛阓觅酒，特来寻找。

听说鲍叔牙已出宫，两人三步并作两步，小跑着奔去宫门口。鲍叔牙见到他们，却不生气，反而先道歉：“这大热天，留你们在外头久等，是我考虑欠妥。”

管仲委婉地问道：“有无……别事？”

“没有，只是寻常攀谈，是我想太多了。”鲍叔牙淡淡道，“我向小君提起你们，小君说，下回要请你们进宫一叙。”

三人遂登车复返馆舍。管仲总觉得鲍叔牙有事，神情掖着别扭，即便不是大事，也是令人不悦的烦恼，他关心道：“你还有烦心事？”

鲍叔牙苦恼地叹了口气：“我原来道公子小白是天下最顽劣的童子，今日才知，小白只是淘气好玩，不过聒闹而已，哪像这位。唉，一言难尽。”

“哪一位？”

“鲁太子同。”

鲍叔牙的眉头紧紧锁住，额心皱成了深沟。他没有说太子同到底是如何一言难尽，只是陷入了思索，也许在想管仲为什么能忍受小白，或许不是管仲性本宽容，而是发现了小白身上具有的珍贵品质。

埋在沙里的真金，需要慧眼识别，就像他发现了管仲，而管仲发现了小白。

二

这个冬天，寒冷没能让列国纷争冰冻，也许因物极必反，极寒必生急热，反而是战争在酝酿。周历十一月，鲁侯与宋公、卫侯、陈侯会于袲，盟定联师伐郑，目的是厘正郑国日益混乱的内政。郑庄公过世后，儿子们为夺君位，今日你借助外力将我撵走，明日我联合内鬼将你放逐，无止境的内讧，将昔日展露霸主头角的郑国生生耗成了二流国家。

这次会盟，鲁侯也向齐侯发出了邀请，但齐侯找了个理由，没参与进去。齐侯认为诸侯会盟，半数像小孩子过家家，哪国有内乱，一群诸侯就找个风景旖旎之地，相约见面，彼此慷慨陈词，说一通“非礼也”一类的漂亮的废话，再率联军去那国家门口转一圈，捶坏三五根花花草草，屁用没有。结果篡位的正了君位，征讨的得了贿赂，皆大欢喜，再恬不知耻地报告给周天子，天子也知他们无耻，可还得拿腔拿调地夸奖：善正诸侯大义。

齐侯登临君位快满一年了，除了继位初期与鲁国修好，似乎并无大作为。但天下诸侯隐约知道，这位齐侯行事乖僻，不按常理出招；规矩礼数，于他如无有，别的诸侯还当作伪装的外衣披一披，他连披也懒得披。

胆儿肥而轻佻的齐侯，有时候也有重情重义的一面，如在这接近周礼新年的时刻，还能想到为远在曲阜的齐国国子送去慰问——来自齐国家乡的各样特产。新年礼物送到国子的手里，异乡客们俱是感佩流涕。

国子们在曲阜长住半年了，感受各异，有的苦不堪言，有的麻木不仁，有的逍遥无为，有的沉溺他乡。实际上，说是来鲁国泮宫就学，鲁国方面很明白列国对本国国学的恐惧心理，因此对待齐国国子的态度很是优容，愿意跟随本国国子苦学的，自然欢迎；有勉强情绪或彻底不愿意的，随其自由，就当来鲁国游历，增长见识。

一大半齐国国子选择了后者，若想去泮宫旁听，就溜达着去感受一下；不想去，要么在馆舍睡觉，要么出门游玩，日子过得悠闲，人也变圆润富态了。而鲍叔牙是前者。

他不是喜欢苛细繁缛的周礼，也不是想成为鲁国式君子，之所以做坚守阵地的少数派，全出于责任。

在鲍叔牙心里，责任大过天，他始终记得鲁国之行，是他对国君许下的承诺，若是连他也临难而退，他日回国复命，有何脸面去见国君。所有人都可以逃跑，但鲍叔牙绝不。

管仲、召忽比鲍叔牙爱好自由，召忽是宁做烈士舍生取义，不为端持君子非礼勿动；管仲是做什么都可以，做君子固然好，但偶尔为大局着想做一回小人也是情有可原。两人在泮宫学了一段时间的揖让周旋，听泮宫保氏谆谆教诲——礼无所不包，吃饭睡觉走路如厕，都得端出君子派头。他们头都大了，早就想一走了之，奔往广阔好天地，但他们不忍心把鲍叔牙一人撇下，只好陪着他一日日熬下去。

两人有时对鲍叔牙咬耳朵："你怎么能忍得住？"鲍叔牙说其实难忍，但可找件能忍的事来掩盖不能忍的痛苦，比如鲁国保存了自西周建国以来的史料，有天子春秋，也有列国春秋，烦恼时看看史，比学习如何吃饭睡觉有意思，他便是靠着这个撑下去。

管、召认为有道理，也跟着鲍叔牙去读史。管仲偏是个目光独特的怪人，人家读史，是为以古鉴今，他却爬梳出别样的东西来，皆因他看见一条隐微的线索埋藏在史乘里，却不得要领；他便去问泮宫保氏："诗为何物？"

保氏答道："天子听政，使公卿至于列士献诗，以知天下情弊。"

管仲思考道："诗是乡里野氓讽喻之声吗？"

"算是吧。"

"列国皆有诗？"

"列国皆有。"

"诗既为讽喻之声，我见前代言事皆赋诗，为何今人不赋诗？既是列国皆有诗，为何齐国难知鲁诗，鲁国难知卫诗，卫国难知晋诗？"

问题越来越刁钻，保氏的汗都要淌了下来，他只能模模糊糊地说道：

“天子失位，而诗不兴。再说，列国之诗散于乡野，传于口耳，从来也无人整理。”他急匆匆地说完，生怕管仲问他为何天子失位、为何无人整理诗。

但管仲不问了。这个疑问压在心里，他想不通，去和鲍叔牙、召忽商讨，他们更是懵懂。召忽以为这事是小题大做，笑问道：“今人是否赋诗，列国诗是否整理，很重要吗？”

管仲自己也很困惑：“我也不知道，可又遏制不住，不得不想。奈何愚拙，想不出解惑之道，也不知自己为什么会想这事。”

召忽劝他不要再想，免得想坏脑子；又玩笑他是吃饱了，才胡思乱想，过去饿得有前顿没后顿，能想这些虚头巴脑的混事吗，绞尽脑汁琢磨下顿吃什么才是正经。

转眼到了正旦，国子们受邀参加鲁国的告朔礼，接着是鲁侯主持的飨礼，有国君在的飨礼。礼秩高，程序多，那烦琐的献礼，进行了整整一天，才算把每个有地位的卿大夫都敬到酒。而君臣同乐的宴会，只能推到明日。

宴会前夕，君夫人给国子们送了礼，管仲三人所得与旁人不同，更别致更贵重，羡慕得众国子啧啧称叹，说这君夫人待他们当真与众不同。

上次鲍叔牙向君夫人提了一句管、召，没过多久，君夫人便召见了他们。她当他们是来自家乡的孩子，态度亲切温柔，问他们来鲁国住得如何、睡得如何、吃不吃得惯、有没有想家，有难事急事都可来找她，她会尽力帮助他们。在异国他乡受到这样的柔情对待，管、召都很感动，曾经关于君夫人的不堪传闻，当时就烟消云散了。

君夫人在齐国做女公子时，是闻名的美人，嫁来鲁国十来年，美貌不减，更见风情，难怪鲁侯对她百依百顺。鲁宫宫人私下饶舌，说国君万事不怕，就怕小君生气，小君咳嗽一声，国君跑得比兔子还快。

她与管仲等叙话，常会问起齐国的旧事旧物，但从没问他们担心的“别事”，也没流露出一丝一毫的异样情绪，仿佛那曾经轰动临淄的丑闻，其实是大多数人的错觉。

管、召也见到了鲍叔牙口中一言难尽的太子同。那太子同与小白同岁，大概是照顾得太精心，软的不能要，硬的不敢碰，正是爱玩爱闹的年纪，却没有小白鲜活的人间烟火气，活成了抠抠搜搜的穷家小子模样，莫名养成了藏掖宝物的癖好，像是过眼的精湛酒器、珍奇佩玉与漂亮宫女，都得揣起来，不能见光，狗囤骨头似的埋得越深越好。

鲍叔牙私下问管仲对太子同的印象："如何？"

管仲直摇头："比之公子小白，差离何止千里万里！"

管仲来鲁国后，小白给他来过信，问管仲何时回来陪他玩，顺代问召忽好，以及问那颗"倔牙"好。"倔牙"是诸儿给鲍叔牙取的绰号。鲍叔牙非常不开心，对于国君爱给人取绰号的怪癖，他也无可奈何。

小白起初来信很频繁，后来便越来越少。管仲倒不介意。小白那样的孩子，永远不会缺乏寻找新鲜快乐的动力。他之所以喜欢小白，正是因为小白活得与别人不同，他的活，是血肉丰满的活、恣意浪漫的活。

那位新结交的朋友曹沫，常来寻他们，彼此喝酒叙谈。他们若得空，也去拜访曹沫。这曹沫待人极真诚，又豪爽大方，众人与他相交越久，越觉出他有难得的赤子之心。召忽尤其敬爱他，在召忽心里，赳赳丈夫正是曹沫的样子。正因为敬爱曹沫，召忽将那两罍藏掖许久的长勺酒拿出来，与曹沫分享。他说，有好物不与朋友共，枉为人也。

曹沫身为国人，充过徒兵，参加过数次战斗，还曾在一次激战中救过左军主将，但至今的爵秩仍是中士。在等级把关比齐国严格的鲁国，没有家族背景的普通人，晋升的希望很渺茫。寻常国人拼战功，经过几十次血战，一辈子熬下来，熬到头白如霜，总能熬到上士，那已是人生的天花板。再上去，是卿大夫家族的乐园，彼处高墙藩篱，旁人只能窥一眼而不能进入。

召忽认为曹沫屈才了，像这种顶天立地的丈夫，至少是亚大夫之才，而今竟只一区区中士，秩位与自己一样。鲁国一向自诩君子之国，难道只要君子，不要丈夫？况且，丈夫就不能是君子？

为曹沫打抱不平，召忽常常提议："不如去我齐国，我与夷吾乃白徒之身，寡君照样超擢。你若去了，凭你的本事，寡君必定不会亏待。"

曹沫却笑而不答。

于是召忽便会骂，鲁国日日吹嘘自己有君子风范，可伪君子倒更多。这时曹沫就开口了："说得很对，肉食者多伪君子，肉食者鄙。"

"肉食者鄙"，是曹沫的口头禅。有时与众友人畅饮，酒劲上来，他便拍着案敲着瓮，大声叱责肉食者鄙，一个个仰荫承荣，高车驷马，镇日玩风弄月，沉溺于华而不实的虚事，遇大事不能举一策，逢国难不能置一计，皆是百无一用的废物。可每每骂完，他总会陷入沉默。

正旦过后三日，曹沫又来拜访他们，问他们要不要去南城听论辩。

“论辩什么？”召忽问。他的第一反应是两个人叉腰吵嘴，唾沫星子飞到对方脸上，以往在清邑时，三日有两日能听见邻里争吵，早就习以为常。他想吵架有什么好看。

曹沫一乐：“这论辩并非乡野斗嘴，而是与泮宫讲学一样，更有趣味，常能学到真知。”

他便解释道，鲁国南城有一处上古遗址，称为大庭氏之虚，原是上古某个先王的居处，鲁国自迁都曲阜后，便在上边建了一座府库，专门用来存放旧文档，俱是先君训诫、册命文书、卜辞兆象等，最远可追溯到殷商。鲁国的历史档案储存量，列国无出其右，连周天子也来借过文献，说是周公的某篇训诫，王室府库找不到，不知他们这里有没有，果然就找到了。

但因年代久远，管理不善，往昔文灿如星的大庭之府，渐成积灰如山的杂物库，里边堆满了散乱的竹简、泛黄的帛书、碎成数片的龟甲，老鼠还安了窝，夜夜啃得竹简咯咯响。有负责的大夫向鲁侯进言，不可使大庭之府放任不管。鲁侯对此很头疼，这些古代文献烧不得、丢不开，要精心维护，就需得耗费大量人力物力，不说别的，寻一个妥善人去看管文库也是天大的难事。照看文库，需要天长日久的信念、持之以恒的耐心、甘守清苦的节操。卿大夫里没人愿意勇担责任，这清汤寡水的穷差，谁干谁傻！

鲁侯索性就睁一只闭一只眼，反正大庭之府没倒塌，里头的文献也没烂彻底，那就这样吧。

以坚守周礼为生命的鲁国，却一任记载周礼的文献腐烂下去，这是多么具有讽刺性的荒诞一幕！

大庭之府如同日薄西山的周王室，不可挽救地衰败下去。库中唯有几个扫地的徒，也是今日扫，明日不扫。但大庭之府毕竟名声在外，本国国人或列国游子常来此观瞻，凭吊追思，唏嘘历史。人来得多了，总不免聚起来谈古说今，论战的、辩说的、争议的，各有主张，将这大庭之府变成了言论争锋的论坛。

渐渐地，人迹罕至的大庭之府有了勃勃生气，列国之士听说鲁国有能论辩的好地方，一时纷至沓来。每有饱学者演说，往往人头攒动，听得懂的，听不懂的，蜂拥围观。趁着人多的绝好机会，头脑精明的小商贩背一筐酒食，挤进挤出，讨得的赀费，抵得过在市场上吆喝一个月。

自也有挑事的去鲁侯面前告黑状，说各国叵测者聚在一起乱议国政。鲁侯倒也开明，自称不学周厉王防民之口：由得他们说去，三五张口喷唾沫的小事，寡人也容得下。

管仲等岂能不知鲁国大庭之府，只一向陪着鲍叔牙在泮宫苦熬，拘得像长期监禁的囚徒一般，没有机会去大庭之府聆听论辩，今番听曹沫说起，加上也无他事绊脚，哪有不愿意的。

在路上，曹沫说道："听说来了位州国先生，极有才学。我们快去，不然连插脚的地儿都没了。"

州国，是东方的一个小诸侯国，芝麻大的国土面积，除了国都淳于（今山东安丘东北），还有零星几个针眼大小的小邑，在上百个东方诸侯国中，极没存在感。鲁桓公六年（公元前706年），州国被纪国吞并，州君奔逃曹国，州人有的留守家园，接受了新的统治者，有的如星云流散，失在列国。

众人赶到大庭之府时，人已是云屯雨集。那演说的论坛设在文库的右侧，在两棵大槐树之间，夏日浓荫遍地，冬日萧疏枯枝，各有风致。

听说论说已开始了，众人一阵惋叹。到底召忽蛮横，做了逢山开路、遇水架桥的先锋，硬生生挤了进去，踩疼了七八个人的脚，若不是看召忽一脸凶相，怕他是杀人越货的嗜血狂徒，或许要动起手来。有承召忽不讲理，众人得以挤到前面，能将论说之音尽收耳底。

在那槐树之下，却有一席一人。那演说之人，年约三十，气宇清深，风姿不凡。悄悄向周围人打听得知，原来这人名叫忖里乙，是州国贵族，失国后流落鲁国。

"国有沃野之饶而民乏食者，器械不备也；有山海之宝而民乏财者，商工不备也。"忖里乙的声音清亮高亢，咬字清晰，说到激动处，常有金鼓之音。

"轩冕立于朝，爵禄不赏，臣不为忠；中军行战，荣禄不赏，士不为战。然则是大臣为爵而忠，战士为禄而战。故而，使父不顾其子，兄不顾其弟，妻不顾其夫，唯重禄重赏。

"重禄重赏自君出，然君不守财，重禄重赏不得出。君何所守财？当籍（义为征税）乎？非也。然则何以为之？

“夫海出盐无止，山生金木无息，草木以时生，器物以时毁，万物有始有终。圣人理之以徐疾，夺之以轻重，此为官山海，与天壤争。”

忖里乙略停了一下，又娓娓道：“轻重为何？王者掌天财，以轻重御民，丰年岁登，以积谷备饥乏，凶年恶岁，损有余调不足。圣君守轻重，天下蓄财我散之，是天下高而我下；天下散财我蓄之，是天下下而我高，故能王天下。

“王者随四时兴废而高下，然后能选天下之豪杰，致天下之精材，来天下之良工，招天下之大商。国不能来天下之财，致天下之民，则国不成。”

忖里乙轻轻一叹，仿佛乐章的休止符，收住了长篇宏论。周围人不管赞同还是反对，了然还是迷惘，都拊掌喝彩，唱一声“善”，或“大善”。

在一片喧嚣声中，却有个声音朗然道：“在下有些许疑问，可否向先生讨教？”

忖里乙循声而去，是个身材高大的年轻男子——原来是曹沫。忖里乙抬起手，客气地说道：“请言。”

曹沫往前几步，毕恭毕敬地行了一礼，说道：“在下曹沫，得罪先生了。先生高论，精妙绝伦，在下愚钝，略能领会一二。斗胆讨教，先生刚刚言道：‘官山海，与天壤争。’在下不明，这是欲与民争利乎？圣王外不禁山海以供民采用，内不禁币帛以便民交易，而先生竟要障塞民之生途，岂不酷烈？”

曹沫的问题才发出，周围人便像饿久吃了肉，顿时兴奋起来。大庭之府论坛的最精彩之处不是个人演说，而是论辩，反对方围绕论题激烈争论，论者越是争得凶，围观者越是开心，生恐他们不吵起来。

忖里乙站起来，行礼道：“承让。”他仰面，看着曹沫说道：“官山海，与天壤争，非是与民争利。君有山海之金，而民用不足，是利出多孔，守财之权不在君，而在豪民。豪民凭强势以役使细民，民力多残，国力不振。唯官山海，使君守山海之财，则可调高就下、散多益少、损有余而补不足，民得其利，国得其富。”

曹沫蹙眉道：“依先生之意，民得利、国得富，是官山海、君守壤。在下却认为，富国利民在强本，若勉农尽地利，三年耕有一年积蓄，九年耕有三年积蓄，而乃家给人足，焉能不富？”

忖里乙似有意味地一笑："利不在一途，富不拘一道。凡能生财，何所不为？圣人因天时，智者因地财，工生宝，商聚财，天下有用之物，无用之物，以轻重之术御之，轻者泄之，重者射之，富国何必强本乎？"

曹沫更不认可了，摇头道："先生竟以无用之物为富国之途，恕难苟同。夏桀好无用，女乐充宫室，文绣衣裳，终废其国。上古圣君，贵德而贱利，重义而轻财，故下民仁厚，天下无诈。夫上好珍怪，淫服下流，上乐华饰，奇装下充，竞于无用，非圣王之道也。"

忖里乙铿然道："圣王治天下，岂止一途？天下形势不同，君王之道不同。黄帝伐山竭泽，使民仅逃猛兽爪牙；尧舜烧山焚泽，民未得多利；而殷商驯牛马，终能兴商贾而化天下。今以无用为宝，兴工商，通末利，守轻重，倘能富国，并用之。"

两人辩了半日，谁也不能说服谁。围观者也分成两派，你说忖里乙有理，我说曹沫不差，争得面红耳赤，攘臂瞠目，吵嚷声倒大过了场中两人的辩论声。

论辩双方观点已宣明，再辩下去也无意义。曹沫拜了一礼，郑重道："君子求义，不求苟富，曹沫不敢认同先生。"

忖里乙温煦地说道："不认同无妨，君子不求苟同。"

一场论战结束，今日无别的演说者。天色渐趋昏黄，晚霞在西边堆金砌玉，围观者大多三三两两相邀离开，也有少数驻留不动，似还要做一次小范围辩说。

召忽转头，人潮在身边穿梭，满眼都是陌生面孔，只有一个熟人鲍叔牙，便随口问道："你听懂了吗？"

鲍叔牙很认真地回想了一下，老实回答："听懂了一半。"

召忽挠挠头："我连一半也没有，这论辩太高深，我这样的蠢脑壳，听懂太难。"

鲍叔牙嗔责他不要菲薄自己，恰曹沫从身后走上前，不待问一声今日论辩如何，那拥挤的人潮推着他们往前走。鲍叔牙四下张望，忽地疑问道："夷吾呢？"

召忽和曹沫被提醒了，费力地在川流不息的人群里打量，一张面孔过来，一张面孔消失，却没看见管仲。

管仲去哪里了？

这时，那刚刚人声鼎沸的大庭之府，却是人走声寂，晚霞照落在萧瑟的大槐树上，落了满地泪珠沫儿似的光影。忖里乙弯腰卷起坐席，一回头，却见身后站着一个十七八岁的年轻人，吓了他一大跳。

“你……有事？”他愕然道。

那年轻人便是管仲，他盯着忖里乙，竟是满脸通红，像遭遇了天大的难事，尽管难，却依然让他向往，让他激动，让他不能自已。他猛地拜下去：“请先生……”他吸了一口气，颤抖着声音继续说道：“教我轻重之术！”

忖里乙平静地看着他：“为何要学轻重之术？”

管仲回答不上来，他也不想造作精致言辞：“我不知道，只是觉得……”

“只是觉得新鲜好玩？”忖里乙抢过他的话，语气很冷淡，“若是为好玩，窥一窥这当中有何别致的乐趣，或是为富家利己、求财谋生，那不必学，天下可玩乐者很多，可富身者也很多，何必糟践轻重之术。”

管仲从来不怕被奚落，此刻却像是从头活过来的稚嫩婴儿，第一次遭人贬斥，心下一片尴尬与惶怕，脸更红了。可他不想放弃，诚挚地问道：“那请教先生，轻重之术学来何用？”

忖里乙忽发一问：“你去过哪些诸侯国？”

“惭愧，除了母邦齐国，便是这鲁国。”

忖里乙叹道：“你不曾行遍天下，心里也没有天下，便是勉强说与你听，你也不能明白。”

管仲迷惘，他忐忑道：“难道要心里有天下，才能懂轻重之术？”

忖里乙轻笑一声：“看你虽稚弱，倒也不蠢。”他举起手，抚在管仲心口，“这里，天下有没有须臾存在？你想过天下是什么样？你认为天下该是什么样？”

他把手慢慢收回：“待你想清楚了，再说学不学轻重之术。”

管仲怔怔的，呆望着忖里乙扬长而去，他却还不动，仿佛被忖里乙的问题钉死了。

天下是什么样？

他从没想过，有一日，这样宏大的问题会撞入自己心里，仿佛山峦陡起，江海骤涌，激荡得天地间风云变色。很早以前的自己，人生期许是吃顿饱饭，睡个好觉，能把欠债还清，可这微茫的乞求，忽然之间被更大更高的目标取代了。是自己不知餍足吗？是自己贪念残狠吗？似乎不是，那是什么呢？

天下是什么样？

天下是清邑的鸡犬之声、邻里纷争，落在泰山的绚烂晨光，映照淄水的云霞倩影，这仿佛也是不够的。天下还应是齐国的旷达自由，鲁国的周礼风范，卫国的桑间濮上，郑国的膏腴平原，宋国的桑林鬼社，燕国的北地风光，晋国的硗薄山野，秦国的渭川竹林，楚国的云梦烟雾。

不，不，还不够。

还该是所有风光、所有人物、所有俗礼的荟萃与凝聚，彼此了解，彼此融化，彼此亲睦，就像他在泮宫发出的疑问，齐当知鲁诗，鲁当知卫诗，卫当知晋诗，把天下绘于一幅画、一片简、一张帛，一掌之间，尽可览尽。

沔彼流水，朝宗于海。这才是天下该有的样子。

心里像被忽然丢进了一把火，烧得灵魂都沸腾了，他觉得身上燥热难安，便跑了起来，脚下的路或平直或曲折，他都没有停步。

当他的人生撞到弯道时，他不知道自己该不该继续前进，也不知道那前方到底有什么。可他现在知道了，也坚定了，前途无论鲜花满野、阳光如酒，还是大雾弥漫、竭蹶难行，他都会走下去。

他跑得更快了，夕阳沉没，天幕转黯，黑夜即刻来临，他却将黑夜远远地抛在了身后。

三

暴雨如急敲军鼓，一声声焦灼，一声声催迫，锤子似的密集雨滴从天而降，借着天之力，残忍地锤击着人间，仿佛要将那居室、围墙、亭台、人物、牲畜一一击碎。

冒着大雨，管仲等三人冲进了鲁宫门。

来迎候他们去见君夫人的寺人，见到三只落汤鸡，觉得太失礼，于是吩咐宫中小竖赶紧带他们去换身衣服。

“这趟行商如何，赚了几许？”那寺人好奇地问了一声。

鲍叔牙隐隐尴尬，召忽装没听见，管仲泰然自若，但都不回答，着急忙慌地走了，像是换下湿衣服才是要紧，别的事，不当分心。

三人离开曲阜四月有余，去过鲁国南方诸乡邑，鲁国的附庸国邾国，最远还行到纪国鄑邑，但不是巡游山河，而是去做生意。

管仲在大庭之府听过忖里乙论说轻重之术，茅塞顿开，心旌动摇，自此，不时去向忖里乙讨教。这忖里乙很赏识管仲，也愿意教他，两人交谈起来，常常忘了时间。

召忽对管仲沉迷轻重之术很不解。他觉得忖里乙是个怪人，一个失国贵族，留在鲁国做了羁旅客，也没什么正经谋生手段，不过寄寓贵胄家，靠着他人接济过活，管仲看上他什么？

鲍叔牙也不甚看重忖里乙，可他理解管仲，他认为管仲做什么都是有理由的，也是应该支持的，既然管仲视忖里乙为非常之人，那忖里乙身上必有闪光之处，他们没看出来，是他们迟钝。

几个月过去，管仲持之以恒地向忖里乙学习轻重之术，到底学了什么，他却没说，以至召忽忧心忡忡地对鲍叔牙说：忖里乙会不会是骗子，并没有真才实学，只会耍嘴皮子，夷吾被他骗了。

忽有一日管仲宣称，他要去行商卖货。

召忽十分惊讶，他隐约闻说轻重之术与工商有关，原来管仲在忖里乙那里继晷焚膏地苦学，便是学习如何做买卖？

“这是在践行轻重之术？”他直接问道。

管仲点点头，又摇摇头，或者是没想清楚，索性去实践中寻找答案。

“是为讨生活？”召忽追问道。他知道管仲家的欠贷尚未还清，每年年末还息。去年该还的利息，还是鲍叔牙帮的忙。本来鲍叔牙想为管仲一次偿清，日后再无负担，管仲没答应。

管仲仍是摇头。

召忽还想刨根问底，鲍叔牙却说道：“不用问了，我陪你去。”

后来齐国纷传，鲍叔牙对管仲有“四不”，是为不问、不疑、不弃、不叛。天下皆羡的管鲍之交，只不过是心神无贰的信任。

既做买卖，便需要本金，三人别居他国，别无长物。正在踌躇时，不知哪个嘴快，这事竟被君夫人知道了。许是做久了贤妻良母，无聊而生闲心，便觉这事太过有趣，君夫人主动要求为他们资助本金，也不提条件，只需赚了利，记得分给她。

有君夫人鼎力相助，本金的难事解决了，但卖什么的问题又提上议事日程。既在鲁国发货，自然该是鲁国特产，想来想去，找到了鲁缟。这鲁缟与齐纨一样，都是驰名天下的上等丝织品，价值不菲，其中最名贵者，一纯可抵黄金百斤，不愁卖不出去，更不愁不赚大利。

三人本金充足，因此财大气粗，直接从曲阜市场购置了二十多纯鲁缟成品，还雇了几个随从，赶了三辆大车，热热闹闹地做起了行商。

出了曲阜城，真真是意气风发，天上的云，水里的鱼，树上的鸟，都是如此鲜亮动人。平时表情严肃的鲍叔牙也喜笑颜开，毕竟不用拘在泮宫学做君子，是乐事一件。

这支“行商”队伍，去往鲁国南部乡邑，一路观景一路兜售。过了一个多月，景也看腻了，一纯鲁缟没卖出去。曾有乡人好奇过来问卖的什么，听说是鲁缟，纷纷摆手不要。众人合议，想是鲁缟本为鲁产，在鲁国境内没有商品特殊性，那就出国境去试试。

再往南便是邾国，这邾国人对鲁缟也有兴趣，但不肯买一整纯，非得拆成零碎——用一点儿边角料给小孩缝个帽子，为家里女人制条裤衩，绰绰有余，何需一纯之量。“行商们”怎肯将完整一纯鲁缟剪碎了出卖，两边说不通。买家骂他们悭吝，穷鬼充豪民，装什么装！召忽动起怒来，回骂他才是真穷鬼，有脸只买边角料，扬言要揍他全家老少。这番争执，在地小人少的邾国很快传开，远近都议论说有一队行商是恶霸，不卖货，还要打人。“行商们”的名声便臭到了排水沟里，即便将鲁缟降价处理，也无人问津。

于是邾国之旅，依然没有做成一笔生意。

时间却已过去了两月有余，众人着急起来，管仲便提议再去远方一试，万不得已，剪碎出卖也可以。

“行商们”再次踏上旅程，这次折而往北，走过蒙山、鲁山、沂山，来到纪国边鄙。

可普通的商旅，却受到了齐纪邦交的影响。

齐侯继位以来，看着少管诸侯国内政，连上回的诸侯会盟也没参与，其实一门心思在对付纪国。两年间，齐侯数次率大军压境，仿佛即将发动战争，却只是会师狩猎，转头又回去了。过段时间，又将旧事重演一遍。纪国不堪折磨，遣行人赴齐国提出抗议，齐国不是置之不理，就是干脆把行人扣下来。纪国宣称要寻求诸侯帮助，或者与齐国往王前论是非，齐国挑衅说：找谁也没用，纵算请来周天子坐镇，可天子管得着我去哪儿狩猎？

如今郑国正闹内讧，轮流登位的“郑伯们”焦头烂额，无心管外事。鲁国又与齐国修好，不肯轻易得罪齐国，该去哪里寻求支援呢？那垂拱观天下的周天子，只是政治象征，从不曾给过有难的诸侯们任何保护。

齐国以这种不宣战不决裂的恐怖手段，不断地给纪国人心理加压，危机砝码一次比一次重。纪国上下都承受着亡国阴云的重压，直要喘不过气来。

当“行商们”来到纪国，齐侯才刚刚离开齐纪边境。边鄙乡人对昂贵鲁缟的兴趣不高，但管仲软磨硬泡，又是做出亏本承诺，又是言之凿凿怎么买都行，拆成花儿剪成粉儿，“但凡你高兴，我都卖给你”，眼看就要说成首笔买卖，不知是哪个随从多嘴，暴露他们是齐国人，顿时捅了大娄子。

乡人立时一口唾沫吐过来，买卖做不成也罢了，不幸还成了过街老鼠，所过之处，尽是唾骂，大破鞋、臭鸡蛋、烂菜叶，一气地往他们头上丢，连小孩儿也朝他们扔石头，亏得跑得飞快，不然已被打断了腿。

生意越做越艰难，一分利没赚到，命也几乎丢了，众人灰心丧气，失了斗志，遂打道回府。不料过泗水时，遭遇大暴雨，河流涨水，湍急难行，三车鲁缟翻了两车落入泗水，众人手忙脚乱地打捞，险些被淹死，也才捞得不到一半。这捞起来的“幸存者”，与那剩下的一车，被水泡得过烈，不像鲁缟，更像腌菜。

“行商们”屡遭顿挫，一败再败，最后连本金也丧失太半，跌跌撞撞回到曲阜，出于责任，还得向君夫人禀明事由，若是君夫人勒令他们交还本金，该怎么办？

换了一身干爽衣服，三人去面见君夫人，心里还在嘀咕如何交代。君夫人看着他们倒笑起来：“别丧着脸，我又不逼你们还本金。”

原来他们这一段坎坷的行商之旅，君夫人始终知道。倒不是担忧本金回不来，而是为了探听趣闻，也为安全着想，他们一出城，君夫人就吩咐妥善人跟着他们，每到一处落脚，便将消息传回来。因此他们的种种经历，君夫人无一不晓。

鲍叔牙愧疚道：“皆因我们经营不善，浪费小君一片苦心。”

君夫人大度道：“小事耳，纵不曾盈利，但出去历练一番，尝他人未尝之苦，知他人未有之事，有所失必有所得，此行也不是一无所获。”

“是有所获。”管仲附和道。

君夫人兴趣盎然地问道：“夷吾倒说说，你获得什么？”

管仲说道：“先往鲁国南鄙售卖，乡间野氓，食不过求果腹，衣不过求蔽体，鲁缟之衣，乃君子所服，非饱暖难得者能用，因此我知道：仓廪实而知礼节，衣食足而知荣辱。再赴郕国，卖者有所求，买者有所取，只因买者卖者之愿不相合，致券契不成，因此我知道：天下扰攘，万事异趣，然异趣必有同归，当存异趣，而求同归。后至纪国，两国邦交生变，遂使细民生仇隙，商贾不行，财利不聚，因此我知道：列国纷争，划分疆域，各守私利，心中唯有本国，无有天下。”

君夫人听得津津有味，拊掌道：“果然是大收获，有此收获，比赚百倍利，更有意义。”她思忖着，点头继续道，“听夷吾一席话，令我也长进不少，我有大赏。”

她不准他们推辞，自言既是赏赐，又作为买回剩余鲁缟的偿金。君夫人资助本金，又自己买回去，竟成了自买自卖，三人都以为不妥，可君夫人是说一不二的刚强性格，她若做了决断，鲁侯也反对不了，他们只好接受。

那赏赐是一大笥礼物，有贝蚌珍珠，有佩玉象簪，有丝衣锦袍，君夫人笑道：“临时起意准备，你们自己分。”

三个千恩万谢。君夫人又留他们用膳，要为他们接风洗尘，因便招来了几个公子作陪，意思是家宴，一家人齐齐整整才热闹。

同宴的公子有四人，按着伯仲叔季的排行，长兄为太子同，次为公子仲庆，次为公子叔牙，末为公子季友。太子同与公子友是君夫人亲子，其余公子是庶子，诸公子年纪都不大，大的无非十岁冒头，小的尚是冲龄小儿。

太子同仍是改不了囤宝的毛病，饭吃了一半，便偷摸着把一只金爵揣在了怀里，被君夫人眼风扫到，气得骂他小里小气，格局小、器宇小、眼界小，身上没有一丝太子气魄！太子同哭得像只迷途猫儿似的，君夫人见他可怜，心也软了，便将金爵赏给他，嘱咐他要什么尽管开口，不要偷。

公子庆是个急脾气，仿佛眉毛着了火，焦得一身骨血在爆炸，坐不住，停不了，闲不得，就如这一顿饭，喝了羹立时要吃肉，吃了肉马上要漱口，别人还在半饱，他已在打嗝，还嫌那嗝来得太慢。

公子牙像在娘肚子里看见了厉鬼，天生的胆小怕事，外头的风声紧些、雷声大些，也吓得打战；人又害羞，看见漂亮女孩脸红，看见俊俏男孩脸红，看见粗手大脚的老媪也脸红，尤其在鲁侯面前最局促，说话声低，人缩得也低，直要低到地缝里去。

公子友年龄最小，性子却很沉稳，一个总角儿童，吃饭不吵不闹，乖得让人想抱起来团一团。君夫人特别喜欢他，一再夸他懂事又省心，趁便说了公子友的一段逸闻。话说公子友出生时，掌心生得一个奇异的纹路，细看，原来是“友”字，卜师为小公子问卜占卦，得出大吉之兆，这位公子天才之相，将为公室辅弼，并断言道：“季氏亡，则鲁不昌。”

鲁侯听说，竟诞生了一位与鲁国命运相始终的公子，惊也有，喜也有，忧也有，叹息说不敢求鲁祚万世不灭，若季氏果与鲁国相始终，愿周公之灵护佑公子友。

宴毕，三人拜谢君夫人款待，不敢叨扰逗留。君夫人吩咐两个妥帖宫人，抬着那笥礼物，将他们送出了宫。此际雨已停，空气清冽而凉薄，最难得的是，天际竟浮现一道彩虹，衬在雨后干净的天幕上，绚烂而明亮。

刚走出宫门，一辆高盖轩车倏而停在面前，车里下来一人，三人认得是谁，不敢挡路，忙闪去一边，恭敬地行礼。

这人是施父，姬姓公族，辈分上比鲁侯高，鲁侯尊之为父，国君开了口，底下不敢不从，于是人人呼“施父”。

施父早就看见他们，漫不经心地还了一礼，又睨见那具大笥，仿佛无意识地轻轻一哼，似冷笑也似鄙夷。

他不喜欢管仲他们，鲍叔牙倒也罢了，好歹是卿大夫门子，可管仲、召忽算个什么玩意儿，两个齐国底层野氓，身份低到了渤海底，竟被昏了头的齐侯超擢为国人之秩，充任国子来鲁国求学。更不能容忍的是，他们频繁出入鲁宫，与君夫人交往过密。若是让列国知道，礼仪之邦纵容僭礼之人，岂不是成了天下笑柄。

施父是典型的春秋贵族——这样的人在鲁国尤其多，重视出身，重视阶层，终生痛恨任何僭越行为，对旧时代秩序近乎偏执地维护，痛恨一切改变，大到国家典章稳固不可更迭，小到个人言行应当划一而治，倘或被他知道庶人去识文断字、野人要拼战功，便如天塌了一般，是可忍孰不可忍。

所以，他也不喜欢君夫人。

当初鲁侯欲与齐国联姻，他便激烈反对："诸侯女公子多矣，何必非齐不娶？就算要在齐女公子里觅夫人，也不要这一个。往年齐国有意将这个女公子归给郑国太子，却被甩了一脸冷嘲热讽。列国公子避之不及的女人，国君为何心心念念？"可鲁侯像被魔障了心智，谁劝也没用，仿佛不让他娶，他就宁愿打一辈子光棍。

君夫人嫁来鲁国，十余年里，持德贞良，温柔又能干，将内宫一应事务打理得井井有条，使得鲁侯无后顾之忧。人人皆美君夫人贤惠，鲁侯也满意得脸上生光，见人就夸老婆，炫耀自己眼光独到，却只有施父不高兴。

无论君夫人表现得如何温良端庄，施父都横挑鼻子竖挑眼。终一日，被他发现君夫人与管仲他们相从甚密，他便像逮着了诛全族的大罪行，得意洋洋地说这才是小君的真面目，旋即进言鲁侯防患于未然，不然有危及社稷之难。鲁侯不以为然，三个孩子进宫来陪夫人说说话，能有什么患？

鲁侯放任不管，施父不能将管仲他们怎么样，更不能管君夫人的私事，便生出恚恨来，诅咒道："且观后效。"意思是走着瞧，时间会证明他是对的。

在宫门口偶遇这一遭，那具撑得边框饱满的大笥，像陨石般砸到施父眼睛里。他揣测必是君夫人又给了赏赐，心里既怒且痛，然秉持君子不显喜怒的优良作风，抬脚就走了。

管仲看着施父的背影，说道："这位便是曹沫口中的肉食者。"

"肉食者鄙。"召忽说出曹沫的口头禅。

听到"肉食者鄙"，三人都绷不住笑起来了。既提起曹沫，召忽说几月不见，甚为想念，要找他喝酒。三人遂回到馆舍，歇了片时，决定赏赐交由管仲处分。他将赏赐分成了四份，一份给召忽，一份给鲍叔牙，两份留给自己。

这样分配，明显不公，但鲍叔牙、召忽都没提出异议，召忽是给多少拿多少，一样开心；鲍叔牙是不介意有没有赏赐在手，鲍氏孺子还要争赏，未免丢人。他们也知管仲要养家，在鲁国这两年，管仲若得了赏，自己留很少，其余统统寄给家里。管仲很少提起家里的事，心情好时会透露一点，欠贷还剩多少，还需几年，快了，就快了。

鲍叔牙想过，把自己放进管仲的人生里，他做不到像管仲这样好。他对管仲的理解与支持，在了解管仲的全部经历后，更真挚也更执着。如果说管仲遇到鲍叔牙，是人生冲到了弯道；那鲍叔牙遇到管仲，人生也一样发生了改变。两人从前的生活际遇是霄壤之别，命运突然将他们撞在一起，彼此透过对方的生活世界，看到不一样的天地人物，风光各异，悲喜有别，但总得学会理解，学会包容，学会如何去做一对真朋友。

如何成为一个真正的人，或许是从如何结交一个真朋友开始。

分完赏赐后，管仲说要出门一趟，召忽、鲍叔牙旅途劳顿，早累得人仰马翻，目下只想睡觉，听管仲要出门，也没力气问他去哪里。

管仲将那留给自己的赏赐扒拉出三分有二，自己套了辆大车，出馆舍往南而去——他是要去见忖里乙。

忖里乙住在南城的一处小里，巧得很，与曹沫家只隔着一条街，有时召忽扯着他和鲍叔牙来找曹沫喝酒，趁他们酒酣脑热，他溜出门去，一拐便拐到了忖里乙家。

忖里乙家是一座逼仄的四合院，五六个人在院中喝酒，也嫌蜷手蜷脚，挪去屋里畅饮，更是手足迫狭。日子过得清苦，忖里乙却乐在其中。在曲阜，忖里乙是个怪人。他原来投寄在贵胄门下，靠着主家周济，后来人家嫌他骨鲠，不像别的失国贵族，溜须拍马是能手，勾拨得主家心情大好，主家施舍起来也大方，你要讨骨头，总要叫得好，摆那臭脸给谁看呢？便也不愿再管他。

忖里乙没了生活来源，有时在街面与人博戏，赢得几毫薄赀；有时在大庭之府演说，听讲的知他穷苦，同情的会赠他两枚贝、三块饼。大多数人只是看热闹、说是非，并无资助之心，因此他便饥一顿饱一顿。

到得忖里乙家，却见门首停着一辆车，尽管修饰得富丽堂皇，却不是卿大夫所乘轩车，马不垂繁缨，衡不立銮铃，乘者身份俨然较低；再见那扇裂开缝的大门也虚掩着，莫不是有来客？管仲担心贸然进去，打扰主客说话，便在门外呼了一声。

忖里乙笑呵呵的声音传出来："是夷吾来了，快进来！"

管仲走进去，果不其然，院中搭起了一座小木棚，棚上攀着藤、附着葛，忖里乙与一名络腮胡子的男人坐在棚下。那男人的一部胡子生得极辉煌，火焰似的耀眼，配上他明朗的笑容，仿佛脸上贴着一轮太阳。

忖里乙拍了拍那男人："来来，认识一下，这位便是乐无荒。"

管仲听忖里乙不止一次提起，他有一位商人朋友叫乐无荒，是戎人。西周政权被羌戎冲溃后，天下秩序崩乱，原居北方的戎狄大量涌入中原，与华夏诸国杂居混处，一时中原的山林旷野、江河湖泊，处处有戎狄身影。身在齐鲁腹心不觉，一出齐鲁西疆，便陷入戎人的包围中，那济水两岸，则分布着许多戎人部落，其中的济西戎，与鲁国时战时和，成为鲁国的边疆隐患。

再有那河济间的北戎、燕北的山戎、太行山下的白狄、秦川的西戎，历年与诸侯国战争不断，仿佛野草，永远铲除不尽。且有的部族越来越壮大，起初是分散小部落，在与华夏的兵争中，学会了联合对抗，甚至开疆建国，渐成规模。

但也不是所有戎狄都与华夏为敌，像与周天子比邻而居的伊洛戎、乐无荒归属的己氏戎，住在中原，沾染了中原的风教文明，与诸夏关系良善，甚或朝见周天子，愿意归附周王室。

乐无荒便是这种亲善华夏的戎人，他生在中原、长在中原，对华夏文明很有好感。他常年行商在外，走的地方多了，看的人多了，他并没觉得戎人与华夏人有何不同。

有一年，他行到晋国，听到当地人在唱一首民歌："蟋蟀在堂，岁聿其莫。今我不乐，日月其除。无已大康，职思其居。好乐无荒，良士瞿瞿。"

"好乐无荒"这句歌词，在脑子里闪电般过路，清晰得刻骨铭心，及时行乐却不荒废光阴，何其明睿而阔达的人生观。他像参透了人生奥秘，兴奋得手舞足蹈，索性给自己取了个华夏名字"乐无荒"。

从此，乐无荒成了他的名号，外头称呼得多了，他的戎人名倒没人知道了，连他自己，怕也快忘了。

管仲没见过乐无荒，但日常听忖里乙提及，听也听成了熟人。他这里给乐无荒行礼，乐无荒也给他行礼，还问他，这华夏礼行得比大夫们如何。

"这趟行商，赚得多少？"忖里乙玩味地问道。

管仲苦笑："一败涂地，利未得一分，本也几乎殆尽。"

忖里乙正待要说，乐无荒抢话道："你要学行商，向这呆子讨教，能学得了什么，只管跟着我，包你半年学成，还赚回一个美人。"

管仲不知如何作答，与这嘻嘻哈哈的戎人，大道理说不清楚。忖里乙瞪着乐无荒道："又是美人，夷吾不像你，学行商不为女人。"

乐无荒反驳道："你们华夏人说'之子于归，宜其室家'，没有美人，能宜其室家吗？没有家，生在这天地间有何意义？"他眨巴眼睛，认真地打量管仲，道，"这后生没娶妻吧？我认识有家好女子，生得俊，人品也好，不如说给你？"

忖里乙笑啐他："你怎就改不了这给人说媒的毛病，我瞧你别做行商了，做媒氏罢。"

乐无荒笑哈哈地道："男人嘛，年岁到了，该娶个美人，生儿子过日子。你们夏人说'窈窕淑女，君子好逑'，君子怎可不爱淑女？定要娶回家去'琴瑟友之'。"

管仲发觉，乐无荒酷爱赋诗，三句话里，便有一句文绉绉的诗，比起很多大字不识的华夏人，文气更足，雅气更多。

"你意下如何，真真好女子，人美心善，要不安排你们见一面？包你喜欢，即刻便要'俟我于庭乎而'。"乐无荒持之以恒地进行着保媒事业，似乎管仲明天就得娶那名好女子，不然，他就会一直说下去。

像被黏糕缠上了，管仲无可奈何，还是忖里乙帮忙去堵嘴："婚姻之事，除了媒氏之言，尚有父母之命。夷吾身居他国，母亲不在，即便要议亲，也得回了齐国。这事以后再议，不急一时。"

乐无荒失落地吧咂嘴，小声喋喋着"真好女子"，倒也不说了。

封了乐无荒的口，忖里乙才问起管仲的行商经历。失败的教训，领悟的道理，管仲都未曾隐瞒，一一道来。忖里乙点头道："出去一趟，未曾获利，却得获道理，很有长进。"

管仲说道："这次仍嫌仓促，下次想去远一点，只有见识更多，收获才能更多。"

乐无荒好不容易找到机会插嘴道："下次跟着我，我包你……"

"包你半年学成！"忖里乙接过话茬，他嗔怪道，"你以为夷吾真要做行商？他是想行遍天下，览尽列国风物，增长见识。"

乐无荒没在乎地说："那也可以跟着我，不怕人来质疑，这天下没有我没去过的地方！与我在一处，既可观瞻列国风物，还能学行商，一举两得，末了，再赚个美人回家。”

说到最后，又绕回到女人的话题上，忖里乙笑得收不住，忽又觉得乐无荒说得有几分道理，沉吟道：“其实也未尝不可，我知你行商多年，做事老到，遇难不惧，夷吾与你做伴，我也放心。”

乐无荒一拍巴掌：“那便如此说定了！莫若你也跟着我，拘在这里做甚，做一个天不拘地不管的行商，可不快活得多！”

忖里乙摇摇头：“我就罢了。”

“为何罢了？”乐无荒埋怨道，“何必迫得自己这样苦，他们不赏识你，我赏识你，凭着你的才干，做什么不能赚顿饱饭？”

忖里乙默然，忽而长叹一声：“浩浩昊天，不骏其德。周宗既灭，靡所止戾。若不能伸大志、成大事，我宁愿困死穷乡，绝不苟且。”

乐无荒知道劝不动他，唏嘘道：“你自己强求，我也无法，只别把这孩子也陷进去，他不该活得苦。”

忖里乙注视着管仲：“他与我不同，他天生便该成为非凡之人，他能做到我做不到的事。”

他喟然一叹，神情有些漠然，也有些向往。可直到管仲离开，这样的对话再没有发生。

管仲走时，将放在门口大车上的赏物搬下来，悄悄放在门后。他没有当面送给忖里乙，因为清高孤傲的忖里乙一定不会接受。他很同情忖里乙的遭遇，也理解忖里乙的自尊，这似乎不近人情的对尊严的坚守，是自己所缺少的，但自己不会瞧不起，反而会心生敬佩。

将来的很多日子里，管仲会遇到许多跌落下流却身具才华的人，忖里乙成为他衡量他们的隐形尺子。在颠沛流离、悲苦交加的现实生活中，那些坚忍的精神、顽强的奋斗、不屈的意志、勇敢的担当，使他们在尘埃中也绽放光华。于是，管仲想：就是你们了，当可与我同行。

四

鲁桓公十七年（公元前695年），踩着十六年的脚踝骨来到了。周历正月，鲁、齐、纪在黄（今山东淄川西北）会盟，说是“盟”，其实是鲁国单方面的意愿，齐国方面不想“盟”；至于纪国，不敢求“盟”，求的是生存。

鲁国为了纪国，再次向齐国求情：放了这个可怜巴巴的小国，哪怕让纪国做附庸国，年年纳贡，岁岁交税，未必要吃干抹净，都是姜姓，都是天子册封诸侯，何苦呢？

鲁侯这里劝得口干舌燥，齐侯那里无动于衷。鲁侯说得急了，顾不得言谈合礼，什么小道消息、巷陌传闻一骨碌掰扯出来——听说齐侯为伐纪，曾占卜问事，得到的卜辞却是：“师丧分矣。”真大不吉，为夺一纪国，军士死丧太半，值得吗？

齐侯的回答是：“寡人死之，不为不吉。”

这话太骇人，只要能将纪国占为己有，军士死丧算什么，便是齐侯的命也可以赔掉。

鲁侯无话可说，他才真正体会到齐侯的油盐不进，那张漂亮的笑脸明亮动人，但万万不可亲近。既说不通，鲁侯再懒得费唇舌。后来两国君主干脆把纪侯晾在一边，说起了卫国的事。

去年十一月，还在睡梦中的卫侯朔，惊闻诸公子发动政变，要推翻他另立新君，慌得仓皇出奔，别处也去不得，只有逃来齐国。齐侯与鲁侯议起卫国宫变，只有一个意思：是否要为卫朔复国。

鲁侯很是鄙薄卫朔为人，说道：“卫朔被撵出国，全是咎由自取，让这个弑兄小人端居君位，天下诸侯当笑之、讨之、伐之。卫国逐旧君立新君，国人不惊，可见人心向背，列国可放手不管。至于卫朔，齐侯怜他，留他做个寄寓之客，已是仁至义尽。”

齐侯不咸不淡地说了一句：“天下弑兄者也不少。”

鲁侯脸红了，他不蠢，听得出齐侯的指桑骂槐。当年他年幼，兄长鲁隐公效法周公，摄位听政。尽管隐公表示将来会退位归隐，他却等不及，于是屠刀举起，刀下血流成河。

他万万想不到，齐侯当面揭他老底。这丑事埋在地里，多年不见天日，齐侯不打招呼就挖出来，一团血肉模糊的过往，仿佛还有新鲜而浊臭的血腥味。

诸侯会盟，谈妥了，是乘车之会，载书埋牲，歃血为盟；谈不妥，是兵车之会，归国整师，疆场决战。无论会盟方如何剑拔弩张，会盟时至少得为各自留存颜面，这是春秋时的规矩。但这规矩，对齐侯没有约束力，想遵守就遵守一下，心烦了，气恼了，或仅是不情愿，规矩一概可丢。

鲁国这次与盟几乎是铩羽而归，纪国的灭国之难没谈妥，卫国的逐君之变又管不了，怨不得纪侯垂泣控诉齐侯蛮横，这怎的不是蛮横？送走了一个一心求霸的齐僖公，又来了一个暴戾恣睢的齐诸儿。

鲁侯回国后，纪国的国难、卫国的变乱，一概不问不管，与齐国保持着微妙而平静的邦交关系，但对与齐侯再度会面，因为心有隔阂，决意尽量避免。

五月间，齐鲁边境发生了一次小规模的战争冲突，准确地说，是单方面挑衅事件。齐国有一旅军队，不知是迷路，还是故意，追着两头麋鹿不放，一直追到了鲁国边鄙——一个叫奚的小邑。冲进别人家里，竟也不走，搜麋鹿不得，乘兴把奚邑劫掠了，那守卫边邑的五十个戍卒，寡不敌众，遭一绳子捆成麻花。齐国军队的突然袭击，让边鄙摸不着头脑，莫不是这支小旅是齐国先遣队，来探一探路，后头还有大部队？疆吏紧急上报鲁侯：齐国侵我，是战还是不战？

鲁侯的回复特别含蓄："疆场之事，要谨慎地防守，以防备发生意外。如果敌人打来了，你迎战就是，何必来请示呢？"

这像是废话，似乎是支持战，但与齐国开战，总得国中出军，国君说事至而战，却不说如何战、谁去战，难道让边鄙自行单挑大国？庆幸的是，齐国那支小股军队很快便退出鲁国疆域，后续也没有大军压境，一切仿佛只是一场误会。

数日后，齐侯却遣行人给鲁侯带话："疆场事非小事。奚邑之变，是齐国驭下不当，险些酿成大祸。寡人心不安，故而欲与鲁君会盟平息事端。"

话说得很客气，充满了诚恳的歉意，这倒不像齐侯的作风。对于歉意，鲁侯欣然接受，至于会盟，倒不必了。行人却又道："寡君欲见鲁君，既为齐鲁疆场，亦关乎纪、卫。黄之会后，寡君辗转思之，唯恐有失，鲁君其无意乎？"

听这话的意思，是齐侯改主意了？鲁侯半信半疑，能再论纪、卫自然是好的，但与齐侯见面，他又心存芥蒂，没有立即答允，只说道：“容寡人详思之。”

当齐侯遣行人邀鲁侯与会时，最后一批齐国国子，即将离开鲁国。

原来齐国与鲁国互派国子，约定是三年为期。在齐的鲁国子，日子过得滋润舒坦，三年将至，几乎无人返国；在鲁的齐国子，两年之内，一半国子找各种理由回国了，剩下一半，要么找到了在鲁国如何舒服生活的妙方，要么担心归国遭宗子责骂，勉力忍受。

到了第三年，忍不下去的国子又走了不少，余者寥寥可数，鲍叔牙、管仲、召忽，就是这最后的坚守者。其实他们在鲁国的生活，也有一个循序渐进的过程，初来时不适应、难融入，中间经过曲折反复，常常失望，也屡屡惊喜，到现在的平静坦然、从容应对。

大多数时候，突变的生活不仅带来人生的疏离感，也可以教人学会适应。最坚强的人格，往往是最能适应环境的。

本来按照三年之期，该是待到年底才走，但齐侯忽传来君令，命他们三人速速归国。既是国君下令，便不得不走。恰好有行人来鲁国，那行人给鲁侯传了话，又给他们传话，称国君有命，三人可随他一同走。

归期在即，生出依依惜别之情，过去经历的好人好事，眷顾难舍；过去不好的人事，也看开了，释然了。

召忽最舍不得曹沫，两人是臭味相投的酒友，时常相邀喝酒，一面狂歌痛饮，一面抨击肉食者，何其快意潇洒。彼此约定今生当饮尽天下好酒，他日死了，此身也当淹于酒中。

如今离去，不得不与朋友告别，将来若想畅饮，该去找谁把酒共醉、倾心吐胆呢？这让召忽肝肠寸断。因为不想失去这个朋友，他便向曹沫提议，希望曹沫随他回齐国，毕竟曹沫在鲁国郁郁不得志，或许齐国能成为他的龙飞之地呢。

原本管仲等人与曹沫深交后，深服曹沫为人，不愿美玉蒙尘，一度向君夫人进言，希望君夫人能向鲁侯举荐曹沫，使有用之才不至飘茵落溷，永无出头之日。君夫人确实说了，鲁侯本不在意，但承夫人之情，着人去考查一番。派去考查曹沫的人回来说，曹沫这人好酒而狂言，常当众妄议君子、诽谤执政。鲁侯听了不悦，认定曹沫是狂狷之士，张扬得讨嫌，便不想取用，但看在君夫人面子上，可以让他去守城门。

曹沫又怎么肯守城门，这比僻居穷巷、潦倒无业，也强不到哪里去。举荐的事从此没了下落。管仲等人都觉对不住曹沫，曹沫倒还看得开，落魄习惯了，能接受一切坏事，乘龙飞天的奇迹轮不到自己，一步步攀升也找不到登临的台阶，那便在现实的齿牙夹缝间，棱角分明地活下去。

所以召忽邀请曹沫去齐国，此处不能落脚，彼处总可容身，天下很大，何必守在鲁国一亩田上，屈才也屈心。

但曹沫从不答允，或是拒绝，或是沉默，细微的动心也不见。召忽觉得在撼一棵根深蒂固的大树，就算你拼尽力气，也动弹不了他的意志。

"人各有志，不要勉强。"管仲劝他。

召忽却以为倘或是好事，勉强也未尝不可。管仲问他："你又如何断定是好事？"

召忽说："直觉认为对的，就是好事，就该坚持做，也可以勉强。"时至分别，召忽打算再试一次，成不成，至少他不遗憾。

在离开鲁国之前，管仲等邀上曹沫与忖里乙，去曲阜城外郊游。出城东南行五里，有一汪泉水，称为逵泉。水中大石磊磊，仿若龟背，在浅水处，大石表面浮于水上，人可踩石而行，也只湿了脚背而已。泉水之侧，林木蓊郁，苍翠若滴，鲁国有针巫氏在此建了一座宅第，掩映在花木扶疏间，幽静而清凉，是避暑观景赏玩的好居所。

时为周历七月，正是农历五月仲夏时节，热风四起，气温一日比一日升得高。来逵泉路上召忽一直在劝曹沫，曹沫有时回答他，有时不想说话，几次被劝得回不来嘴，只好敷衍道："待会儿再说。"

忖里乙见召忽不屈不挠，笑道："忽也犟，沫也拗。"

管仲没笑，显得心事重重："忽为了朋友，殚精竭虑，夷吾既赞服他，也想学他。"

忖里乙听出他话里藏话："你想学他什么？"

管仲一字一句斟酌道："我想请先生同归齐国，欲向寡君举荐先生。先生之才，不该被埋没！"

听见管仲这个想法，忖里乙没有流露出特别的表情，轻轻叹道："鲁君不用我，齐君又怎能用我？"

管仲振振道：“寡君与鲁君不同，鲁君守正，寡君敢变。夷吾一介野氓，寡君尚且用之，何况先生？”

忖里乙不置可否：“莫怪我犯言，齐君此人，素性不守规矩，他用你与忽，是为破规矩，小事矣；若用我，却是举国政，大事耳。纵算他敢变，变也有界限。”

管仲一时沉默，而后恳恳道：“我也没法向先生保证寡君必用先生，但我以为，无论成败，总该一试。先生之才，倘埋没乡里，白白浪费，人生倏忽过影，不曾伸己志、成己愿，亦不知自己这腹中经纶，若能一朝得用，可否有大成，岂不遗恨！”

忖里乙心中微微一震，似有所动，却不言。管仲又道：“昔日我是齐国乡野一氓，身为白徒，别无他求，是鲍叔苦心劝我，难道甘愿一辈子俯首乡野，活一生下来，只为了讨口吃食？我这才离乡远走，一番蹉跌，蒙寡君深恩，擢升为士，以国子之身赴鲁就学，也才能与先生相遇。若我当年甘心沉沦，便没有现在的夷吾，我没有放弃，请先生也不要放弃！”

一席话说得忖里乙的犹豫、疑惑、固执瓦解了，他仰面一叹，自问道：“活一生下来，所为何事？”他看着管仲粲然一笑：“人人皆言，我在教你，你何尝不在教我。”

忖里乙应允了赴齐之请，管仲欣喜若狂。那边召忽却没劝动曹沫，加上着急起来，话说得激切，惹了曹沫不高兴，两个差点生分，亏得鲍叔牙打圆场，不许他们闹情绪。相交如此久，喝下的酒能淹了鲁国都，三言两语不合便要成仇，岂不儿戏！

众人在逵泉赏景游乐，逗留至天色昏黄，方才返回。归途中召忽垂头丧气，不与曹沫说话，也不与其他人说话，霜打了一般，生气全无。管仲看不过去，劝道：“不必如此，人各有志，即便勉强他同行，他也不会开心，你若视他为至交，难道会开心？”

召忽苦闷地说：“我只是想不明白，既在鲁国待得不如意，为什么还要待下去？”

管仲说道：“鲁国是曹沫父母之邦，血脉根本所在。他爱鲁如命，你强迫他离开，便如隔断血脉，他自不答应。”

召忽幡然憬悟：“原来是这样吗？”若非管仲提醒，他竟从没想过曹沫不肯离鲁，原来是为这让他魂梦难弃的父母之邦。召忽自小生长乡野，过久了食不果腹的贫苦日子，与许多边鄙民氓一样，心里没有宏大愿景，家国观念很淡漠，在乎的只是某个鲜活的人。管仲待他如亲兄弟，他便愿为管仲剖肝沥胆；公子纠待他如国士，他也可以为公子纠杀身成仁，为某个具体的人战斗，那便是他整个的精神世界。

直到此时此刻，因为管仲的一番话，他才知道原来一个人，可以为了抽象的“国家”生死赴之。他也真的懂了，曹沫平日的慷慨激昂，那一声声愤怒的“肉食者鄙”，是爱之深恨之切。曹沫希望鲁国是这样，然而鲁国偏偏是那样。他爱鲁国，因此可以忍受屈辱，忍受不公，忍受欺凌，便是这让他处处碰壁的国家，也可以为之牺牲。

召忽理不清心里的感受，这种忽然推翻了既定人生观的突变，太沉重、太可怕，于是莫名竟去问管仲：“你爱齐国吗？”

“当然爱。”管仲静静笑道，“不过我也爱鲁之山、卫之水、郑之原、宋之林、晋之风、天子之礼。”

召忽迷惑：“除了齐鲁，别国都没去过，也爱？”

“爱，为何不爱？”管仲利落地回答，笑容里的飞扬轻盈，像风一样。召忽一瞬生出错觉，仿佛管仲真的去过天下列国。

他直觉管仲与曹沫有相同，也有不同，相同的是他们都有家国情怀，不同的是什么，他现在想不到。

很多年后，召忽终于知道那不同在哪里：曹沫爱的是鲁国，而管仲爱的是天下。

五

周历八月（农历六月）随热风而至，某个热得人皮也要脱落的日子，鲁侯可能热秃噜了神志，忽然就接受了齐侯邀请，约定明年正月在齐国会盟。在款待齐行人的飨礼上，当进行到无算爵时，齐行人随口提了一声：“小君嫁鲁多年，可愿趁这次会盟，归宁母邦？”

鲁侯喝多了，并没有意识到这邀请有何不妥当，醉醺醺地说：“寡人去问问她。”

当夜，醉成八爪鱼的鲁侯被抬进寝宫，在入睡前，不忘记问老婆一声“要不要随寡人回家看看？”君夫人许久没吭声，后来古怪地说道：“你不怕我归宁，就不回来了？”

这句吊诡的话，鲁侯多半没听见，沉酣醉意将他拖入了梦乡。他这里鼾声大作，君夫人却一夜未眠。天亮时，君夫人对鲁侯说：“我陪你去。”鲁侯早忘记自己说过什么，稀里糊涂地问：“你陪我去做什么？”

“陪你归齐！”君夫人大声说。

鲁侯被吓得残余的酒意全醒了，印象中温柔贤淑的结发妻子突然变得狰狞可怖，仿佛那曾经显于人前的柔情面孔，只是一张精美的画皮，他打了个寒战。

齐行人完成使命，归国复命，与他同行的，还有管仲三人。

众人与曹沫辞行，召忽几度垂泣，再三邀请曹沫来齐国相会。曹沫一路护送他们，一直送了三十里，才依依惜别。他们走出去很远，回过头去，曹沫还在原地目送。

行到齐国边境，齐侯的君令便来了，三件事合并成一道命令。第一件事是晋升管仲、召忽为上士，并任命为国君御士。

国君御士，就是国君的禁卫军，御士又称虎贲，或虎臣，源起于武王伐纣。天子有虎贲，列国师法天子，同设禁卫军，是为旅贲，一般称御士为多。

御士是国君近身之臣，平时掌君车驾，为君先驱，护君安危，战时随君出征，与君进退，为君赴死。牺牲虽随时可能发生，但因在国君身边，朝夕相处，易为国君熟知，倘有亮眼表现，得国君赏识，很快能扶摇上升。看似危险的御士，实际是一条爬官位的捷径，相当多的卿大夫，在还是门子庶子时，都做过御士，有过一段与国君出生入死的特殊经历，为的是未来的仕途之旅，走得更平坦安稳。

所以，当管仲、召忽听国君任命他们为御士时，他们真又惊又喜。齐侯对他们进行了两次破格擢升，一次擢升使他们脱了白徒，二次擢升使他们跃为近臣，齐侯仿佛携二人荡秋千，带着他们离原来的身份越来越远。

第二件事，是任命鲍叔牙为大夫，这其实是齐侯当初的口头承诺。那时鲍叔牙以为是戏言，无非是齐侯打卿大夫的脸，拿自己来借题发挥，后来赴鲁，时日久长，便渐渐忘了。不料齐侯果真言出必行，要把大夫之职赏给他。

但鲍叔牙不接受，坚辞大夫之职，称道：“若国君一意孤行，逼臣就职，臣除死方休！”

那传君令的册命内史，见鲍叔牙誓死不从的刚强态度，竟然不恼不烦，平静地说：“鲍叔若不肯任大夫，国君不勉强。然鲍叔为国士，也不可不封，与夷吾、忽同为御士，鲍叔有意见吗？”

原来齐侯早猜到自己不答应，之所以有大夫任命，是为践行承诺。鲍叔牙松了口气，又听与管仲、召忽一起做御士，作为鲍氏孺子，在继承父亲爵位之前，做御士是最好的历练，也就不反对了。

“岂敢不从！”鲍叔牙高声道。

最后一件事，是吩咐管仲三人不必回临淄，先去泺邑（今山东济南泺口），为明年正月国君与鲁侯的会盟做准备。

至于到底是何种准备，内史只有很简单的解释：“营造。”

为这君令所催，众人折而北行。那泺邑原在济水南岸，古济水从荥阳自黄河分出，奔腾数百里之后，忽而南北分流，南济流经今济南境内时，有一条自南往北流的泺水汇入，两水相汇之处，称为泺口。

那泺水上源，是今天济南著名的趵突泉、大明湖，循济水南、泺水东而去，还有一座孤峰特拔的华不注山，山上生烟，山下有泉。这些美泉秀山，直到今天仍然是名胜之地，可见泺邑一带自古以来风景如画，齐侯择在此地与鲁侯会盟，也是匠心独具。

赶到泺口的管仲等人，方知那“营造”是建高台。齐侯意欲在泺水东岸建一座望气台，举头能摘星揽月，低头能俯瞰齐国江山，若能远望到黄河，那便更好，至于到底要多高，齐侯没细说，唯四个字：“及天之高。”意思是越高越好。

他们三人来时，工程已经开始了。地基挖得又深又大，工地上尘埃炽张，人声喧嚷。露出脊梁的工人来往不息，他们黑瘦的脸上只有麻木的神情，你背着土过去了，我拿着镐过来了，像成群搬家的蚂蚁。

站在地基边上，鲍叔牙的脸色很难看，他生气道：“早知为这事，不如不回来！”

齐侯好营造，尤其好华而无用的营造。他们在鲁国时有耳闻，齐侯继位以来，屡兴土木，今日开曲池，明日辟苑囿。本来土木兴作须择在农闲时，以免妨农，但齐侯对营造兴致高昂时，农忙时节也撵人手筑台榭。鲍叔牙便常与管、召数落：国君这毛病不改，齐人苦病多。哪里知道，甫一归国，国君派给他的头一桩差事，居然是他深恶痛绝的营造。

赌气的话可以说，国君的命令却不能不听从，只能硬着头皮去营造。实际呢，由司空主导的营造事业，一应丈量、测准、平地、浚沟之类的技术活路，他们三人都不用参与，国君派他们来，是为监工。

监工，即监督工人有没有偷工减料、躲懒不干活，更监督工官有没有贪污工程款。凡营造事业皆是肥差，进料能吃一笔，开工能吃一笔，收工能吃一笔，结款能吃一笔，这样一笔笔吃下来，临淄庄、岳大道的豪宅也买得起三进院落。

这时管理营造的工官殷勤接待，看见三人仿佛看见亲爹，明明是来监管他，他还挺乐意。国君从近臣简拔监工，是营造常例，早就见怪不怪，其实这也是潜规则。身负君命的监工，明是为国君充眼睛，实际操作时，不过是大家一起发财，你吃我也吃，待营造完毕，回去三下五除二地一通忽悠，哄得国君两眼一抹黑，以为俱是良臣，依然是大家一起受褒赏。

所以工官当新来的三位监工与其他监工一样，是为共同富裕来也，只待看怎么分财，是五五分，还是四六开。

可很快，他便发现情况与他想的大相径庭。

按照常规操作，监工的主要职责在于盯工人，大眼睛盯着芝麻粒，针眼似的错谬也挑出来：少背一筐土，减稍食！流的汗不够多，减稍食！吃多了一口粥，减稍食！老子今天心情不好，减稍食！

但这三人怪得很，不怎么盯工人，专门盯工官。工人犯错，训诫两句便放走了；工官若犯错，不仅臭脸相对，还要记下来，警告要上报国君。一概吃拿卡要的行为，不准有；克扣工人稍食的行为，不准有；至于贪墨工程款的行为，更不准有。因犯错，工官还被惩罚下工地去背过几次土，真是苦不堪言，只求这工程快些结束，从此与这仨瘟神生死不往来，也不敢有别的念想了。

三人在工地上吃了三个多月的灰尘，眼见那望气台越来越高，鲍叔牙叫了停，他说道：“高台曲池总有限度，哪能与天地争长短。”

望气台没有垒到齐侯要求的摘星揽月的高度，为此，管仲与鲍叔牙有了分歧。管仲认为：“国君既有特别意愿，又不算过分，由我们在此主事，做工者不被克扣，营造越久，得利越多，何不依从？”鲍叔牙坚决不答应，他说：“这是奢靡之风，不能助长。夷吾你生在乡野，该知道齐国有多少人吃不饱饭，国君还屡兴土木，筑台营榭，民氓会怎么看？”

最后管仲妥协了，其实是他想通了，他对鲍叔牙说：“过分奢侈的政令可以在富强之国施行，却不能在贫弱之国施行。如今的齐国国不强、民不富，乃贫弱之国，没有积蓄、没有余财，所以不能颁布奢侈的政令。”

随着望气台的竣工，时间来到了鲁桓公十八年（公元前694年）。这年正旦，齐侯在临淄太庙行过告朔礼，随即开拔前往泺邑。

初五这日，管仲等人与泺邑诸吏早早侯于道边，静待国君莅临，不时有传信使者来报，国君车驾尚距几里路。还剩最后两里之程时，大道上忽地响起急切的车马声，却是驷马奋蹄，轮毂激转，銮铃逐风，一辆高车旁若无人地跑了过来。

国君出行，必要清道，使前不得有阻断，后不可有蹑足。这是何人，竟敢驰骋车道，奔到国君前面来？是国君遣来的使者，还是不慎闯入禁区的冒失鬼？

那高车奔到道旁等候的诸吏身前，驭手一拉辔绳，驷马前蹄扬起，又重重落下，八只蹄儿几乎并在一条线上，落地之声也极齐整。

驭手扬声笑道：“管御、鲍御、召御，好久不见！”

金子般的阳光洒在他的脸上，映得轮廓熠熠生辉。人人都认出来了，是公子小白。

自鲁桓公十五年（公元前697年）管仲等人赴鲁，三人至今约有三年未与小白见面，小白的个子蹿了一大截，已是个半大小伙儿，那脸越发生得霞明玉映，漂亮得璀璨夺目，乍见之下，几乎要认不出。都说姜齐公子个个自恋得惹人恨，生成这鲜眉亮眼的模样，不自恋倒也难。

小白如今很受诸儿宠待，但有举宴、出游、狩猎、盟会，诸儿都要带上他，平日里也是赏赉不断，得了好吃的、好玩的，总会想到小白，都道是长兄如父，诸儿待小白，越来越像父亲待儿子。眼见着往昔人见人嫌的失恃小儿，摇身变为国君恩遇的尊贵公子，这番变化惹来纷纷议论。有人说是国君厚待小白，大半因为高傒；也有人说是小白大约有些个不凡品质，国君慧眼识真才，至于不凡在哪里，我辈没看出。

管仲见到小白，心里是喜悦的。对这个他认为是有趣的孩子，他从来只有包容，没有苛责，但小白先国君而行，他也不得不问，于是便对小白说道："原来是公子，却不知公子前行，国君知道吗？"

小白笑嘻嘻地说道："我着急来见你们，禀明了国君，国君允了我先行一步。"他甩了甩辔绳，急不可耐地问管仲，"管御以为我之驭术如何？"

他虽发了问，却没有耐心去卖关子，不等管仲回答，自己便说道："从前管御告诉我五驭之术，是为鸣和鸾、逐水曲、过君表、舞交衢、逐禽左，我如今已学得鸣和鸾、舞交衢、逐禽左。"他说得意气风发，仿佛建了万世可表的大功劳。

管仲原来掰扯五驭之术，是为了哄孩子，到底天下有没有五驭，管仲自己都不知道，结果小白当了真，还花了工夫研习，真被他学成大半。管仲忽然生出一念，对小白这样坐不住的顽皮小孩，只要投其所好，他什么都肯学，且能学得很好。

"公子果然聪颖，凡人皆不能之事，公子皆能做成。"管仲赞美道。

小白被夸得脸都红了，得意之色在眼角闪光。与同龄孩子一样，他爱听奉承话，讨厌批评，逆反心理重，你越指责他，他越跟你对着干，但若是换成赞美，他心里爽快，便什么都依你。

管仲的赞美让他心里乐开了花，说道："我曾应诺管御，若学得五驭，要亲为管御驾车，不如趁着今日，请管御鉴赏我之驭术。"他向车下伸出手去，示意管仲赶快上来，他要大秀技术。

管仲微笑，缓缓道："公子盛情，夷吾却之不恭，不过今日恐有不妥，国君稍后即到，若见夷吾不在恭候，倒驱使公子驭车，必会责惩夷吾，夷吾担待不起。不如错过今日，来日方长，多的是机会，夷吾一定恭敬登车，鉴赏公子无双驭术。"

管仲的拒绝，没说小白任性，反而说是自己担心国君怪罪，总之事做不成，是他担不起，与小白无关。小白想了一想，觉得也有道理，他虽着急献宝，但还不至于妄为。听得进谏议，是小白的优点。

"那……"小白四下张望，不能载管仲驰骋，国君又还没到，若是继续一个人往前跑，似乎也无趣得紧，再说刚刚那一番风驰电掣，其实是为了在管仲等人面前炫耀驭术，若非为了逞强称能，他才不要一个人待着。他拿不定主意，去问管仲：“你说我该去哪里？”

管仲温和地说道：“公子若没去处，可与夷吾等在此静候国君。许久不见，正好叙叙旧。”

小白觉得可行，当即下了车，自有侍从将高车拖到路边。他跳着挤进管仲他们中间，脚还没站稳，话就如大门坍塌时刮起的风，尽情地狂吹进来，话赶话地跟管仲三人说：“鲁国好玩不？比起齐国如何？那儿的女子美不美？自从国君继位以来，齐宫的女人中看多了，把丑的统统赶跑了。公子纠新纳了个小妾，生得满脸麻子，前次跳舞，还把门牙磕了，可笑死我了。彭生又胖了，前回在宫里举鼎，把腰扭了，在家躺了月余。我有阵子没住在高子家里了，他现在忙得很，日日与国君议事，没时间管我，他这次没来……”

小白说着又去与召忽比高，捏他的胸脯胳膊，叹服其结实得像石头，不忘记拍自己的胸口，夸口道自己其实也不差；乘兴还海吹一通与御士角抵的一波三折的故事。后来小白又想掐一掐鲍叔牙的胳膊，被鲍叔牙的目光慑住了，悻悻地罢了手。

小白很怵鲍叔牙，也不用鲍叔牙有任何举动，只需面无表情，小白就老实了，插科打诨不敢，恶作剧不敢，连不乖的念头也得躲着想，仿佛鲍叔牙能看穿他的心思。

因为小白的叽里呱啦，枯燥的等候变得生机盎然，时间流逝得特别快。忽听得鼓声如雷，国君卤簿渐渐临近，远远便看见那面九旒七仞诸侯旗，被风吹成了一条宽平直线，一伞伞华盖如向空绽放的花朵，翻出层层波浪。

诸侯出行，前有御士持戈开道，后有御士持戟卫护，行在最前面的两名持戈御士正是雍廪与宾胥无，挺胸腆肚，气势赳赳，说是开道，眼睛却从不朝旁边瞥，仿佛两只目空一切的猛豹。

车驾如洪流，淹没了大道，一浪浪漫过来，待漫到眼前，队伍忽然停住了，华贵的诸侯路车停得很稳，齐侯诸儿探出身来，扶着车舆往下看，促狭的笑容将眼角拉得很长：“终于见面了，有没有想寡人？”露出脸来的是国君，视线却被驭车的公子彭生占去一半。果如小白所说，彭生又胖了一圈，一身的肥肉欢乐地澎湃着，仿佛要溢出车舆。

管仲等人说：“无日不思念国君，今日得见国君尊颜，狂喜之至。”

诸儿哼道：“扯淡，明明在鲁国待得不亦乐乎，不是寡人宣召，你们是不打算回来！”

这话就无理取闹了，分明是国君派他们去鲁国，约定了三年之期，去或留，不是他们的意愿能决定的。

诸儿乜着眼睛，脸上尚有笑意，声音却越来越生硬：“想是长居鲁国，久别母邦，心中忘记君父多时。寡人遣尔等司营造，为君父分忧，也敢躲懒减工，当面欺瞒寡人，好大的胆子！”

原来在这里等着，鲍叔牙遂亢声道：“国君令臣等筑台，臣等夙兴夜寐，不遑宁处，使得高台得成，何来欺瞒国君一说？请我君明示！”

诸儿“咦”了一声，嗔道：“你这顶嘴的倔牙，犯了错，不知反躬自省，还要寡人明示，也罢，寡人便明示于你。营造之初，寡人曾言，建及天之高台，你们却是如何司事？闻说营建未及一半，竟敢止营，今却妄言高台得成，不是欺瞒君父，又是什么？”

鲍叔牙坦率道：“我君所言不差，止营是臣的主张，臣以为高台纵是高，也有限度。”

诸儿像终于拽住了猫尾巴，既得意又怨毒地说道：“你好歹是承认了，那你也来明示一二，为何要止营？”

鲍叔牙昂然道：“臣以为筑及天之高台不妥！我君继位以来，开曲池、高台榭、广宫阁，食必粱肉，衣必文绣，而国有饿殍，野有冻馁，今又筑及天之高台，欲与天地争长短。然国君可知，每掘一分土，便有一人饿倒；每垒一尺台，便有一家啼饥。国君奢靡，民力凋敝；国君享乐，民力残损。即便高台强成，这齐国该有多少乡野民氓饥寒失祜！”

被臣下当众驳面，诸儿又羞又恼，赌气似的质问道：“岂有如你这般大放厥词者！什么是每掘一分土，便有一人饿倒，每垒一尺台，便有一家啼饥，照你这么说，寡人若多建两座高台，便要饿死一国之人？”

“我君不听忠言，奢靡过逾，齐国疲敝，人人受难，国中必定一空！”鲍叔牙愤声道，像是比国君还气恼。

遇着这么个不怕死的人，诸儿虽气得胸口疼，也不知到底该拿他怎么办。他指着鲍叔牙，一双手都在发抖，非得想个法子，狠狠地羞辱他一顿。

国君动怒，周围人大气不敢出，心道鲍叔牙顶撞君父，怕是在劫难逃，至于要不要出头为他说情，还得看国君处置轻重。

管仲忽然上前一步，大声道：“臣有话说！”

半道又杀出个不知死活的，诸儿正在气头上，行啊，都来咧咧，正好一块儿收拾，他拍着车舆，吼道：“说说说！”

管仲清声道：“止营之事，非牙一人主张，臣也有责。非臣不愿达成君意，然臣有不得不行之缘由，望我君明察。”

这一本正经的胡扯，诸儿差点气笑了：“你还有不得不行之缘由，真是奇怪了。”

管仲不紧不慢地说道：“营造之初，我君宣令此台当及天之高，臣等愚戆，并不知及天是多高，遂广纳群言，咨诹众谋。有言天高四万八千丈，有言天高八万四千丈，折中取之，也有六万六千丈。臣等无能，不知如何筑成六万丈高台，思忖良多，恐是误会我君深意，及天非台与天齐，乃君心与天齐，君临之地，便是低若块垒之土，也是及天，高台之高不在台，而在君，此其一。”

“凡土功，龙星见而农事毕，火星见而营造起，水星见而筑板墙，冬至而工事完，应天营造，是为大吉。今筑高台，龙见而兴功，火见而奠基，水见而立台，冬至而完工，于时为当。若一味求高，拖沓延宕，至今恐未毕务，土功不时，是臣等陷我君于不应天之境，臣等怯怯，不敢犯此违天陷君之罪，此其二。”

“牙虽有顶撞君父之罪，然其心可悯。牙之本心，期期我君成明君、为伯主，心有所念，行有所举，言则过于操切。臣之心，与牙无二，但牙忠耿敢言，不惧犯险，较之牙，臣不如多矣。况‘甘言易得而少善，逆言难听而多益’，牙之犯言，出于一片护卫君父之情，此其三。”

诸儿半晌不言，明明知道管仲在胡说八道，竟也生不起气来，尤其管仲说到“君心与天齐”，马屁拍得精巧又得体，原来火气还在心头高高燃起，一股清泉涌出来，不由分说地浇灭了。

他忽地笑了一声：“滑头！狡诈！”他便点头一叹，道，“夷吾你这张口厉害得很，寡人说不赢你。为了救这颗倔牙，你也是不遗余力。为你们这份朋友之义，寡人也只有饶了你们，免得旁人责备寡人不近人情。”

管仲赶紧称谢，不忘暗暗给鲍叔牙使眼色，示意鲍叔牙与他一块儿感恩国君大度。

诸儿下令车驾继续前行，余光瞥见管仲等人仍杵着不动，责道：“怎么，身为御士，还要寡人教你们怎么做？”

管、鲍、召三人醒悟，赶紧仄身加入御士行列，浩浩荡荡的诸侯车驾，须臾又流动起来，继续漫过大道，漫向远方。

六

鲁桓公十八年（公元前694年）正月，齐侯与鲁侯在泺会盟。与以往的齐鲁会盟不同，这趟鲁侯是偕夫人与会。

因为这不寻常的一幕，让一票体面人、上流者，纷纷拿出通身的本事，四脚爬行着到处捕捉：鲁小君与会目的，鲁侯的想法，齐侯的心思，这三人同场出现时的异样神情，等等。有点儿风吹草动，便被他们尽收眼底，到时，诸如“非礼也”一类的义正词严的批判才好说。

不过让很多好事者失望的是，齐侯与鲁小君除了在公开场合见过两三次，两人并无私面，即便是公开会面，也不见让人生疑的表现，彼此恭谨、守礼、矜持甚至陌生。

竟然是睽违如路人的陌生感，颇让人想不通，莫不是十来年前轰动临淄的桃色丑闻，原来是场误会？

与会的诸侯还有一个卫侯朔，确切地说，是失国诸侯。自他逃出卫国，就一直赖在齐国，傍着诸儿的大腿不撒手，吃诸儿的、住诸儿的、用诸儿的。纵算失国，好赖是诸侯之身，他却没皮没脸得像齐宫端便器的寺人，在诸儿面前从不敢自称寡人，对诸儿也是一口一声地喊舅父。诸儿但有吩咐，他便跑得飞起来，仿佛是诸儿的家养小狗。

对诸儿像对亲爹，对诸公子公孙他也尊敬得很，到处喊“舅父”“伯父”“叔父”。小白比他小，他也以“舅父”相称，小白气他把自己喊老了，不准他乱吠，他也伶俐，发明出“舅弟”这样不俗的称呼。

卫朔如此纡尊降贵不顾体面，目的其实很清楚，就是为了借齐国之力复国。他刚逃来齐国时，说起辛酸事，哭得一把鼻涕一把泪，哭得诸儿又烦躁又可怜，当时便答允他：复国一事，无须挂碍。

但，真要着手复国，却发现事情并不简单。

卫国内政不仅事涉本国，还干系着周天子。推究下去，卫朔的失国，背后的推手是周天子（时为周庄王）。他这个国君，已是做到天怒人怨，大夫不喜，国人不尊，连天子也嫌弃，尽管诸儿认他为盟友，也觉丢人。

现在的卫君黔牟，为周天子扶植，为了正位，特意赐予天子册命。这番郑重其事的操作，让夺位的黔牟，成为得位正当的国君，被夺位的卫朔，反而是得位不正的在野党。

如果支持卫朔复国，就得把黔牟赶下台，那势必要得罪周天子。虽然周天子威权式微，诸侯朝觐渐少，但公开与天子叫板，对于那时的诸侯来说，并不愿意，也不划算。诸侯可以不尊天子、不朝天子，但不能与天子决裂。周天子垂拱而治，是春秋诸侯坚守的道德底限，要彻底突破那层底限，那得等到战国以后。

为了个猥琐的卫朔，站到周天子的对立面去，诸儿不傻，他懂得权衡利弊，这事便拖了下来。卫朔也知复国棘手，他也不敢催，甘心做着诸儿的哈巴狗儿。他极精明，知道哄好了诸儿，日后可以慢慢计较，何况除了诸儿，他又能去找谁搭把手呢？

这次泺之会，诸儿把卫朔带来了。鲁侯很厌弃卫朔，每每看见他，便想起上次黄之会被诸儿凌辱的糟心事。卫朔也识趣，有鲁侯在场时，他都隐遁。

齐鲁两君在泺邑盟会月余，正事说得不多，游乐倒不少，往济水泛舟，去泺水上源钓鱼，在华不注山下数泉眼儿，还曾几次登上那座新造的高台，白日望气，夜来观星。

既登高台，诸儿便说起主持修建的三人，是曾经前往鲁国就学的齐国国子，鲁君可记得他们？鲁侯说："记得，小君最喜爱他们，常召他们进宫，与诸公子同宴，其乐融融。"诸儿只一笑，道："多谢小君照顾寡人爱臣。"

二月的某个晴天，两君再度登台，阳光虽明丽，却不觉温暖，风大得骇人，吹得台上四角立的旗杆嘎嘎乱响，人也站不稳，几乎要被吹下台去。鲁侯不堪风大，说要下去避风，诸儿不勉强，吩咐左右扶着鲁君慢走，别摔了。

鲁君离去后，诸儿伫在台边，眺望了一阵极远之处的模糊风景，又慢慢回过身来，看着台上持戈挺立的御士，左边站着管仲、召忽、鲍叔牙，右边有雍廪、宾胥无。

他对管仲说道：“你前次提到的那个忖里乙……”

管仲心中一跳，总算是听见国君提起忖里乙了。管仲回齐国时，是与忖里乙同行，原来的打算是带忖里乙去见国君，中道却被诸儿遣来筑台，吃了三个月尘土。管仲忙公事，忖里乙无事可做，也不愿干碍管仲，便自己去齐国乡野游方，直到一个月前，忖里乙闻说国君前来泺邑，才返回来。管仲与他私下会了一面，当即向诸儿举荐，诸儿听得很仔细，但没许诺要不要见，只说公事繁忙，暂等一等。

管仲与忖里乙都等了下去，却见诸儿每日与鲁侯游山玩水，并不见得公事繁忙，已闲得三日登一次高台，对忖里乙的事却提也没提一句。忖里乙便觉心灰意冷，再与管仲私面时，说齐君或许无意，便算了，他想离开泺邑。

“再等等。”管仲勉励道。他以为事情未到绝望的地步，放弃为时过早，国君也许有国君的考虑，时机未到，不着急。

今日诸儿终于提到忖里乙，管仲心里激动，面上却仍平静，听诸儿说道：“就在明日，寡人举宴，带他来见寡人。”

举宴时见忖里乙？君之宴会在场者众多，公子公孙、大夫国子济济一堂，甚至鲁侯也在，那是听贤才畅论理国之政，还是多请个客人来喝酒？其实管仲想的是，诸儿与忖里乙私下会面，避开闲杂人等，彼此交心会谈，国君既能听得真，忖里乙也能述得详，若是安排在宴会上，觥筹交错，人多嘴杂，谁会听忖里乙详说，谁又会在意忖里乙？

管仲小心道：“我君欲见忖里乙，臣甚鼓舞，只是令忖里乙与宴，是否妥当？”

诸儿满不在乎：“既是贤才，赐他与宴有何不妥！”

“臣是以为，忖里乙面君，是为宣说国策，若于宴上，他如何说？”

诸儿皱皱眉：“宴上就不能说了？若为大善之策，正该宣于天下，令人人皆知，藏掖而秘传，是见不得人吗，那寡人怎敢用！”

国君的这套歪理，谬误百出，却很难驳倒。管仲还要再争一争，诸儿却不容他再说，呼了一声“走”，头也不回地走下高台。

管仲无奈，拗不过固执的国君，也不想放弃这次机会，正巧今夜不该他当值，他便去寻忖里乙，告诉他，国君赐他与宴。

忖里乙是一头雾水，能与齐侯见面固然好，可在宾客满座的宴会上，他这是去论政举策，还是去结交权贵？况且，在一片灯红酒绿的热闹景象里，突兀地跳出来说国政，岂不怪哉！

“倒不如不见的好。”忖里乙哭笑不得。

管仲思量道：“国君既有赐宴之意，也是一片诚心，先生不去不好。我以为，先生自在赴宴便是，凭先生风度，只一宴，国君也能记得你，其余国政大事暂不言，留待日后。”

“你的意思，纯为赴宴而去？”

“是，国君赐先生与宴，也算有心。国君是尚乐之人，相待欢愉，才好从容说大事，再者，在宴上说国政，也不妥。”

忖里乙摇摇头，是觉得诸儿行为悖诞，也觉得管仲过于谨慎，但他到底没拒绝。

翌日的宴会在行宫举行。这行宫原是泺邑官署，背依泺水，官署本不大，因为国君的到来，把旧墙拆了，四面扩出去一箭之地，重垒起四道长墙，墙垣上还精心栽了紫藤、薜荔、女萝、菟丝等一类蔓藤植物，使四墙不至看起来光秃秃的。

管仲亲送忖里乙入行宫，诸儿也体贴，遣了个干干净净的寺人来迎候。管仲身为御士，职责是守宫，却不能同赴。

那寺人客客气气地说：“国君说了，管御放心，必会照顾好先生。”

管仲感于诸儿的细心，想到诸儿再放荡，应不会在大宴上无礼于客人，回过头来，倒对忖里乙不放心，本想再对他叮咛两声，让他把心放一放，自在与宴，不谈他事。那寺人催说：“不多时了，该赴宴了。”便匆匆将忖里乙带走了，管仲的叮咛到底没说出来。

管仲今夜的职责是守宫门，离举宴的正堂远得很。鲍叔牙和召忽没与他一处，他俩是守中庭，耳风跑得快些，宴上的动静也能听见。与管仲一道守宫门的是宾胥无，两人一个居门左，一个居门右，仿佛两根笔挺的立柱，彼此不能交头接耳，目光也不能触碰。

天色一点点暗下去，一钩不干净的弯月爬出来，仿佛生锈的酒角，拿去盛酒会变味儿。夜将临，与会的宾客迤逦而至，公子纠来时，望了管仲一眼，神情若有所思，或者是在想：召忽到底为什么在乎这个人？

召忽在鲁国时，公子纠常与他书信来往，馈礼也没有断过，比起小白对管仲的三天打鱼两天晒网，他对召忽，显得长情而执着。召忽为此感激涕零，想过回齐国后，也不必纠结了，干脆就做公子纠的私属。

召忽的从纠之愿还未成，齐侯的御士任命却抢在前面。因为诸儿中道截胡，公子纠气得去诸儿面前抗议："国君抢走我看中的人！"诸儿讥刺他激动过头了："放寡人这里历练几年，会是坏处？你以后就知道寡人的用心。"

公子纠懒得去费脑力琢磨国君的用心。他当初对召忽一见如故，本想收归麾下，召忽却为个管仲拒绝了他，好不容易召忽为他诚意打动，有了归服之心，又遭国君打劫！

公子纠从来推崇勇力之士，凡勇而能战、战而敢死、死而如归者，他皆钦服，若非彭生憨不啦唧，肥厚得汗毛都在飙油，他其实也可以给予彭生两声赞美，所以相比之下他激赏召忽。

至于与召忽交好的管仲，他知道国君赏识管仲，他讨厌的小白也喜欢管仲——也许是当成可以耍弄无聊游戏的玩伴，他却不知管仲到底有何值得欣赏的优点。有一次听高傒闲话，高傒说管、鲍、召三人各有所长，夷吾最多智，假以时日，此人不可限量。

是吗？他怎么没看出来，又或者是偏执心理作祟，他觉得普通的，人家觉得优异，他便要故意对抗：你们都说他卓越，我偏偏认为他才具平平。

他这望向管仲的目光才收回，身后响起了小白的声音，眉头蓦地锁紧了。

不说他与其他公子关系有多和睦，多少也还算客气，但只有小白，让他反感至极。这小白脸蛋太漂亮，身板太薄弱，长得像个女孩子，还爱哭鼻子，以往他与众公子欺负小白，小白不哭则已，若要哭，他们就欺负得更凶。

因不想与小白碰面，公子纠三步并两步地跨过门，几乎是小跑而去，倒也符合趋庭而过的礼仪。

小白在公子纠身后五步远，早就看见他，却故意喊了一嗓子，果然"吓得"他落荒而逃，小白便想：避兄弟而逃的是你，又不是我，将来掰扯出来算账，也赖不到我头上。

他一眼就望见守宫门的管仲——脸上一丝表情没有，脊背挺得像一面宫墙。小白很想在管仲的头上插竿旗，恶作剧的念头乍然而起，也乍然而收，他做了一个极丑的鬼脸，管仲到底看见没有，他不管，他很开心。

兄弟情态各异的支离片段，都被管仲尽收眼底，也包括小白的鬼脸，即使他守门不动，也不曾空了脑子。曾经与鲍叔牙较试定力，鲍叔牙岿然如中流砥柱，脑中没有一丝杂念，镇静得天塌了也当凝然不动，他却控制不住地胡思乱想，恍惚便要定住了，一缕思绪飘过来，就会有一丝想法弹出来，只得甘拜下风。

鲍叔牙常赞他洞察力过人，可优秀的洞察力必须付出代价。这代价便是大脑永远处于高速运转状态，如同一架不停工作的精密机械，轮齿疯转，螺丝紧咬，履带运转。这世界的一花一木、一呼一吸、一寸一分，都被这台机械捕捉，并廓清、解释、离析。别人的休息是停止思考，他的休息是思考。

正为这停不下来的对生活世界的审视，他才能看见旁人看不到的细微变化，就如他早前发现的一件事——雍廪不在今晚的守宫御士里。

当年临淄城外一场纷争，让诸儿趁机收编了一群才能之士，而雍廪与宾胥无是其中最优者，宾胥无智而多才，雍廪默而敢为。这两人在诸儿还是太子时，是第中私属，诸儿做了国君，变成了亲近御士，诸儿喜欢宾胥无的能说会道，更喜欢雍廪的不善言辞。

诸儿常把一些见不得光的私事交给雍廪去办。雍廪受令办事不说话，办完了事还是不说话，下手又干净利落，无论杀人还是救人都不留痕迹，旁人还不知发生了什么，他已完美复命。

故而雍廪特受诸儿倚重，倒让坊间胡乱猜疑：浪荡得要上了天的诸儿，怎么能忍得下寡淡无聊的雍廪？

这个猜疑，连鲍叔牙也有，他觉得雍廪比自己还无聊，国君时常流露出忍不了自己的懊丧情绪，为什么就能忍雍廪？管仲告诉他：雍廪能做的事，你我都做不了。

那么，今夜消失的雍廪，想必又是被国君指使去干私事，到底是什么事，管仲却猜不到了。

那钩不干净的弯月升到了最高，再也不动，像一抹愚蠢的笑，被似云似烟的灰影掩去一半，莫名透出诡异意味来。寒夜起风，墙垣藤蔓被风甩来甩去，好像拉断了谁的筋骨，发出一片刺耳的痛苦呻吟。

耳际风声乱作，扰得心神浮动，身后隐约传来沉着的宫乐之音，依稀能辨出是《文王》，这是两君相见之乐；还有《菁菁者莪》，是宴客之乐。想也想得到，这是鲁侯带来的鲁国乐工在演奏。齐国宫廷遗忘周代宫乐很久了，即便能奏乐，也不知这乐章要在什么场合演奏，经常乱用一气。这倒也不是齐国的问题，能完整演奏并用对周代宫乐的诸侯国几乎没有，鲁国自诩“唯有吾国知周乐”，但风闻周天子曾经讥讽道：鲁国也错了。

真正的周乐，该是什么样呢？

无数的杂念此起彼伏，这守宫之夜也便稳稳地过去了。背后有嘈杂声撒豆似的迸开，散离的神思一凝，“应是宴会散了，”管仲想，“得寻个由头离开，问一问忖里乙的情况。”

还没想出策略来，匆匆过来一个脸长的寺人，称国君急召管仲与宾胥无，这守宫门之责，由其他御士代司。管仲其实想等忖里乙出来，却不能不遵君令，那寺人带着他们没入夜色，也不说去哪里，只离那行宫越来越远。行了三四里路，面前有火光分开了黑夜，是宅第照明的庭燎之光。月亮倒也讨巧，往人间吐出一口珍珠粉似的清辉，让脚边的路显出隐绰轮廓。

近前有一座小宅，四四方方像口匣子，门外铺开一大片宽重的黑影，走近了，才发现是公子彭生。诸儿去哪儿都带上彭生，彭生既在，诸儿一定也在。寺人示意他们守在门口，守的什么，要守多久，国君又在哪里，一概没说。

不一会儿，有车马之声远远过来，一辆襜帷四合的小车稳稳地驶到眼前，那驾车的御者驭术极精湛，这车既小，夜又深，没见丝毫颠簸，原来是雍廪。

雍廪先下车，将那襜帷轻轻一掀，车里有人扶着他的手走下来，那人罩了一领从头遮到脚的外披，只露出上半张脸，应该是不想被人认出。

但管仲还是认出来了。

这人是鲁国君夫人。

管仲总算是想明白了，雍廪今夜为国君办的私事，原来是秘密接来君夫人。而国君之所以要急召他和宾胥无，是为了给自己与君夫人私会守门，因在一众御士中，他与宾胥无是最内敛者，国君倘想让他们坚守秘密，他们能守下去。如果召来的是鲍叔牙，骨鲠坚刚的鲍叔牙绝容不得这种悖乱行为，只怕现在已打进去与国君激烈争论。

他悄悄看了一眼宾胥无，宾胥无也在看他。两人都难掩尴尬，为国君守宫门、守殿门、守寝门这样久，如今竟为这种事守门，可叫人如何思量。

泺之会伊始，无数好事者盼着、望着、渴慕着，齐侯与鲁小君发生点儿什么。现在如他们所愿，终于发生了。

当年齐僖公的最大心愿，是把女儿嫁出去，甭管嫁给谁，只要足够远，哪怕是太行山下披发左衽的白狄小渠率，或者东南海滨小国的老实而肥胖的诸侯。齐僖公曾经也向郑国太子表达过联姻意愿，被人家呛一脸口水，明言是“齐大非偶”，暗里的意思是：人人都知道那件烂事儿，你还来哄我！

是呢，人人都知道，齐国人知道，列国人也知道：齐国有一对乱伦的兄妹，真真的荡子淫女，所以齐僖公的女儿嫁不出去。

然而天不绝为人父母之路，突然跳出来一个痴心汉鲁侯，心甘情愿娶他这名声不好的女儿，还深情表白：谣传之事不可信，寡人以为女公子是守礼之身，寡人非她不娶。

齐僖公感动得涕泪滂沱，那还说什么呢，赶紧嫁吧，夜长梦多，万一鲁侯醒过神来，上哪儿再去找这样的冤大头。

可那两个哪里肯分开？俱是寻死觅活，这个要吞毒药，那个要抹脖子，做出殉情的骇人姿态。齐僖公才不管他们，一个捆了押在宫里，嘱咐强力御士看管好；一个捆了丢进婚车里，交驭者挥鞭冲出了临淄城。

为防意外，比如女儿在途中跳车奔回临淄，齐僖公将女儿一直押送到鲁国境内。因为齐僖公嫁女儿越境送亲，史官在简牍上重重地书写道：“非礼也。”齐僖公也知道非礼，可换作是天天挑刺别人非礼的史官遇到这种事，他能有更好的办法吗？

被父亲强迫嫁人，这一路上，女儿的哭声就没断过，后来，也许是觉着事成定局，抗争无用，进入鲁国境内，便慢慢地平静了。她对齐僖公说：“我嫁就是，君父不要为难他。”

齐僖公倒笑起来：“他是寡人嫡子，齐国储君，寡人为难他作甚？还轮不到你来教寡人如何做，但你给寡人听好了，嫁鲁之后，不准归宁，不准与他有片言相传。从此，你无父无母、无兄无弟，你只当这生养你的齐国，与你毫无瓜葛；否则，寡人真要为难为难他。”

女儿道：“君父未免太绝情。”

齐僖公冷笑道：“不绝情做不得君王，生在侯家，就别惦记儿女情长，稚拙又可笑。你那念念不忘的兄长，只怕将来比寡人还绝情。”

女儿掩面太息良久，最后说道：“君父既如此说，女儿只有依从，从此我与齐国一刀两断，与君父，与他，生死不相见。”

齐僖公的女儿嫁去鲁国，做了鲁侯温良恭顺的君夫人。十五年里，她没回过一次齐国，没与故土的亲人寄过一语，仿佛从她一出生，她就是鲁小君。那齐国的山水风光，人间悲欢，曾经恨过爱过、苦过、痛过的纷繁记忆，都是前世的经历，因时间太久，也忘记了。

直到泺之会，忘性大的鲁侯把她带回齐国，做了十五年端庄守礼的鲁国君夫人，在踏上母邦的那一刻，她又变回了齐国女公子。

回归齐国女公子的身份，前尘往事滚滚而来，过去吟赏的故国胜景，她要一一温故；过去山盟海誓的情人，她也要执手相待，畅叙别情。

于是便有了深夜这一会。门里是怎样一番旖旎景象，不便猜想，门外为私会守卫的御士却是站立不安，尴尬像八月江水涨潮，在心里翻起千层浪，仿佛这蔑弃人伦的浪荡子，不是国君，而是自己。

以往哪怕当值一夜，顶着风，淋着雨，也能站得纹丝不动。这当口却不知怎么了，管仲与宾胥无两个越站越近，也不觉是自己在动，可能是地在动。

宾胥无轻轻地咳嗽一声：“风大。”

“甚大。”

两人沉默了，国君的尴尬事儿，传染性太强，连累他们相处也不自然。过了许久，宾胥无低声道：“我向国君请命，不过一二年间，我要去京师。”

管仲一怔：“去做什么？”

“学周礼周刑，但有所当学，都要学。”宾胥无说。俨然这是让他向往的事，声音里掩不住欢喜。

“鲁国亦有周礼，离齐也近，为何不去鲁学？”

宾胥无不置可否，却问道：“夷吾曾经也赴鲁学习三年，以为鲁之周礼如何？”

管仲诚实说道：“鲁之周礼，彬彬之文，夸夸之貌，美则美矣，实为皮相之礼，养出一众讲虚礼而轻实用的伪君子，故鲁难成大国。”

“然！”宾胥无赞赏地呼了一声，又赶紧压低声音，“正为如此，要学便学到精髓，学皮相作甚！故而我才要赴京，唯有在天子脚下，才能学到真周礼。”

他越说越兴奋：“不瞒夷吾，说与其他御士，他们也不懂，我还好刑礼，前回有幸阅到《吕刑》残篇，见之难忘，可惜不全，又觅不到余文，憾痛不已。听闻京师王城藏有上古至周刑礼典籍，尧舜五刑、商汤法度、周成律告，一一存之，亦有通晓刑礼之人，若能寄身王城，拜通才者为师，研读典籍，苦学不倦，毕生之愿足矣。”

他说得激情澎湃，那在京师王城埋首苦读的日子，于别人或许是枯燥生活，于他却是绚丽多姿的丰富经历。

管仲赞道：“能在天子脚下学周礼，甚好。勿怪夷吾好奇，胥无苦学刑礼，是何来哉？”

宾胥无思索一会儿：“今天下，天子失位，诸侯失序，胥无迟拙，不知为何会这样，只好往典籍里问疑解惑，倘能获知一二，以裨补当世，也不苟活这一生。”

管仲大为震动。宾胥无在御士里，被诸儿称为是有副好嗓子的漂亮小伙儿，常唤他唱歌，招呼众御士一起喝彩。也许对国君来说，宾胥无与其他御士无二，有点小才艺，也有忠心，吩咐他处分事务，从不拖沓推诿，可国君竟从没看出来，宾胥无的腹中丘壑。

不止国君没看出，又有谁真正了解宾胥无呢？连管仲自己，不也只是在此时此刻，才尽览宾胥无的心胸。

“惭愧，胥无之胸怀，夷吾不如，然夷吾敬佩之至！”管仲恳挚地说。

宾胥无由衷说道：“夷吾之智略才干，才是令胥无敬佩。众御士中，夷吾最为不凡，我相信有朝一日，夷吾必能成就一番大事业！”

两人正说得投入，背后有声响陡起，两人一样警觉，迅速分开。俄顷，便见那遮得严实的君夫人走出门来，依旧是雍廪扶她上车，襜帷落下，合围了秘密。雍廪一扬辔绳，车轮嘎吱嘎吱响得沉闷，小车稳稳地驶向远方，被夜的无边帷幕遮蔽。

夜还深，一分月色，半院庭燎，照见黑暗中变灭的人间万事，谁又能真的了然个中况味？

方才的长脸寺人也从门里走出，对管仲说国君宣召。管仲不问何事，点了一下头，折身走去宅内。

诸儿待的那间屋很窄，只有两楹，燃了一把蒸薪，光亮却足够了。诸儿像一缕魂似的飘在屋子一隅，仿佛怕光，得往黑暗里躲，看见管仲进屋，听见他参礼的声音，也像反应不过来似的，呆愣了一下，才机械、滞重地转过脸来。

那是怎样一张脸啊，委顿疲沓，像开败的残花，苍白又死寂，眼睛深处却红得可怖，让人怀疑他曾经哭过，每动一下，都像是要从骨头缝里渗出一行泪来，这样衰弱伤心的诸儿，与记忆里浪荡不羁的齐国国君判若两人。

“夷吾有过最难做的事吗？是什么？”诸儿忽然问道。

被国君没头没脑地问这一遭，管仲并没露出一丝疑难，而是坦率地回答：“还贷。”

诸儿没追问，似是等着管仲解释。管仲说道：“臣家欠了贷，赀息巨大。臣的父亲在世时还了多年，父亲过世，便由臣还，还了一年又一年，总也还不清。臣从记事起，这人间尘寰，于臣而言，只有贷息，不知其他。至于饱食暖衣，成家立业，何敢奢望。”

诸儿唏嘘：“天下人各有各苦，受苦比享乐多，悲离比欢聚多。”他顿了一下，关心道，“现在还清了吗？”

“不敢欺瞒我君，没有。”

“还没有？”诸儿惊诧，“尚余多少？”

“也不多，臣算过了，如今不比以往，蒙我君垂恩，臣得为国君御士，食有所赐，物有所赏，再有三五年，必能还清。”

诸儿叹息连连：“身为国君御士，竟要还贷，可怜可伤，这说出去，还道我齐国不近人情，待臣下刻薄寡恩，致其穷困，无论剩余多少，寡人替你还了！”

管仲惶恐道：“何敢让我君为臣还贷，臣万难从命！”

诸儿横声道：“寡人说还就还，你休得推让。这不只是为你，也是为寡人的体面。你是寡人的御士，难道要列国嚼舌根，说寡人不善待近臣？”

国君的说一不二，管仲是知道的，这至深的盛情，也是他不能推却的，他只好承接下来，感激道：“我君待臣之心，臣无以为报，唯效死而已。”

诸儿一笑：“有心报效则可，死倒不必了，夷吾、牙、忽，是寡人留给齐国后生的人才。”他不说所谓留给后生的意思，慢慢正了声色，说道，

“召夷吾面君，实是为忖里乙。”

到底说到管仲最关心的话题，他屏住呼吸，仿佛刑徒，安静而紧张地等待宣判。却见诸儿微蹙起眉头，缓慢又清晰地说：“这人……寡人不能用。”

判决落下，是不留一丝活气的死刑，瞬间是血流遍野，枯骨满冈。

正像管仲担忧的那样，忖里乙在今夜的宴会上，没能忍住那论说国政的冲动，便是这压不住的可恶冲动，断了他的仕进之途。

事实上，起初他确实听从管仲建议，沉默得像嘴上加了封泥，除了必要的礼仪交谈，几乎一言不发。

与会贵胄都知道国君请了位小国贵族，鲁侯自然不能不知。他听说过忖里乙的轶事，知道他在鲁国过得惨淡，自己从未想过见他一面，更不要说录用，如今竟被齐侯请来当贵客，总觉得是齐侯在打自己的脸，因此牙酸而脸疼。

诸儿也像是故意，逮着机会就问鲁侯：“鲁君知道忖里先生吗？鲁君见过他吗？鲁君以为他如何？鲁君当初有没有想过用他？”

鲁侯被问得像股下生了疮，坐不得，站也不可，几次想拂袖离场。底下齐国贵胄都是人精，看得懂风向，争先恐后向忖里乙示好：这个祝先生寿，那个为先生贺，诸如询问先生治何学问、先生有何高论、先生现居何处方便拜访否、先生家中人口几何，不一而足。

受了辱的鲁侯，恨极齐国臣下与国君一个鼻孔出气，于是在上头阴阳怪气地说：“忖里先生精通轻重之术，寡人才识浅薄，倒不知称量之事，也能是学问？”

忖里乙一听就气得冒火，这愚蠢傲慢的鲁侯，竟把轻重之术说成是称量之事。再加上诸贵胄煽风点火，一则是好奇，一则是为给鲁侯好瞧，竭力撺掇忖里乙开释轻重之术。他将管仲的告诫抛之脑后，仿佛在没有摩擦力的平面，一路滑行下去。

可那些惹起事端的贵胄，架秧子起哄在行，真要推研学问，大多抓瞎。但忖里乙当时并没有意识到，他用尽可能简白的语言，将轻重之术演说了一遍。

无人能懂，或者说，其实不是不懂，是懒得懂，因为他们的目的，并非要听忖里乙说什么，而是将忖里乙的所有言辞，作为奚落鲁侯的工具，只要鲁侯窘迫，他们就满足了。

忖里乙说完，才恍然觉悟自己成了棋子。这馔玉炊珠、饫甘餍肥的宴席，这衣袂飞金、簪花佩玉的公侯，处处是华丽的假象、奢靡的幻影。一张张被酒色泡胀的脸上，盛满了阿谀、奉承、虚伪、欲望，盛满了对世间疾苦的冷漠与无视。

悲凉之气在胸中萦绕往复，忖里乙嘲讽道："满座贵人，无一个真人。"

刹那，不要说鲁侯皱眉，齐侯的脸也变了，宴会陷入了难言的尴尬氛围中，与宴宾客的神情都讪讪的。鲁侯立刻绝地反击，洋洋自得地笑道："齐君请的好贵客，论说高深，寡人迟钝，未能听懂，敢问齐君听懂了吗？"

诸儿厌恶鲁侯得意的嘴脸，更气忖里乙无礼，后来寻个事由，打发忖里乙先走了，免得刺一样地杵在那里，扎得大家难受。再后来，诸儿急着去会鲁小君，趁着宴会进行到无算爵（古代某些典礼中不限定饮酒爵数的饮酒礼），人人醉酒，跳而起舞，悄悄离去。但对忖里乙，他心里已有了论断，便是这个人不能用。

诸儿对管仲说不用忖里乙，没有详细地回述，但管仲凭着对忖里乙的了解，也大致能猜到发生了什么。孤高的忖里乙，生性过于骄傲，很难让他放低身份去迎合世俗，些微的妥协，对他来说也是折磨。

"我君可否与忖里先生私面一次，忖里先生身具大才，我君错过可惜。"管仲恳求道。他想最后争取一下。

诸儿摇头："寡人之所以赐忖里乙与宴，正为识真才。凡人处于众中，最能看出这人揖让周旋之礼，与众相交之情，遇变处分之权，而忖里乙却难与众处。倘不能与众处，他日纵举国政，若人人反对，便是天大的善政，能推行下去吗？"

管仲为忖里乙深感遗憾，也觉得诸儿说得并不是没道理。到底该如何处断，他很难厘清，直到很久以后，他才知道，这是忖里乙用自身的失败教训，教给他的一课。若举大事，必须争取到尽可能多的人支持，哪怕是你的敌人，也要努力去说服，至少不能让他彻底地站到对立面去，成为你前进的障碍。

"臣不敢强求我君，但臣可惜忖里先生。臣在鲁国三年，得他教诲甚多，深知他为人，虽有些耿介不合众，心是极善。"管仲很难受，想到是自己劝说忖里乙赴齐，而今竟换来这样的结果，真是无颜见他。

诸儿啧道："便是这耿介不合众，最要不得。"他见管仲颓丧，又觉不忍，宽慰道："你既可惜他，寡人可以遴选他进国学，也正合他本性，少与人交往。若让他司国事，那是在害他。"

让忖里乙在国学里教学，比之潦倒乡里无以为生，好过太多，但于忖里乙的抱负来说，又太单薄。诸儿知管仲有不甘，说道："你无须为他抱屈。寡人可实告你，这天下列国，也只有寡人还能容下他，换作别国之君，他怕是早就没命了。"

一个人不过不肯随大流，怎么就像犯了叛国大罪，人人毁伤，人人指摘，连命也保不住？管仲无奈道："那，臣去劝劝忖里先生。"

七

周历四月，寒气未消，而春风已搔头。齐鲁泺之会进行了两个月，鲁侯未归国，齐侯未撵客。

国君久在外国，鲁国国中遣使来齐问：我君何时归来？

鲁侯也想回国，但齐侯盛情难却，一再挽留。虽隔三岔五遭到齐侯的言辞伤害，总体上齐侯待客周全，举宴不断，馈礼不断。原是说为平息事端来会盟，结果正事没谈成一件，时间都耗在玩乐上。

刚开始，鲁侯还记得自己作为国君的职责，时时与臣下论说国中事务，与齐侯谈及列国内政，渐渐，为酒所熏，为肉所饱，为玩所丧，常会忘记自己的诸侯身份。国中有事来报，一律回复交于监国太子处分，仿佛他是一个寄身齐国的寓公，失国已久，母邦难归。

鲁侯的乐不思鲁，使浮议大起：有说鲁侯爱上齐国的山山水水，欲退位让国，由太子继位鲁君，他则在齐国颐养天年；有说齐侯把鲁侯软禁了，失了主君的鲁国，只好任由齐侯摆弄。但说得最下流、最不堪的，是齐侯留客逾礼，不为鲁侯，为鲁小君。

尤其齐侯与鲁小君那夜私会的隐秘事，不知被哪个长舌妇爆出来，经过无数张口加工修饰，越传越离奇，越传越荒诞，充斥着任意想象的色情、不堪入耳的淫荡、肮脏恶臭的苟且。

鲁侯是否知道传言，没有确切证明，但忽有一日，他毫无征兆地拒绝了齐侯的游玩邀约，理由是心口疼。齐侯为表关心，遣了两个近臣给鲁侯送药。

送药使者是管仲与连称。连称也曾为国君御士，现任内小臣，离国君很近，职位不高，日常职责是传达君令。连称妹妹在诸儿还是太子时，曾经是伺候太子的侍女。诸儿继位为君，怜她这些年跟着自己不容易，赏她做了妾，正经连如夫人也不是，离君夫人更是远，连称却甚为得意。

有国君这靠山做大舅子，连称的腰板挺得很直，眼珠子不轻易往下转，一概穷酸的、病苦的、丑陋的，都不值得瞅一眼，免得污了目光，沾了穷气。

鲁侯行在原是泺邑的一处馆舍，也如齐侯行宫一般，四墙扩围，墙垣上没栽藤类植物，四角各插一面大旌，活似哪颗光头上飘扬的四根仅剩的头发。

两人来到行在，才与守宫的御士报了一声，却听见行在内吵吵嚷嚷，像是房子走了水，烧得人喧马嘶，遍地焦烟。里头风雨太大，多少也刮出来点儿，听说是鲁侯与君夫人闹翻了，吵得行在屋顶也要塌了。君夫人赌气要走，鲁侯也不拦着，左右劝和，他却发狠吼道：“让她走，快走！”

片刻，一辆没伞盖的轩车冲了出来。女子乘车本该是四面遮帷的衣车，君夫人可能是急了，套了辆轩车就往外跑，随行的唯有两个宫女。有三五个晓事的寺人、御士急慌着追出来，这个拉鞅带，那个攥游环，苦劝小君不能走。

君夫人冷声道：“告诉国君，我不回去了！”她又怒气冲冲地喝道，“走！”

御者不敢动，君夫人一怒之下，将他搡下车，自己坐到御者位子上，一把抓住六辔，着力一抖，那轩车仿佛松开的弹簧，飞了出去，将身后疯了般的“小君不能走”的呼唤越甩越远。

鲁侯与君夫人闹成生死仇敌的模样，来送药的管仲和连称面面相觑。这个节骨眼上送药，仿佛是对鲁侯的极大嘲讽，可君命已领，通报的话也传进去了，只能硬着头皮等待。

不过一会儿工夫，有个寺人歪歪扭扭地走出来，脸像被拧烂的抹布，五官是横七竖八一团糟，用发抖而痛苦的声音说：“寡君说了，不用吕诸儿假惺惺地来献殷勤，寡人还死不了，哈！寡人若死了，岂不逞了他的心！让他的药和他的人，一起滚！”

显然是鲁侯逼迫他原话原说，鲁侯也是气极了，尊称也不用，直接把齐侯的名字呼出来，居然还记得齐国君主最初的氏名。也许当人愤怒时，记忆会往纵深发展，因此总情不自禁问候对方祖宗。

鲁侯骂的是齐侯，但当着面承骂的却是管仲和连称。连称啐了那无辜寺人一脸唾沫，威胁道：“等着吧，有你们死的时候！”

回去复命的路上，连称的嘴不得空闲，始终在骂鲁侯，每骂一段，后头必定跟着一句“夷吾你以为如何？”管仲本想好好琢磨这事，因为连称不间断的打岔，也不得须臾时间思考。

来到齐侯行宫，一样的人仰马翻。外边风风火火，里头热热闹闹，闲言碎语疾如雷电，很快便处处皆闻。一宫皆在说鲁小君刚刚奔来了，死活要求见国君，才见面便哭得昏天黑地，这会儿还在国君那里。

那又为什么会忽然奔来呢？因为与鲁侯生分了；又为什么与鲁侯生分了呢，因为上回与国君中夜相会的事，被鲁侯知道了。

君夫人解释说：“是与齐君夜会，但并没做什么见不得人的事，匆匆一见，匆匆别离。除了那一次，再无私面。”

鲁侯冷笑：“哄鬼呢！既是并没做什么见不得人的事，为何要偷偷见面？你们怕什么？”

君夫人毕竟是做了错事，心有愧疚，温声温语地说：“不是顾虑我君多心吗？我君放心，以后再不会了。”

鲁侯才不信她的承诺，连珠炮似的说道：“我早就该多心了，旁人对你的纷议，我若信了一言半语，哪里会有今日的丑事！如今看来，施父没说错，你是天生的浪荡，心不得闲，迟早会显出真面目，果然显露了不是？”

他越说越生气，越气越要骂，越骂越是言辞过激，什么淫妇贱人、偷人的荡妇、乱伦的骚货，一气地喷出来，直骂到理智丧失，竟怀疑起太子同的身世，说太子同必定是她与诸儿生出的野种，回去要废了他！

君夫人顶着鲁侯的弥天怒火，忍了又忍，终于听他质疑太子同身世，竟要为莫须有的罪名废太子，她便再也不能忍让，冲口道：“同不是国君之子，能是谁之子？我嫁来鲁国十五年，足不出鲁，能与谁苟且，与谁私会？国君要安罪名，也得据实！”

鲁侯挖苦道：“那谁知道？你能在我眼皮底下，与你那情人夜会，难说过往没有出境苟且。便是友的身世，也得好好彻查一番！”

质疑太子同不说，还要质疑公子友，君夫人顿觉胆寒。纵便是她费尽唇舌，甚或献出生命，又如何能让这疑心深重的君主相信，她的两个爱子，真正是鲁家血脉。但猜忌既生，儿子们不要说继承君位、辅弼公室，能否在鲁国生存下去，也使人忧惧。

又听他淫妇贱人地乱骂，君夫人真被逼上绝路，既是活不了，那便抗到底，她驳斥道："你们鲁国遍地伪君子，平日藏污纳垢的脏事没少干，镇日骂这个淫妇，那个贱人，国君自己没做亏心事吗？也敢厚颜无耻地指叱他人苟且非礼。"

鲁侯跳脚道："我做过什么亏心事？你自己一身烂污，有什么资格栽赃污蔑我！"

君夫人阴阳怪气地说："哪里敢栽赃，不过是实话实说。国君莫不是老朽了，忘性渐大，这鲁君君位，国君从何得来，要不要我从头讲？"

如同一根针戳破了遮脸的薄脆纸张，瞬间显出了丑陋面孔，鲁侯最不容许触碰的阴事，被君夫人一语道破，乍又想起前回被诸儿当面嘲讽得位不正。这对乱伦的兄妹，果然是沆瀣一气，合起伙来凌辱自己。

"好得很，旁人记不得的事，你都记得清！"鲁侯的脸色越来越阴沉，"还有什么憋在心里的怨愤，是你记得的，不妨都说出来。"

自从君夫人道破鲁侯弑兄的阴事，她与鲁侯就再也回不去了，唯有一条道走到黑。她挑衅似的说道："国君想听，那我只好从命，我君父之死，也是拜国君一箭之赐。"

又凉又腥的血冲上来，鲁侯顿觉一阵阵晕眩，这将一切阴谋、仇隙、纷争、丑陋都记下的女人，多么可怕，多么冷酷！她过去的温柔端持，原来是假面，可她装得真好，也因她这哄骗了许多人的伪装，才更令人毛骨悚然。

"这么说，你想为先君父报仇？"

君夫人冷笑一声，偏偏就不说了。

鲁侯越发地汗毛倒立，脱口道："鲁国留不得你了。"君夫人像是等着他说这句话，回了声："那我走就是。"当真便走了。

这一走，君夫人哪里也不去，驾车奔往齐侯行在，仿佛是赌气，仿佛是故意，仿佛是难为人深知的心思，她偏偏去见了最不该见的人。

回来复命的管仲、连称，国君的面尚未见到，却听了满耳流言。待宣召的君命传来，这事件的前因后果，乃至枝末细节，他们全知道了。

诸儿在正堂等候他们，身边不见君夫人，或是已离去，屋里尚有卫朔与彭生。彭生永远是闷声不响的憨傻模样，巨獒似的蹲在某个角落。那卫朔却是瘦干干的猴儿模样，闲不住，忍不住要上蹿下跳。

刚刚卫朔大约对诸儿说了些鬼话，他是一脸饿鬼气，诸儿是一脸厉鬼气，直到管仲二人进来，鬼气也还未散去。

管仲还在斟酌字句，想着如何委婉应答，连称便似吃了枪药，噼里啪啦往外飙话。鲁侯说过的骂人话，他原样复原；鲁侯没说过的话，他也信口雌黄无中生有。

诸儿一言不发，仿佛在享受这被骂的快感，只脸上鬼气越来越浓重。连称终于把鲁侯的话“复述”完毕，他也累得不行，气喘吁吁道：“这鲁君欺人太甚，凌我君上，辱我齐国，乞请我君决断，必要杀杀他的锐气！”

诸儿冷冰冰地一笑：“唯无用之辈，方逞口舌之能，寡人岂能与无用之辈争唇舌胜负，没的自降身份。”他也不多言，却看向卫朔，奇奇怪怪地问了一声：“如何？”

卫朔躬身道：“但有舅父一言。”

诸儿沉默良久，鬼气在脸上凝结成霜，他轻飘飘地说：“那便这样吧。”

他扬声道：“来啊，速去请鲁君，寡人要举宴！”他故意一顿，阴森森地说道，“为鲁君与小君劝和！”

这日晡时，鲁侯接到了诸儿的赴宴邀请，他原不肯，说到底，他与君夫人决裂，肇因是诸儿。倘没有诸儿与君夫人夜会一事，便没有后来的一系列变故，逼得他把丑闻撕掳开来昭于人前，身为君主的尊严、体面都荡然无遗。回国之后，他还得接受暴风雨似的抗议，那毕生以周礼规范为人生界限的鲁君子们，会用怎样痛心疾首的言辞质问自己？

朝人心口踹了一脚，又来假惺惺地安慰人，鲁侯以为诸儿未免太厚颜无耻了：谁稀罕你劝和，没有你掺和夫妻家事，我们本来恩爱得很，不是为你，何以夫妻决裂？如今小君主动投到你怀里，赶紧地与你妹妹双宿双飞，岂不皆大欢喜！

鲁侯断然拒之。

那被诸儿派来的寺人，像快黏性强的糕饼，沾上就扯不下来，即便鲁侯拒绝了，仍在不屈不挠地劝说。诸如：小君在寡君处，寡君以礼相待，静候鲁君前往，将小君接回，使夫妇复好，琴瑟和鸣；齐鲁两国世世交好，为这分毫差缪，致使邦交顿挫，得不偿失；寡君一再言之，若鲁君动怒，便是在责他，寡君深以为痛，欲向鲁君当面道歉，如此等等。偏那寺人语速又快，两片嘴皮子吧嗒得像蜜蜂翅膀，不带喘气儿，鲁侯一句话也插不上。

脸皮厚的君主，便有脸皮厚的臣下。鲁侯恨得牙根痒痒，但最后还是应下邀约，倒不是被这能说会道的寺人说服，而是真想与诸儿见面。有些事，既撕开了，不如当面锣对面鼓地掰扯清楚，稀里糊涂一床被子捂死了，以后还得生事；再有了，做错事的是诸儿，自己为什么要怕见他，要害怕也该是他，若自己避而不见，仿佛错的是自己。

为表诚意，诸儿特意派了路车接鲁侯，着意吩咐彭生为鲁侯驾车。鲁侯说自己有诸侯车，不需乘齐侯安排的路车。

仍是那说话飞快的寺人，苦口婆心地劝道："这是寡君的赤诚之心，其厚重深情，望鲁君纳之。"

热情过头，便让人生疑，鲁侯慢慢摇了摇头："不妥。"

那寺人抿嘴笑得眉眼弯弯："鲁君可是有顾虑，公子彭生为寡君御车经年，一向稳重，从无差缪，鲁君大可放心，便有些微瑕疵，有鲁君御士在，我们敢怎么着？"

齐侯派来接鲁侯的使者，除了驾车的彭生，还有五六个手无寸铁的寺人，而跟随鲁侯赴宴的御士却有一百余人，真要有什么阴谋，这点人手，远远不够。鲁侯也觉自己疑心得可笑了，想到不过是同车而行，路程也不远，再瞧那彭生，傻不啦唧的大肥块，像是心智不全，放任他施诡计，也没那能耐，遂把心放宽了，安然登上齐侯安排的路车。

车马往齐侯行在缓缓驶去。这彭生果是驾车积年，一路行来，手不抖，身不歪，目不斜，沉稳如鼎，持重似山。过交叉路口时，也许是怕车辆转弯，轮毂颠踬，致鲁侯不适，他便一手握辔，一手伸出，环了鲁侯一下。

随车而行的鲁国御士，没人察觉这个动作的蹊跷。只是在这个动作以后，鲁侯仿佛累了，竟倚在彭生肩上。由于彭生宽大的身体占去了车舆一半，鲁侯的倚靠，使他看上去仍是坐姿，除了头肩稍斜。

齐侯行在到了，鲁国御士停住脚步，等候国君走下路车，登门赴宴，但鲁侯没有下车。

那辆路车忽然剧烈地晃了一晃，是彭生在扭转身体。他用一双手扶住鲁侯，惊慌失措地喊道："鲁君出事了！"

雷鸣似的喊声炸得地要陷了，御士们惊得望向车上，鲁侯仿佛被抽了筋骨，软倒在彭生的臂膀里，鲜红的血从口鼻眼耳流出来，一线线像刚刚熬制的漆汁，顺着衣领、胸襟、革带、蔽芾、下裳，涂满全身。

鲁侯死了。

彭生那一环，勒碎了鲁侯的肋骨，挤烂了他的内脏，他像被一把拧断的枯草枝儿，连一声呼救也没能发出，便急匆匆地死去了。

鲁侯的死亡，使持续很久的齐鲁泺之会结束了。

对鲁侯的死，齐国方面宣称是意外事故，但鲁国方面直斥是蓄意谋杀。在场的鲁国一百御士，做证说亲眼看见彭生环了国君一下，但这一环能说明什么？

鲁侯的尸体被安置于泺邑馆舍，为了安抚还留在齐国的鲁国诸人，齐侯亲自吊丧，呜呜咽咽哭了一场，眼泪很真，哀思就不好说了。

齐侯又说担心叵测之辈打扰鲁侯英灵，特意调拨了一旅齐军，守卫在馆舍周围。四墙外戈戟森立，刀兵闪烁，到底是守卫，还是监视以防备闹事，彼此心知肚明，故而鲁方不闹事，齐方不发威。

鲁侯死去旬月不到，鲁国方面紧急派来了一支使团，向齐侯提出严正抗议，要求严惩肇事者。

诸儿还算客气，亲自接见了使团，面对义愤填膺的鲁国人，他不咸不淡地回复道："意外之祸，哪里来的肇事者？"

使团没被问住，显然准备充分，话是这么说的：

"寡君畏君之威，不敢宁居，来修旧好，礼成而不得归，无所归罪。如今彭生破坏了两国之好，酿成寡君之祸，使齐鲁成仇，彭生怎可免罪？请除彭生。"

人人都知道鲁侯的死，幕后主使是诸儿，齐鲁实力有差，没法向罪魁祸首讨债，但若不追究，这口恶气又咽不下去，总得找个人为此负责。动手杀害鲁侯的是彭生，罪名不安在他头上，安谁头上？

诸儿火了，驳道："干彭生屁事，鲁君之亡，纯属意外。难道你鲁国每有一君殒命，都是我齐国的错？"

齐侯蛮不讲理，鲁国使团却没被吓退，更不会放弃，一面据理力争，一面交通列国，寻求帮助，一面又遣使往周天子处告状，请天子主持公道，不得已，也可与齐侯坐狱。

所谓坐狱，就是诸侯或卿大夫有诉讼之争，可请天子或诸侯主事，原告被告各辩曲直，凡被告者，无论身份尊卑，不能不应诉，诸侯因为身份尊重，可不亲辩，由大夫代为申说，但也得在场。这是源自西周的诉讼传统，几百年来不曾更变，纵便周天子威权渐失，诸侯们纷争不息，坐狱的传统，却一直保留，即便是把周礼抛之脑后的诸侯，也不能不遵从。若不其然，便是自绝于诸夏，与一遇纠纷便抽刃互殴的蛮夷，有何区别？

坐狱对诸儿很不利，瞎子也看得出鲁侯之死的真正原因，齐国再强横，也不是一家独大。一旦坐狱，那些等着看齐国笑话的诸侯，岂不襁负奔至，耍阴招的、使绊子的可劲儿数落诸儿的不是，为鲁国摇旗呐喊。周天子又向来不给齐国好脸色，天子主坐，诸儿必输无疑，这彭生是不杀也得杀，诸儿也难辞其咎，保不准要变成第二个齐哀公。

诸儿决意对鲁侯下手时，自以为考虑到了所有可能的严重后果，甚至做好了与鲁国打一仗的准备。可鲁国不起刀兵，言辞抗争不卑不亢，然后一招坐狱，掐住了他的死穴。

诸儿总算是体会出来了，所谓“周礼尽在鲁”是何意思。都说鲁国守周礼守傻了，列国常笑鲁国呆板，一拳头便能解决的问题，非要绕山绕水地背“周公曰”，可原来遇到某些关键时刻，周礼的威力却胜过刀兵。

周历五月初一，鲁侯的尸体装殓入棺，由御士护卫，运回鲁国。而抗议使团却没有走，他们在等待诸儿的答复。

晨起，鲁国的送丧队伍出发了，同行的有随从入鲁的齐国大夫。诸侯有丧事，友邦当遣卿大夫与丧，除了遣使赴鲁以尽盟友之谊外，早前诸儿还赠送过丰厚的丧仪，他对鲁侯的死难也可谓“尽到一切可能”。

日中时，太阳像死人肚皮上的膏药般紧贴，刺眼的阳光在头顶上漫射成网。诸儿召来几名御士，有管仲、雍廪、宾胥无诸人，他没说要做什么，只唤他们跟自己走。

这阵子鲍叔牙在告病假，明里说是伤风身上懒，其实是被国君气得骨头疼。管仲怕他与国君当面起冲突，逼他告假，他还不肯，势要与国君说道说道。管仲和他来回推挡了几十个回合，到底把他劝住了。

诸儿本沉默不语，忽然像是偶发心念，问起管仲：忖里乙如何了？

管仲说道："蒙我君挂念，忖里先生愿意去国学。"

"也好。"诸儿淡淡道，又沉默了。

管仲劝忖里乙接受君命，费了偌大的工夫。忖里乙如何肯去国学，这于他，便像是养在圈里做牲牛，养肥了宰一刀祭祖，养瘦了宰一刀祭鬼，还不如潦倒乡野，即便饿死穷死，也是自由身。管仲苦劝他，人有傲骨不差，但不能只有傲骨，总得先活下去，人若连活的希望也没有，再大的抱负理想，也是就空说梦，莫若接受下来，将来再说。

"将来，我还有将来吗？"忖里乙自讽道。

"将来在一瞬之积、一步之累，不历一瞬，不行一步，那真没有将来。"

也许是这话触动了忖里乙，他想了很多日子，终于告诉管仲，他愿意接受国学教职，去做那牲牛。

管仲也知道，让素性傲岸的忖里乙，甘愿屈身国学，太不容易，但在当前的情形下，也只有这个选择，不是最好，也非最差。

诸儿带着御士们去的地方，是泺邑行宫的马厩，彭生现正关在这里。

在鲁国使团不间断的抗议轰炸下，诸儿不得不做出让步姿态，暂将彭生收押。但鲁国要的不仅仅是这个，关起来有什么用，等风头过去，齐侯一准把他放了，因此公开宣称：彭生不死，鲁人不归。

管马厩的圉人见国君来了，赶出来参礼。诸儿问："彭生如何了？"

圉人回道："一切尚可，只是常抱怨吃不饱，臣已尽力供食，奈何力有所不逮。"说起彭生的胃口，他很感为难。

"哦。"诸儿轻轻点头。他沉思片刻，吩咐人去备膳，那庖厨里有多少食物拿多少，统统搬来此处，而后，将这堆成山的膳食，送进关押彭生的草料房，他也跟了进去，吩咐道："谁也不准进来。"

国君与彭生关门叙话，外头守着的御士们也不敢偷听。原来还安静似子夜陋巷，众人晒着太阳昏昏沉沉，忽而便有呜咽声传出来，开始断断续续，一霎起一霎止，许是悲泣者在压抑情绪，后来便遏不住了，像泉眼上沉压的石块被搬开了，水流溃决般冲出来。哭声越来越大，越来越猛烈，似有数百把刀互为对抗，成千束箭交错迸射，也似春夜打雷，轰然巨响将山削去一个角，而乃天也将塌，地也将陷，要将那悲伤埋葬，可也埋不住，以乾坤为坟，以宇宙为冢，尚还欠着一抔土。

这样凄厉、痛苦、绝望的恸哭，让御士们心中戚戚，一向不显悲喜的雍廪，也露出不忍之色。

门却开了，诸儿慢慢走出来，慢慢将跪在他身后的彭生显出来。彭生硕大的身躯颤得像薄脆枯叶，满脸的鼻涕眼泪，嘴角还抹着食物残渣，他眼巴巴地看着诸儿的背影，期期道：

“如有来生，国君还要彭生吗？”

诸儿站着不动，仿佛灵魂坠入深井，久久爬不上来，他挣扎着，用从井底生拽上来的声音，吐出一个字：“要。”

彭生把头磕了下去，这是最重的顿首礼，死丧离别，去国亡命，方行此礼。那一刻，所有人才恍然，他其实从来都不傻，他对诸儿忠心耿耿，因为这薄待他的世界，只有诸儿待他好，视他为血脉亲人。

可这曾经待他恩重的亲人，却要将他推上不归之路，以牺牲他，来换取君位的稳固。

当夜，彭生被赐饮毒自尽，御士们守着他咽气，仿佛是心有不甘，他死去也不肯闭眼，非得瞠着双目去质问人间。御士们看得又难过又害怕，总觉得彭生死而有灵，冤屈之魂在屋里飘，俱不敢近前，还是雍廪胆气足，过去把他的眼睛阖上。

给国君复命时，诸儿也无他话，唯一句“厚葬他”。诸御士退去，只有管仲留下来，自称有事禀君。

“什么事？”诸儿问。

管仲恳恳道：“臣伏请我君，卸去御士之职，臣欲暂别齐国。”

诸儿疑道：“夷吾要去哪里？”

“臣生长乡野，见识浅陋，所行之处，只有齐鲁。而天下偌大，列国偌多，臣竟一无所知，每日空谈天下若何若何，岂不可笑？故而有个不成气候的心愿，臣欲行遍天下，跋山野、涉万里、访列国，以知天下、识天下、辨天下。”

诸儿点首：“行遍天下是好事，你有此大志向，寡人甚为欣慰，然宾胥无要去京师求学，你也要离齐，寡人身边无人了。”

管仲怔住，这倒是棘手的难题了，正在思想该怎么圆场，诸儿却一笑：“不就是去天下走走看看吗，除非你不回来了。”

“臣家在齐国，臣怎能不回来。”管仲道。忽而闪念一过，他补充道：“更有我君，待臣深恩似海，臣还要归来为我君效力。”

诸儿呸他，笑骂道：“滑头！明明起初没想到寡人，生恐寡人不放你走，赶紧补拍马屁。”

遭点破小九九，管仲也不懊丧害臊，倒跟着笑。

诸儿笑叹一声：“要去便去吧，寡人若拦着你，倒显得寡人不近人情。不过，也不用卸去御士之职，寡人赐你一权，你便以齐君特使身份行走天下，万事也方便些，如何？”

这倒是出人意料了，管仲喜得要拜，诸儿抬起他的手，严肃道：“既是有行天下长见识的志向，这出去后，不要光想着玩，当真做到知天下、识天下、辨天下。他日归国，寡人可要问你，答不上来，必定重罚。”

“不敢耽溺玩乐，必不辜负我君期望。”管仲信誓旦旦道。

诸儿微微点头：“你去行走天下，想来牙与忽也会跟去吧？”

同时三个御士辞行，管仲也以为略过分，小心翼翼道：“我君允他们同行吗？”

诸儿故意板起面孔：“寡人不答应，有用吗，他们两个，逃亡也要跟你走，尤其那颗倔牙，可怕。”他蹙起眉头，似乎不胜其苦，“要想让他不再顶撞寡人，恐怕要等董河之水恢复清澈了。”

说的是揶揄的话，神情却渐渐落寞了。“夷吾、牙、忽，你们三人同行同坐，同志同趣，这情同手足的朋友之谊，好不让人艳羡。”

他良久无声，像是陷入了太久远的回忆里，幽幽一叹，说道：“彭生幼时，与现在一样，总也吃不饱，诸公子欺他憨傻，常不给他饭吃。寡人看不过去，将彭生带在身边，他想吃什么、吃多少，寡人都满足他。他对寡人言，寡人待他的朋友之谊，他没齿难忘。寡人骂他，这是手足之情，扯什么朋友之谊，你说他傻不傻？”

他笑起来，似乎往事里的温暖欢乐，回来了，往事里的忧伤酸苦，也回来了，而现实的冰冷，依然像墙一样伫立在当下，隔断了他与往事的真正交融。

也许，直到彭生死去，诸儿才意识到，他在这世上的朋友，从来只有彭生。

唯一的朋友，由他亲手创造，也亲手毁掉。

彭生受死，使久候的鲁国使团“满意”地离开了齐国，走时不无遗憾地说：死晚矣。

鲁桓公十八年（公元前694年）的这一桩丑闻，以死亡开始，也以死亡结束，一场轰动列国的惨剧，却只在史书上留下一行字：“夏四月丙子，公薨于齐。”据说春秋笔法是微言大义，读史的人懂得几分，唯读史者自己知道。

第三章

江山图画

一

鲁庄公元年（公元前693年），秋意深沉，山河一片清愁，枯叶残花飘去一天一地，黄河起了仓皇秋风，吹走暖意，吹来寒意。

本年春初至，便发生了一件值得玩味的事：周天子与齐侯联姻，将王姬嫁于齐侯作君夫人。按照规矩，周天子嫁女儿，主婚的必为同姓诸侯，因此，这场婚礼的主婚者是鲁侯。

虽然鲁侯现未成年，一应国政，他还捋不清，有劳各位叔伯伸手，为其分忧，有些不重要的场合，甚至不必露面，但像周天子嫁女儿之类的大喜事，他还得亲自出马。届时，一切言谈举止、揖让礼度，都有人为他提前做好示范，他只需有样学样。

不过，未成年的鲁侯将这主婚者一职，承担得尽心尽力。由于天子尊贵，嫁女不亲送，王姬得从主婚者国内嫁出去，待嫁期间当暂居诸侯国，但也因王姬身份显赫，诸侯谦虚无所馆，不得已筑馆于外，也就是给王姬在郊野建一座新宅第。鲁国既为主婚，自要给王姬营造馆舍，鲁侯对这事热络得很，特跑去施工现场，吃了两天灰，见馆舍渐起，欣喜表示：寡人心甚安。

鲁侯对齐侯的婚事格外上心，殷勤热情得像他自己娶小君，实则他对齐侯的一切事都上心。从血缘关系而言，鲁侯是齐侯的外甥，也有嚼舌根的乱诌：天知道是外甥还是什么。自鲁侯继位伊始，他就把唯齐侯马首是瞻作为立国之本、立身之本，大事小事都要遣行人往齐国问一声：舅父以为如何？舅父对此可快意？鲁国之事无舅父决断，甥儿不敢擅自做主。

身居君位的鲁侯仿佛是齐侯遥署的乡吏，其实更像齐侯养的宠物狗，虽住自家窝、吃自家骨头，却接受齐侯的远距离指挥。齐侯有事，数他叫得最乖最及时。

鄙薄鲁侯者很多，都道鲁先君惨死于齐，眼瞎的也知先君是为齐侯所戕，亲父尸骨未寒，却甘愿为杀父仇人牛马奔走，为人子者竟能冷血如此，当真是无耻、无情、无忠、无义。

也有怜悯者说鲁侯年少，许多事由不得自己，谁让他摊上一个更无耻更无情的亲母呢？

鲁桓公死于齐，鲁国接回了国君灵柩，君夫人却滞留齐国不回，连鲁桓公的葬礼也没参加，国中人皆骂她绝情。直到鲁侯继位，她才匆匆返归，也只为观瞻儿子登位典礼。至于先君陵寝，她不要说去献牲祭奠，看也不曾看一眼。

忽遭大变的鲁侯，在极度的惧怕与猜疑中煎熬了大半年，终于等来母亲，哭着问她："君父为何会死，母亲又为何不回来？"

君夫人说了一段意味深长的话："死者已矣，多想无益，你如今才是鲁君，没人能动你了。"

鲁侯听不懂，但总有人能懂，正因死了先君，才能成就新君，丈夫与儿子相较，儿子更重要。

鲁侯请君夫人留下来，君夫人不肯，她说自己既与先君决裂，便不是鲁国小君，留在鲁国名不正言不顺。

"母亲不是鲁小君，又能是谁？"鲁侯哽咽道。

"齐国女公子。"君夫人说，又摇摇头，"也不是，我是我自己。"

君夫人是谁，鲁桓公未曾识得，辱骂她的人更不知，即便与她痴缠一生的兄长，其实也认不清。

君夫人还是走了，她最后留给鲁侯的话是："听舅父的话，这鲁君之位永远是你的。"

从此，君夫人在生时再也没有踏上鲁国一步，仿佛那十五年相夫教子的温婉生活，在别人眼里是人间正道，在她是人生走岔了道，于是她掰了回去。

鲁侯留不下母亲，却留下了母亲的教诲，母亲让他听舅父的话，他听得真也听得好。原来先君忽然薨逝，坊间对他的身世又是谣言四起，颇有人在私下非难，试图阻碍他继位，还是因为齐侯的强力支持，才确保了他顺利登位。

稚嫩得翅膀还没张开的鲁侯，有了齐侯做靠山，国中非难敛手，列国质疑压下——不是怕这孩子，而是怕他背后的齐侯。

齐侯的残忍刻毒，现在是天下皆知，周天子也忌惮三分。去年四月齐侯谋害鲁侯，七月又在一次会盟上，缢杀郑伯。前回在国境内杀鲁君，还遮遮掩掩，牵出一只替罪羊敉平事端，这次公然戕杀诸侯，倒也不怕郑国与他坐狱了。这位被勒成竹节的郑伯，据说曾在做公子时，与齐侯会斗成仇，齐侯借着会盟之机，指责他篡夺君位，其罪当诛。要罪他篡位也对，可郑国内讧中涌现的诸国君，有谁不是篡位的吗？

一年之内连杀两国君，天下震惊，正当列国都在猜度，齐侯还会对谁下手时，齐侯忽然向周天子求联姻。

手上的血迹未干，便向天子讨利好，天子若骨头硬，该一口回绝，可这时的周天子，早已不是可将诸侯丢进鼎镬煮熟的周夷王，威权日损，纲常渐失，很多时候还得仰仗诸侯帮扶，才能在夹缝里生存下来。

天子应允了，还喜气洋洋地说：姬姜两家世世婚姻，源远流长，今齐求联姻于我，是复武、成荣光。

翌年盛夏，天子即遣王臣将王姬送去鲁国。待到秋来，王姬自鲁出嫁，由鲁侯率队送亲，一直送到临淄城，与齐侯在齐太庙成大礼。

当临淄城沉浸在国君大喜的狂歌欢声里时，离齐出游的管仲等人，正在宋国国都驻留。

听闻国君大喜，众人商议要不要送贺礼，送又该送什么。齐侯酷烈，诸侯们不喜，可齐侯待他们恩重，便是这出游，尚挂着齐君特使的名头，行有符节，居有馆舍。正如齐侯所言，万事方便，让他们的出行减少了许多节外生枝的麻烦。

作为国君的齐侯，仿佛是一个样；作为朋友的齐侯，又仿佛是另一个样。前者冷酷绝情，血腥残忍，令人惧而远离；后者嬉笑怒骂，不拘小节，令人想要亲近。用乐无荒的话说：你们华夏人的国君，都有两张脸，只看他用哪张脸对着你。

自从管仲等人出游以来，乐无荒便跟着他们，抑或是他们跟着乐无荒。

当初知道齐侯允了管仲行走天下，忖里乙立刻给乐无荒去信，托他照顾管仲他们：殷殷之语，不可赘述，期兄言而有信。

乐无荒收到书信，把手头的事尽数丢开，疾驰至齐国，赶在管仲等人出境之前，接到了他们。据他后来追述，他那时正在郑国洧水滨，与一极美女子邂逅相遇，两个一见钟情，他吟哦："有美一人，清扬婉兮。"继而吟哦："邂逅相遇，适我愿兮。"忽而简书飞至，为守信诺，美人也不要了，邂逅也不顾了，遂飞奔齐国，心里怎能不挂念美人，"岂不怀归，畏此简书"。

管仲是见识过乐无荒的做派的，好吟诗，亦好谈美人，可召忽、鲍叔牙没见过。召忽说他瞎掰，哪里有美人与他邂逅，怕是七八个糙男人。乐无荒指天为证：不信我们去洧水，美人必定还在等我。

他们走时，正是春来到，处处浮花浪蕊、莺吟燕舞。乐无荒大谈郑国的春社：便在那水边、林间、野旷，一对对男女交颈合欢，鸳鸯一般。这旖旎风光，别致有趣。何不趁此春色，去郑国走一趟，自有美人与尔邂逅水边。

鲍叔牙听得脸都红了，不让他再说下去。乐无荒说不得春社，又开始保媒，问他们三人娶妻没有、娶了几个，若没娶，他这里认识美人若干，可供他们择选。

召忽听不下去，嚷道："且不用了，才刚与婚一次，不想再有二次，何妨消停几日。"

他说的与婚，是与管仲妹妹的婚。原本他们计划过完年便上路，因管璧的婚礼，耽搁了数日。管璧的未婚夫是临淄乡邑的上士，管母认为门当户对，若按以往的低贱身份，管璧别说嫁给上士，温饱难全的野人也难说上媒，如今已是跃升几个台阶，难道还敢高攀大夫不成？管璧对这门亲事，没有过多评价，也不见有多欢喜。

管仲却总觉得妹妹有心事。他常年在外，少在家中，与妹妹没机会交心，只得去问管母，是不是管璧不愿嫁。管母说，小孩儿家家，心思多，不必管她，到出嫁那一日，她自然无事。

既然母亲如此说，管仲也不好多言。只这"心思多"三字，足见妹妹是有别的心思，到底是什么心思，他自认善辨人心，却也很难猜出。

待到成婚那日，管璧果真平静得很，倒是不见她有任何“心思”。临行前，她向管母辞别，请母亲训诫。管母无别吩咐，只说温良为妻。

妹妹嫁人了，做兄长的却不见婚讯。管仲而今身份提升，说媒提亲的自不少。管母也问过他，媒妁说的女子里，可有相中的。管仲回答心不在此，暂不考虑此事，再者，立时便要出境游走，一去两三年不定，没时间娶妻。

管璧的婚事刚了，管仲等人便踏上旅程，与乐无荒在齐国边境相会。乐无荒问他们想如何“行走天下”，众人都没主张，说随走随停吧。

乐无荒便提议先往郑国。鲍叔牙生怕乐无荒领大家去邂逅美人，冲口而出：“先去宋国。”

这宋国与郑国一样，都处在南北来往的交通线上，黄河流域的诸侯要南下江汉，长江流域的楚国要北上中原，都得经过两国。在这两国间，尚分布着众多的诸侯国，如陈、蔡、曹、许等，俱位于四通八达之衢，南北无事也罢，南北一旦发生冲突，这些诸侯国首当其冲。

西周建国后，将原殷商王畿的遗民迁徙列国，一时宗周、成周、燕国、齐国、鲁国，都有殷遗民，但宋国的殷遗最多，故将殷商传统保留得淋漓尽致。

当时人有句谚语“郑昭宋聋”，是说郑国人狡黠多变，宋国人戆直迂狂，一个郑国人，能骗得十个宋国人找不着北，被骗了，还要为骗子说好话，骂那点醒他的善心人多管闲事。

一行人来到宋国，每日眼里见着，耳里听着，方知宋人之狂之聋是何意思，一概撞到南墙不回头，再接着撞，墙未曾撞倒，倒撞死了自己。

与宋人交往，要率直而快意，不能拐弯抹角。宋人倒也不是理解不了，只是恼恨花花肠子多。曾经他们与鲁人交，鲁人说话都很隐晦，所谓君子之声，意在言外，君子怎能把话说满，只有没文化的蛮夷才是粗鲁直肠子。

乐无荒在宋国有个旧友，曾与他做过行商，赏过美人，饮过好酒，在花好月圆时盟誓永以为好，彼此“投我以木瓜，报之以琼琚”。

这人名唤蹇叔。乐无荒说蹇叔很富有，富得可以把天子王城买下来，只他心善，可怜天子流落荒野，遂打住此念。

牛吹大了，谁都不相信，连蹇叔也不信，问乐无荒：“你说的这人是谁，我认识吗？”

这蹇叔确是做过行商，也曾经富有过，最富时买王城虽不可能，但买下几座豪宅、几百亩良田却是绰绰有余，但一朝财富，被他一夕散尽。问他为何散财，他觉得想散便散，何须理由：天下人守财如守命，我弃财如弃敝屣，尔之命是我之敝屣，尔日日苦守我之敝屣，可笑！

蹇叔像宋人一般直，但过于直了，以至于有些刻薄，不给人留情面。

他们刚一见面，蹇叔就嘲笑乐无荒好引诗的臭毛病如何还不改，是喝多了晋国陈酢（醋）吗？酸得牙倒，还笑他的名字“乐无荒”，说他“一老戎效诸夏，如驴学马嘶，你是驴呢，还是马？”

“老戎”是蹇叔对乐无荒的殊称，他们相识不久，蹇叔便如此叫他，乐无荒不喜此名，让蹇叔改口，蹇叔偏偏不，越喊越带劲儿。

乐无荒受了言语攻击，本是个哈哈脸，拉长成了苦脸，整整一日不搭理蹇叔。

蹇叔也不是针对乐无荒，他是洪水决了堤，漫过之地，无一幸免。他讥诮管仲仿佛日日有思，可把自己思成何等人物，不照样得吃饭屙屎，与凡人无二？奚落鲍叔牙脸臭，是窨了三年的烂瓜，腐臭至万人倾倒！讽刺召忽自以勇力过人，时有与勇士比试之心，怎不去与野象较一场，是你力大，还是它？

召忽再是喜直人，也受不得这偏激的“直”。管仲与鲍叔牙尚能忍，他却忍不了，要与蹇叔争锋。可惜论嘴皮子功夫，他不是蹇叔对手，过手四五招便败下阵来，吵不赢，只有生闷气。

蹇叔赢了吵架，也不觉喜，叹息道：“无可言者，好生无趣。”

众人皆无可言，但蹇叔心里有可言者，是一位叫百里奚的朋友。百里奚是虞国人，与蹇叔是一对互损的好友，见面就吵，一面斗牙拌齿，一面相处融融。据乐无荒浮夸地讲述，蹇叔吵不赢百里奚，曾经被百里奚骂哭过。

大家伙都很好奇这位“骂哭”蹇叔的能人，向蹇叔打听此人何在，蹇叔愤愤道：“这没心肝的不知浪去哪里了，你们来之前半月，他原在宋国，某日突发奇想，说要去卫国寻好酒喝，不走不行非走不可，去后久无音讯，或者过河时翻了船，骨头遭鱼啃了。”

不能见百里奚，众人很遗憾，然也说起他日往卫国走一遭，天若有情，偶遇也说不准。

蹇叔嘴毒，人其实挺热情，自众人踏入宋国，他将那地主之谊尽到极致，凡食、住、行、乐，他都一手安排，不用你操一分心。管仲等人顾虑给蹇叔添麻烦，称有齐君给予特使之权，很多事可自行处分。蹇叔不答应，非要经手，还鄙夷那齐君特使之权是空屁，放出无声：若你们固执要用特权行方便，趁早滚，再别来找我！

众人无法，只好依从蹇叔，由得他忙前忙后，细致入微地照料他们，仿若照料三岁黄口。他不以为劳累，反以为幸福，还说他过往招待百里奚也是如此。

因有蹇叔领路，众人几乎走遍了宋国的名山胜地，夏日炎炎之时，又在孟渚泽避暑钓鱼，惬意得忘了归途。这孟渚泽与巨野泽、大陆泽、雷夏泽、云梦泽等，俱为天下名湖，此地自殷商起，便置有国家猎场，宋国君常来此消夏狩猎。

宋国疆域东南毗邻淮夷诸小邦，南淮夷与北戎狄一样，多为分散部落，也因这分散的政权特征，行动快，人口容易转移，便有部分淮夷循泗水北上，深入到了齐鲁南端，与胶东半岛的莒、纪、杞等周的封建国频繁接触，乃至渗透，像那夏代后裔的诸侯国杞国，便被淮夷渗透最严重，言行一股蛮夷味儿，最为鲁国鄙薄。

在宋与淮夷间，夹着一个半淮夷化的徐国，其国姓嬴，是殷商时的东夷土著，原是商王朝拥趸，遭周室天下击败，有的奔逃南方，有的被西周强制迁徙，其中一支给迁去了西方，是为秦。

宋国之旅充满了情趣，行得快意，食得合胃，住得舒服。众人身心俱乐，也渐渐习惯了蹇叔的尖酸，知他面冷心热，尽管叨叨不停，朋友若有难处，必不会袖手旁观。召忽甚至说，每日听不见蹇叔刻薄人，竟觉胃口大减。

悠闲光阴过得快，眨眼间，众人在宋国待了半年，这时齐侯大婚的喜讯传来，自当备礼相贺。身在宋国，该送宋国特产，宋国最有名的奇货是斧斤，传闻可挥斤削鼻头白垩，而鼻不伤，但国君成婚，送把斧头，太不吉利，故而踌躇不决。

到底乐无荒见多识广，肚子里主意多，建议他们送衣裳，只要尺寸合体，宽幅适当，仿佛摹着国君的身材定制，国君一上身，便知他们的用心。

三人以为极好，谢过乐无荒，也求蹇叔帮一手。蹇叔瞧不上这马屁劲头，嘴里咧咧谄媚之臣，行动上还是没落手，请来宋国最好的制衣工，画缋、裁剪、缝缘、熨皱，一气呵成，旬月工夫，成衣献出，遣人策马追风，日夜兼程送往齐国。

齐侯回复得快，派人来告：有心了，难得你们身在外游，还想着寡人，听闻尔等在宋国踟蹰良久，莫不是想成为宋国人？

耳便是背了，也听得出齐侯这是在讽喻他们：说好的行走天下，却滞留宋国，哄寡人玩来着？

齐侯发了话，众人不敢不走，遂向蹇叔辞行。蹇叔讥笑道："那荡子国君管得宽，谄媚之臣也怕得很，滚了也好，乐得我清闲。"

话说得决绝，临了，却送了厚礼，又叮咛道：若遇到百里奚，替我给他两大耳刮子，要他记得，他还欠着我几百顿酒。

离开宋国，这一趟要去往郑国。

郑宋其实接壤，出了宋国边境，往西一步便能跨入郑国疆域，但这一步却并不轻松。

原来逾齐鲁以西，大戎小戎星罗棋布，势强者修起堡垒壕沟，坚固难攻；势小者僻居荒林要隘，亦不易克。因诸戎散布太广，相当多的部众匍匐于往来通道附近。旅人要是经过那些与夏为善者，过境无忧，而要是经过的是那些与夏为敌的部落，常遭掳掠抢劫，天子王臣也曾被北戎掳走过。

戎人也狡猾，遇见诸侯大军过路，一般避而不出，倘是行人使团、商贾车马、过路羁客，能劫一个是一个，还模仿诸夏做法，在要紧通道设关，大张旗鼓地收过路费，有时蛮横起来，诸侯大军经过，也要给以称心的贿金，方才打开通道。

为这戎患，诸夏行商经过戎人出没之地时，都特别小心，跑一趟买卖下来，要准备几份额外开销，一份贿赂戎人关卡，一份供给列国关卡。按照列国通行的征税规矩，行商往他国售货，入国门征一次，入城门征一次，入市门征一次，这还只是门关税，货物在市场上架，还有房屋税、营业税等等。层层盘剥下来，所得利润微薄至极，若非财力雄厚的大商人，一般商贾不愿意出境。

一行人打着齐君特使的名头，又有乐无荒这个戎人做保证，在过戎地关卡时，还是被收了重税。召忽气得心疼，说剐得都光身了。

很多关卡实也是戎人与诸夏合谋，对外宣称是戎人所置，其实钱都进了诸侯的腰包，只哄着无知民氓：行道不易，是因天子失位，王纲解纽，致使戎狄横行中国，贪冒渎货。

途中所见所闻令人感想复杂，有恼恨有不平，也有无奈有失望，管仲屡屡感慨：“不出国门，不知天下失序如斯。”

一步步深入郑国境内，由于与狂直的宋人相交太久，他们浸染得一身童真气，突遇油滑的郑人，便似儿童突然掉入尽是成人的世界，只觉遍地是陷阱，仿佛哪儿哪儿都是骗子。

召忽才入郑国，便遭一个没牙的老妪骗了。一众人行至一处鄙邑，召忽突地内急，恰瞧见路边墙坍了一半的茅房，他对伙伴们说道：“你们先走，我稍后赶来。”也是太急，身上背的衣褚忘记交托同行。那茅房前颤巍巍站着一个半死的老妪，眼昏而背弯。他想也没想，顺手将衣褚挂在墙垣上，待内急解了一半，一回头，衣褚早被那老妪揣走，刚刚还一付垂死之样，现在却跑得比耗子还快。

人道郑国是“贪利若鹜，弃信如土”，因好利，故多商贾，但又因不讲信用，做生意往往尔虞我诈。乐无荒做行商多年，最不喜与郑国商人打交道，刚签下的契约，他们转身就撕毁。

管仲问他哪国人最易打交道，乐无荒很仔细地想了这个问题，最后说道：“是秦国人，他们是老实人。”

宋国和秦国同样具童真，不同在于宋是戆直，秦是实诚，说一是一，说二是二，不增不减，不夸不损，不会说漂亮话，要去贬斥诋毁，也挺难。

众人在郑国逡巡数月，新年也是在郑国都城度过。那郑国都繁华不让临淄，因为位于中原膏腴腹心，东西南北来往之人，如百川支脉，在郑国境内四流，因而商贾云集，游人如织。

郑国都最热闹之处，是在东门外。自城门行有五里，道路两边栽种了成片的栗树，郁郁苍苍，蓬蓬松松，春季四五月开出穗子似的长条花，秋来八九月结出毛茸茸的果实，用筐筥盛满，拿回家蒸煮炒炸，皮一剥即开，口感糯甜沙粉，可配食蜜饯酸梅。郑国贵族最好食栗，一吃收不住手，吃至胀气出虚恭，还道爽快。

平日间，郑国东门便是踏青、赏乐、游戏的好去处。逢着节日，更是繁喧，远近乡野、四方民氓，老少奔至，也不避嫌，最稀罕的是，能见到男女同车。

人聚多了，游戏自然也多，有角抵、搏戏、弹丸、射壶、赛歌、会舞，最有趣的是牵钩（拔河）。这游戏来自楚国，闻说楚国人一年三百多日，有两百多日在牵钩，少一日不较力，就急得身上长毛。

召忽最喜牵钩，捋起袖子去拉了一回，对方哪里是他的对手，摔成四脚螃蟹。召忽赢了一怀抱的栗子，欢喜得高呼："再来再来！"旁观的见识了他的勇力，才不要去讨没趣，都不搭理，他颇为沮丧。

乐无荒不喜郑国商人，却喜郑国美人。没蹇叔酸他脸，他又随心所欲地吟诗，见得节日的东门，处处倩影，吟道："出其东门，有女如云。"

虽然没有美人与他邂逅相遇，他依然兴奋得手舞足蹈，保媒的心又躁动起来，竭力说服那三人娶妻，仿佛要当场逮几个美人，今晚就琴瑟和鸣。

众人自平旦便在东门游玩，至午后，游兴仍未减。鲍叔牙不好玩，逛得困意泛上，生挨着陪朋友，到底挨不住了，终于开口说道："可否暂歇片刻，那棵栗树下略坐一坐？"

管仲理会得他的意思，跟着说累了，那便歇一歇。

于是众人暂别喧闹，走去人少处。前方的栗树下坐着一男一女，想是也游累了歇脚，原该避开而过，乐无荒却忽然欢快地叫道："邂逅相遇，适我愿兮！"

那树下男女抬起头来，男子惊喜呼道："乐无荒！"

"竟在郑国东门，邂逅你兄妹，若是天意，天也太怜爱我！"乐无荒激动地说，像鸟似的扑过去，紧紧地抱住那男子的双臂。

二

在郑国东门，乐无荒邂逅相遇的年轻男子，名唤申庶其，申国人。申为姜姓诸侯，申庶其是申国公族，可称为申氏。

这申庶其虽说是申国公族，却是支脉别宗，在公室不曾担任要职，国政既搭不上手，索性去做了商人。

申国地处南阳盆地，是进出中原的通道，楚来的奇货，郑来的珍品，周来的贵宝，宋来的异物，都可在申国囤积中转，再一一发售列国。申庶其家祖孙三代皆以经商为业，凭借这得天独厚的国土优势，将行商世业做得风生水起。

申庶其父亲过世后，他接过家业，年纪轻轻，能力却不低，数年间走南闯北，上与王侯结交，下与野氓称友，生意甚至做到了周天子身边。某年行商至汝淮一带，与乐无荒偶识于途中，乐无荒素来好交朋友，为人又大方风趣，申庶其也是温雅不俗之人，彼此相处融睦，遂为至友。

乐无荒意外邂逅朋友，掩不住欢喜，赶紧向管仲等人介绍这位人品贵重、风格高标的真君子。申庶其便与管仲三人一一拜礼相见，又指着那少女介绍道："女弟婧。"

按着周代规矩，男子称氏，女子称姓，申庶其妹妹应称为姜婧。那姜婧生得眉目如画，少饰粉黛，却是清汤挂面的素净，性子或也娴静，与众人见过礼，无声地随在兄长身边，除非问她，很少插话。

申庶其与乐无荒说起彼此的来意，申庶其听说是为行走天下，惊讶道："竟有这不凡志向！"他扭头对管仲等笑道，"你们跟着乐兄，这一路绝不会无趣。"

乐无荒问申庶其来郑何事，申庶其道："本要去京师，经过郑国都，恰逢着正旦，特带女弟来郑东门瞧瞧热闹。"

"去京师？是又去送楚宝？"

"岂不是吗！每年皆送，指名要我家送宝，也是瞧得起我家。今年带上女弟，让她历练历练，将来放手，也可独当一面。"

春秋以来，多有女子从商，其经营事业的魄力不输男子，或有过之，申庶其携妹妹离境行商，是着意培养妹妹能力。

因得知申庶其要去京师，乐无荒说郑国之旅已历数月，正好也想往天子脚下走一遭，提议不如大家同行，又有伴儿又有趣儿。申庶其以为正合他意，称道相遇是喜，又逢过节，他要请大家饮酒。

众人在郑国都的东城阛阓，寻得一家大酒肆，一顿酒从日头正悬，喝到月亮升起来，尊斝杯爵堆成了山，依旧嫌不够味儿，连连呼喝："再来一罍！要最大罍！"召忽畅饮得勾起对朋友的想念，说道若曹沫在，这酒饮来更见滋味。

彼此推杯换盏，纵酒不停，喝到兴头上，乐无荒高声放歌，一会儿是柔情缱绻的“青青子衿，悠悠我心。纵我不往，子宁不嗣音”，一会儿是豪拓不羁的“岂曰无衣？与子同裳。王于兴师，修我戈矛，与子同仇”。

在乐无荒的歌声里，管仲说出久压的疑问：“乐无荒如何能知道如此多的诗？”

申庶其代他回答道：“走的地方多了，这里听一阕，那里知半首，他又喜爱，自会用心记下。不似我等，行过之国甚多，听过之诗不少，但不用心，便不记得。”

管仲颔首，心生感念，说道：“若能将列国之诗集结，使各国诗风相通，邦交之际，私面之时，赋诗以对，也倒有趣。”

申庶其露出一丝惊奇之色：“巧了，女弟前回得赏乐兄赋诗，也生出此念，说要归整列国诗，若天下无人行此事，你们二人倒可结伴共事。”

或者是有了几分醉意，申庶其的话很像在开玩笑。管仲不好乱回应，瞥一眼姜婧。她不甚饮酒，因为礼数，偶尔浅尝辄止，文静地端坐一边，极少出声，即便兄长此刻提到她，也没抢过话头抒发己见。管仲便含蓄道：“那也是巧了。”

如此这般又饮了七八回，酒肆存放的酒几乎一空，直到酒肆侍从催了三遍：“要关市门了，贵客可挪玉趾否？”众人才跌跌撞撞起身离开，走了也有不甘，一人抱着一罍，约定两日后一起上路，方依依不舍地分开。

乐无荒一手抱酒罍，一手搂住管仲，也不管他愿不愿，非要与他相拥而行，因醉狠了，走得踉踉跄跄，差点带着管仲冲到排水沟里，他却咯咯笑道：“如何？”

被问得莫名其妙，管仲一面推他一面说：“如何什么？”

乐无荒打了一个意味深长的酒嗝，拿腔拿调地吟哦道：“有美一人，清扬婉兮。邂逅相遇，适我愿兮。”

管仲被他搂得难受，没心情琢磨他吟诗的意思，只道他是醉话，乐无荒也确实醉得稀里糊涂，自己也忘了刚刚说了什么，再不提邂逅美人，却唱了一夜关于美人的歌。

两日后，众人合为一道，同赴京师。自郑国往京师去，必过制邑，也就是后世习称的虎牢关，关隘设在嵩山北、黄河南，山河相对，为天然藩篱，形成这万夫莫开的险塞。此关为郑国西面门户，也是进出京师的关口。

出了制邑关口，面前如敞开的喇叭口，视野渐渐开阔，一座丰腴盆地像从群山下淌出的无数清泉在洛水岸畔汇合成的一泓深湖，这便是周的王畿区。

源自熊耳山的伊水，与源自华山的洛水，在此交融，共同冲荡出温暖肥沃的伊洛平原。这里自夏代起，便是王朝腹心，建过大都，营过方国，无数的城邑兴起了，又坍塌了，一草一木、一山一水都似蕴藏着历史的深厚意味。

西周建国后，为镇守东方千里之土，周王朝在伊洛平原兴建新都城。因涧水与瀍水是流经洛阳地区的两条河，且俱为东南流向，涧水在西，瀍水在东，周王朝的新都城便建在两水之间。新都建有文武庙、周公庙，亦有规模不输宗周的天子宫殿，遂称为王城。

然而在瀍水以东，还有一座城，习惯上称为成周，原是用来安置被迁徙的殷遗民，后因外来人口不断涌入，成周不再仅仅是殷遗的属居，说起成周，都道是毗邻王城的乡邑。

周人把这瀍、涧两水间的城邑聚落，总称为洛邑，又称京师，但王城与成周之称却不可混淆，王城住的是周天子，成周住的是王畿国人。

西周倾覆，周平王东迁洛邑，这原来只作为周天子会见诸侯的陪都，因天子长住，一日比一日繁华起来，尤其是成周，俨然人稠物穰的天下大邑。

与天子做邻居，不好的是规矩多，好的是往来人多，诸侯朝聘要来，列国请命要来，商贾卖货要来，游人赏乐要来，成周接纳着四方来客，每一日红红火火、热热闹闹。若说王城肃穆凝重，是矜持恭默的王，那么成周活泼生动，是血肉丰满的人。

一众人等来到京师，未有天子恩许，普通人进不了王城，只有待在成周，申庶其要送货的买主，实也在成周。

周王室的王子王孙、王臣寺工，嫌王城沉闷，成日陪着一个苦大仇深的周天子，人也要疯，所以都爱住在成周。成周的花红柳绿、软玉温香、百卉千葩，是颐养人的肥厚养分，每每来一次，那在王城染上的陈腐晦气，一扫而空。

让申庶其千里送货的贵人，是王子成父，当今天子之子，年不过二十，名声却大得很。遇着稀罕事，乐无荒一向不放过，纵便别人知道，他也要编排出“你必定不知”的内幕。他说王子成父之所以有名，一是骁勇善战，虽则周天子也无仗可打，若当真有战事起，王子成父必定奋勇争先，力擒敌首；二是长得漂亮，成周的大女子小女子、老女子少女子，为王子成父着迷发狂，非他不嫁，嫁不着，便寻死觅活。

众人将乐无荒的话打了折扣，召忽捏着鼻子反驳：“长得美，又有勇力，哪有这种人！”

申庶其却为乐无荒佐证，不说十成事实，也有七八成可信。召忽还是不信：人美了，力气必然小，勇略也不足。像他自己，如此有力量，就不美，国君也极美，能与死了的彭生较勇力吗？而彭生何丑也。

“信不信在你，得幸见了，便知我所言真假。”乐无荒自信地说。

贵为王子，也不是想见便见。一时申庶其将宝货送去王子成父私第，余人则在成周城游逛，一面玩赏成周风光人物，一面等着宾胥无从王城过来相会。宾胥无来京师求学，也有一年，众人自从赶赴京师，便去信给他，相约见面。

申庶其送的宝货是楚珠。楚国汉水多生金珠，其中极品者，价值连城，唯大富之家方有此置宝财力。三四年前，王子成父偶然从申庶其手中购得楚珠，极为喜爱，又赞申庶其为人温良谦逊，从此指名他家年年送宝，也不讲价，只为收藏这荆楚宝物，不惜一掷巨万。

这次送给王子成父的金珠，统共一百粒，颗颗经过工匠细心打磨抛光，莹澈圆润，仿佛打了一层蜡，然后被放入一只精巧的漆匣里，外边包了锦帛，又用红丝线扎了活结。

申庶其自去送宝，妹子姜婧也留下来，随同余人先在成周馆舍暂歇。俄顷宾胥无来了，旧友相见，格外激动。问起宾胥无求学情况，他说一切皆好，求学自是苦，却乐在其中。那王城文库内，卷帙浩瀚，简册成山，便是他想要翻阅的刑礼典籍，也若汗牛充栋，非一朝一夕能阅完，但他发了誓愿，读不完典籍，不出京师。

“你见过天子吗？”召忽好奇地问。

宾胥无点首：“来时便蒙恩觐见天子。天子言，从无人愿来王城读典籍学周礼，鼓励我学而不倦。”提到天子的鼓励，他略有自得之色。

召忽倒不管天子说什么，他在想天子的模样，问道：“天子什么样？”

这个问题让人很难回答，宾胥无迟疑着：“天子，就是天子的样。”

召忽不满意宾胥无的答案，天子的样子难道形容不出吗？作为天下的王、诸侯的君、民氓的主，周天子该是什么样？是明亮的、辉煌的、睿智的、威严的，他这样想象着，至少不该是晦暗的、落魄的、丧气的、衰弱的。可实际情况，也许就是后者。

匆匆叙过别情，宾胥无说要领他们在成周逛逛，有一家酒肆的酒极香醇，他因日日闷在王城苦读，只去过一次，再说独个斟饮，也无意思，如今朋友相聚，正好把酒言欢。

众人去往那酒肆，时其未晚，几乎满座。他们人多，一案坐不下，但酒肆生意火爆，好不容易寻得两案，没奈何中间隔了别的客人，必须分开坐。姜婧说自己不好饮酒，她去别案独坐。乐无荒立刻说哪里能委屈女子独坐，逼着管仲与她同案，管仲还没说愿不愿，他已将管仲摁坐下去，口里道："不能冷落了美人，若有浪荡子闹事，有你在，婧妹妹无忧。"鲍叔牙要过来陪管仲，他拼命努嘴："过去过去！"

因乐无荒的强行安排，管仲与姜婧同案，目光从隔壁客人的肩膀上爬过去，看着伙伴们热火朝天地狂饮畅谈。宾胥无说起置在王城的九鼎，那九只硕大如丰碑的铜鼎，经过千年光阴，体生斑驳，却仍具神秘力量，仿佛带上了古帝王深沉威严的目光。管仲很想问问九鼎的事，又不能撇下姜婧，脸上装着淡定，心里猫抓一样，因此坐立不安。

"你过去吧，不用陪我。"姜婧突然小声道。

姜婧如此体恤，管仲倒不好意思离开了，若走了，好像是他嫌弃人家，太过失礼，他摇头道："不用了，这里挺好。"

管仲不走，姜婧也不强推开，她给管仲斟了一爵酒，自己斟了一爵，却只呷一口，又放下了。两个枯坐，酒既喝得少，话也不说，着实无聊，眼见那边喝得兴头十足，要终结这一局尚有时日，总不能一直傻坐等他们吧。管仲被逼得无法，倾肠倒腹地搜话出来说。

"你常出来行商？"

"没有，这是第一次。"

两人又无话了，憋了一霎，管仲脱口道："我也做过行商。"

"嗯。"姜婧回应道。似乎以为太简洁，她又追问了一声："是吗？"

既要找话说以消磨时间，管仲也顾不得说出来没面子，把那次与召忽、鲍叔牙卖鲁缟的经历，从头到尾说了一遍。

姜婧听得很认真，或是这经历太荒唐可笑，也或是管仲的讲述惟妙惟肖，她尽管素性文静端持，也几次笑出声来。

偖长的故事说完，管仲自我评价道："奇蠢无比，行商做成这样，真要被商贾笑死。"

"也不是。"姜婧平和地说，"人各有其能，有的人能经商，有的人能与政，有的人能谋兵，有的人能为学，也许君之才不在商，或者，不在成一商贾。"

管仲心里微一动："婧家世为商贾，于商贾之道自有高论，婧以为，我们行商错谬，致使本利俱无，然错在何处？"

姜婧默然一霎，浅浅一笑："一点浅见，献于子前，不妥之处，望子见谅。"

她静静道："凡贾物，不仅在卖何物，更在何物何时卖，何物何地卖，何物何人买。何时者，天生万物，皆有短长时限。长时之物，如楚地金珠，囤积多日，其物不伤，价亦不跌；短时之物，如这酒食，过时不售，腐臭不可闻，降价难卖。"

"何地者，万物皆有来历，天生物有地属，人制物有国别。以本地物卖本国人，人人俯仰可拾之物，寻常无奇；若以本国特产售卖别国，此物便为'奇出'，价可大涨。若楚之珠、齐之丝、鲁之缟、燕之角、宋之斤、晋之笴、吴之剑，于别国售卖皆为'奇出'。"

"何人者，一如君适才所言，卖鲁缟于鄙邑野氓，贫窭之人，饱暖尚难，何以购昂贵之缟？贫家有能买之物，富家有欲购之宝，财力不同，所需不同，贾者若强而为一，取利实难！"

"要做行商，车马未行，审事先行：风雨时节有无变迁，列国内政有无异动，往来通道有无更移，同行侣伴有无隐患，方能遇急难而不惊，逢亟变而不惧。倘不看天象，不问前途，不知时局，贸然贾物，如夜行无烛，一次获利纯为侥幸，再二再三，必定本利俱空。"

这一番论说商贾之道的剀切言辞，让管仲叹服不已，念及这姜婧文静温柔，平时不言不声，胸中原来深具才识，男子不如，更为震撼。他立身一拜："受教了。"

姜婧谦让道："不敢，我这只是就空而谈，若有疑难，可问我兄长，他比我更懂商贾。”

“自然也要讨教庶其兄，但听婧一番良言，夷吾收获颇多，不可不表谢意。”管仲诚笃地说道。他又一拜，抬头间，两人对视了一眼，心里都似被细蚊叮了一口，痒麻痒麻的，耳际忽地飘过乐无荒带着醉意的吟唱：“邂逅相遇，适我愿兮。”像是随口一拈，也像是故意，莫名唱得听者脸上发烧。

此际日光正明，室内酒香浓醇、狂歌沉酣，户外喧嚣如火、车水马龙。成百上千张生气饱满的脸，如鲜花一般，一朵朵热烈绽放，即便是街巷拐角处躺着晒太阳捉虱子的闲汉，也有热辣辣的活气，成周那活泼浪漫的人间烟火景象，生动地演绎在面前。

三

朋友相聚，一顿酒饮得欢畅，月上中天，夜色如墨，才携一身酒气回到馆舍。

踏入馆舍，申庶其已等候多时，见得一地醉鬼，顿觉好笑，却说了一件大事。他为王子成父送楚珠，王子成父留他闲话，他提起这帮朋友，王子成父责他不该撇下朋友独来，便是一同带来，又有何妨？王子成父因令他明日将朋友们请去自己的私第，王子成父要设宴款待。

听说王子成父设宴，召忽的酒醒了一半，“赴王子之宴？”

申庶其点头笑道：“正是，王子成父好客多礼。他亲口说，我的朋友，也是他的朋友，朋友来到京师，不尽东道主之谊，太失礼数。”

尊贵如王子，对素昧平生之人，直呼为朋友，还要举宴邀请，众人对王子成父好感大增。召忽本就极好奇这传说中美而有勇的王子，忽然能见到本人，比别人更多几分激动。

王子成父私第在成周九里，这里原是殷遗居地，时日久长，京师王臣、外来周人，纷纷在此置宅，倒变成了显贵多聚之地。由于是贵胄私第，并非王城官舍，不用担心墙修高了，让周天子脸面无光，各家竭尽所能比拼豪奢，四墙高挺，楼观耸峙，一水的富丽堂皇，贵气把门口讨骨头的狗都逼走了。像这样的朱门绣户，凡人都当退避三舍。

王子成父的私第，在九里的诸贵宅第间，其实不算豪奢，倒是他家隔壁着实骇人。隔壁的墙高得百年老树也伸不出一枝红杏来，厚实且坚固，可抵御千人之军；四墙包围的内宅，广大而曲折，据说有池苑可行舟，这是王子颓的宅第。

王子颓与王子成父一样，名声大，为人惦记喜爱，但王子成父是深受成周国人喜爱，王子颓是深受周天子喜爱。王子颓的私第规模其实违制，但禁不住周天子偏袒，有秉承礼秩的王臣进谏过，周天子的回答是："天下诸侯僭礼多矣，子何故不言？"从此，人人闭嘴。

众人才进入九里，王子成父的家臣已守在路口，恭谨地将客人们请进私第。才跨进大门，王子成父便迎了出来。

为成周人交口称赞的美貌王子，是真的生得剑眉星眸、俊美无俦。召忽见得这活生生的美男子，立刻将他与国君做了番比较，结果是不分轩轾，也许倒是王子成父稍占上风。

王子成父热情招呼大家堂上就座，各人皆有专席，待以贵客之礼，姜婧也有一席，还为她简拔一细心的侍女，专门侍奉她。正如申庶其所言，王子成父好客多礼，身上没有许多贵胄的纨绔习气，反而是平易近人，乐善好施，美是美，却不耽于美，胸中有男子豪气，说话之声洪亮清楚，站不弓，坐不歪，举手投足不见一丝颓态，仿佛久经战阵的铁血军人。乐无荒夸他勇力过人，应也有来历。

须臾酒宴摆好，甚为丰富，荤的有蒸炙鱼鳖，素的有椇芹韭芥，酒也备了两种，一为清一为醴，足见主人的用心。

王子成父问起他们一路的所见所闻，又感叹又艳羡，说自己也想行走天下，如这齐鲁，他未曾去过，未免多有想象，对两国民风民俗多有疑惑，问是否齐国多尚武、鲁国多尚礼，谁的优点更多。

管仲说道："两国民情地理不同，太公周公各定治国方策，历数代沿革，齐鲁国政稳定，是各有所长。"

召忽不以为然："我更喜我齐国之风，尚武多勇，率直好义。不似鲁国，明是重礼，实则多养伪君子。"

王子成父恍然道："人言周礼尽在鲁，原来不过如此。"他露出不屑神色，"人人往鲁国寻周礼，岂知京师之地，天威所在，周礼萃聚之地，不来京师寻周礼，反而跑去鲁国，也是奇怪。”

宾胥无忙道，他正是为学真周礼，才来京师。王子成父知道宾胥无的事，力赞他是知礼君子，秉义丈夫，彼此酬酢一轮，并再三叮咛，若在京师遭遇任何难事，都可来寻他。

“可惜像宾胥无者，并无几个。”王子成父憾然道，“周之礼乐，散失多矣，便是这存世之礼乐，也岌岌可危，不知能保有多久。”说起来沉痛，不免饮一大爵，浇灭那心间块垒。

管仲蓦然请道：“夷吾浅陋，薄学周礼，更少闻周乐，不知是何等钧天雅乐，有劳王子状摹一二。”

王子成父粲然笑道：“若夷吾有心要听，此间便有周乐。”

“此间？”管仲讶异。

王子成父笑意盎然，也不言，起身出去一趟，过了小半时辰，才返回来，从容说道：“诸友静候。”

静候什么呢？王子成父却不道破，仿佛是为了给众人一个惊喜。斯须，一声清越的钟磬之音从户外跳了进来，如同开演的定场音，拉开了一场宏大演奏的帷幕。

最初，音是单色，仿佛一缕清风从宫墙罅缝间吹出来，轻羽般飘飘荡荡，上不挨天，下不落地。少间，又一缕风来掠过，再一缕风荡来，风在聚会，音在凝合，似乎称量的权重，一码又一码加上去。万穴千窍都呼应了，人籁、地籁、天籁都出声了，所有情绪都出发了，似奔腾的戎马，疾驰吧，奋蹄吧，六辔仍在手，鞗革仍在握，尽管疾如迅风，却永远在周道上奔跑。

这乐音宏大而不狂乱，明亮而不炫目，精纯而不呆滞，五音和谐，清浊适度，吕律相应，能听出“维师尚父，时维鹰扬。凉彼武王，肆伐大商”也能听出“上天之载，无声无臭。仪刑文王，万邦作孚”；能听出“临冲闲闲，崇墉言言，执讯连连，攸馘安安”，也能听出“下武维周，世有哲王。三后在天，王配于京”。

周的历史，周的辉煌，周的荣耀，在旋律中娓娓讲述，有关波澜壮阔的兴周之旅，有关德配在天的精神拷问，有关理想，有关信念，有关礼，真正的周礼。

真正的周礼，真正的周乐，原本该是如此，充满昂扬向上的力量，是青春的礼赞，与衰老守旧无关，与故步自封无关。

曲音终了，众人都被周乐深深震撼，余声仍在心中回旋往复，竟无一个开言。

王子成父容然笑道：“诸友以为如何？”

管仲徐徐道：“直而不倨，乐而不荒，行而不流，忧而不困，思而不淫，斯为周乐。”他欠身一拜，诚挚说道，“承蒙王子开示，使我辈得观真周乐，今日方知，从前所观之杂音，只妨耳矣。”

王子成父怡然一笑：“此为我私属乐工所奏，也只得七八分，若是天子行乐，方是十分完美，和平之声，绕梁而吟，余年不绝。”

“和平之声，此语最佳。”管仲赞道，“和为五音谐、阴阳合、细大应，平为咏以中、乐以宁、节以度，至善周乐，正是如此。”他停顿少顷，朗然道，“至善天下，也该如此。”

王子成父听得动容，叹道：“夷吾此言甚当，至善天下，正为和平之声。”他摇摇头，忧伤地道，“周之子孙日失其序，哪里有至善天下，唯有诳惑天下而已。”

话题太沉重，王子成父不再提及。众人依旧闲聊，说起周乐难得一闻，若有机缘，可否请王子成父率私属乐工赴齐国演奏。王子成父以为不是难事，他甚至可禀明周天子，遣天子乐工赴齐。

王子成父又问他们接下来的游行计划，若暂时没有安排，可在京师多玩些日子，他乐意尽东道主之责。

一顿饭吃得宾主俱乐，辞别离去时，王子成父还馈赠厚礼，又吩咐家臣将他们送去馆舍。众人对王子成父赞不绝口，都道他古道热肠。起初最有疑虑的召忽，夸得最带劲儿，他向来喜欢豪爽之人，原来与曹沫深交，是爱曹沫率直不伪，今见王子成父旷达矫健，是顶天立地的大丈夫，心里已眷爱至极。

申庶其说起王子成父好施与，朋友若有所求，他一定倾囊相授，便是那几次掷巨赀所购楚珠，其实是送给朋友，并不是自己好宝。京师人知王子成父助人为乐，遇到棘手事，常来求他帮把手。他从不论求助者的身份贵贱，一概有求必应，为此他深受京师人爱戴，声望也是越来越大，甚有夸诞之语，是谓来了京师，可不知天子，不可不知王子成父。

“难得王子热心，为人爱戴，也是情理之中。”管仲誉道。末后，他却补了一句："不过声望胜过天子，怕不是好事。"

众人还沉浸在对王子成父的赞美里，没人注意管仲的警语。有些真话，如风过耳，匆匆消失，但时间不会忘记。

因王子成父相邀，众人在京师留了下来。王子成父甚是热情，说要尽东道主之责，便尽到完美，时常带着他们去京师四郊游赏，北登邙山而望大河，东临嵩山而观伊洛，经略过熊耳山的雄俊英姿，远眺过崤山的苍茫剪影。在这沃腴平原，兴起过太多城邑，经历过太多历史，仿佛脚下的每寸土，都掩埋了一段亦悲亦喜的沉重往事。

伊洛两水之滨，也居戎人，有扬拒、泉皋、伊洛之戎。这些戎人与豫东、鲁西诸戎相似，原居今陕甘宁蒙，周天子东迁，周人随从天子车驾徙来，高山险川挡不住，戎人也跟着来了。身在中原腹地，浸染华夏之风，却仍保留披发左衽习俗，学不会诸夏礼仪，昔有周史官在伊川见戎人野地里祭鬼，太息道："不及百年，此其戎乎，其礼先亡矣。"

一语成谶，周平王之后，百年未至，戎人已是漫山遍野。大多数时候，戎人与天子相安无事，推崇华夏礼仪的周天子，似乎也习惯了隔壁住着一群披头散发的野人，双方都在避免过激冲突，有时也会有勾连，比如周天子与儿子孙子臣子内耗，会贿赂戎人来解决家务事，戎人为了天子许诺的利好，也愿意介入诸夏内政。

众人在京师待了有半年，得承王子成父精心招待，两日一游山，三日一泛舟，五日一举宴，日常馈赠不断，珍馐佳肴时有供应。召忽私下抱怨，自己吃肥了两圈，过去登险峰如履平地，现在稍走远一些，便要喘气。

京师之行快意安逸，但长久打扰王子成父，众人都不好意思，便说要北渡黄河去卫国看一看。王子成父挽留不住，惋惜说京师有事，走脱不开，不然陪他们过河赴卫。虽然他身不能行，但为朋友挑拣了老练的舟工，一竿子撑到底，将他们送到了河对岸。

众人过河的渡口是孟津渡，正是周武王伐商飞渡黄河之所。自夏商之时，孟津便是黄河南岸最重要的津渡，因地处京师之北，京师之人去往卫国，都从这里过河。

王子成父亲自护送他们至孟津，临行前，管仲嘱咐道："王子名望过人，甚得民心，然夏书曰：'允执厥中。'其'中'之意，望王子详思。"

王子成父一怔，或许管仲的话惊醒了迷梦中的他，让他触动太大，扰乱了思绪，他唯讷讷一声“多谢诤言”，再没别的话。

舟工用力一撑竿，船似离弦的箭，与河岸挥泪离开。这孟津的黄河，不比上游晋陕的黄河，彼处水流行在峡谷间，湍急焦躁，仿佛莽夫发火，偏生无处宣泄怒气，灼热急火在胸臆间冲撞激荡，无数次逆行寻找出口，无数次碰壁失望折回，于是怒不可遏，自我毁灭，飞起千丈白练，落下万尺瀑流。而此处水面宽平广大，是那积压许久的怒气一泻千里，仿佛万乘战车，旌旗招展，驷马嘶鸣，轮毂铿锵，如雷如电，如风如雨，一鼓作气，奔流到海。

正逢夏季，水势很大，舟工是行船的老手，浪大风大也摇橹自若。舟行河中，乐无荒见景而生诗意，忍不得又唱起来：“河水洋洋，北流活活。施罛濊濊，鳣鲔发发。葭菼揭揭，庶姜孽孽，庶士有朅。”

管仲最喜听乐无荒唱诗，这一首旖旎靡丽的卫风，他隐约有些印象，却不甚明了诗意，发问道：“这又有何来历？”

乐无荒正唱得劲头十足，没工夫回答管仲。姜婧说道：“这诗说的是齐国庄姜，嫁于卫国，卫人喜她貌美，怜她无子，为她赋诗以歌。”

卫庄姜，算起来是齐侯诸儿的姑姑，早年嫁给卫庄公，因无子，不得已抚养卫桓公为子。卫桓公遇弑而死，其弟卫宣公继位，后强娶太子急子未婚妻，即齐僖公女儿宣姜，生下卫朔。

知悉诗中真义，管仲感激道：“原来如此，多谢。”话音刚收，却发觉乐无荒止了歌声，盯着他俩别有深意地点头。

管仲哪能不知乐无荒的异样心思。在京师时，乐无荒常有撮合他们的举动，不是让管仲为姜婧鞍前马后地献殷勤，就是企图让他们独处。但有了上次被强行同案的教训，管仲学奸猾了，但有异动，便拉住鲍叔牙挡在身前，无论如何也不冒出头来。

今日却防不胜防，突遭乐无荒“盯梢”，姜婧怎样，他不知道，至于他自己，脸上烧得慌，河风涤面，也吹不散那热度，急忙偏过头去，瞻望大河东流。

孟津对岸之地，是西周开国功臣苏忿生的封国，至今仍为苏氏领地，由于位于太行南山之下，周人习惯称为南阳。巍巍太行与浩浩黄河相对而视，形成一个夹角，这个角不算大，却掌控着太行通道，太行八陉中，最南面的太行陉、轵关陉，便在此角的一边。

这里在殷商时，是商王猎苑。周人封建侯国，把这片田猎区辟出若干乡邑，周天子曾把几个邑的田土，赏给郑庄公，这让苏子很不高兴，与周天子闹起别扭来，据说怨气到现在还没消。

位于太行西面的晋国，若要朝觐周天子，走太行通道最为便捷，自晋国都出发，过太行南陉，在孟津过黄河，可直抵京师。这条路走了千百年，太行虽险，而山道为人踏平，黄河虽宽，而渡口船帆高张，可惜如今晋国却走不得。

太行山下戎狄遍布，狄有白狄、赤狄，戎有骊戎、草中戎。晋国若要翻太行进中原，须先向戎狄借道，后来晋文公勤王事，也是先贿赂草中戎，才能顺利东出。

不能走太行，只有南逾中条山，从风陵渡或茅津渡过黄河，再穿过崤函险道，一步步“爬”向中原。这中间阻碍重重，除了自然之障，还有人为之难，先是虞国横在中条山下，后是虢国横在大河两岸。过一次路，看天看地，还要看两国的脸色，两国若心情不好，多设一道关卡，晋国过路客的皮也给刮下来了。

周天子在镐京时，晋侯乘轻舟从黄河直溯渭水，不几日便能与天子相会。周天子在洛邑，晋侯来而不易，索性关起门来闹家务。

众人抵达南阳，也萌生过翻越太行去晋国瞧一眼的念头。申庶其却说，太行的戎狄不同于中国戎狄，过于强横，对过路客抢劫不说，还害人性命，他们行商多年，纵能走遍天下，却少走太行，要去晋国，莫如往虢国借道。

“申兄历事多，见识广，天下戎狄中，申兄以为，最仇诸夏者为谁？”管仲请教道。

申庶其思想有时，说道：“太行戎狄虽强横，你不招惹他，他也少有衅事，要说仇诸夏，是燕北山戎。”

燕北山戎，是戎族最强者，不同于其他戎人分散离居、难聚为众，山戎却渐成邦国，还在北方原野建起一座王城。多年以来，山戎屡屡侵扰燕国，双方大小战事数不胜数，无尽的边患拖得燕国苦不堪言，一度求请周天子出手相助。周天子连家门口的诸侯斗法也无能为力，如何能对付边远之地的戎患？只好垂泣而慰之，爱莫能助。

不受阻遏的山戎，越发气焰炽张，在燕山南北纵横驰骋，甚至一度南下，冲到了齐国北疆。那时正是齐僖公在位，行事强硬的齐僖公，面对戎人的突袭，竟也束手无策。幸而有个能号令诸侯的郑庄公，率列国联军援齐，把山戎挡了回去。

申庶其说山戎最仇诸夏，管仲深有体会，他的父亲便是死于那次山戎侵齐的战斗。对少与戎人交锋的齐国人来，忽遭戎患，便仓皇难应，想想常为戎患困扰的燕国人，该是如何烦苦、如何焦虑。

众人在南阳驻留，赏玩数日太行风光，才款款往东而去，待得进入朝歌城，说起是否寻一寻百里奚，虽然距蹇叔提到的百里奚出行卫国之期，已过去很长，不过也难说他还在卫国游荡，权且一试。

蹇叔说百里奚是来卫国觅好酒，于是众人去往朝歌最大的市，随口问了一声：哪家酒肆的酒最好？认不认识一个叫百里奚的虞国人？

最惊奇的事发生了，路人不仅说出最好的酒肆在哪里，还意气风发地说他当然认识百里奚，不要说他认识，朝歌谁不认识他！

百里奚做了什么，能让整座朝歌城认识？

路人自告奋勇地带他们去找百里奚，更奇的是，去的便是那家最好的酒肆，门口张扬地喊一声："百里奚的朋友来寻他。"一群半醉全醉的酒徒奔出来，跟着喊："洗酒具的百里奚有朋友来了！"

都不用酒肆主家出来迎客，自有热心路人与好事酒徒前头开道，径直走到酒肆后院，那院中堆着丘山高的酒具食具，一个赤膊男人蹲在前边，脚边有一只盛满水的大盂，他从那盂里拧出一块破了洞的抹布，手上一抖，再抱起一只罍，卖力地洗刷。

这人便是百里奚。

四

当管仲一行人来到朝歌，百里奚已在酒肆洗了一年酒具。

一年多前，他告别蹇叔，远赴卫国觅好酒，行到中途——他自言是因为贪玩，在郑国多逗留了一些日子，郑国骗子多，但好玩意儿也多，乐得他忘乎所以，忽一日幡然觉醒：此行原该是去卫国，何以在郑国久不动窝？遂匆忙上路。可旅费早在郑国花得精光，连过河的船钱也付不起，万不得已，他骗着、蒙着、哄着为舟工摇橹，白坐了一趟船。

于是他披星戴月地赶往朝歌城，来到这家酒最烈、食最香的酒肆，身上却连半枚贝也摸不出来，思来想去，白来走一遭绝没道理，况大丈夫为求好酒，死又何妨！他便趾高气扬迈入酒肆，酒案一拍，嗓子一吼："要好酒、要好肉，快些拿上来，君子不等食！"酒肆以为来了腰包鼓的贵客，紧着给他送上最贵的酒，羹汤肉丸，瓜果鲜菜也一应捧上。他也大方得很，还请路人来一爵好酒，一串好肉。

这么风卷残云，吃得肚儿圆圆，酒嗝饱嗝交相呼应，付账时，却是双手一摊，着实没有。

酒肆方知是遇到吃霸王餐的赖皮，三五个壮汉跳出来，你扭胳膊，我摁脖子，便要一顿胖揍，打死打活看造化。百里奚却叫道："何必动武，君子不可受辱而死，我可以咬舌自尽，也可以干活还债。"

酒肆从未见过如此厚颜无耻之人，倒被他气笑了。既要干活还债，那便干吧，酒具食具乃至便器唾盂，都交给他洗，至于洗多久，暂定一年。

百里奚甚是守信诺，从此洗了下去。他也不怕脏不怕累，那吃脏吃污的食具，生满霉菌的酒具，臭气熏天的便器，他都用心擦洗，刷了又刷，直刷到锃亮如新。他既努力补过，酒肆也不至饿死他，他也不拘什么，赏脸给他一口粥，他吃得有滋有味；不给，也挨着。

这事怪诞而好笑，远近都知道酒肆有个洗酒具还债的白吃客，据说洗得认真刷得干净，一传十，十传百，以至朝歌城人人皆知。自有好事者奔来酒肆瞧稀奇，来既来了，不免要卖爵酒喝，倒让酒肆生意越发红火。

酒肆商主见百里奚不仅没成麻烦，反成招揽生意的宝货，倒生出别扭的愧疚心，告诉百里奚："这酒具也不必洗了，你给我充侍者，日常在酒肆门口抱着一只罍，洗个样子，我免了你的债。"百里奚却不肯，他说："君子一言，九鼎之力，岂可更改，说好了洗一年便是一年，多一日我不从，少一日你不依，主家若以为我洗得勤奋，有心给口酒喝，我便千恩万谢。"

百里奚不屈不挠地洗着器具，朝歌人谈起这桩奇闻，说他傻，也说他痴，还有附会出神圣意义，赞美他的毅力，教导儿辈当效之。

众人未见百里奚，好事之徒已争先恐后把他的事说得七七八八，见到百里奚，既觉谐趣，也觉稀奇。乐无荒喊了他一声，百里奚抬了一下头，说道："对不住了，今日是最后一日，稍等。"

洗了多少日子，酒肆可能都忘了，唯百里奚记得清清楚楚，他顾不得与新老朋友叙话，麻利地把手头的器具洗刷干净，交托给酒肆，乐呵呵地说道："两清了，现在我是客，朋友来了，请上酒。"

待彼此坐定，相互介绍，百里奚才知去年他们在宋国，是蹇叔提及他的行踪，方有这次巧遇，故意切齿道："那嘴毒的老蜂子，必定又蜇人了，说说，他蜇了谁？"

众人尽管遭蹇叔刻薄，但也得了他不少好处，不好数落他的不是，含蓄说蹇叔人很好，说话稍直了些儿，并没蜇人。

百里奚不相信，"他会不蜇人？人道：俟河之清，人寿几何。我言：俟蹇叔之善，天寿几何？"

难怪乐无荒说百里奚能骂哭蹇叔，原来以为是夸大其词，瞧这远隔千里却针针见血的狠毒劲儿，蹇叔若在场，恐怕真不是百里奚的对手。

撇开蹇叔，百里奚说："新老朋友相聚，我又清贷，喜而又喜，有劳诸友了，我来请客，麻烦诸友付酒钱。"因他在这家酒肆待了一年，什么酒最烈，什么酒最清，哪种炙肉焦脆，哪种烩菜鲜香，摸得门儿清，如数家珍地点了一遍。酒肴捧上来，放满四五张俎案，百里奚一拍案面，豪爽道："喝光吃光，不醉不归！"

酒劲儿一朝上头，乐无荒又要歌诗咏志，孰料百里奚也是好诗者，两个人你来我往，呼应相和，仿佛赛歌会。

身在卫国，吟唱的皆是本地风，卫国诗风绮丽婉媚、深情眷眷，多的是男女情爱之音，唱得迂扬回旋、忧伤如水。一方水土养一方人，卫地原是狂直浪漫的商人的王畿，商人迁徙后，把狂直带走，却把浪漫留下了，故而卫国为情所困者甚多，遍地情种，谈情说爱大过天，倘不能与某个他或她生死相许两三次，人生便不圆满。

听了满耳情话，终究腻味，召忽眉毛都要皱断了，说道："丈夫生于世，怎可为儿女情长，要死要活？且换一阕吧，不然这酒没法喝了。"

百里奚哈哈一乐："要听佐酒之音，有何不可。"他蜷曲手掌，拍案应节而歌：

陟彼北山，言采其杞。偕偕士子，朝夕从事。王事靡盬，忧我父母。

溥天之下，莫非王土；率土之滨，莫非王臣。大夫不均，我从事独贤。

四牡彭彭，王事傍傍。嘉我未老，鲜我方将。旅力方刚，经营四方。

或燕燕居息，或尽瘁事国；或息偃在床，或不已于行。

或不知叫号，或惨惨劬劳；或栖迟偃仰，或王事鞅掌。

或湛乐饮酒，或惨惨畏咎；或出入风议，或靡事不为。

音声苍凉悲怆，透出忍让承受，也透出辛酸不甘：有人驷马高车珠围翠绕，有人暮爨朝舂绳床瓦灶，有人尸位素餐却能富贵终身，有人宵旰操劳不得立锥之地，天下多少不公多少苦痛，在这一首诗里展露无遗。

管仲跟从吟道："或湛乐饮酒，或惨惨畏咎；或出入风议，或靡事不为。"不禁嗟然叹息，"天下之至悲至伤，皆在此歌中。"

他极喜此诗，请百里奚再念两遍，他便依样画葫芦，一字不漏地背下来。

晚间回到馆舍，心中还在反复吟哦此诗，翻来覆去不得入眠，一霎念念有声，一霎戚戚感动。月光滑入门户窗棂，一地银白碎影，似诗的警句箴言；夜风在墙外低喘浅叹，似诗的婉转之音，总让人浮想联翩。同榻的鲍叔牙被他搅了瞌睡，苦笑道："皆怪那百里奚，平白唱什么诗，可好了，都别睡了。"

管仲忙道："对不住，怪我，我不想了。"

鲍叔牙现在却清醒得很，索性坐起来："左右睡不着，不如说说，你为何被一阕诗，折腾得中夜不能眠。"

"也不仅为一阕诗。"管仲沉默有顷，轻声道，"你还记得，那年你来我家，请我离家去临淄，我不愿，你对我所说之语吗？"

鲍叔牙不插话，他在安静谛听。

"你说，人活一生，难道只为讨口吃食？"黑暗中，管仲的声音低沉而忧伤，“在与你相识之前，我活着便是为讨口吃食，早起一睁眼，便想欠贷还剩多少，今日该去哪里寻生计，一家老少那口吃食如何讨得，日复一日，无穷无已，生为食忙，死为食累。”

“自小生长乡野，见得少，思得浅，以为这天下，大不过清邑一乡里，哪里敢奢望离开齐国？也不曾想过天下列国是何等风光，我辈乃贫窭之人，饱暖尚难，何有他念。”

他幽幽一叹：“然而是你告诉我，天下本有不公，那饫甘餍肥的公子公孙，凭着出身，抟青云上九天，你为之不忿。正如百里奚所歌：‘或湛乐饮酒，或惨惨畏咎；或出入风议，或靡事不为。’何其荒谬，何其残酷。我于是思量，你生于富贵，能为天下苦痛抱不平，我生于贫家，时时为这不公重伤，为何竟不能发一声？”

“或者是太穷饿、太困苦，吃顿饱饭而不得，何以念其他。”他忽地轻声一笑，揶揄道，“故而仓廪实而知礼节，衣食足而知荣辱。”

鲍叔牙也笑起来，但他还是不说话。

“如今是饱腹了。”管仲自嘲地说，“那从前不曾思不敢思之事，皆当一一忖度，一一冥想，一一探求。”

“一人一家饱，是否足够？”他自问道。也不待任何人回答，他语气沉重地说道：“我们此次行走天下，所见之事，所闻之声，令人浮想连连。天下崩乱，天子失位，诸侯不成诸侯，封建不成封建，内有诸侯纷争，外有戎狄为患，真隐忧重重。再想想我们过这一路，彼国设关，此国置卡，尚有戎狄横插一脚，各据津要，划地为营，残剥民力，屠戮元元，竟不知普天之下，尚有王否？”

他缓缓摇头：“天下无王，列国各为私利，那饱的终究是诸侯，饥的永远是民氓，因而，我以为——”他一顿，一字字铿然地说道，“一家饱何如一国饱，一国饱何如天下饱！夷吾虽愚笨，也不敢不倾此生，为天下饱奔走不歇！”

他转过头去看着鲍叔牙，恰鲍叔牙也在凝视他，屋里光影混沌，一切都模糊得像笼了一层烟，彼此的目光依然明亮而灼热。

“我没看错你。”鲍叔牙终于开言了，声音隐隐激动，“你与他们不同，志向不同，抱负不同，将来成就也会不同。”

管仲竟一乐："鲍叔如此确信没看错管夷吾？"

"我并没卓越的识人之能，未必能看准所有人。"鲍叔牙诚恳地说，"但我信你。"

鲍叔牙相信管仲，一开始也许出于本能，但随着年岁增长，相知日深，这相信愈加坚实，仿佛一棵渐生渐伟的参天之树，为时间浇灌，为生活培育，因此根深蒂固，永难撼动。

相信，是管鲍之交的精神内核。

鲍叔牙慨然道："夷吾若要为天下温饱奔走，牙愿意随从，不离不弃。"

管仲感动道："牙之心，夷吾尽知，此生能与牙为友，是夷吾荣幸。"

听到管仲的至诚倾诉，鲍叔牙不好意思起来，他小声地附和道："也是我的荣幸。"

这一场交心之谈，更拉进了他们的距离，从前相处融睦的朋友，渐变成可托生死的知己，既为知己，便是志趣相合，灵魂相契，一生走来，甘苦同尝，责任同担。

两人又谈了甚久，困意才浮上来。刚躺下去，鲍叔牙忽然道："你觉得婧如何？"

突如其来地提到姜婧，管仲不知怎么回应，含混道："什么如何？"

鲍叔牙轻轻道："我觉得她挺好，温润不多言，与你很配。要不，你娶她为妻……"他的声音越来越低，翻了个身，睡着了。

身旁朋友睡熟的呼吸匀停平和，管仲却平静不下来，脸又烧起来，烫得像淋着了炼炉里的铁液，那颗心也不安分，急窜着跳上嗓子眼，被强行摁下去，便在胸腔里狂热地跳动。

这已不仅是乐无荒单方面撮合，连很少谈男女私事的鲍叔牙，也看出他与姜婧有异样。真是出人意料呢！原来行走天下，是为见多识广，为经略列国风物，从来没想过什么"邂逅美人"，可天意莫测，偏偏就邂逅了，偏偏就……心遏不住了。

他似愁非愁地叹了口气，把脸埋在被子里，迷迷糊糊地挨过了这一夜。

翌日天方亮，百里奚便来呼唤众友人起床，恭请诸友举玉趾，与他观览卫国风光。百里奚拘在酒肆洗了一年酒具，憋得一腔玩性如被判了徒刑而终得逃牢笼，便如脱缰的野马，又有易打交道的朋友，怎能不携手共游，纵耽乐至死又何妨？

自这日起，众人便在这太行之东、黄河之西，南北游走，东西展望，逡巡往复，乐而不知归途。

这卫国南疆毗邻苏国，北疆毗邻邢国，三国皆位于太行与黄河夹住的狭长平原。春秋时的黄河流向与今不同，那时黄河经几字大拐弯后，蹚过孟津的宽平河道，在今荥阳突地转向东北，流向便一路朝北。北流的黄河，至今河北束鹿一分为二，一支东流，一支北流，仿佛树干叉开的枝丫，两支之间有一片三角形的空白地，称为河间地。

黄河自古以来便不安静，下游像被掐住七寸的老蛇，摇摆不定，今年夺了这条河道，明年冲了那片田土，故而黄河下游之地，也即自河间至济水北岸之间，纵横千里之土，竟是一片荒芜之地。

所以古来城邑聚落多建在黄河下游以西，像苏、卫、邢三国之地，正是东来的太行诸水与北去的黄河一起着力，吐纳出这片肥沃的冲积平原。

平原狭长而窄，水流却不胜枚举，沁水、淇水、漳水、泜水、滹沱水、滱水，从太行的千叠云山间涌出，仿佛一笔又一笔肆意的挥毫，笔端起势，笔力强劲，锋芒收不住，将尾笔写进黄河的怀抱。

众人蹚了一条又一条河，也不觉烦。各水有各水的风致，乐无荒的形容是，一如品味不一样的美人，妩媚的、娇憨的、温婉的、深情的、泼辣的，各不相同，皆有滋味。

然众人出行是为游玩，沉浸在如画江山里，忘乎所以，常常不问世事，唯申庶其兄妹时刻没忘记自己的商人身份。原来兄妹两人结伴同行去往京师，是为了把楚宝卖给王子成父，在京师逗留多日，又购得京师特产，一径卖到了卫国，而今在卫国盘桓，收购了不少卫宝，计划要卖去燕国。

“与尔兄妹相比，我辈皆为懒人。”管仲时不时发出感叹。

这时候，乐无荒又要冒头出来，咧咧道：“岂不是吗，这样能干又持家的美人，哪里找去？”

管仲便不吭声了。

一行人在卫国待过了新年。浪漫多情的卫国人，逢着节日，恋得更狂热，爱得更浓烈。朝歌城里处处是一对对含情脉脉的男女，空气里也像每一瞬间都爆出一朵爱情之花。

乐无荒甚爱这情深缱绻的氛围，纵算美人不与他谈情，能亲眼看见美人蹁跹而过，奔赴一场月下约会，心情也是舒快的。百里奚也蛮享受，不过他是怎样皆可，有美人欲与他谈情，来而不拒；美人对他吐口痰，抹脸一笑而已。他是天生万事不在乎，世人嘲他、笑他、欺他、辱他，他从容快乐；世人敬他、爱他、赏他、重他，他也不骄纵，这宽博如海的心胸，让管仲等人叹服良多。

或是为了方便男女约会，新年期间，朝歌城阛阓不闭，市门不关。欲纵情欢娱者，可在各市徜徉不归家，乐得大小酒徒一头扎进酒肆，从此长醉难起，不知春秋，无论有周。

众人即便不好谈情，可都好酒，又逢新年，更没忌讳，在酒肆放开了痛饮，从天光放亮喝到日头西倾，身边不时有七尺男儿醉成一摊泥水，街面上也有醉汉跌跌撞撞而过，熏熏然唱一阕："将仲子兮，无逾我里，无折我树杞。岂敢爱之？畏我父母。"真真催人泪下。

男人在借酒抒情，亦有女子的柔情倾诉夹杂其中，间壁不知是哪个遭负心汉始乱终弃的女子，哀哀地唱道：

> 氓之蚩蚩，抱布贸丝。匪来贸丝，来即我谋。……士之耽兮，犹可说也。女之耽兮，不可说也……

入耳吟唱要么凄绝哀艳，要么悲楚心酸，酒便越喝越苦味，好诗的乐无荒也直摇头，连声道："不中听，不中听。"

管仲笑道："乐兄何不吟一阕中听之歌，为诸友佐酒。"

乐无荒先是若有所思，忽地拊掌畅笑一声："欲闻中听之歌，当先说中听之事。"他清清嗓子，神情变得郑重起来，"我这里有一桩大事，请诸友审度，妥不妥，望各抒己见。"

听他说得认真，众人也凝了神情，乐无荒撒开目光，唇角荡漾着似有无有的笑："我有一至友夷吾，才干卓荦，有目共睹。申友有一女弟婧，娴静端持，为众所誉。我自作主张，欲为他二人保媒，诸友以为如何？"

话音落尘，当事人还未开言，百里奚便把手中酒爵一顿，欢天喜地地呼道："配得很，配得很！这媒保得极好，就这么定了，趁此良宵，便饮了合卺，成了夫妻！”

乐无荒挖他一眼：“你也太着急。”他去问申庶其，“长兄如父，庶其可满意这妹夫？”

申庶其笑得灿灿烂烂：“多谢乐兄为女弟谋婚事。其实若乐兄不说，我也要提，在下早有此意。”

乐无荒喜悦道：“甚好甚好！”他又看向管仲，乐哈哈地说：“长兄允诺，诸友赞美，夷吾意下如何？”

管仲沉默，脸有点儿红，他犹豫着：“这个……”

“你不愿意？”乐无荒紧张道。

“也，不是。”管仲低低道，声音微微发抖。他平静着心情，缓缓说道：“婚姻之事，有媒人之言，也有父母之命。夷吾远在他国，母亲不在，尊亲不曾知晓，夷吾不敢擅自应诺。”

乐无荒放心了，不是不愿，而是不能越过母亲自行婚配，他不在乎地说道：“那有何妨，可定下婚姻之约，俟后回齐国，禀明母亲，再行大礼。”说是这样说，侧身又嘀咕道，“你们华夏人真麻烦，娶一美人，娶则娶矣，还要尊礼。”

申庶其却赞管仲知礼，也同意乐无荒的建议，先定下婚约，俟后再行大礼，那纳采、问名、纳吉、纳征、请期、亲迎的六礼，将来一一补上。

管仲没有反对。既定婚约，双方要交换信物，他为难道：“我这去国远家，身边没有拿得出手的信物。”

“无妨，任意一物都可约于婚姻。”乐无荒爽声道。

为乐无荒的豪爽情绪感染，管仲顺手将腰间革带解下来，双手捧起：“也罢，我便以此带为信，望不弃。”

申庶其接过那革带，笑道：“不弃不弃。”他看向姜婧，将她发间的一枚白玉簪拔下来，说道：“你二人皆以贴身之物为信，正相配。”

管仲收下那白玉簪，轻轻揣入怀里。

婚事说成，乐无荒兴奋得手舞足蹈，激动地招呼众朋友：“来来，诸友当为此喜事，无算爵无算乐！”

果然是无算爵无算乐的酣饮狂乐，莫说乐无荒、百里奚这样好热闹的玩家，就连平时不好狂饮的鲍叔牙，因为好友姻缘得成，喜上眉梢，比之以往，多饮了十来爵。

这个新年在喜气洋洋的氛围中度过了。又在朝歌听了小半个月的情歌，众人遂往燕国而去，这北上之路，渐寒渐苦，心里却温暖得如沐春风。

管仲与姜婧有了婚姻之约，彼此更亲近，但言行也更见矜重，从无一丝亵渎之举。乐无荒虽好谈情说美人，也觉得这样很好，美人就该被尊重，不得手时，花言巧语蒙骗美人，是罪过；一朝得手，猴急着唐突美人，亦是大罪过。

众人行至邢国，暂歇不动，等待春风吹过太行山巅，将一山的春情吹醒了，青翠、粉红、明黄、金紫，鲜亮的色彩，自由地涂满人间。

周历四月某日，众人离开邢国国都，前方走了一里不到，便被从齐国奔来的使者拦下来了，说是奉了齐侯之命，急召他们归国。

“国中有大事？”管仲问。

使者说道：“鲍子急病，欲见鲍叔。国君有言：父子血脉之亲，父有疾，子不当远行。故而相召。”

听说是父亲重病，鲍叔牙的脸白了，哆嗦着问道：“病得厉害吗？”

使者委婉道：“速速归去，尚可一见。”

竟然是尚可一见，岂不是赶回去诀别吗？鲍叔牙说不出话，泪都要迸出来，还是管仲斩钉截铁道：“无须多言，立刻回去！”

行走天下之旅，因鲍叔牙父亲重病，戛然中止。同行者各有各路，申庶其兄妹继续北上燕国，百里奚往宋国见蹇叔，但答应了管仲的邀请，稍后会去齐国拜访朋友，其余人则返回齐国。

申庶其对管仲承诺道：“少则半年，多则一年，我便携女弟来齐，与你完婚。”

管仲答道：“好。”

管仲看着姜婧，思量要不要说些温存话，但言辞多余，很多情绪很多感触，他心里明白，她心里也该明白，于是没有赘言，他举手一拜：“就此别过，后会有期！”

众人分道扬镳。走出去很远，也许是心有所动，管仲回过头去，申庶其与姜婧也在回头，彼此遥遥地凝望了一眼。

这一眼之后，人生翻了面，世事变了脸，而过去如落地的覆水，永不再来，那曾经相携相伴的朋友，有的陨落为泥，有的跌入尘埃，有的生死不见。

春风起起落落，暖得人心失了方向，天正蓝，云也白，眼底的山河如诗如画，而离愁却更浓厚了，纵是风急，也吹不散。

五

鲍叔牙到底还是赶上了与父亲的最后一面。

其实，鲍夙已病了很久。在鲍叔牙停留京师时，鲍夙便染疾不起，从此缠绵床笫。那身子骨似风中残烛，一日更比一日衰竭，家里人几次向他表示，把鲍叔牙叫回来，他都不答允，问他缘由，只一句：“别打扰他。”

开年后，鲍夙的病越发重了，端的是药石罔效，似有往那末路一去不归的意思。家人眼见鲍夙命在旦夕，担心鲍叔牙若仍是羁旅人，只怕与父亲告别也难，便向齐侯请命：无论如何召鲍叔牙回来，好歹见父亲一面。

齐侯焉能不许，随即遣使者急召鲍叔牙，终于把旅途中的鲍叔牙唤了回来。

鲍叔牙星夜兼程，一路焦虑一路忧惧，每当念及也许不能与父亲再见一面，便觉心慌意乱，几度泫然欲泣，终于抵达临淄城，冲进家门时，鲍夙已奄奄一息，他伏在父亲榻前，泪便溃决了。

鲍夙在枕上艰难地转过脸来，瘦得脱形的脸上浮现出闪光的微笑，他用异常清晰的声音说道：“归途可还顺利？”

这是鲍夙留给鲍叔牙的最后一句话。

不问前程，不托后事，不期许未来，不殷切展望，亦不惋痛死诀，说的是平淡生活，寻常得仿佛是一句废话，可便是这句废话，让鲍叔牙号啕大哭。

父亲一生对他苛责，父子少有天伦之乐，仿若无爱，可当死亡将至，父亲与天下父母一样，心里记挂的，也不过是儿女的平安罢了。

鲍夙葬礼后，齐侯册命，鲍叔牙接任父亲爵位，成为新的鲍氏宗子。鲍叔牙身份的改变，使其曾经的国君御士的公职自动卸任，而新的公职暂时没有任命，按照常例，就职为大夫是迟早的事，但具体职务，是掌行人？掌遂人？掌内府？掌国学？却是众说纷纭。

人人把目光望向内宫，齐侯却始终缄默不言，仿佛把鲍叔牙忘了。

鲍叔牙归国，先是鲍夙过世，忙于操持葬礼，作为至交，管仲、召忽不免要搭把手，一应礼秩都有参与，到鲍夙落葬宗族坟茔，神主请回宗庙，两三个月过去了。

齐侯极是体贴，告诉他们父丧是大事，尽孝为先，给他们一体告假，可待葬事了结，齐侯也没召他们回去。鲍叔牙是为继承父爵，新公职有待君命，而管仲、召忽又没这种变故，身份怎么也不清不楚了？

也许是齐侯忙吧。

忙什么呢，忙着接收纪国的土地。在齐国无休止的恐怖高压下，纪国顶不住了，这样国不国、民不民地苟活，不如亡国了干净。

前年，齐国军队再度往齐纪边境狩猎，但这次不只是耍个横、撒个欢，而是耀武扬威地直入纪国境内，把纪国郱、鄑、郚三邑人强行迁走。人走了，地得留下，挂上了齐侯的旌旗。

今年，纪侯弟弟纪季带着若干纪国宝器，与一座酅邑，投入齐国怀抱，齐国承认纪季为纪宗唯一继承人，纪国自此分而为二。

纪国遭着齐国的一步步蚕食，那孤居纪国都的纪侯，眼睁睁看着国土日削，却心余力绌，听闻他已在谋划去国远逃，这纪国的人民或土地，齐国想要，就拿去吧。

一年很快到了头，齐国吞纪在稳步进行，列国纵有反对之声，也只能隔着济水嚷一嚷。原来鲁国是纪国抗齐的强力帮手，而今鲁侯却是齐侯的小跟班，一口一声“舅父”喊得欢实，让他与齐侯对着干，他倒宁愿堵住自己的嘴。

齐侯志得意满地举行了新年的告朔礼，颁发本年新历时，齐侯问太史：“新年吉日何在？”太史聪明地回答道：“在火中之时。”

每年夏六月（丑正殷历），大火星于黄昏时悬于天空，是为“火中”，这是说大吉事会发生在夏季。太史口中的大吉事，当然是纪国完全并入齐国。

齐侯闻之大喜，心情好了，便手松。于是公子公孙、世卿大夫、左右近臣皆有赏赐，今年新年宴礼的无算爵无算乐，更是不拘一切，任你喝得乱性，就是朝齐侯脸上吐口水，也一概不论罪。

正旦后第三日，齐侯突然宣召了管仲。

君令来得猝不及防，管仲那时正在家里，与母亲、召忽、忖里乙一处过新年。一顿家宴刚摆好，饭一口没吃，便被国君的召唤生生掐断了食欲。

他回到齐国，即把母亲接来临淄。母亲本不愿，说喜欢乡野生活，他却劝道：“妹妹嫁人，留你一个在家，我不放心。”母亲只得从了他。

忖里乙被他当成亲人，新年自要请在家里。忖里乙在国学待了许久，也习惯了，人家嫌他孤傲难相处，与他保持距离，他正好乐得独来独往，只是遗憾再难遇到能像管仲一般看中轻重之术的好学者，除了公子小白。

忖里乙入国学半年，小白忽有一日前来拜访，说要请教轻重之术：“前回在泺邑宴会上有幸得闻真知，可惜我迟拙，未能听懂，先生可否开释一二？”

忖里乙喜欢好学者，哪有不愿意的，细细地演说了一遍。忖里乙他这里说到口干舌燥，小白却总摇头，问他是否没听懂，他说不是，只是疑问多，忖里乙让他说出疑问，小白却说：

“那不用了，我得自个琢磨。”

这一琢磨，人影也不见了。忖里乙道他小孩儿心性浮躁，图个新鲜，转头便忘也属当然。过了两个月，小白竟又是突然出现，可不是请教学问，而是请忖里乙喝酒。那之后，小白常来寻忖里乙，一多半不为好学，而是为了玩。忖里乙非是好玩之徒，也没耐心陪孩子瞎胡闹，便推了几次。小白知趣，便不来找他了。

忖里乙把这事说给管仲听，他揣测小白是寻他开心，公子公孙都是富贵闲人，热衷豢养俳优取乐，保不准小白也想拿他当俳优。

管仲却极其惋惜：“先生不该推走他。公子小白天才赡逸，常人不懂先生高论，他必定能懂，只是年岁尚小，心性不定，贪玩而已。若先生耐下性子，与公子相交，寓教于乐，寓知于娱，不过多日，公子尽皆领悟。”

不过教学而已，还得先陪孩子玩耍，忖里乙错愕：“这……还有这样的人，玩着学？”

管仲确信地说：“这就是公子小白的非常之处，旁人玩则玩矣，他却能在欢娱里获真知，只要教得其法，不管那新知新事有多难，他皆可明白，也愿意尝试。”

管仲刚回国不久，小白就来见他，照面一打，几乎认不出。小白又长高了，脸像被春风吹开的奇花，越开越明艳，越生越精致，俨然鲜活亮眼的俊美少年。姜齐公子皆是一水的漂亮脸蛋，倘有哪个在娘胎里出了差缪，不幸生得寻常些，逢着诸公子聚会，都不好意思露脸，必要躲在角落里避光。

刚见面，寒暄才开了个头，小白便着急忙慌地问起他们路上见闻，又是羡慕，又是恼恨，咬牙切齿地赌咒说，下次行走天下，必要带上他，不然他在家里杀鸡涂血，诅他们出门吃坏肚子。

叽里呱啦的小白与从前并无二致，让鲍叔牙直皱眉头，私下说小白丝毫未变，依然吵得他脑壳痛。

小白现在倒不仅是小孩儿顽皮了，既生得姜齐公子的容色，必去不了姜齐公子的浪荡脾性。十五六岁的花样年华，正是情窦萌生之时，初知人事，三五日便要浪荡一番，种种桃红花柳之事，说糙了理解不能，说详了却要脸红。素来浪荡得要上天的齐侯，竟去责备小白荡过逾了，可知他这荡子作风，连齐侯也看不下去了。

鲍叔牙回来不久，便听说了小白的诸多劣迹。在父亲的葬礼上，与丧的卿大夫们闲扯时，说起小白的桃色八卦，捂嘴咯咯地笑，他却满心的不悦，去与管仲数落，问道："你还能忍他吗？"

管仲极笃定地回答："能。"

鲍叔牙不解："公子幼时，顽劣胡闹，只当他是小孩儿不知事。如今大了，不知矜重改过，反而变本加厉，闹出诸多笑话来，为何还能忍？"

管仲容然道："若大意得，不以小缺为伤；若大才具，不以小恶为损。人哪里有十全十美的，谁没有小过小错？以此识人，恐怕会看不到一个人真正的才具。"

鲍叔牙起初不甚明了，后来慢慢才领会出来：有管仲能忍小白在先，小白才能忍天下之才，一概怪才、歪才、偏才、傲才、狂才，但有用者，皆囊入齐国怀中。人赞齐国济济多士，无非君主能忍而已。

白璧微瑕又何妨，终究是白璧。

被国君召唤的管仲，一口饭不敢吃，急急奔去齐宫，迎候的寺人说国君在后寝等他。他小跑跟了过去，门口却遇见连称，正正一个跨进去、一个跨出来。

过去趾高气扬的连称，现在像被一记惊雷从天上劈下来，满脸焦黑气，原先挺直的背也被劈弯成了油焖虾。据说自从国君娶了王姬做君夫人，他便一蹶不振，风传他是为亲妹抱屈。妹子做不成君夫人，得国君宠爱也好，可怜也没这荣幸。宫人们底下传小话，说国君七八个月不瞅她一眼。

连称看见管仲，苍蝇似的哼了一声，算是打了招呼，然后便一摇一晃地走了。

踏入内寝，满满的阳光掩不住，诸儿便坐在莹澈如玉的暖光里，明秀的脸上挂着藏不住的自得笑容，看着管仲笑道："来得好快，这是着急向寡人讨饭吃吗？"

管仲谦恭道："我君急召，臣焉敢滞留，莫说一城之内，便是千里万里，也当昼夜奔赴。若耽误我君大事，臣万死不敢辞其罪。"

诸儿笑得眉眼弯了："你这滑头，嘴越发能说了，不过马屁拍得寡人舒坦。"他抬起手来，道，"寡人正好也饿着，你我君臣共膳。"

管仲迟疑着没立刻应答，诸儿佯骂道："别装了，明明着急来讨饭吃，还忸怩作态，好不烦人！"

管仲连忙认错，诸儿一面骂他装腔作势，一面吩咐庖人上膳，仿佛随口道："公子曼给你与牙、忽备了礼，你的那份，稍后自己带走。"

公子曼，是过去的鲁小君。自她嫁去鲁国，私名很少为人提及，一朝去鲁，因那人人尽知的惨事，再呼她鲁小君，总觉不合适，到底称什么，也想不出个妥帖叫法。后来是诸儿先称呼她"公子曼"，底下人效法国君，于是风靡从之，这个被遗忘在时间远端的称呼，便慢慢回来了。

公子曼如今在齐国长住，却不待在临淄，说是不喜欢这里的氛围，或是厌烦挥之不去的诋毁人言。诸儿向来不勉强她，一切随她高兴，她便在齐国四处游荡，今日住在临淄远郊，明日住在泰山乡邑，哪一日兴趣大发，还跑去莒国待两个月。

国人皆言，公子曼是齐国最自由的人，谁也管不了她，国君又一味纵容她。原来是将这事当成掩面当唾的丑事，后来国人不仅习惯了，还羡慕上了。

对公子曼长住齐国的事，管仲是无所谓的态度，鲍叔牙的心情却很复杂。公子曼待他们很温善，鲍叔牙为此有亲近之情、感激之心，可那些扰人的风花雪月，与因为风花雪月引发的人间惨事，又不符他的道德观，倒让他左右为难。

管仲道了一声谢，没有问公子曼如何，诸儿也不说。这微妙的默契，何止管仲，大约齐国群臣都心照不宣地在遵循，反正，就那么回事吧，你知我知，也不必刨根问底了。

君臣共膳，彼此只是闲话，倒也其乐融融。一顿饭毕，诸儿笑眯眯地问道：“吃饱了吗？”得到肯定回答，他正了声色，说道：“那就说正事吧。”

他看着管仲：“想必夷吾也有耳闻，寡人欲为诸公子置傅。”

管仲确有耳闻，这不是诸儿突发奇想，实际列国都有为公子置傅的传统，每公子皆有一至两个傅，以近身教导，劝善遵礼，但自齐僖公起，齐国渐不遵传统，故而诸公子少有人管，至多被送去国学。这齐国国学形同虚设，一群黄发鲐背的老叟横陈于此，受着“祝噎在前，祝哽在后”的精心伺候，因此保氏不教学，国子不学礼，诸公子进去晃荡两年出来，依旧不学无术。脑中空空的姜齐公子，一个个荡的荡，骚的骚，蔫的蔫，蠢的蠢，向为列国耻笑。诸儿如今有置傅之念，是想改变过去诸公子不学的恶劣状况，不说要一变风气，让齐国文质彬彬起来，就是隔壁鲁国成天嘲笑齐国人大老粗，也难听不是。

“夷吾于诸公子中，最看重谁？”诸儿问得别有意味。

管仲婉转道：“诸公子各有所长，臣皆看重。”

诸儿哼道：“又在寡人面前装腔，只当谁不知道吗？诸公子中，夷吾最喜小白。”

这么说，国君想让自己做小白的傅，公子之傅，多为大夫，若是当真，既是身份的上升，也是合心意的安排，管仲说道：“不敢欺瞒我君，臣确实与公子小白稍亲近。”

“稍亲近？”诸儿笑出声来了，“管夷吾，你这奸猾之徒，何时能说一句大实话！”

他把笑意收了，说道：“夷吾与小白亲近，小白也喜爱夷吾，本来，这该是最好的安排，但，寡人恐不能将夷吾任为小白之傅。”

管仲惊疑，但他没有急问，等着诸儿给他答案。

诸儿踌躇道：“诸公子之傅，寡人皆有定夺，唯纠与小白之傅，让寡人辗转难断。”他轻轻一叹，又道，“你与牙、忽，三人既为好友，又皆为寡人股肱之臣，若同任一位公子之傅，未免过逾，若分开，更为难做。纠爱忽，人所共知，前回寡人任忽为御士，他还来寻寡人的不是，此次置傅，纠必定非忽不可。忽若教导纠，剩下你与牙。”

他稍稍一停，又说：“寡人有心将牙任为小白之傅。”他大约以为这安排，会让很多人出乎所料，自顾一笑，“小白顽悖，寡人也是不得已，须得寻一位管得住他的良傅。”

小白自小失祜，父亲不爱，兄长不怜，养在高傒家里。高傒也只是照顾他的生活，考虑到他的公子身份，不敢贸然管教。他便似横枝杂草，乱生乱长，从不知约束；一面似乎怯弱优柔，一面也天不怕地不怕，年岁日增，荒唐事越干越多。已有不少人对诸儿进谏，再不管一管小白，日后怕要闯大祸。

但谁能管得了小白呢？把临淄群臣数个遍，也唯有鲍叔牙。仿佛是天生克星，小白莫名就怕鲍叔牙，见着鲍叔牙，总有怯意。有管仲在场，还能拉来挡一挡，若与鲍叔牙独处，他连话也不敢说，怕说差了说偏了，遭鲍叔牙瞪眼。

管仲以为鲍叔牙做小白的傅很妥当，允赞道：“我君让牙教导公子小白，臣以为甚好。”

诸儿含笑道：“忽教导纠，牙教导小白，最后，便是夷吾了。”他静静地盯了管仲一霎，又说：“夷吾教导小白，原是两下相合，然寡人不得不有所权衡，牙为鲍氏宗子，今以其教导小白，又有高子与小白往来亲善，再让夷吾助力，百僚群司会怎么看？”

话说得点到为止，管仲却了然于胸。鲍叔牙现为鲍氏家族首领，教导了小白，无形中使鲍氏归于小白麾下，高傒与小白又从来亲昵，故高氏鲍氏俱为小白拥趸，若再把他安排给小白，不仅让人质疑诸儿偏心，更让人揣度，这样的人才配置，国君莫不是有立小白为储君的意图？

不能教导小白，管仲深感遗憾，但也以为当然，身为国君，必须平衡各方势力，哪头都不能坐大，哪头都不能独占鳌头。

诸儿缓缓道：“故寡人欲夷吾教导纠，夷吾可愿？”

愿不愿，也只有这个结局了，纵有不甘，纵有委屈，纵有惋惜，都只能隐藏，管仲躬身下拜，沉稳道：“我君有意，臣岂敢不从。”

诸儿满意地点点头：“寡人便知夷吾最讲理，必会体谅寡人苦心。”他似笑非笑道：“忽必定也愿教导纠。只有牙，他常言，小白令他头疼，怕要闹情绪。”

他注视管仲，半认真半打趣道：“若牙当真闹情绪，还望夷吾劝一劝。”

为诸公子置傅的君令，于一旬后发出。不出诸儿所料，鲍叔牙果然“闹情绪”了，先是入宫拜谒国君，恳请诸儿再斟酌。诸儿三下五除二地把他挡了回去，再要求见，就不见了。鲍叔牙被几个脸嘴古怪的寺人拦在宫门外，申告无处倾诉，怨气无处发泄，一跺脚回家去，大门一关，也不见客了。

鲍叔牙自此称疾不出，不见客，更不可能出仕，问患了何病，便是病入膏肓，危在旦夕，别说教导公子，鲍氏宗子之爵恐也要让贤了。

病了半月有余，这日管仲、召忽求见。话传进去，里头安静了很久，仿佛主人昏厥了。过了半晌，才有家臣歪歪扭扭地走出来，恭迎二位朋友见家主人，着意叮嘱道：“主人病得厉害，待客不能太久。”

鲍叔牙真的躺卧床榻，脸蜡黄着，人也瘦了，眉头紧皱，仿佛在忍受剧烈的病痛。召忽一见，大惊道：“真病了？”

“难道你以为我装病？”鲍叔牙气呼呼地说。

召忽劝慰道：“何必呢，不过教导一公子，哪里至于糟践自己如此。”

鲍叔牙烦躁地说：“先人言：知子莫若父，知臣莫若君。今国君令我教导公子小白，是知我不肖，国君尚且弃我，我还怕什么糟践。”

赌气话说得凄楚可怜，召忽听得也难过，霎时义气满胸，慷慨道：“你若执意不愿，我去求国君，为你把这教导公子之任卸了。国君若不肯，我便是泣血台鼎，也当为你尽力一争。”

管仲忽地扑哧笑出声，鲍叔牙冷冷看他一眼：“夷吾取笑牙否？”

管仲一笑：“不敢。”他定定地看着鲍叔牙，清声道：“我记得鲍叔昔日曾言，持社稷宗庙者，不让事、不求闲、不诿责，今君有社稷之命，鲍叔何以让事、求闲、诿责？”

鲍叔牙一凛，管仲的话击中了他的软肋，他尝试着解释道：“并非让事，求闲，诿责，而是……”

“而是公子小白不可教导。”管仲接话道，“公子其人向来荒唐，与鲍叔一向不和，鲍叔认为教导公子是白费功夫。想堂堂鲍氏大宗子，为一荒唐公子奔走，多丢脸啊。”

鲍叔牙不言，算是默认。

管仲道：“暂不说公子小白，夷吾请问鲍叔，可知国君置傅之深意？”

置傅是列国常例，鲍叔牙并没有深究过其中况味，一听到国君令他教导小白，便觉天塌了，心里唯一的念头是拼死卸任，哪能顾得上其他？

鲍叔牙自来信服管仲，管仲说其中有深意，那就一定有，此时情绪也平缓了许多，便请教道：“我不知，请夷吾明言。”

管仲款款道：“国君无子，百年后，继位之君必在诸公子里。其中又以公子纠与公子小白为最卓荦者，他日定齐国者，非二公子，将为何人？”

言辞大胆得可怕，倘是别人所说，鲍叔牙或要叱悖以言犯上，但言出管仲之口，他却会认真忖度，犹犹豫豫道：“公子小白……为可定齐国者？”

管仲叹道：“鲍叔对公子小白误解深矣，我却以为，公子虽无小智，然惕而有大虑，天才之能，少有人及。”

鲍叔牙闷闷不乐道：“夷吾素能忍公子小白，为何不让你教导他？偏要逼我，国君莫不是寻我开心。”他总觉得让自己教导小白，是诸儿的恶作剧，让一个不好玩乐、不喜热闹的刚直之人，去与跳上跳下的小白日日相对，两个都烦恼，两个都积郁，势必要闹出是非来，却可给国君充笑谈。

管仲含蓄道：“国君也要权衡多方，他这样安排，有必然如此的道理。”他见鲍叔牙仍有丧气之色，宽解道：“公子小白是块璞玉，鲍叔何不试为攻玉之工，细加雕凿，看看能不能凿出牙璋命圭来？”

鲍叔牙良久不语，他长叹一声，无奈又释然地说道：“罢了，教导便教导吧。”

旁听了半天的召忽，开言道：“听夷吾的意思，是说公子纠与公子小白，为可承绪齐祚之储君。然他日国有变，两公子中，也只有一人能继位，那……我们岂不要成对头？”

鲍叔牙不乐这说法：“何以成对头，便有那一日，也是诸公子皆有机会。纵是二公子争位，一定会到了势不两立的地步？”

管仲有些怅然道：“忽说得也不错，这很有可能。”

召忽自己挖了坑，自己却怕得很：“那绝不可以，为夺君位，致使朋友生死相搏，忽不为也。”

“万一到那一日，不得已生死相搏，假若两公子中，必死一人，你怎么做？”管仲问道，像是故意，也像是真的在眺望未来。

召忽皱着眉毛想了想，激昂地说道：“公子纠与我，外为师友，内实为君臣。公子纠待我以国士，我当以死效之，倘他日有敢犯吾君者，废君而不立，吾不生也。”

他一口气说完，心之所念，言必出之，足见他的决绝。他反问道：“那你呢？”

管仲轻轻摇头：“为一公子而死，夷吾不为。”

召忽疑问：“那你要为什么而死？”

“社稷破、宗庙灭、祭祀绝，夷吾死，非此三者，夷吾生。”管仲沉静地说，语气平缓从容，可那言辞里蕴藏的力量，强大到万山伏低，河海倒流。

不死纠，不死公子，唯死社稷，这是管仲的选择。私人恩情，远远比不上江山的雄壮，比不上天下的广阔。

第四章
人间知己

一

鲁庄公五年（公元前689年），春风是行商，将无尽宝货，如葱茏绿意、姹紫嫣红、温暖春光，一一送往人间，却也慷慨，既不囤积又不讲价，唯换得千万人的惬意微笑，又将这微笑染了色、镶了金，制成图画，一帧帧回馈天下。

从公子纠宅第走出来，迎面的春光像薄纱似的罩在管仲脸上。他温暖得恍若饮了酒，身心都有些醉了，一点淡淡的愁绪荡漾在心头，仿佛酒意，也仿佛是陈年的思念。

门口车马已备好，人还没登车，对面倒橐橐驶来一辆轩车。车上之人眼神奇好，隔得老远，便打起招呼，声音很洪亮，是伯舆。

管仲只得停步等他，等他行至面前，下得车来，两个见礼。伯舆笑哈哈地说道："管子有礼了，大好春光，没出城踏青去？"

管仲不答自己要不要去游玩，却直扑伯舆来意："伯子来寻公子吗？他正在家中，稍晚些，只怕要出城踏青。"

"啊，那我赶巧了。"伯舆做了个邀请手势，"管子何不与我一同去见公子？"

“不了，我才见过公子，伯子请自便。”

两个说话都客气，因太礼貌，仿佛戴着面具，言谈一派别扭劲儿，笑也像是生捏出来的，假得瘆人。

管仲目送伯舆进入，才转身登车。轮毂转动起来，稳稳地驶向庄道尽头，管仲唇角便慢慢浮起一丝毫无愉色的笑。

大名鼎鼎的伯舆，齐国豪富，凭着放贷生意，债权遍布齐国，甚至远达成周，手里捏着无数细民的命，生杀之权几乎大过国君。管仲家当年借的贷，细推起来，也为伯舆家门下若干小债主所放。

原先诸儿与公孙无知相争，伯舆站队无知，蹦跶得老高，一度还想为无知拉拢鲍叔牙父亲，后来诸儿一手绝杀，把无知打得元气大伤，至今没缓过来。遭到重大蹉跌，无知心灰意懒，从此闷锁家中，不问外事。与他交好的管至父，受到牵连，潦倒得快要去街头吆喝卖浆了。

伯舆却没闲着，这不，又来巴结公子纠了。大约是从哪条渠道打听到，国君有意立公子纠为太子，赶紧奔来献殷勤，将来新君登位，他便是从龙功臣，利好自然源源不断。

已这样富有了，仍要牟利，且牟大利，人心之不知足，仿佛传说中的东海归墟，无穷的财富、权力填进去，却永远也填不满。

长街漫漫，明亮的阳光在轮毂下如浪花翻卷，几朵飞上来，溅在眼底，隐隐刺痛。

算来，他做公子纠的傅有一年了。公子纠过去不甚待见他，自从两人有了师友之谊，态度慢慢变了，也有了亲近之言，但，生疏感仍然横隔在彼此之间，关系即使不太冷淡，也远远不能说亲密，始终比不得召忽与公子纠的关系。就比如，今日公子纠欲往城外曲池踏青，提前一日告诉召忽，临时才随口问了他一声。他知道公子纠其实不想他去，问他不过出于礼貌，便推托说家里有事，主动离开了。

他与公子纠便这样不远不近地相处，当初答允国君教导公子纠，其实也预料过会是这样的结果吧，不过是求仁得仁。再想想那时拼死要卸任的鲍叔牙，现在倒是与小白的关系越来越好了。

鲍叔牙刚开始管小白，管得身心俱疲。小白仿佛是故意与鲍叔牙作对，鲍叔牙越是暴跳如雷，他越是逆反闯祸，逼得鲍叔牙无计可施，几乎要向国君请辞。还是管仲告诉他，要学会顺势而为，强而令之，适得其反，小白好玩，何不先看一看，他为什么要玩，玩的又是什么？便以玩入手，循循善诱，善的从之，恶的弃之。小白聪明过人，不会不懂。

鲍叔牙斟酌许久，以为这样与小白对抗下去，终究不得法，便听从管仲建议，慢慢竟开拓出一条管教小白的特殊途径。

小白也渐渐觉出鲍叔牙变了，眉眼温善，脸颊带笑，时常温声细语，不像从前，为丁点儿的小错，便歇斯底里地骂人，泰山也要被他骂垮塌下来。小白是这样的人，人家欺凌他，他十倍百倍地报复回去，人家待他好，他也十倍百倍礼敬回去，若鲍叔牙真心为他着想，他不能不考虑鲍叔牙的感受，有时生出闯祸念头，想一想“鲍傅会不开心”，那便罢了。

彼此都退让一步，小白看出鲍叔牙的全心无私，鲍叔牙看出小白的善解人意。学会换位，学会共情，误解可以消除，错误可以弥补，生疏可以亲近。

最早是管仲劝鲍叔牙教导小白，后来见鲍叔牙与小白情谊渐增，倒生出不可说的羡意，也是因为他与公子纠这僵硬的关系，让人硌硬得慌。公子与傅，原是一体共生，委质定分，实为君臣，公子敬傅，而傅必当倾力报效。就像召忽，他愿意为公子纠效死，或者鲍叔牙，也愿意为小白赴汤蹈火，可他对公子纠，仅仅是尽责而已。

管仲叹了口气，风在身侧晃晃悠悠，有阳光落在肩上，仿佛光阴留不住，匆匆滑下去，没入车下的阴影里。

往前二十步开外的十字路口，却是庄岳之间。打那十字路口急慌慌地跑来一人，挥着手喊话，因他一面跑一面说话，听不清楚说了什么。

管仲认得是家徒，立起身，大声问道：“什么急事？”

“乐，乐无荒来了……”有赖春风，把声音送了过来，但后面的话却被吹散了。

管仲身上一紧，心下也是一阵狂跳，他立刻明白发生了什么事，拍拍车舆，令那驭手道：“快，回家！”

驭手明白，六辔猛地一扬一纵，轩车像被火点燃了，喷着烈烈烟尘冲出了十字路口。

乐无荒必是给管仲带回一个人，用了一年多时间，费了偌多工夫，耗了莫大精力，终于找到她，并将她平安送来临淄。

她是姜婧。

就在管仲被齐侯任命为公子傅之时，他获知了一个骇人的消息——北上燕国的申庶其兄妹，于上个月在燕国北境，遭山戎洗劫，一行三十多人，只逃出姜婧与一个家臣。后来管仲才知道，姜婧之所以得脱险境，是危机之时，申庶其将仅剩的坐骑让给姜婧，强令那家臣带她逃跑，才护得妹妹周全。至于申庶其，到底是殒命于劫难，还是失陷于戎邦，至今不明。

申国行商在燕境遭难，燕国不得不往外报。事情传来齐国，管仲闻悉，焦虑万分，很想亲自北上寻找，可身系公门，脱不了身。还好有个乐无荒，他说自己是行商，谁也管不着，国君也罢，公子也罢，都不是他的羁绊，所以不如他去找，请管仲放心，他会将姜婧带回来。

于是乐无荒踏上了寻人之旅。三个月前，他给管仲来了信，说在申国找到了姜婧，正在说服她来齐国。

说服她来齐国？说服？

管仲不明所以，姜婧遭此大难，相依为命的兄长生死未卜，按理说，他现在是她最亲的人，她来齐国是顺理成章的事，还要说服？

乐无荒在信的末尾还说，楚军北上伐申国，然后没有了。

管仲哪能不知楚国征讨申国。地处江汉烟瘴间的楚国，从来不曾停止蚕食周边小国小邦，仿佛永远吃不饱的蛇，盘在汉水之滨，一口一口往上狂吞，一直吃到南阳盆地，而申国正在盆地南缘。吃了申国，东北面可抵方城隘口，一过方城隘口，即可直击郑国、窥伺京师，北上中原，从此无后顾之忧。

自周室衰微，诸夏纷争，楚国窝在荒僻下湿之地，天高皇帝远，约莫是生出独孤求败的寂寞感。鲁桓公六年（公元前706年），楚国起师征讨邻居随国，逼随侯向周天子请命——尊楚号。这事分明是透着故意挑衅的意味。随侯被强迫上书周天子，周天子岂能答允，楚国一怒之下，遂自立为王。

去年周天子把随侯提溜过去，数落他擅立楚王，目中无天子。周天子骂的虽是随侯，其实句句都在骂楚国。楚王又是一怒之下，火大了，得撒出去，揍不了周天子，便又揍了随国一顿。

在周的封建诸侯里，楚国很特殊，同为天子座下诸侯臣，却不同于其他，对张口闭口“周礼如何”的中原诸侯，以蛮夷自居，但对更落后更偏远的群蛮，又拿出华夏正宗的派头。

管仲拿着那信，反复读了几遍，忽然醒悟过来，楚国伐申国，申国有灭顶之灾，姜婧是申国人，家才逢大灾，如今又面临失国，真国破家亡，归无所归，不禁唏嘘。他立即回信道：请务必送她来齐国。

过了十字路口，往前行一箭之地，便到了管仲在临淄的家——一处两进宅第，与庄、岳大道上其余金碧辉煌的贵胄豪宅比起来，显得简朴寻常，但这是齐侯所赐。他与召忽被任为公子傅，同时超擢为下大夫。齐侯便言，身为大夫，岂能无家。齐侯一声令下，他二人得以置宅临淄。浃辰之间，又是升官又是置宅，让一干人眼红口酸：国君待管、召，未免太过宠任了。两个乡野小民，穷得踵决肘见，不过十年，一步步越级攀升，而今竟至大夫。放眼列国，也是绝无仅有。仔细想想，也唯有这样蔑视礼秩的国君，才会任用这样僭越常规的臣下。

管仲急急忙忙地踏进家门，里边人都来报说：乐无荒携一女子来访，已等候多时了。

他跨步走入正堂，乐无荒正坐在宾席等候，旁边安静无声的一人，不是姜婧，又能是谁？他打量了她一眼，无边的怜惜便涌上来。约两年不见，她竟憔悴得像变了个人，苍白无血的脸上很少情绪，也许是悲太多，把喜乐酸辛一概抹去，又因太悲，到极致时，渐变成了麻木。

乐无荒说道："我已将她寻回，接下来的事，交给你了。"

管仲深深一拜："多谢乐兄，大恩不赘述。"

乐无荒抬起他的手，也无他话，只叮咛道："好好待她。"他知道管仲与姜婧有话要说，行了一礼，便退了出去。

管仲凝视姜婧，温声道："你为什么不想来齐国？"

姜婧沉默很久，轻轻地说："不想麻烦你。"

管仲懂了，姜婧失家又失国，几至一无所有，她纵是女子，也有倔强心，不肯攀附他，将衰弱之身投寄在他的保护下，仿佛乞食。他明白她的心意后，不觉执拗，却敬重她刚强，也怜她不易。

他便一叹："你我有婚姻之约，虽未成大礼，我已视你为妻。今你遭难，我若弃之不顾，便是弃信小人，毁诺懦夫，有何颜面生于这天地间。"

姜婧凄怆道："我如今一无所有，你若弃毁婚约，也是当然，我更不会责怪你。"

管仲不言，却从怀里取出一枚白玉簪，道："信物仍在，信诺岂可毁伤。当日在卫，有你兄长为聘，有诸友做证，夷吾欲娶婧为妻，誓言昭昭，从不曾忘。"

姜婧怔怔不语，忽地，像是压抑的悲伤被戳破了，泪脱缰似的迸出来，悲泣道："你而今是齐国大夫，有大好前途，我无家无国，拿什么来配你，你我身份悬隔，说出去，惹人耻笑。"

管仲摇头："说什么身份悬隔的傻话，夷吾原来是乡里一野氓，饱饭也吃不上，别说娶到你，哪家女子愿嫁我？听说管夷吾要娶妻，即使是在百里外听到风声，也要吓得隐遁，而今不过多吃了两顿饱饭，倒敢嫌弃申姜贵人，你不嫌弃我，我才要庆幸是上天垂怜。"

听他自嘲，全没把自己当回事，姜婧没忍住，到底破涕一笑。

管仲见她情绪转好，柔声道："不必说了，安心留下来，万事有我。"他将那白玉簪放在她掌心，紧紧地握住她的手。

姜婧绯红了脸，低了头，也不出声，安静地听他说道："母亲与妹妹出城踏青了，待她们回来，带你去见她们。"

说话间，外头却来报，管母与管璧踏青回来了。管仲赶紧领着姜婧去见母亲。管母见到姜婧，既惊异又欢喜，说早知管仲定下婚约，想见她很久了，又问起姜婧这一路的遭遇，不免红了眼睛，对她软语安慰，让她安心住下，这里也是她的家，余事不用操心。

彼此寒暄良久，管母体恤姜婧风尘仆仆，让她先去歇息，却叫管仲留下来，有点家常小事要说。

管仲知道母亲说的必定不是"家常小话"，但他没追问，待姜婧离开，才恭敬道："母亲有何吩咐？"

管母叹了口气："婧失国失家，好不可怜。你与她有婚姻之约，如今她孤身投奔而来，你对此怎么看？"

管仲还没回答，那边管璧插嘴道："可怜是可怜，但她失国失家，身无依傍，家无余赀，我觉着配不上兄长了。"

管母看了她一眼，不动声色地说："你是什么主张？"

以为得到母亲鼓励，管璧大胆道："所谓婚姻之约，只是口头允诺，六礼不备，父母不知，做不得数。我以为不认此口头婚约，也无伤大雅，凭着兄长而今的地位，哪里寻不得好女子？”

“那，该如何处置婧？”管母平宁地说，目光闪烁。

管璧满心认定母亲有悔婚的想法，她不过替母亲道出隐忧，便越说越张扬了：“来既来了，也是可怜人，撕了脸面撵她离开，我也不忍。莫如送她些赀金，再给她在齐国安个家，倒也无妨。”

“倒也无妨。”管母淡淡地道。忽地她冷笑一声，怒火像柴薪堆上浇了热油，腾地蹿起来，厉声骂道：“才吃了几日饱饭，便说出这等龌龊之言，生出这等卑劣念头！什么叫口头婚约，便做不得数，我素日是这样教你？出口的话，是落地的根，威逼、屈辱、欺凌、生死，也不可移！你兄长既与人家有婚姻之约，无论贫贱富贵，皆当遵之、守之、持之。倘你兄长因人家遭难，便要悔婚，便是背信弃义的卑鄙小人！如此行径，还妄图辅弼君上，成就事业，岂非笑谈！若他也有此念，趁早与我决裂，你兄妹自去做弃信小人，我羞与尔等同列！”

管璧被骂得满脸通红，眼泪也流出来，却一个字不敢回。

妹妹有不堪的私念，遭母亲责骂，管仲便恳恳道：“母亲放心，儿子岂能乘人之危，背弃承诺？我与婧的婚姻之约，绝不会变。”

管母点头道：“你能如此想，不妄我素日所期。”她昂起头来，正声道：“你们兄妹听好了，我们家原为乡野贫窭，能有今日不易，无论将来有多大富贵、多高权势，也不能忘了来自何处、根在何地。人之为人，无非不忘本，倘有忘本之举，莫说我不宽恕，你们父亲英灵在上，也不饶过你们！”

管仲与姜婧的婚礼，于一个月后举行。因姜婧失国失家，乐无荒临时充当她的娘家人。他极是乐意，说起他与申庶其是至交好久，仿佛兄弟，也如姜婧兄长一样，由他充家长，将姜婧嫁出去，其实很合适。

实则姜婧在申国有亲人，但一是申国为楚所伐，灭亡在即，国中人有出路的四散逃离，无路可去的只能坐待为虏；二是申国亲人与她不睦：申庶其落难山戎，姜婧在燕国逡巡数月，打听不到兄长生死，滞留北国也无益，只得南返申国，这一回去，方知家中已四分五裂。早前家里人听闻申庶其遭难，要么哭天抢地，要么携私出逃，要么忙于分家，俱作鸟兽散。姜婧虽回来，却管不了事，尽管申庶其有培养她当家的意思，家里人却认为她年轻资历浅，又是女人，迟早要嫁人：成了别家媳妇，敢来管我家的事？不幸又逢着楚国北上，国中人心惶惶，家里没了主心骨，本就混乱，加上亡国之灾压下来，越发散了。

没有家人依靠，姜婧是孤身赴齐，如今又要出嫁。别个女子是在家人陪伴下，风风光光送出门去，她是孤孤单单无人送别，一乘婚车凄凉地嫁出去，不免伤心。乐无荒宽慰她："有我在，抵过十个兄长，我必要让你风光归人。"

乐无荒说到做到，他做行商多年，为人大方豪爽，朋友满天下，招呼一声，义气之士蜂拥奔至，自愿作为姜婧的家人。到成婚那日，姜婧自乐无荒在临淄的寄所出门，那送亲的队伍浩浩荡荡，却是牵袖连裙、比肩接踵，把一条长街填满了，惹得临淄国人纷纷出来瞧热闹，讨块喜糕，恭祝宜其室家，再问一声：这是谁家嫁女儿？阵仗着实骇人！

为恭贺喜事，国君赠送了大礼，公子曼也馈赠良多。国君开了头，底下人风行草偃，原是为贺喜，后来渐渐演变成暗中较劲的比拼，既拼豪奢，也拼人情。

国氏、高氏这类世卿之家，有处事传统，逢同僚有红白之事，都会馈礼，自不必说，人家也不靠送礼来涨身家。倒是其他大夫，看出管仲得国君青睐，想借着管仲的脸面，在国君面前讨个彩头，或是有些不好公开说的阴私事，欲与管仲交通款曲，将来方便共谋大事。于是那礼不仅在昂贵，也在巧妙，有送奇宝的，声称来自万里之遥，车马不停，要走一年才到，但这也还没超乎意料，最奇特的却是送券契。如那伯舆，将一卷称贷之券，夹在一匣珍宝里，他的意思大概是，愿与管仲共财富，将门下的债权分出九牛一毛来，这让管仲哑然失笑。

管仲把贷券退了回去，话说得委婉而漂亮：不懂称贷之术，拿来不知如何用，恐浪费了伯子的一片心。

婚礼热闹非凡，客人多得塞不下脚，宅第里亚肩迭背、踵趾相接，风吹乱草似的，这儿伏一伏，那儿抻一抻。鲍叔牙与召忽来贺礼，想与管仲道喜，连话也插不上。

夜半时分，参加婚礼的客人才走尽了。管仲抱了一具大漆匣走进婚房，沉沉放在床头案上，对姜婧道："俱是奇宝，我从贺礼里拣出来送你。"

姜婧瞅了一眼，却不动，似乎全无兴趣。

管仲见她无动于衷，疑道：“不喜欢？”

姜婧静静一笑：“你送过我奇宝，不用送了。”

“我哪里送过？”管仲愕然。

姜婧缓缓敞开外袍，中衣的腰间系了一条革带，她便解下来，双手捧起。管仲认得，这是当日他与姜婧许婚时，送给姜婧的信物。

她悠然道：“此带曾系于你身，又系于我身，是为信物，亦为你我共体之物，试问天下奇宝，还能有什么比这更贵重？”

管仲心中一震，他叹息道：“与婧之心相比，夷吾之心，真俗不可耐。”

“俗也不俗，你有好物，能想到我，是你有心，我很感动……”姜婧越说越小声，许是害羞，不敢说下去了。

管仲软软地一笑，将她温柔地拥在怀里，轻轻吟道：“有美一人，清扬婉兮。邂逅相遇，适我愿兮。”他突地笑出声了，道，“乐兄果然有理，他说随他出行，必能赚个美人回家，还真是。”

姜婧好一阵无声，郁郁地叹了口气。管仲察觉出她的异样，问道：“怎么了？”

“我在想兄长，也不知他是生是死，若他活着，今生还能再见吗？”

管仲沉默着，对申庶其命运的忧惧，同样让他辗转难平，但也许是为了让姜婧宽心，也许是为了让自己相信奇迹，他说道：“能。”

夜色深沉，和风熏醉了人心，趁此良宵，相亲相爱的人眷侣成双，世间的一切，在这个温暖的时刻显得美好而圆满，可那失于苍凉人间的故人，又在哪里呢？

翌日天方明，夜的浓度还未彻底消解，外头便来报，有客来访。也不知是谁大早上的登门，仿佛是故意来吵人瞌睡。管仲赶出来见客，原来是百里奚，他笑起来，也唯有百里奚才能干出这扰人清梦的好事！

百里奚却是满脸抱歉，一迭声道：“对不住、对不住，迟了一日，没能赶上婚礼……昨日的酒可曾剩得两口？我这里以酒代礼，补上道贺。”

管仲大笑，吩咐底下为百里奚备酒，道贺也罢，礼物也罢，都不用了，人来了便是他的荣幸，又问怎不见蹇叔，婚礼邀请送去宋国，请的可是他们两人。

百里奚喝起酒来，话多得兜不住，说蹇叔霉运当头，前个月中邪了，忽然要去登山，结果不慎摔下山，把腿摔折了，现正躺在家里养骨头，每日抚膝长叹，生不如死，故而来不了齐国，委托他代为转告恭贺之情。“其实蹇叔不来也好，那张烂嘴，大喜日子说刻薄话，你不难受吗？”

管仲调侃道：“许久不闻蹇叔刻薄，我更难受。”

酒喝了大半日，两人说得投入，管仲便请他留在家里，方便照应。百里奚直摇头：“不成不成，你们新婚燕尔，我来道喜也就罢了，一味叨扰，搅了夫妻琴瑟和鸣，罪莫大焉。”

管仲挽留不住，问他在临淄要投寄在哪里、如何安排行程。百里奚说暂无安排，但还得先去拜访一位朋友。

“哪位朋友？”

百里奚没犹豫：“公孙无知。”

这让管仲震惊无比，百里奚怎么与公孙无知扯上关系了？他旁敲侧击地探问，百里奚不觉这事要隐瞒，大方地说了出来，他与公孙无知是在来齐国的路上偶遇。

当时百里奚刚走到齐国边境，公孙无知恰在那一带狩猎，两下相见，仿佛出自天意。公孙无知请百里奚喝了酒，百里奚为公孙无知演说了一通列国风情，公孙无知忽然赞了一声：“经纶大才！”

听说百里奚赴齐是参加婚礼，公孙无知也没露出不悦，平和地说：“我有事走不开，代我向管子道声贺吧。”两个分手时，说好在临淄再见，公孙无知动情地说：殷殷期望百里先生登门，他当扫尘拥彗相待。

获悉百里奚与公孙无知的一段奇遇，管仲竟无从评说，他曾有过向齐侯举荐百里奚的意图，但公孙无知突如其来地横插一脚，让他的举荐说不出口了。当年齐侯与无知为夺君位，彼此视若仇雠，似有宿世之恨。齐侯棋高一着，打得无知一败涂地，也许是因为自负，竟也不杀他，但始终心存芥蒂，警惕并没消除。临淄群臣吃得透国君的心思，都不与无知来往，致使无知家门可罗雀，除了管至父这样的，与无知捆绑太深，欲摆脱而不能，谁愿去惹一身晦气？

可百里奚竟与公孙无知结交，自愿登上那艘岌岌可危的破船。齐侯再有容人度量，也不能忍。管仲很想劝百里奚远离公孙无知，又不知该从何说起。他知百里奚是率性之人，从来我行我素，别人以为不好的，他若觉得好，不在乎万人鄙夷，强逼他不与公孙无知交往，他必不肯，说不定，为了反对所有人，还更亲近无知。

“见朋友也好，只别忘了其他朋友。”管仲只能这么说。

二

齐侯继位以来，齐国国运越走越好，仿佛顺风行舟，那风也大，舟也稳，浪也不急，橹不需摇，一阵轻桨，桅帆高张，日行千里，前方便是风平浪静的大海。

借着顺风之势，齐国将纪国一步步逼到万丈深渊。撑不下去的纪侯终于在鲁庄公四年（公元前690年）夏，举国交托给早就投入齐国怀抱的弟弟纪季，自己跑路了。于是齐国把纪国吃干抹净，骨头渣子也填了牙缝。

天子失位，列国纷争，大国吃小国是司空见惯。过去被周天子压着，饿了太久，天子一朝关不住牢笼，饥肠辘辘的诸侯野狼们便到处觅食，啃得动骨头的囫囵一口，牙口若不好，也能咀嚼两把草。

南边的楚国吃得最猛，闷在蛮烟瘴气的江汉湿地，天子王令难以抵达，饿疯了一般四处啃噬。为镇守南国，周王室曾在汉水之滨封建列国，以姬姓国居多，世称汉阳诸姬。历史会慢慢揭开这一场持续多年的饕餮盛宴，汉阳诸姬们最后都成了楚国的腹中餐。

鲁庄公六年（公元前688年），楚国彻底吃掉申国，在此置县，主征军赋，即作为楚国兵源所出。自此南阳盆地受制于楚国利爪之下，往前进一步，便是通往天子王城的方城隘口，横在隘口前的诸侯国除了弱小不能抵抗强敌一指弹的许国，便是郑国。

内讧多年的郑国，把目光从国内的纷扰中抽拔出来，偶尔转向南方，忽然感觉到扑面而来的危险气息。

中原诸侯们渐渐醒过神来，楚国是何时摸到了门边？那曾经横绝在中原与荆楚之间的列国，如今安在？

一盘散沙的中原诸侯，仍在无休止地内斗。郑庄公死后，中原无霸主，有个胆大包天的齐侯，仿佛具小霸之相，却因太横行、太凶残，诸侯纵与他联盟举事，心也不服。

鲁庄公五年（公元前689年）冬，刚吃了纪国的齐侯，意气风发地率诸侯联军征讨卫国，目的很明确：为卫朔复国。周天子本来支持卫君黔牟，但又得给齐国好处，颇有些进退维谷，于是扭扭捏捏地遣了一支人数寥寥的王军救援卫国，一遇联军先锋，很快便缩了回去。对卫国的支持意思尽到了，也没与齐国完全决裂，周天子以为两全其美。

在齐国混吃混喝了八年的卫朔，携联军之威，所向披靡，一往无阻，终于归国复位，一声声“舅父”喊得更动听。

也许是为表示对舅父的莫大感激与崇敬，卫朔干了件“中冓之言，不可道也”的事，在联军出师之际，竟把公子曼接来军中，列国无数双眼睛齐整地转去同一个方向，看着公子曼走进了齐侯的帷帐里。

这两人在国内卿卿我我也就算了，出了国境，在众目睽睽之下，于列国军阵之中，仍不知掩饰，真不可道也。

鲁侯也在军中，却表现得无动于衷。毕竟鲁侯自继位国君以来，便对齐侯百依百顺，国事问齐侯，家事问齐侯，还陪齐侯去狩猎。齐侯纵横驰骋，一展身手，他在一边捡猎物，乖得像齐侯的亲儿子，也难怪外头蜚短流长，说他身世有疑。

齐侯与公子曼相会军中的事，到底传回了国中。鲍叔牙头一个就跳起来，立时要飞书进谏，便是国君砍他头，也要把话说出来。管仲却不容他冲动，劝他忍下来。

鲍叔牙咬牙切齿道：“忍太久，忍不住了！”

齐侯与公子曼的狼藉事，鲍叔牙确实忍了很久，碍着国君的恩情、公子曼的善意，一忍再忍。过往在国内，关起门来瞎折腾，自己人说道说道也便罢了，如今把脸丢到国外了，让天下人都来看笑话，被戳脊梁骨的不仅是国君，更是齐国。

管仲劝道：“你说了也白说，你难道不知国君是何种人？他若肯听，又如何能到如今这步。”

鲍叔牙沉默了，管仲说得很有道理，齐侯的每一次决断，都有若干条路可以选择，但他总是选择最险恶、最偏颇的一条路，越走越偏离方向。

“国君而今也变了许多。”管仲含含糊糊地说道。

自吞并纪国，齐侯骄傲得仿佛登了天，似乎天下尽在掌握；过去行事还有所收敛，也会权衡斟酌，现在全然不顾，一切决定，皆随心所欲，越发地刚愎自用，听不得一句劝。莫说逆耳忠言，但有片语不合心意，他便要杀人剐人，吓得人人噤声。

前回齐侯还和高傒起了争执：高傒最是性格温和，极少见他动怒，这回竟也被气得告病不出。把正卿气至不理国政，齐侯也不想法弥补，却是一副他爱出不出的无所谓姿态，那意思仿佛是：少了个正卿，寡人不能治国了吗？

齐侯是太顺了，对手很快被击溃，顿挫轻易跨过，谋事总能成功，他想要的人，也能回到身边，仿佛天选之子。如此种种利好，助长了他的骄傲，让他目空一切。

暴戾任性的齐侯，会把齐国带去何方？他自己，又会是怎样的结局呢？

鲍叔牙被管仲劝服了，那就忍吧，至于忍到何时，这样的忍耐会导致怎样的后果，唯天知道。

这时却有喜事发生，是召忽喜得一子。他说白胖得像喂得太饱的小猪，话说得糙，但喜悦掩不住，便招呼朋友们来家里喝酒。

众人来是来了，酒却不急着喝，围着召忽儿子，你抱一下，我亲一下，这个捏脚，那个拉手。召忽说："给我儿子取个名字。"

乐无荒想了许多雅致漂亮的名字，皆来源于诗。召忽以为太过文绉绉，没有丈夫气，男人的名字，得威猛雄壮，让人一唤，便想上阵杀敌，血战到底。

"这样粗鲁。"乐无荒皱眉。

管仲笑道："若想上阵杀敌，御寇如何？"

召忽细细品了一品，拊掌长笑："召御寇吗？好得很，便是这个了！"

得了佳名，召忽更高兴了，要请大家喝酒。众人以为不妥，说酒气太重，提防熏了孩子，且把这顿酒记下，下回再补。

众人告辞离开，各有去处。管仲与姜婧欲归家，门口轩车已备好，管仲来时是乘此车，姜婧来时却是乘衣车（古代贵族妇女所乘的一种前面开门后面用帷幕遮蔽的车子），管仲要邀她上车，姜婧摇头道："男女不同车。"

管仲叹了口气："还是郑国民风好，快意吟唱'有女同车'，郑人也不以为失礼。"

姜婧轻软一笑："那将来去郑国，再同车。"

管仲不答，抬头看了看天。春夏之交的温暖季节，瓦蓝的天幕明亮如镜鉴，花骨朵似的云生得密集，这一朵结着花苞，那一朵开到极处，阳光也妩媚，仿佛娇羞地笑，在半空中绽放。他说道："你若不乘车，我也不乘。"

"那我们怎么回去？"

"步行。"

"步行？"

姜婧还在不明所以，管仲一把拽住她的手，牵着她往前走，诙谐道："便是这样步行。"

此时长街上路人很少，道路两边栽种的高大树木，撑开了茂郁的伞盖，将热辣阳光挡回去，将莹澈光辉筛下来。两人慢慢踱步，偶有车马经过，轮毂哐当哐当敲打着路面，声音被霎时的风荡起来，传去很远很远。

听着那轮毂的余音渐渐消弭，管仲轻声问道："累吗？"

"还好。"姜婧说得力不从心。

管仲停下来，举手拭去她颊边的汗珠粒，叹息道："想起我过去为了讨口吃食，几十里道走下来，困乏不堪，疲累难当，结果辛苦一日，常常是白干，一无所得。"

姜婧道："听母亲说起过，那时你与召忽为了一家人生计，奔走终日，历经艰辛，你能走到这一步，真不易。"她说得心疼，眼底一阵酸涩。

管仲见她为自己伤心，伸臂拥住她，沉沉道："诗曰：'佌佌彼有屋，蔌蔌方有谷。民今之无禄，天夭是椓。'有人富贵终年，却依然暴殄天物；有人潦倒乡野，饿死不得掩埋。天下之不公不平何其多，人人以为寻常，便认了命。"

"你不认命吗？"姜婧问。

管仲只一笑，却不答，提起另一件事："过几日，请诸友来家一聚，百事要麻烦你了。"

"夫妻之间说什么麻烦呢。"

之所以提到朋友聚会，是因为蹇叔来临淄了。也就在半个多月前，终于养好了骨头的蹇叔，想起还有一场迟到的婚礼没去，急忙赶来齐国，见面就要讨喜酒。众人都说婚礼早已结束，何来喜酒？他不依不饶，说为了朋友，可以再举行一次，又骂百里奚没良心，在齐国玩疯了，忘了老友，赌气要和他绝交。

百里奚自从来参加婚礼，一直没离开齐国，到处游山玩水，泰山也登了七八次，连连夸赞齐国好，人好景色好，规矩也少。他欲在临淄终老，请诸友为他置宅，可以挨着管仲家，方便日后想找人喝酒了，墙头喊一声。

公孙无知也仍与他有来往，两人一同喝酒，一同郊游，一同登临，俨然好友。对这事，管仲始终没明言，倒是召忽公开数落过，百里奚要么是耳背，要么是不在乎，依旧与无知做朋友。

但情况在蹇叔来了之后，忽然发生了变化。

谁也没有对蹇叔提起百里奚的新朋友，更没有去饶舌与无知交往的危险性，但蹇叔知道百里奚与无知交好，竟是勃然大怒，把百里奚狠狠骂了一顿。

从来在嘴上不肯礼让蹇叔的百里奚，居然被蹇叔骂蔫了，便在第二日，他推掉了无知的郊游邀请。

因两人的争执发生在私下，没人知道蹇叔到底骂了百里奚什么，只风闻蹇叔对无知的评价是“险厉之人”，险则危殆，厉则残暴，一个身上带着血腥味儿的危险人物，不可交，更不可深交。当时人们并没有往深处想，后来尘埃落定，终于恍然，蹇叔救了百里奚一命。

无论众人如何旁敲侧击地暗示，直白晓畅地明示，百里奚一概置若罔闻，然蹇叔一顿臭骂，便把百里奚从深渊边缘拉了回来，也许，区别在于，前者对百里奚而言是朋友，而后者，是知己。

朋友可以有很多，知己却很少，有的人，一辈子能有一个知己，胜过千百浮夸而便嬖的泛泛之交。

一如蹇叔与百里奚，一如管仲与鲍叔牙。

正因蹇叔来齐，管仲想邀朋友们来家里做客。也因为这次特别难得，诸好友都在临淄，召忽不忘记补充道：只差一个曹沫。

曹沫来过齐国一次，依然好酒而豪迈，也仍然会在酒酣耳热时，愤然怒喝：“肉食者鄙！”召忽与曹沫在鲁相识，在齐再相遇。他感觉曹沫从没有变过，若干年过去，时不同事也不同，连他自己都有了些微改迁。可曹沫却恒定得像泰山，仿佛这始终无休的天地循环、四季轮回、人世更迭，与他从无关系。

管仲与姜婧在浓荫下站了很久，有一搭没一搭地说着闲话，觉得那身上的汗渐收了，才彼此挽着胳臂，慢慢地往前走，偏偏有人鬼鬼祟祟地蹿出来，仿佛刚偷了邻居的鸡，正要赶去黑市销赃。

两边撞见，照面打得一清二楚，不打招呼，天都不答应。管仲瞧着这人，像在炭灰里滚了十来圈的耗子，脸上一团黑灰，脖子上一团黑泥，指甲缝也填满黑垢，袖口还溅着巴掌大的油斑，是刚在庄岳之间的油坊偷过油？这模样若被国君瞧见，就不是称呼“黑臀”，或该称呼“黑人”了。

过去的“黑臀”管至父，遇见了他最不想遇见的人，像偷鞋被逮个正着，满脸尴尬之色，干巴巴地笑了一声，礼也忘记行了，杵在路边不动，活似被扒光了枝丫的秃头树。

管仲看得出他的落魄，一场上层权力斗争，使多少人的命运改变，有人乘风而上，有人跌落下流，管至父是后者，他自己，也许是前者。

他当年极恨这人，如今见管至父潦倒，也觉感慨。对此遭际，他不会落井下石，但也不会滥用同情心，天下值得可怜的人何其多，不必把慈悯之情浪费在这种人身上。

既对面相遇，也不能装看不见，管仲点了一下头，一丝表情没有，他拉住姜婧，往路中央挪了两步，像是不愿意挨管至父太近，然后扬长而去。

管至父回头看了一眼管仲的背影，一半恼怒一半辛酸：他曾经最瞧不起的穷小子，居然能乌鸦变凤凰，成为国君宠臣、临淄新贵，而他，原来高高在上的管氏荣耀，却成了尘埃里的污泥、污泥里的渣滓。最可气的是，他这窝囊模样，还被管仲瞧了去。

太不公了，管仲凭什么能一步登天？才华？没看出来。勇力？不见得。凭什么？凭溜须拍马吧。一切都怪那个浪荡放纵的国君，是他给了管仲凌傲他人的资本，却夺走了自己的希望，如果当初继位的是公孙无知，哪有管仲什么事！

他想得灰心丧气，眼泪都要滚出来，脸更黢黑了，拖着沉重的脚步，拐进一条深巷，在一户人家门前停住，用力擤了擤鼻子，才举手叩门，那敲门声仿佛丧钟，让他更想哭。

里头有人粗声大气地骂：“让你来喝酒，拖拖拉拉，现在才来，和我结交，很丢脸吗？”

门被大力打开，连称像晾衣竿似的，直挺挺地撑在门里，张口还要骂，乍见管至父死气沉沉的嘴脸，他眨眨眼睛：“黑臀遭哪个鬼咬了？”

管至父恼道：“你再说这称号，我从此不来了。”

“人人都说得，我便说不得，你不来便不来，谁稀罕！”连称倨傲地仰起脸来，见管至父仍是不死不活，催问道，“说，谁招惹你了？”

管至父重重一叹，恨声道：“还不是我那有头有脸的侄子！”

连称夸张地呼一声“他啊”，啧啧道：“人家是国君贵臣、公子之傅、齐国大夫。你和他置气，是你自个倒霉！”

他推了一把管至父：“来来，喝个不醉不归，管他什么大夫贵臣！”

这两人结交，也是偶然。一个是被打击的旧势力拥趸，一个是遭冷落的新显贵弃臣，同是天涯沦落人，一样失意，一样抱屈，便越走越近，时常一块儿醉酒狂哭，抨击时局何以不尊我，怒斥执政何以不用我。

两人关上门痛饮，心情抑郁，酒量惊人，而醉意也来得快。喝至天色昏黄，夜幕垂垂，管至父才颠儿颠儿走出门，一路撞倒无数行人，自己也险被疾驰的车马撞飞，后来脚软而头晕，四仰八叉地仰倒在道路中央，睡死过去，竟也不怕凉。孰料他睡得正香时，被夜间巡城的御士生拽起来，左右脸受了十来记耳光，好歹是醒酒了，也有认得他的老相识，说：这不是黑臀吗？大半夜不着家，是偷腥被逮个正着，遭悍妻赶出家门了？

众人一阵哄笑，管至父羞愧难当，拿袖子挡着脸，直到被押解回家，也没把脸露出来。按规定，宵禁时，若有人滞留空道，当事人会受处罚，轻则罚金，重则行笞，管至父自是不肯脱了裤子挨打，甘愿交罚金。事情就算是平了，依着常例，但凡事涉刑律，也还需得上报，报就报吧，一般这种小处罚，国君不甚关注，交由有司决断罢了。可不知怎的，或者这事好笑，一来二去，竟传去了齐侯耳里。

管至父中夜滞留空道，醉卧不起，原因何在呢？早前在连称家里饮酒。齐侯一听，可是稀奇，这俩人怎么凑一块儿去了？管至父其人，当初抱着公孙无知大腿，妄图飞天，遭重创后一蹶不振，不知闭门思过，竟敢又跳出来博眼球。至若那连称，因他妹妹不受宠，每日怨天尤人，对国君也没好脸色，一国之君，持掌生杀大权，偏就不想上她妹妹的卧榻，难道是国君的错？两个聚饮，能说什么好话，无非是诽谤君上、讥刺当世，你为无知抱不平，我为我妹申天屈。

既要抱一块儿喝酒，想来是感情深，日子也过得闲，那就成全你们，让你们天天厮守，一起干苦力，一起流热汗，疲累了，酒才喝得爽利。齐侯下了一道君令，命连称与管至父去戍城，也不远，就在临淄西面的渠丘，要戍多久，君令里有这么一句意味深长的话："及瓜而代。"

诗曰："七月食瓜。"也即是，吃瓜的季节去戍城，再吃瓜的季节回来，至于此"及瓜"是明年的瓜，还是后年的瓜，齐侯没说。

君令传下来，下头人又好笑又怜悯。管至父与连称真如被天雷劈了，轰得骨肉皆焦，两个苦命人私下喝喝酒，倾诉衷肠，国君也要管，他自己的烂事脏事罄竹难书，只因他是国君，无人敢置喙，却对已陨跌下流的可怜人下狠手，还给不给人活路!

管至父走时，去辞别公孙无知，话还没说，哭得眼泪鼻涕一塌糊涂，无知也伤切，抹泪道："全是我的错，我连累了你。"

管至父哭道："怎会是吾子的错，是我行为不端，活该遭难。"

无知哀戚地长叹："我若有一二本事，你何以至此。天也可恶，不叫好人善终。"

"吾子说得我好不心疼。"管至父抽抽噎噎着，"至父当初投入吾子门下，正为吾子世所无匹，吾子如皓月，我也瞻仰几分清辉，可如今这……我为吾子不甘啊。"

无知苦涩地说："不甘又能如何，事已成定局，一切皆在人家掌握中，我辈求口活气而已，也难如登天。"

管至父擦着眼泪，恨恨道："五指合拢了，也有罅缝，就不能罅缝里寻出路吗？关了的门，还能撬开呢。"

话很隐晦，但意思不含糊，无知沉默了。

管至父又道："今日对我这贱人下狠手，不过是杀鸡儆猴，哪一日对您动手，又该如何应对？"

无知浑身一颤，他轻轻拍了拍管至父的肩膀："少安毋躁，容我想想。"

他不再发一语，只捏紧了拳头，捏得指节发白，像是在掌心中，有他刻骨仇恨的仇人。

三

在齐国悠游小半年，蹇叔向诸友辞别，他这一走，百里奚也要走。

齐国诸友竭力挽留，请他们长住，哪怕十年八年住下去，也招待得起，更愿意相陪。蹇叔不肯，他说这样长期白吃白住，太不知羞耻，纵算百里奚厚颜，他也难为情。

知道留不得，诸友只好放手，问他们离齐后，是返回宋国，还是有去他国的打算。

“回一趟虞国，离家太久，想回去看看。”百里奚说，原是嘻嘻哈哈的乐天派，说起归故里，语气伤感起来。

临别之际，诸友馈赠丰厚。两人说打扰太久，不敢再受重礼。诸友不从，仍塞给他们，又一路送至临淄城外十里，惜别之语倾诉不完。

本一直互道别情，百里奚忽然说道：“公孙无知这人……”

蹇叔听见，不乐意地咳了一声，百里奚道：“你等我说完。”他转向诸友，神色严峻地说：“我与公孙无知结交过，自信比诸友更了解他，这人貌似开爽，心实狭碍，从无和平之情，好勇而多残，尚功而偏陋，慕强而凌人，请诸友防备此人。”

管仲对无知的事尤其关心，求告道：“百里以为此人是否有不庭之举？”

百里奚思想片刻，说道：“此乃蛰伏之虫，若要避祸，何不让他永远蛰伏下去？”

管仲明白百里奚的意思，对强力者，要么摁头服膺，要么斩草除根，然而能否让无知永远蛰伏，他决定不了。其实当年齐侯夺君位得胜，正是无知最惨淡之时。高傒提醒过齐侯，无知留不得。但齐侯太过自负，敢与胜利者争高低，懒与失败者较是非，他觉得无知既已败了，瞧他那灰头土脸的丧气模样，与他计较，反让自己掉价。他便留着无知，仿佛是留着他如今辉煌的反面见证，他越伟岸，无知越卑微，才能让愚昧众生更清醒地认知，这国君之位，该是谁的。

蹇叔与百里奚走了，却把难解的疑问留下，也让人怅惘想象，朋友何时再能相见。

也许在不久之后，也许在更漫长的未来，那时，天下风云跌宕，一部春秋，为之改写。

生活在既有的道路上缓缓行进，如同静水行舟，无风无波，即便水下有声响，也听不见。

鲁庄公八年（公元前686年），齐鲁起兵，同伐郕国。郕国很快请降，却只降于齐国，明明是两国联军，鲁国却像个陪衬。鲁侯温顺地接受了这个结果，就当来陪舅父狩猎，功劳都属于舅父，而他只需殷勤提供一切服务，使舅父无后顾之忧。

外甥听话而知趣，齐侯也有酬报。像是前年征伐卫国，卫朔为报答复国之恩，赠送给齐侯车载斗量的卫国奇宝，齐侯划拉出一大半送给外甥。不过，也有不同传闻，实是公子曼对齐侯吹枕边风，要他把战利品分给儿子，齐侯可以不听任何人的话，但公子曼的话，他一定听，不仅赠送良多，还客气地说道：

“此非寡人之力，是鲁侯之力。”

鲁侯安然接受了虚假的恭维，也接受了真实的战利品。国中正义之士，为之激愤填膺：鲁国乃周公血胤，持礼之邦，成日跟在齐国大老粗身后当狗，耻之甚，丑之甚！

国事一帆风顺，齐侯心情大靓，遂决意冬日行猎，独乐乐不如众乐乐，邀上诸公子诸大夫，巡游姑棼（今山东博兴）而田猎于贝丘。

最好玩的公子小白却去不了。天渐转冷，无奈他患了伤风，门出不来，床下不得，烦得他天天发火，火气旺盛，烧得那病越加严重。小白走不动，公子傅鲍叔牙乐得不用走，宁愿拘在家照顾病人，也不要出行与众游玩。

比起病弱不支的小白，公子纠相当康健，国君出游，焉能不跟随？他这一动身，管仲与召忽也必须走。

齐侯出发的时间是十月底，随从人等各自归家拾掇出行事宜。管仲回家来，姜婧为他收整行装，问道：“要去多久？”

“不好说，短则至年底，长一些的话，新年告朔礼，总得回来。”

姜婧不说话了，神情有些郁郁寡欢，管仲关切道：“怎么了？”

“说不上为什么。”姜婧轻轻蹙眉，慢慢吐出两个字，“忐忑。”

“忐忑？”管仲失笑，“以往出行两三月，也没见你有何不妥当，今日却怎么忐忑起来？”

姜婧静默着，似乎难言，似乎纠结，似乎赧然，终于低低道：“我有了。”

管仲起初没体会出“有了”是什么意思，盯着她看了一晌，忽然似狂风吹散大雾，云也开了，天也亮了，喜得他竟心慌意乱，急问道：“真的？”

姜婧点点头。

“有多久了，几个月了，何时生？”

见他着急，姜婧笑起来：“哪有这样快，生也得是来年。你若回来得早，自然能看见。”

管仲嗔道：“这话说得，好像我一去不回。”他才醒悟过来，道，“你是为这事忐忑？”

“也不是……”姜婧没法说清楚，心里的惶惑，仿佛直觉，仿佛天有预示，仿佛是某种不可言说的先见之明。

管仲怜她伤怀，将她搂在怀里，宽慰道：“放心，我会早早回来，必定会见到孩子出生。你安心养身体，不要多想。”

“嗯，不多想。”

管仲紧紧地拥抱妻子，对她的慰藉是亲密温情的，心里却渐起波澜：真也奇怪了，自己怎么也忐忑起来，仿佛真要发生什么事。也许是有了孩子，便生出牵绊，行走在太平世界，也觉处处机阱。

当初冬的凛风削去泰山的一片锋棱，齐侯出行卤簿便从临淄出发了。出行的兴头是足的，情绪也是饱满的，但渐渐地，便感觉出不顺畅。

先是小白生病不能从行，接着是公子曼也遣人来告，生病不能来会国君。见不到公子曼，诸儿很不高兴，游乐兴致减了一大半，丧着脸逮谁骂谁，过后还得遣使去问病：好好将息，得空寡人去看你。

到了姑棼，还没来得及出游，雍廪也病了。他是铁打的身体，素常连喷嚏也不打一个，诸儿之所以爱指派雍廪做事，也是因雍廪健壮如牛，能干活不生病。可这次雍廪像被鬼上身，病得恹恹无神，又是跑肚拉稀，又是头疼脑热，强撑着为国君守门，差点晕厥。

诸儿只好准他的假，可恶的是雍廪不仅自己病，还连累了五六个御士，跟着他一块儿打喷嚏流鼻涕，于是诸儿又准了他们的假。众御士也怕传染国君，不敢住在姑棼行在，主动迁去一边，与国君离着一里多地——任他西风如何猖狂，也不能把病吹到国君身上。

这都怎么了，你也病，他也病，是哪只鬼在作祟？还是天在恶作剧，见不得齐国国君玩乐，非得硌硬他？

诸儿被败了兴，没了心情，打算略待待就回临淄，不过既来了，也不能不稍稍一游。这日见天尚清朗，风也不甚寒烈，便往贝丘行猎。这里的猎场比不得清邑，野兽不多，且仿佛怕冷，统统钻进山林里，或者与人一样，也病了？

或是心里烦闷，想通过飙车来缓解压抑情绪，国君的戎车一骑绝尘，把副车与随行御士远远抛在身后。风如贯耳，吹得一身骨骼仿佛要散裂，这样锥刺的疼痛，倒让心里好受多了。

前头忽地蹿出一头野猪，个头极大，鬃毛倒竖，獠牙似刀，跑起来像雷炸在土坑里，发出轰然巨响。诸儿弯弓搭箭，一箭凌空，射偏了；又一箭，还是从鬃毛间穿过。

诸儿倔性来了，今日非射杀这头大豕不可，一面令御者驱车追逐，一面吆喝后头的跟随者赶上来，一起围追堵截。

刹那是人喊声、马嘶声、毂击声、銮吟声，夹杂着风声、兽嗥，百响齐作，千声共发，猎场上尘埃高扬，草末乱飞，人影幢幢，仿佛群鬼荟萃。

野猪被逼至无路可逃，在国君戎车下打转，一忽儿伏身拱土，一忽儿昂首嘶叫，倒像在对国君参礼求饶。

“真像公子彭生。”不知是谁小声说道，也可能是错听。

诸儿的脸色变了，他过去戏称彭生为“憨豕”。彭生临死前说，若有来生，他还会来见国君。

彭生，彭生……

诸儿行事从来没有顾忌，胆大而张狂，不后悔不回头。完善的道德、精致的良心，于他都似虚无。可逼死彭生，是他这一生最深的忌讳，埋在心底，从不敢翻出来。偶尔在脑子里闪过支离片段，满脸是泪的彭生，凄惨地问国君真要他死吗，诸儿便觉不寒而栗，急匆匆覆盖过去，寄希望于时间让自己忘记，彻彻底底忘记。

可，他根本忘不掉，那像生在心里的创伤，固执地不肯结痂，偏要永远保持新鲜。

彭生，你已经死了，别来见我，我不用你见我！

他发怒似的吼叫道："彭生敢见！"他抬手拉弓，箭如飞隼，腾空起跃，正中那野猪左肋。

野猪吃痛，居然人立而起，前蹄高扬，更像是人在参礼。诸儿惊惧得手里的弓脱手而飞，戎车猛地颠了一下，神魂不定的诸儿站立不稳，一跤摔下车来。

国君坠车，野兽未死。御士们情知危急，顿时万箭齐发，将那野猪射成刺猬似的。

摔车的诸儿，人倒无大碍，只是脚崴了，鞋子也丢了，着了一拨徒人去找，竟没找到，仿佛是被那野猪吞吃了。他又怒又恨、又羞又悔，令御士摁住找鞋的徒人抽鞭子。

狩猎一趟，摔车伤足，失鞋动怒，再联想到前段时间的种种不祥之事，此次出行竟如此晦气，诸儿的出游兴致消失殆尽，对众宣告明日便回临淄，脚伤也不必养了，这里待不得活人，便是残废了，也要爬回去。

国君惊变，随从人等自要向国君问安，诸儿答复无碍，但不想见人。国君要闭门休养，随从人等只有各自回馆舍歇下。

管仲、召忽陪同公子纠住在一处，这里离国君行在较远，离养病御士的住所很近。前回召忽出门撞见雍廪，本想攀谈，雍廪捂着嘴，又喘气又摇头，示意不要与他说话。

今日行猎遭遇变故，公子纠也觉没劲，早早就睡下了。管仲、召忽同在一屋，两个夜来无睡意，闲聊起来，管仲说起姜婧有身孕的事，召忽欢喜得很："早盼着这一日！"

"你盼着？"管仲不禁一乐。

召忽异常用力地点头："过去我们说好的，将来要成儿女亲家，我家御寇，可还等着你女儿出生。"

"焉知必生女儿？"

"无妨，这次不是女儿，下回总该是。"

管仲打趣道："若是迟迟不生女儿，岂不耽搁了御寇。"

"耽搁着呗，我又不怕拖。他若怕，我也要逼他等着。"召忽无所谓地说。

这犟劲又呛辣又苦咸，让管仲乐不可支：“何以如此执拗，一定要娶我女儿？”

召忽却没笑，神情很认真：“你我自小做伴，一起吃苦，一起受难，情同兄弟，恩逾血亲，我有的，会分给你，我没有的，你若想要，我也会尽力为你争取。做兄弟，是一生，你我儿女便该是亲人，也是一生。”

召忽是直率脾性，说出来的话从来掷地有声，绝不会掺假，这番肺腑之言，是他的赤诚之心，热血之愿。

管仲蓦地回想起，召忽刚来他家时，才六七岁，一身褴褛，知道自己父母双亡，恁是不哭，攥着十足的力气，狠狠咬着腮帮子，像要把世间苦难都咬下去，后来问他为什么不哭，他说死了的人哭不回来。

死了的人哭不回来，那便不要轻易去死，活着做亲人、做兄弟，一起将悲喜酸苦尝遍，一起经略天地变化，看那人间风物何其动人，千山万水何其壮丽，再去接近死亡的面孔。

管仲既觉感动，也觉震撼，而言辞苍白抵不过真情万一，他唯有一个字：“好。”

这夜漫漫无边，心里像压着一座山，总也睡不深，有时睁开眼，窗外依旧沉沉黑寂，也没有月光，庭燎之光为风锤击，越发昏暝欲灭。

寂静之夜，有沸腾声陡地扬起，仿佛温水里突然滴入热油，溅起灼烫的水花来。俄而，门在响，梁在晃，马在嘶，人在吼，凄凉夜风也来凑热闹，狂躁的呼啸声瓦解着夜的沉默，为那喧嚣助力。

管仲翻身坐起，一句话像刀子般刺过耳际：“国君被弑了！”

阴谋是在夜色掩护下悄然进行的，也在夜色的陪衬下嚣张地宣告天下。

弑君者一行有近两百人，潜入国君行在时，诸儿正在熟睡，完全不知危险逼近。弑君者在大门口遇到白日被鞭笞的徒人，逼其带路，不肯，杀了；庭门遇见抵抗的御士，杀了；寝门遇见呼喊的宫女，杀了；入门遇见反抗的寺人，依然杀了。

从大门外至寝卧内，死尸枕藉，血流遍地。一行人冲进内寝，床榻上一人掩被而眠，性急的手起刃落，脑袋如瓜熟蒂落，滚下来，刷出一条不规整的血路。

有人提起那脑袋，抹去脸上的血污，叫道：“不是他！”

到底有眼尖的，瞥见寝卧里间门后有一双光足隐隐显露，弑君者们互相看了看，有个胆大的一探手，把藏在门后的诸儿一把揪了出来。

诸儿是在睡梦中被人摇醒，惊闻遽变，仓皇之际无所遁逃。有个忠心的寺人愿意以命相报，躺在榻上扮成国君。纵有忠仆甘心赴死，诸儿也寻不出逃出生天的好法子，只能闪身里间，靠着一扇门勉挡危险，无异于掩耳盗铃。

被强行拖出来的诸儿，衣衫不整，徒跣无袜，狼狈得像讨食不得的饥民。眼见往日高居君位睥睨群氓的国君，落了单、遭了难，失了那权力的光辉，也与寻常落难人无差，弑君者们又失望又鄙夷，你推他一把，我搡他一下，把国君当作廉价玩偶，人人可蹂躏，人人可糟践。诸儿躲闪着，认出那推搡他的人中有连称与管至父。

“原来是你们。”

“对啊，是我们。”连称自豪地承认，“纵你是国君又如何，如今也落在我手里，生死由我决定。”

诸儿默然，忽地发问：“无知呢？”

弑君者们不答，诸儿冷笑道：“别装了，这事除了无知指使，还能是谁？”

管至父洋洋自得地说道：“你也不算蠢，是又如何？这国君之位本就该归公孙所有，你使阴谋手段夺走，还不许人夺回来，这叫物归原主……”

话没说完，诸儿扬手给了他一巴掌，管至父被打傻了，心想：身陷死局，竟还敢猖狂打人，这是要翻天吗？诸儿指着他骂道：“满嘴说的龌龊话，当日寡人是太子，是储君，齐国国君不该寡人承续，该是谁？分明是无知妄生贪念，与寡人争位，竟然厚颜辩白说本该归他所有，天若有眼，也当孥戮尔等乱臣贼子！”

他越说越气，照脸啐了一口管至父。

管至父快哭了，明明是来报仇雪耻，莫名被抽了一耳光，又被吐了一脸唾沫，从来是胜利者对落败者欺凌羞辱，怎么到他这里，却颠倒了个？

他张开口，想要反驳回去，连称推了他一下，呵斥道：“与死人费什么唇舌！”

管至父会意，他提起手里的短戟，往前送了一送。可诸儿不要说躲，连动也不动，他便瞪着管至父，仿佛此刻要大肆杀戮的人，不是管至父，而是他。

管至父被那目光逼得心里发虚，下意识缩了一下脖子。连称轻鄙道："废物！"他一把抢过管至父手中短戟，一扬臂一挥刺，一声难听的闷响，像豁开了一纯华贵的丝帛。

诸儿一声不吭地倒了下去，短戟刺中了他的心脏，死亡以最快的速度，掐灭了生的火焰。

连称将那短戟拔出来，扫了一眼死去的诸儿，那张漂亮脸蛋像是被死凝固了容色，显得更精致了，却仍带着那奚落世人的笑容。他厌恶地扭过头去，在诸儿脸上踩了一脚。

尽管弑君者们见者皆杀，不留活口，行在还是有侥幸逃脱者，求救的、呼冤的、躲匿的，四处乱跑乱叫。国君遭弑的噩耗，很快传遍了姑棼。

公子纠在睡梦中惊醒，闻此大变，先是蒙了，后是慌得不知所措，衣服没穿好便冲出门来，却是一只脚穿鞋，一只脚光裸，乱喊一气："召傅，管傅，出事了，出大事了！"

召忽是提起一柄戈，奔到他面前。他握住召忽的手，才觉心安，哆嗦着说："国，国君……"其余字无论如何也吐不出来。

召忽温言宽解道："公子放心。"他回头去看管仲："怎么做？"

管仲懂他的意思，要不要杀去行在救国君？即便救不了，也要与弑君者决一死战，为了国君，他与召忽，都可以搏杀到底。

可国君一定救不了，弑君者也不能除尽，毕竟与公子纠同来姑棼的随从，加上他和召忽，只有十来个人，不顾后果的意气用事，是能成就慷慨之义，但于大局毫无助益。

"走！"他决然道。

"走？"召忽错愕，"回……临淄？"

管仲摇头："弑君是预谋，筹划非一日，姑棼一旦得手，临淄一定有大动作，回不得了。"

"去哪里？"

管仲先不言，急声吩咐底下准备车马，以轻装简行为要，一概赘物统统丢掉。不过一刻，车马已具，他将公子纠推上车，让召忽充右，他亲自驾车，才将辔绳握住，忽想起一事，对一徒人命令道：

"你即刻赶回临淄，车不停毂，马不卸甲，不至临淄不准歇足，急告鲍子，国中有变，务必离开！”

至此危难关头，还挂念着鲍叔牙，公子纠别扭地看了他一眼，想说什么，又咽下去了。

管仲扬起辔绳，车马似被狂风拥戴，冲入了茫茫夜色。才奔出一箭之地，对面忽跑来一人，两边差点相撞，有赖驾车的驭术精湛，奔跑的身手敏捷，各自闪开一半，堪堪避过这场危机。管仲高声呼道：“雍廪！”

雍廪站住了。管仲勒马稍停，提醒道：“前途不可去。”

“可去。”雍廪倔强地说。

管仲心中一震，他知道雍廪要做什么，也知道那将意味着什么。所有人在这场惊变里，都可以选择退避，唯有雍廪不会，因为不退避是他唯一的选择。

管仲对召忽点了点头，召忽了然，把竖插于车舆的长戟投下车。雍廪扬手接住，头也不回地说了一声：“多谢！”

他便持戟逆行而去。

车马再次启程，寒风啪啪击在轮毂上，夜潮在身侧疯狂奔涌，仿佛行走在泥淖里，每往前进一步，都似耗去了毕生力气，偶然转头望去，有火光如春草渐生，招摇着往上攀升，将那黯黑天幕戳出一个大红窟窿，那是燃烧的国君行在。

公子纠忽然古怪地问道：“小白会去哪里？”

可能是赶路急切无法分神，可能是凛风贯了满耳，也可能是有意回避，没人回答他。

管仲派去急告鲍叔牙的徒人，在翌日日出，临淄城打开城门时，第一个冲入了内城。紧随其后冲进城的是弑君者的使者，他们要通告的人是公孙无知。

鲍叔牙听说国君被弑，既惊又痛，泪便滚了下来，只一霎，忽地警醒：这当口悲泣作甚！他把眼泪一擦，跳起来往外奔。他一面焦急万分地奔出门，一面逮着个家臣，命他往管仲与召忽的家里分别跑一趟，若能将他们的家眷带出临淄城，最好不过。

鲍叔牙冲到了小白家里，小白睡得正死。他病了半个冬天，咳嗽、头疼、鼻塞、发烧、腹泻，轮番地折腾，直要磨掉半条命，这几日才好些，打算睡上个昏天黑地，谁来打扰，他就揍谁，结果被鲍叔牙从被窝里拖出来。

睡眼惺忪又一肚子怨气的小白，死盯着鲍叔牙，骂是不敢骂，恼恨情绪却藏不住。

“要死就留下，要活命，跟我走！”鲍叔牙只有这话。

小白打了个激灵，一个字都没问，穿上衣服跟鲍叔牙走了，外头有包打听的颠儿颠儿过来，殷勤问候公子早起何往，小白漫不经心地说：“与鲍傅去拜访朋友。”

清晨的临淄城，行人少有，寒风似平地滚木，一段段滚过庄道岳道，将昨夜飘落的浮尘扫荡干净，却有嘈杂的车马之声在远街呼喝，隐隐含着金戈之音。鲍叔牙亲为小白驾车，一路上闷着脸色，一言不发，小白竟也不问。车马奔到了南城稷门，却见得一群守城士卒正在关城门。

日出开门，日入关门，是国都城门多年的规矩，断断没有大清早关门的道理，除非敌国进犯，为国防之备，城门不得不闭。

公子与鲍氏宗子要出城，司门赶紧过来说要关门了不方便出，鲍叔牙便问为何关门，司门答刚收到上头命令，要缉盗。

鲍叔牙冷淡道：“我管你要不要缉盗，我们即刻要出城，你若不准，便是当我们是盗。”

司门赔笑道：“公子与鲍子怎能是盗，实在是上头严令，不准一人出城，请鲍子体谅则个。”

鲍叔牙傲着脸色说道：“公子是奉了国君之令出城，你敢擅阻，耽搁了大事，不怕国君责怪？”

司门讪讪一笑，试探道：“既是国君之令，自是有不可不去之理，只是职责所在，惶恐一请，这君令可否让在下一阅，倒不是不信，实是为让公子顺心，在下也安心。”

鲍叔牙猛地一拍车舆，怒骂道：“混账！你是个什么东西，国君之令也敢贪求一阅！既是君令，便事涉机密，岂容你这样的小人一阅！又岂是让你安心！”

他越骂越恨，赌气说不出城了，就在这里待着，等着国君来催，不然与他们同去面君解释，要罚要杀，大家同担。

鲍叔牙闹了这一场，司门冷汗都下来了。无论鲍叔牙还是小白，他都得罪不起，不过是秉持职守，奉命一问。其实他也不知道为什么要关城门，说是缉盗，之前也没听见风声，为这没头没脑的命令，无端得罪了太岁，将来倒霉的还是他，难道鲍叔牙会去与下发命令的权贵们置气？

司门哈哈干笑："鲍子不必恼怒，我们奉命行事罢了，既说是国君召唤，哪里敢耽误。"他忙令守城士卒，暂不忙关城门，容鲍叔牙等人出了城再关。

鲍叔牙称心了也满脸不悦，还哼了一声，才驾车驶出城门。

这边两人离开了有一个多时辰，第二道关城门的命令又来了，为恐各门执行时不清楚，这次特意点了名，有如下人等不准出城：诸公子里有公子小白，卿大夫里有鲍叔牙。那司门才知道自己被骗了，可为时晚矣。

鲍叔牙带着小白甫一离开临淄，一口气不停地狂奔了三十多里，方暂缓下来，他才把国君被弑的噩耗告诉了小白。

小白大哭起来，他才不要掩饰情绪，他是真伤心，悲喜怒忧，他都要肆无忌惮地显露，酣畅淋漓地宣泄。

以往诸公子虐待他，诸儿从没掺和，后来诸儿做了国君，待他越来越好，他爱闯祸，荒唐事干了一桩又一桩，诸儿也不骂他，还为他择良师，对他寄予厚望，人道诸儿将来择储君，必在他与公子纠之间。

小白不觉得是国君死了，而是待他好的兄长死了。他喜欢的人，都该永远活下去，活到他也老了，用漫长的光阴品尝人间的无穷乐趣，也是不够的。

"哭够了吗？"鲍叔牙静静地问道。

小白戚戚地说："没有。"

鲍叔牙严肃道："没有也得收住，待大事底定，再为国君掬泪。"

小白很听鲍叔牙的话，鲍叔牙不让他哭，那便不哭就是，他用力擦着眼泪，问道："鲍傅，我们去哪里？"

鲍叔牙沉思着，仿佛自语似的，说："那得看公子纠去哪里。"

"公子纠一准去鲁国。"小白确定地说。

公子纠母亲是鲁女，国难之时奔赴鲁国，向亲母之邦寻求帮助，理所当然，鲍叔牙颔首道："若是这么想，我们去卫国也是应该。"

小白看前又看后："这条路与赴卫之道，相背而行，差离甚远。"

"公子聪明！"鲍叔牙笑赞道。他一拉辔绳，驷马得令，蹄儿刨着地，作势要奔，鲍叔牙扬声道："公子切记，从此时始，你不仅是齐国公子，更是齐国储君！"

他一声喝令，早就等得不耐烦的驷马，撒开四蹄，疾风般一往无前，往南奔腾而去。

四

鲁庄公八年（公元前686年）冬，发生在姑棼的弑君惨案，迅速传遍列国。自来强横霸道的齐侯，竟落得如此悲戚的下场，真是可怜可伤，但也合乎意料，人活得过于张扬，事做得过于偏颇，往往物极必反。

弑君阴谋从两个微末小人物戍城时，便开始秘密酝酿。隐忍十二年的公孙无知，用一场血淋淋的屠杀，将他当年夺君位失败的不甘与愤怒，肆意地发泄出来。

国君的惨死，使临淄城山雨袭来。蛰伏家中的公孙无知，等到姑棼事已成的密报，立即展开行动，先是以内朝之命下令全城封闭，不准一人出城，再是率私属围攻不服顺的卿大夫，首先围住的便是高氏宫。

国君御士大半随齐侯出行，几乎都死于弑君之变，余半羁于齐宫，无能为力。卿大夫家族纵有私属，却因公孙无知秘密蓄养死士甚多，一朝忤逆起事，振臂之下拥趸麇集，抵挡不过这嗜血锋芒，只能任由公孙无知横行无忌。

或为了报复宿怨，刚刚禁锁城门，公孙无知便率私属围攻高氏宫。里头问了一声“来者何人”，回答他的是密似飞蝗的箭。那箭不长眼，一气乱射，有的射中屋瓦楼观，有的射伤、射死活人，有的甚至射在高氏祖庙的梁柱上。

由于私属未必随从主人居住，少数留在高氏宫的私属起初被突袭慑住，后来回过神来，也顾不得了，抄起什么是什么，有拿长矛的，有拿短剑的，还有的奔去庖厨抱起案俎，将高氏宫围墙当作城防堡垒，与攻城之敌展开激战。其余慌不择路的高氏族人，却哭的哭，喊的喊，危难来临，心里只想寻求宗子庇护，一窝蜂地跑去高傒寝卧。

一时间，高傒的寝卧内挤满了人，男的嘶吼，女的号哭，老的垂危，少的呻吟，高傒对他们好一阵安抚，请宗族不必惊慌，又令两个勇而沉稳的家臣守在门口，他便走了出去。

他走到外院中庭，飞箭仍是不绝，嗖嗖地从身侧掠过。他对墙外高声喊道：“公孙欲杀者，只高傒一人而已，高氏余人何罪，无辜为傒所累！傒愿以一命，换我高氏举族不受戮！”

不知是高傒视死如归的气魄令杀戮者低了头，还是公孙无知想通了难解之事，飞箭的势头渐弱了。无知的私属也一直没有攻进来，却也不走，始终有持戈之士气势汹汹地站在大门外。高氏族人出不来，外边的人也进不去。

公孙无知倒不见得是敬佩高傒不惧死，而是在某个瞬间闪过一个极重要的念头：与高氏彻底成仇，划不划算？因为他不仅要报仇，更要做国君。

高氏、国氏、鲍氏、崔氏，这些树大根深的卿大夫家族，在齐国这艘大船上都充当着重要角色，若想坐稳国君君位，必须得有他们的鼎力扶持。诸儿当初为什么能赢得君位？还不是因为得到高傒的支持。这国君的尊座还没坐上去，便把高氏推去对立面，无知以为得不偿失。

无知的野心，反让高氏逃过一难。无知也知弑君是大罪，要顺利登上君位，还须有头有脸的家族认可，也须国人服膺。按照周礼规定，断大事必问国人，是谓“一曰询国危，二曰询国迁，三曰询立君”，没有以卿大夫为首的国人认可，大事不定。

无知便逼着卿大夫们与他盟誓，每家都送去了邀请，实际是不可不盟的死命令，也给了宽限时间，勒令两个月之内，诸人在太公室盟誓，不来的后果自负！

事起仓促，卿大夫们大多留守临淄城，因无知封锁消息，密谋变乱，待众人惊闻弑君时，已是城门禁闭，四街戒严，无人能逃出城，举城卿大夫，只逃出一个鲍叔牙；举城公子，只逃出一个小白。

鲍叔牙与小白走得匆忙，口风也紧，没人知道他们去了哪里，目下传来临淄的外逃人员的行踪，是关于公子纠的：弑君之变当夜，公子纠由管仲、召忽护送，出逃鲁国。

对避难而来的公子纠，鲁侯表现出超乎寻常的热情，知晓公子纠奔鲁，亲自出城迎接，紧紧地握住公子纠的手，一霎挥泪说：“先舅父可怜，想起去岁还能亲聆庭训，如今竟生死两隔”，一霎展颜道“既来我鲁国，有寡人在，万事无须挂碍”。

因两人年龄相差不大，“舅父”一称不方便宜出口，于是鲁侯便亲热地呼唤“公子纠舅父”或“公子纠兄”。担心馆舍侍从们粗手笨脚，伺候不好贵人，鲁侯请公子纠入鲁宫同住：“我们可以同榻，夜里风来，尚可促膝长谈，夜里无风，也能相对凝眸。”

鲁侯如此纡尊降贵，对一逃国公子殷勤谄媚，身边人都看不下去了。过去有个跋扈蛮横的齐侯诸儿，素来把鲁侯摔来跌去，当作宠物狗一般，为列国取笑多日，而今诸儿被弑，他该拊掌欢庆，怎么丝毫不见有反抗之意，反而对齐国公子使劲奉承？想是鲁侯受虐惯了，但凡遇见“舅父”，不拘是谁，便条件反射地做犬吠状。

这般的热忱招待，让召忽很不自在，却也觉得，有了鲁侯全心支持，公子纠复国为君有望。

管仲却有不同想法，才来第一日，受着鲁侯那极尽夸张的款待，他便那对召忽私语：“鲁君僭礼待羁旅之客，行为超矩，恐有异样之心。”

是怎样的异样之心，管仲没有明说，但若细细琢磨，也能察觉出端倪。鲁侯忍受诸儿若干年的欺凌，明面是恭顺服从，未必没有怨怼，只是惧于诸儿威慑，不敢显露，今诸儿已死，压在他头上的沉重块垒自动搬开了，做奴隶这样久，忽获自由，要么轻纵放任，无拘无束地做一回人，要么触底反弹，对残暴主人的行为耳濡目染，也去寻个奴隶摔摆。

公子纠就是他寻找的奴隶，今日待公子纠一分好，明日便要公子纠百分千分地还回来，过去鲁国是齐国的厮役，将来齐国或许要成为鲁国的奴仆。

管仲担心未来的齐国君主成为鲁侯手中的傀儡，重蹈鲁侯被诸儿凌践覆辙。来鲁不久，他便请求鲁国借兵伐齐，趁着无知立足未稳，国中不宁，挥师征讨，必能一举定大局，又是为先君复仇，清除弑君恶贼，以此大功登君位，名正言顺，何人不服？

这是他的明意，暗里还有一层意思，越快回国正君位，越能早日摆脱鲁侯的操纵，倘拖延迟滞，为他人羁锁更深，一旦泥足深陷，再想拔足抽离，何其艰难。

但鲁侯没答应，他不允也属正常。然而可悲的是公子纠也不同意，他没领会出管仲的意图，也是鲁侯灌多了迷魂汤，还怪管仲性急：既言国中不宁，贸然征齐，不是去送死吗？

管仲劝了几次，怎么也劝不通，他只好说了段实话：“那齐国君位，公子不取，自有他人取之，公子是想坐看他人登位？”

实话刺耳，公子纠有点不乐意了，阴阳怪气地说道：“其他人，不就是小白吗？”

言尽于此，双方默契地住了口，再说下去，彼此脸上都不好看。管仲知道公子纠责怪自己，在弑君之变时，遣人知会鲍叔牙，使小白得逃。也许在公子纠隐秘的心底，想借着无知的手，除掉小白——对他威胁最大的对手，却因管仲为朋友通风报信的私心，促成小白的存活，公子纠始终意难平，碍着颜面，没当面说破。

鲍叔牙与小白的行踪，直到公子纠赴鲁一月后，才慢悠悠地飘来，他们投奔的诸侯国，让所有人出乎意料，不是小白母亲的母邦卫国，竟是莒国。

连管仲也没想到，他原来以为小白即便不去卫国，也该是郑、宋等国，竟从没想过鲍叔牙的选择会是这样，但认真揣测一番，也回过味来了。

因为鲍叔牙的选择，是立足在以公子纠为对手上，公子纠必赴鲁国，小白便不能去卫国，一则鲁卫关系和睦，二则卫朔此人不可靠。而那莒国，与鲁国接壤，两国多年边境冲突不断，为夺一里邑一边鄙，常常打得头破血流。鲁国为莒国侵扰烦忧，常怨言道莒国比齐国还粗鄙，身上沾着东夷蛮子气，仿佛海滨裸身吃生鱼的野蛮人，犟且凶，说不通道理。

鲍叔牙拥小白往莒国，确然是深谋远虑。这看似野性少礼的莒国，却不会像反复无信的卫朔一般，出卖他们牟利，更可能为了让宿敌鲁国难受，倾尽全力帮助小白。

管仲想通了这曲复深意，忽然也明白过来，鲍叔牙何止是在以公子纠为对手，分明是在以自己为对手！

他曾经在劝鲍叔牙教导小白时，提到将来可能会因为两公子夺位，导致朋友相搏，当日的顺口一说，却成了今日的真实再现。

鲍叔牙把“随口一说”听进去了，也记下了，当事情发生时，他才能如此从容不迫，如此顾虑周全，如此高瞻远瞩。这样的鲍叔牙，管仲没见过，也许有过吉光片羽的一瞬，也如飞尘过眼，匆匆消失。

过去鲍叔牙不止一次称赞他洞察力惊人，自认若两人举策对抗，必定输给他。可管仲现在竟生出忐忑之心，这一次真实的对局并非停留于言辞，说不好他会输。

关键也不是他能力不及，而是公子纠。

赴鲁以来，镇日里看着公子纠与鲁侯结伴出游、相携同乐、簇拥举宴，友爱得仿佛可托生死的刎颈之交，说风光、说景物、说酒肴、说野味，连女人也说，就是不说复国。管仲心里急得火烧火燎，每有进言，不是被鲁侯三言两语地搪塞，便是被玩到兴头上的公子纠驳斥回去。

后来他也懒得急了，一个不思进取的废物，就算旁人生拉硬扯扶其上位，到底坐不稳。朽木之材，粪壤之墙，纵是巨匠，又能奈何！

便这样吧，他不过是尽责罢了。大事既不能做，心也不平静，他常会思念远在齐国有孕的妻子，走时答允她早去早回，一定看到孩子出生，看来终要失信了。

在鲁国待了约三个月，忽一日，一桩来自齐国的惊天大变故，像泰山巅峰滚下来的巨石，把曲阜城炸出一个坑，管仲于是知道，那属于公子纠的最佳时机，已经过去了。

公子纠与小白双双出逃外国，临淄城人心惶惶，想逃也逃不出，还要被逼着盟誓，已有了抗议之声。即便在那墙角门后，无数阳光照不到的暗黑之所，也总有挡不住的勾连、挡不住的阴谋。为了平息民怨，城门在封闭近一个月后，终于开了，但也只开了南城门，进出都要经过严格搜查，实际外面的国人野人，知道临淄形若监牢，也不愿意进城。

在约定的盟誓日期前一日，无知出了城，他把临淄城关起来，其实也是在关自己，要说憋闷，他不比临淄国人少，有私属见他困兽似的无路可走，就提议道：要不出城去游猎一趟，这帮废物还敢翻天吗？

无知后来想不起说这话的人是谁，可能是雍廪吧。

雍廪成为他的私属，就在诸儿被弑之后，投入新君怀抱只在瞬息。

弑君之变那夜，雍廪逆行赶往国君行在，弑君者杀得兴起，手便痒，竟放起火来，烧房子，烧器具，也烧人。火焰为风所荡，扑入左近的一片山林，烧得鬼烂神焦，附近民居也遭了殃，火苗子飞到十来家房顶上，正在睡梦中的乡人哭天抢地奔出来，不是遭火焚烧，便是被杀红眼的弑君者戕害。

雍廪冲入火海，将诸儿的尸身抢了出来，而后，他守着尸身，横戟而坐，弑君者见他镇定自若地守护先君遗骸，本想把他也杀了，却说不清到底为何，或是被他的气势摄住，或是多少闻悉过他的残忍手段，竟没一个敢靠近。

雍廪看也不看他们，昂然道："带我去见公孙无知！"

弑君者将雍廪带回临淄，无知一见他，便喝道："尔安敢为暴君作伥！"

雍廪毫不畏惧地说道："先君待廪恩重，廪只知忠君，不知暴君。"

"你既忠诸儿，为他效死也罢，何敢来求见我！速死而已！"

雍廪沉着道："子弑君，无非要君位，既为国君，不当无臣。敢问子，是要忠臣还是佞臣，要忠臣，廪在此；要佞臣，请速杀廪。"

无知紧紧盯着他，忽地大笑起来："有胆识，也够厚颜，我喜欢！"

这一声"喜欢"，雍廪便成了无知私属，像效忠诸儿一样，对无知忠心不贰，出行开道，居屋守门，一应大小吩咐，无不尽心侍奉。颇有些秉持良心者瞧不起他——诸儿纵有千般不是，到底宠待他，如今先君尸骨未寒，他却委身弑君贼人。数次有御士背后吐他唾沫，骂他脏话，他也只装作没听见。

无知出城游乐，仍带了雍廪，往西奔到渠丘，便是连称、管至父戍城之地。那连称自从倒入无知阵营，承无知抬举，许诺他日大事得成，必封他妹妹为君夫人，他心也甚急，等不及无知正式登位，早早就把妹妹洗刷干净，送上了无知的床。

此次出游渠丘，连称照样将妹妹呈上，妆容扮了，小辇载了，踉跄跟在车马之后。白日无知在山野驰骋，与野兽搏击；晚间便归于馆舍，与连妹妹搏击。

夜很深，无知暂居的馆舍寝卧里光明寂灭，门外守卫的私属耐不住夜间苦寒，趁着主人欢悦，偷摸着聚众喝酒去了，此际正喝得如痴如醉，即使临淄城塌陷了，东海水倒灌了，也不肯挪一挪屁股。

有风耸动，吹开了门，一个人影闪进了寝卧，仿佛从长草间忽然窜出的猎豹，脚步声也不闻，已扑到了榻上。

无知惊醒，一线微光破窗而入，映着那人嗜血的眼睛，他认出来了，呼道："你！"

呼救来不及，反抗来不及，挣扎来不及，伴随着连妹妹的一声惨叫，无知的喉管被一刀切中，血像喷泉般冲上了天，刀入骨肉间，并不迟疑，顺腠理来回切割，再往下一拉，整颗头颅都拉扯下来。

刺杀者提起那颗血淋淋的头颅，看了一眼已吓疯了的连妹妹，面无表情道："我不杀女人。"

听闻动静的私属们把酒具一丢，赶紧奔到门前，只见雍廪拎着无知的脑袋，大模大样地走出来，显得那样镇静无事，仿佛他手里拎的不是人头，而是一棵芥菜。

有句话叫万夫莫当，在这一刻，如一团灼热的烈焰，无比清晰地映入所有人心里。

突然的恐惧慑住了在场所有人的胆气，私属们不仅不敢与雍廪交锋，还主动给他让道，呆若木鸡地看着雍廪提着人头越走越远。

雍廪一离馆舍，便将人头捧于身前，郑重地跪下来，对天拜了三拜，大声呼喊道："先君在上，臣已手刃逆贼！"

他抬起头来，天上并没传来另一个世界的回应，只有一钩残月，宛如奚落世人的嘲笑，他的眼泪终于流了出来。

雍廪孤身伏敌，刺杀无知，齐国政局为之震荡。弑君的无知行了阴谋，却没做成国君，不用盟誓的卿大夫们松了一口气，但很快又面临新的政治危机，诸儿生前没有立储，也无子可承鸿绪，以至当宫车晏驾，君位虚悬，国中无主。

齐国陷入了没有国君的困境之中。

五

无知被雍廪刺杀，一场撼动齐国国本的阴谋事变，仿佛才掀起高潮，便急匆匆结束了。

在鲁的公子纠知悉无知身死，唾骂了许多天，切齿诅咒要对无知尸体行轘刑（即车裂，五马分尸），残骸统统拿去喂狗。鲁侯也跟着帮腔，并郑重承诺，若在齐国对尸体行刑有难处，他愿意接收尸体，在鲁国处刑。

召忽对雍廪孤身刺杀的壮举，钦服得五体投地，想到国君冤情得报，齐国危机平息，公子纠归国在望，真值得庆幸。

管仲却只是叹气："大势已去了一半，有何值得庆幸？"

"大势去了一半是何意？"召忽不能理解。

管仲嗟叹道："想这无知弑君，人人可诛之，人人可杀之。倘公子早前出师伐齐，征讨逆贼，无知弑君自立，根本未稳，本可一战定大局，俟后公子凭大功而顺节义，为安我齐国第一人，孰人能与公子争位？而今无知已死，国中无君，能继位者，岂止公子一人？诸公子才具相当，功业少有，若欲继位，只能硬抢了，试问公子有十全把握吗？”

召忽懂了，原来可以凭除贼建功，顺利得到君位，但无知的死，使情况陡转急变，那悬隔的君位，只能靠硬抢了。

他也焦虑起来，问道：“有何弥补之法？”

“无他，看谁更快。”

更快之意是谁先回临淄，谁就是国君。说来，国中公子虽多，但或无心夺位，或才干平庸不堪大任，或有此心而未有拥趸，能与公子纠一争高低的唯有小白，此时这两人都在国外，就看谁动作更迅捷。

管仲遭公子纠回绝多次，不想去触霉头。这次是召忽向公子纠进言，公子纠还算信服召忽，以为有理，便去与鲁侯商量。

鲁侯竟不反对，可能是拖公子纠拖得他也烦了，那就送“公子纠舅父”归国为君，未尝不好，但他认为公子纠当缓后而行，要正君位，须得到国中认可，应先与齐国卿大夫们盟誓。

管仲一听这建议，便直摇头：“盟誓作甚？除了拖宕时日，于大事无补。你这边歃血为盟，信誓旦旦，人家已轻车简行，奔赴国中，只要君位得立，盟誓大夫敢不俯首称臣吗？”

可这回连召忽也不赞成他了，认为先盟誓更为稳妥，毕竟齐国各卿大夫家族，是稳固新君权力的中坚力量，若不能使人人支持公子纠，公子纠即便做了国君，也有风险。

管仲质疑道：“难道先君当初继位，是人人支持？若行事必求完满，天下无事矣！”

“正因不是人人支持，才会出了无知弑君之变。”召忽争论道。

用无知的非常事件来堵自己的口，管仲竟无从辩驳，既生气也无奈，他烦闷道：“鲍叔必不会如此想，公子小白也不会如此想。尔等一再拖沓延误，忽而惧祸，忽而盟誓，小白已在临淄君位安坐多日矣。”

顾虑小白的也不是管仲一人，公子纠尽管行事延宕，也怕小白抢先回国，与鲁侯合议一番，想出半道上截杀的馊主意。

原来莒国与齐国之间，有一条交通要道。这条路起自莒南，过沂南、莒县、临朐、益都，直抵临淄，在这通道之上，雄踞着一座重要关口，即是穆陵关。此关位于临朐南面，建于沂山险要之处，后代形容甚是“道径危恶，仅容一轨，为齐南天险”。

鲍叔牙与小白自莒返齐，必走此道，也必过穆陵关，公子纠与鲁侯的谋划是，在穆陵关设下埋伏，待他们过路，乱箭射死、乱刀砍死、乱斧剁死，无论怎样的杀法，总之一个不留，从此天下无忧。二人将这计谋说于召忽听时，他变了脸色，说是下三烂的手段，要争君位，堂堂正正去争，怎可行此半道伏击的龌龊伎俩？他还强调，伤鲍叔牙便是伤他，即便将来小白落败，也不可动鲍叔牙一个手指头。

公子纠恨透了管、鲍、召三人的朋友之谊，管仲为了鲍叔牙，弑君之变时通风报信，召忽又为了鲍叔牙，否决了他的伏击之计，是不是在他们心里，君比不得友？但他很尊敬召忽，也不好当面起冲突，只是脸上淡淡地一笑，说道：“也只一议而已，召傅以为不妥，那便罢了。”说了这话，想想不够，又特意嘱咐道：“既做不成，不必告诉管傅，以免他多心。”

召忽是赤心人，当面答应的事，就不会背后反悔，他相信了公子纠的许诺，再者说，他也觉得远别齐国，回国继承君位还要先与卿大夫们盟誓，又能找谁去伏击呢？

公子纠这边便由鲁侯代言，遣使与齐国诸卿大夫交通，约定盟誓的时间地点。至于能有多少卿大夫愿意承认公子纠的君位，大家心里都没底。可鲁行人刚走，鲁侯突然宣布，为了确保盟誓妥善，决意率军东去，先屯兵在齐鲁边境，盟誓得满意，大军撤回，盟誓得不惬意，大军开拔，直捣临淄。猝不及防之间，原来立君的和平盟誓，渐渐变成武力强逼了。召忽问了一声“鲁君率军意欲何为”。鲁侯笑嘻嘻地说：“为保得公子纠君位稳固，寡人不辞劳苦。”

那语气像极了死去的诸儿，他终于学得了舅父的为君之术。八年含垢忍耻，八年曲意逢迎，八年委曲求全，等的就是这一天，把大军开进齐国领土，挥鞭过境，饮马淄水，真正的扬眉吐气，真正的昂首挺胸。

鲁国方面紧锣密鼓地忙着盟誓，在莒国的鲍叔牙与小白收到了来自临淄的密信，来信者是高傒，信很短，意思清楚明白，便是速速归国，正君位。

小白有些犹豫，他听说了鲁国欲与齐国诸卿大夫盟誓，若盟誓得成，公子纠得到国中支持，他贸然回国，会不会是自投罗网？

鲍叔牙力主回国，他说道："非常之时，抢先机为要，即便要盟誓，也当先定君位，再行血誓，哪里有先盟誓再定君位的道理，分明是鲁君胁迫大夫们服命，倘不依他之意，则齐国无君，纵有君也当受制于他。公子可趁他们延宕之时，抢先归国，一旦君位既定，盟誓皆为空言。"

"可是管傅与召傅皆非寻常之人，有他们辅弼公子纠，纵使我抢先归国，也恐君位不稳。"小白越说越惶怕，他其实最担心管仲，先君诸儿曾数赞夷吾多智，他以往还期望过管仲任他的傅，从没想过有天管仲会成为他的对手，他隐隐感觉管仲对他极其了解，打他幼时起，管仲就比其他人更能容忍他，也许是吃透了他的性格。

鲍叔牙勉慰道："公子纠比不得公子，智不足而性多疑，多执拗而少变通，夷吾虽多智，凡一举策，众所不允，无能为也。"

小白仍是磨磨蹭蹭，总也难下决定，鲍叔牙不容他多虑，越过他向莒子辞行。莒子听说鲁国居然要强逼齐国诸大夫盟誓，这伪君子之国厚颜得可恨了，势要灭一灭鲁国的嚣张气焰，慷慨地遣了三十乘战车护送小白归国，一乘战车搭配七十五个士兵，加上后勤二十五个厮役，人数差不多有三千人，灭掉一个芝麻小国绰绰有余。

走时，莒子送他们出城，往地上狠狠地吐了口唾沫："伪君子逼人盟誓，说的不是真心话。我这也是盟誓，若有违背，有如此地！"

从没有见过这样的盟誓法，怪道人言莒国有蛮夷气，大约被海风吹久了，染得一身刺鼻的海腥味，行事不像人类，倒跟铁钳螃蟹似的，总是横着来。小白本觉好笑，却见莒子双目炯炯地盯着他，忽地一凛，他学着吐了一口唾沫，大声道："有如此地！"

莒子很满意，环了环小白的肩膀，喋喋道："齐国与莒国世世为好，有饭一起吃，有衣一起穿，有鲁国一起揍。"

小白与鲍叔牙率车兵北行，走的正是那条齐莒之间的要道，这条路距离最短，走的人最多，百年间无数双脚踏过。为了赶时间，他们一路少有驻扎，却是水宿山行、风雨兼程，行了三日路程，逐渐接近穆陵关。

沂山如振翅鹰隼，在面前凌空而起。恰是夏季，山色浓翠得发青，峰峦层层垒起，把大半天空塞满了。自沂山主峰东南行二十里，便是穆陵关，此为齐国南疆国门，关守则国不失土，关失则国有大难。越靠近险关，见到雄山如猛兽，关隘似牢笼，小白越发惴惴不宁，前头几日还能见笑脸，现在一丝悦色也没有了。有山风习习吹来，他竟打了个寒战，说要下车方便。

为小白驾车的是鲍叔牙，一眼就看出小白是胆怯，他装聋不搭理，继续驱车前行。

“鲍傅，我要下车。”小白可怜巴巴地说。

鲍叔牙就是不停，小白又求了一声，鲍叔牙仍不作声，眼见求告无用，小白扶着车舆往外探出身去，打算冒险跳车。

鲍叔牙一时恨铁不成钢，一脚踹在他小腿上，生把他踹得跌坐在车里，骂道：“事之济也，只在此时，尔若放弃，莫说前功尽废，吾等皆死无葬身之地！”

小白哭丧着脸，弱弱道：“事之不济呢？”

“事之不济，我当死之，公子可免！”鲍叔牙岿然道。

小白不吱声了。

即将通过穆陵关，为提防伏兵，鲍叔牙把三十乘战车分为两队，前行二十乘，后行十乘。他考虑的是，万一生变，前有二十乘战车塞道，尚可阻挡伏敌，为小白逃离赢得时间。

穆陵关近在咫尺，车马渐行渐慢，气氛变得越来越紧张，前边派出去探路的斥候战车，已冲到了关下，眼前烟尘飞扬，阳光又烈，看不清战车遭遇了什么。俄顷，听得轮毂奔跑之声逼近，战车又折返回来，车上战士高声道：

“公子，鲍子，前方关下有人请求面见！”

鲍叔牙惊讶：“是谁？”

战士自己也很困惑：“他说，公子、鲍子一见便知。”忽想起遗漏的话，赶紧补充道，“他还说，不用担心，前途无碍。”

真蹊跷了，穆陵关下竟有人求见，是敌？是友？鲍叔牙猜度不出，但既已走到这里，此关又非过不可，纵是龙潭虎穴，也当一闯，他便决意一见，到底也有戒备心，让小白留在原地等候，自顾驱车去探个究竟。

小白等不多时，却有战车奔过来，车上战士说鲍叔牙请他过去，小白本有些不情愿，转念想到鲍叔牙既让他去，应是无危险，便登上那战车去往关下。

关下唯停一乘装饰得富丽堂皇的宝车，车主人却在车下，倚着两棵桑树乘凉，鲍叔牙亦站在一旁，那人举目望见小白，笑道："鲍子戒心过重了，生恐我伤了公子，我这一乘之力，能伤得了什么？"他迈步向前，恭谨地行礼道，"公子见礼了，多介眉寿，万年无疆！"

未至身前，小白已认出那人，真是始料不及的遭遇，他迟迟缓缓地举起手来参礼："伯子见礼，眉寿无疆。"

这人正是伯舆，纵在郊野之地，仍是衣着齐纨，足蹬金舄，发簪象揥，两耳坠着的耳珰也是琇瑛闪耀，惹人瞩目。春秋时男人好打耳洞、饰耳珰，这伯舆竟在左右耳分别打了三个耳洞，每个耳珰还不一样，看这一身绝不掩饰的富贵气，像是恨不能身上每根汗毛都镶金嵌玉。他睨着小白，仿佛窥见无价奇货，明亮的笑意在眼角的褶子里闪闪发光。

伯舆为什么会来穆陵关，又为什么会要求与自己见面？小白心里生起莫大的疑问。

"伯子见我意欲何为？伯子又为何会在此关下，是偶遇还是特意？"小白直白地问。

被不容情面地质问，伯舆却是笑容安然："才见面，公子便咄咄逼人，让人好不惶惧。罢了，公子既是如此率直，我也不矫饰，正是特意来此恭候公子。"

小白总觉得那笑容不怀好意，那张友善的面孔后必定藏着阴谋。他不是不知道，伯舆与公子纠交好。以往伯舆只要去临淄，总会拜访公子纠，两人密会作乐，何其快意，临淄十衔人里有八衔人在说，伯舆想攀着公子纠的袍角飞天。如今齐国变乱，小白与公子纠夺位之事是路人皆知，伯舆不赶紧去抱公子纠大腿，半道上拦住自己，来献什么殷勤呢！

刹那间脑中如电光火石一般，突地想到伯舆封地是骈邑，就在穆陵关北，从骈邑赶来，不到一日行程，从骈邑下辖的小邑赶来，不到半日之途。伯舆出现在穆陵关下，既然说是特意，那这"特意"又是谁的意？念及于斯，小白顿觉冷汗淋漓，脱口而道：

"是公子纠派你来的？"

伯舆目光一跳，许是没料到会这么快被小白识破，沉默了一会儿，含蓄地说道："是公子纠，也不是公子纠。"

小白愤恚道："是便是，何必伪作模棱之言！他既派你来，想必是要中道截杀，断了我归国之途。"

伯舆摇头一笑："公子此言差矣，即便公子纠令我中道截杀，我便一定要听从吗？"

话说得很坦白，小白也觉遮掩无意思，干脆撕了干净，逼问道："那你是杀还是不杀？"

伯舆不答，看看小白，又看看鲍叔牙，仿佛是要他们先亮明立场。鲍叔牙说道："伯子欲提要求吗？"

这是谈条件了，小白见伯舆仍在看他，喝道："说！"

伯舆叹了口气，慢腾腾道："公子、鲍子也多虑了，似乎我欲趁危胁迫，未免卑劣。我又岂敢对公子提要求，舆并无他念，求自保而已。"

小白以为他装腔过头了："伯子说笑话吧，今断我归途，只为求自保？"

伯舆只是微笑，指着那挺俊绵延的沂山："山林川泽，财之所聚，利之所钟，我之所求，只愿以此天生财利，保得伯氏一宗平安。"

话没说得直接，小白却不糊涂，伯舆的要求是获得山林资源开采权。商周以来，山林资源皆为国用，而对资源的掌控其实主要在矿产，其余像林木野兽，若非王侯苑囿，细民皆可按时节入山林采集。由于山矿开采需要规模化的生产设施与人力储备，普通人家无能力负担，一向由国家垄断，即便封地广域的卿大夫，哪怕营造私宅弥山跨谷，也没有占山开矿的权利，可伯舆竟要求占有矿产，这是要在国君的碗里横抢吃食。

鲍叔牙听得皱眉头，这人已是极富之身，还要求财，当真贪得无厌，忍不住微讽道："谁不知伯氏富贵逼人，财埒诸侯，竟还要求财利？"

伯舆怅惘地说："我有我的难处，旁人不知而已。说什么富贵逼人，财埒诸侯，不过是靡衣媮食，岌岌之命。"他幽幽一叹，把伤情敛了，目光定定地凝着小白与鲍叔牙："此自保如何？"

话说到这份上，鲍叔牙与小白都摸清他的心思，条件开出来，允诺了，放他们过去，不允诺，他便为公子纠行阴谋。

小白故意问道："伯子为何不向公子纠求自保，或者他更能助尔成天下巨富！"

伯舆露出富有兴味的笑："不，公子纠不能。"

小白看向鲍叔牙，示意是允还是不允，鲍叔牙对他点了一下头。小白其实很不愿意，他极讨厌被胁迫，你服软求告，他会慈悯宽恕，你强逼威胁，他却偏偏要对抗，然而至此非常之境，不得不低头。他冷淡着脸色，没情绪地说："依你了！"话音一落，又问道，"你拿什么回报？"

伯舆行了一礼，朗朗道："国君之位。"

小白嘲讽一笑："离了此关，前途无阻，到临淄指日可待，何愁君位不得，岂需你襄助？"

伯舆悠然道："若公子纠抢先公子一步入临淄呢？"

小白哑巴了。

伯舆又一笑，自信地说："公子放心，我必能保得公子抢先公子纠入临淄，一步稍短，两步三步如何？"

小白将信将疑，伯舆把手一举，请道："事不宜迟，公子请行！"

三十乘战车簇拥着小白通过穆陵关，关道逼仄难行，果然是车不并轨。夹道的山壁高木矮树杂生，百年虬干盘曲如蛇，这一树似乎鬼手，那一丛仿佛魔爪，行走其间，虽有山风涤面，仍是汗流浃背，紧张感在脏腑里奔流、在血肉里跳动。

伯舆若不放他们通行，凭这区区三十乘战车，冲不出这形似槛牢的险关，想到可能发生的凶险，小白更觉后怕。

出了穆陵关，往临淄之路越来越好走，再无任何阻拦，离临淄尚有一日路程，早有高傒家臣等候多时。众人会合，问起临淄情形，无知被雍廪刺杀后，临淄无主，一片混乱，既有穿窬小贼入室偷窃，也有蛮横盗匪当街抢劫，致使人人闭户、家家锁门，卿大夫们各扫门前雪，没人出来主持大局，任由临淄仿佛生了脓疮，溃烂下去。

鲁国遣使来请盟誓，卿大夫们各有主张。有的愿意拥戴公子纠，有的坚决反对，有的持观望态度，也聚起来商议过，却争至急赤白脸，几个大夫攘臂揎拳，不顾体面地斗殴。原还道拖两天再想想，后来听闻鲁国率大军屯集边境，兵锋直指临淄，卿大夫们慌得六神无主，又聚在一起互相埋怨：皆因国中无君的缘故，才让鲁国佬欺到头上来了，当务之急是立君，既然鲁国率军拥戴公子纠而来，那就立公子纠吧。

于是五日之前，卿大夫们派了代表出城与鲁会盟，应鲁国的严正要求，与盟不与盟的卿大夫们，都联署了名字，由大夫代表带走，将来正式盟誓，还要把名字写在盟书上。高傒不肯落名，别的大夫苦劝，这是让新君与鲁国放心，他说：若新君因我不联署，便不放心，那新君气量该是有多狭窄啊！

听完国中目下状况，小白问道："诸大夫皆与鲁盟誓，我当若何？"

鲍叔牙毅然道："胁迫之盟，假盟也。况我齐国内政，岂容鲁国来管，请公子正君位，废此假盟！"

小白微一凝眉，从容道："好，便废此假盟！"

他仰起脸，迎着临淄城吹来的夏日热风，神情冷峻得仿佛不惧风霜的勒功碑石，从此不再有丝毫犹疑。

六

当小白进入临淄时，公子纠却在鲁侯的陪同下，于齐鲁边境与齐大夫们盟誓。

公子纠行动迟缓，思想尚能跟紧节奏，也曾担忧小白抢了先机，生出过先回国正君位的念头，但这想法，才爆出一朵火花，便被一封密信掐灭了。

密信来自伯舆，唯四个字：大事已成。

公子纠只将密信拿给鲁侯看，却对管仲与召忽一起隐瞒，之前他们不知道自己请伯舆中道截杀小白，现在也不用知道小白已死，至于以后知道怎么办，届时木已成舟，纵使他们为鲍叔牙痛心，也只能接受既成事实。

最大的隐患消除了，心中一块大石落地，着急归国的念头殆尽，行动愈加慢慢悠悠，把回国抢位，当成是出巡游乐，欢愉之情不能挡，还与鲁侯在齐鲁边境狩了一次猎。

七月与诸大夫在齐境的既地相会，遂相与盟誓，歃了血诅了咒，一同写下盟书，那盟书有一式三份，一份伴牺牲掩埋，一份归于鲁国，一份由与盟诸大夫带回临淄。

公子纠以为君位已在掌握，更是志得意满。与盟诸大夫请他随同归国，趁便继位，公子纠却拿捏起国君的派头，傲岸得很，说："不着急，你们先去，我后头慢慢来。"他有他的意思，做了国君，身份不同以往，哪里能随便跟着几个大夫回国，必要上卿备礼来迎，他再谦言不敢居君位，如此者三，面子里子都做足了，才可缓缓归矣。

大夫们携盟书先归临淄，公子纠与鲁侯延后。大事做成，心里极喜极乐，也极狂极疯，巴不得身边人都陪他一起癫狂，偏有个管仲脸色不好看，像谁欠了他贷。公子纠不悦他这副众人皆醉我独醒的忤世模样，生气地问道："人人皆乐，管傅何以不乐？"

管仲煞风景地说道："小白在哪里？"

小白在哪里？公子纠很想告诉他，小白在黄泉路上，鲍叔牙也在黄泉路上，但他担心说出口，管仲要诘问，召忽也要闹起来，便将来慢慢交代吧，他们总得认清现实。

这可恨的朋友之谊，是不该生出的枝蔓，就让我来为你们斩断了，将来在你们的世界里，唯有君臣，没有朋友。

但其实不用公子纠费心，不久之后，不仅管仲、召忽，所有人都知道小白去了哪里。

公子纠一行人走的是齐鲁间最便捷之道，过鲁国边境重关、阳关，经博邑、嬴邑、莱芜，沿淄水顺流而下，可至临淄。公子纠在前，大军押后跟随，不像护送国君，更像押解重刑犯，其实公子纠也想过请鲁侯率军回返，就这么不离不弃地跟随，是要去占领临淄城吗，别扭了好些日子，却说不出口。

这一日走到嬴邑时，忽有齐国行人飞车奔来，竟越过公子纠，直接对鲁侯提出交涉："寡君敢辱鲁君，惊闻君率师涉在鄙邑，是欲会猎？"语气着重在"惊闻"二字上，似要表达原说话者的措手不及。

鲁侯以为自己幻听，寡君？哪里来的寡君？你们的君正跟着我行在归途，临淄焉能有君！

那行人知道鲁侯有疑惑，脸上带着讥笑："想是鲁君涉危履险，劳苦太过，天下事一概不闻，妄断鄙邑无君，寡君乃公子小白，已继位多日。"

像被甩了百十来个巴掌，鲁侯傻眼了。公子纠嚷道："小白怎能继位？他不是……"后面的话说不出来，撕开秘密，需要勇气，他还没有。

行人彬彬有礼地回答道："上覆公子，国君于上月继位，国君令下臣代言，道路艰险，倘若有心，终能变坦途，国君期望公子早早归国。"

小白那话里的机锋，让公子纠霎时醒过来，是伯舆出卖了他，也是他自己的愚蠢，造成了眼前这尴尬之境。

正因伯舆的倒戈，小白得以顺利地密返临淄，是那不肯联署的高傒强力支持，将小白扶上了君位。而执盟书回临淄的诸大夫，半道上听说小白继位，吓得把盟书一把火烧成了灰，辛辛苦苦操作的立君盟誓瞬间成了笑话！

管仲说得没错，唯快方能为君，小白比他快，所以夺得君位。公子纠明明知道自己错了，却更气恼管仲，要不是他报信于鲍叔牙，小白如何能逃出临淄城，与自己争夺君位，赢了这场比试，还什么“做国君多日”？不，是做鬼多日！

齐国突然有了国君，再率师护送“新君”回国，还有没有必要？鲁侯紧急与群下商量，说什么的都有，有说撤师回国再谋后续的，有说潜师入齐见机行事的，唯公子庆斩钉截铁道：“既已出师，不战而归，与逃无异，小白既能以速行得君位，我师怎不能以战定齐君！”

鲁侯虽认为公子庆在理，他苦心孤诣这样久，就是为了在齐国土地上逞威风，但又担心战而不胜，把这威风跌去渤海里，踌躇千番，踟蹰万端，最后竟去问公子纠意下如何。

公子纠当然希望鲁国能为他而战，这势在必得的国君之位，岂能拱手让出去？若鲁侯不欲战，他去别国借兵，也要拼死夺回来。

“罢了，一战定君位！”鲁侯豪气地说。

为了麻痹齐国，不给其备战时间，鲁侯下令把齐行人扣下来，免得他赶回去泄露军机。

鲁军稍事休整，直扑临淄而去，几乎是一路飞奔，车不止毂，马不停蹄，人不歇气。鲁侯便想，武王当年奔赴牧野战场，大概也是这么玩命地跑吧。

鲁军奔到临淄南面的时水，终于停了下来，因为他们发现，齐国大军正在水滨严阵以待。

这时水绕临淄西南蜿蜒流淌，水中生得黝黯的草石，映得水色乌黑，仿佛女儿家的油亮发辫。因受季节影响，水流时断时续，当地人称为干时。

见到齐军的一霎，鲁侯醒悟了，那道出“惊闻”的行人交涉，那忽然抛出来的齐国新君消息，甚至是故意对公子纠的挑衅语言，目的都是扰乱他们，激怒他们，引他们来决战。

鲁侯闪出临战逃跑的恶念，但很快又鼓励自己说，未必就会输。

不间断的急行军，鲁军的肠子都快跑断了，不曾休息，马上要投入战斗，取胜之心已丢了一半，但国君似乎斗志昂扬，于是没人敢提出质疑。

人困马乏的鲁军正在布阵时，齐君的使者来到阵前，一板一眼地说道："寡君敢辱君，不忘先君之好，涉在鄙邑，以为君忧，寡君恤之，恐君有风露之疾，可暂缓治兵，请君稍举玉趾，寡君备不腆之礼，与君介福。"

这是羞辱自己会当逃兵，也在暗示自己降服，给你兄长诸儿做了八年的狗，好不容易熬到他赴了鬼途，平生头一遭有了主人样儿，岂能又缩回去为奴！鲁侯恶狠狠地说道："敢辱齐君，君有治兵之心，寡人焉能退避，必与君周旋！"

鲁军布阵已完，与齐军一致，俱是两军，鲁军的两军制自封建伊始，一直没变，齐军原为三军，或是小白继位不久，战事又来得仓促，行大蒐礼不迭，征集的军队人数不够三军之量，权且分为两军。

行军鼓声响起，齐鲁两军皆以下军先出列，上军为国君持掌，作为压阵之用，如果下军已分出胜负，敌方欲整军再战，上军当挥师进击；若敌方溃败，战心俱失，上军便可始终不动。

两支下军步步逼近，轮毂转动之声，驷马奋蹄之声，旗帜猎猎之声，兵戈刺风之声，诸种声响交织起来，分不清到底来自哪支军队。鼓声激烈了，这是催迫交战的号令。

两军即将交锋，战车陡然左旋而折。这时，左旋了一半的鲁国下军中飞出一乘战车，仿佛河水经险滩时，为中流巨石所遏，无端逼出了一股激流，那激流脱离了原来的河道，以必死之势冲向齐国上军。

鲁军要致师？！

凡致师，一般在两军交锋之前，如牧野之战时，太公的致师。能致师者，皆为不惧死的孤胆之士，少时一乘，多时三五乘，身具蹈锋饮血之勇，不惜一切代价冲锋敌阵，将"堂堂之阵"冲开缺口，而后大军压上，彻底击溃敌阵。

春秋以来，致师变得越来越普遍，尚武的列国战士尤好致师，无论成败与否，都是对勇气的考验，倘因致师而战死，更是莫大荣耀。但绝没有两军已经交手了，突兀地从激战之阵中冲出来致师，这不符合“军礼”，也不符合战场常规。

忽然的战场变故，齐国方面莫名其妙，鲁侯也在纳闷，是谁这样不守礼？

战车已冲到了齐国上军军阵之前，急变发生得太快，齐军甚至还来不及做出反应，刹那间驷马扬蹄，战车左旋，车左射手弯弓激射，飞箭离弦！

不是致师，是射杀！

可是意识快不过弓箭，那箭的离弦之声仿佛才起，箭影已近在眼前。为国君驾车的鲍叔牙惊慌地叫了一声，空中有道白亮的弧线扫过他的眼眸，一束光飞过驷马，越过车衡，跳过车轼，捉住了小白的腰腹。

小白像被滚木击中，往后重重一倒，撞在中军大鼓上，砰的一声，仿佛是奔车之令。

射手不肯罢休，第二箭已搭上弦。鲍叔牙猛地拍击车舆，声嘶竭力地号叫道：“夷吾！何以相逼至此！”

管仲的手抖了一下，那第二箭忽然射不下去了。

鲍叔牙转过身，先是用背堵住来箭方向，再跪下来，害怕地凝视着跌坐在鼓下的小白。小白已是脸白如纸，不闻声音，仿佛已死。

巨大的疼痛攫住了鲍叔牙，情绪再也不受控制，眼泪不知不觉地流下来。

像从至深的噩梦里惊醒，久无动静的小白猛地一弹，重重地咳嗽着，喘息道：“鲍傅……我没事。”

鲍叔牙激动得话也说不出。小白向他微一点首，猛地一咬牙，将腰腹的箭拔了出来，箭刚离身，听得当当两声，腰间带钩竟自滚落，断成两截。管仲那一箭力量强劲，所幸中在带钩上，却也没入皮肉下寸余，此刻小白虽是血流不止，到底是皮外伤，于性命无碍。

鲍叔牙将那箭高高举起，奋声呼道：“国君无恙！”

适才见国君中箭，齐军战士惊惶难安，心已灰了一大半，若国君因此殒命，不用交战，败局已定，大约这时，该是溃败如潮。

可国君竟躲过这必死之劫，若非天神垂示，怎会有此超乎寻常的奇迹？太公在上，丁公在上，姜齐先公先君在上，赐福齐国，护佑国君！

上军军阵爆发出响彻云天的欢呼，士气不仅没有衰落，反而因这一箭，被激发得更高，不用敲响军鼓，已一起默契地往前踏出去。

摩阵致师的管仲只有迅速撤离。战场之上，取胜时机只在转念之间，当他的第二箭没有及时射出去时，他便已失去了射杀小白的机会。鲍叔牙朝着他疾声大呼：“夷吾！”管仲没有回头。

管仲射杀小白不成，而交战中的双方下军，很快便分出胜负。连日赶路，疲累至极的鲁军仓促迎战，布阵时，有部分步卒差点睡着了，以致对阵之际，战车甲士举戈无力，拉弓少劲，车下步兵踏步踏得歪歪扭扭。阵形越来越乱，原来是正方形，走着走着边角参差不齐，左旋时应迅速变成长条形，结果歪斜成喇叭形。

齐国下军却是以逸待劳，精气神十二分地充足，趁着鲁国下军左旋混乱，直接扑入鲁军阵中央，如锯齿一般，将鲁国下军截成两半。被腰斩的鲁军，军阵中央有一半的师、行、旅被打乱了，编制散得乱七八糟，战车找不到护卫自己的步兵，步兵不知道该跟随的战车在哪儿，于是各自为阵，以乱为乱，起初还只一体两分，后来便像遭了肢解，分不清到底散成几块。

下军吃亏，鲁国上军本该驰援，但齐国上军已挥师压上，下军的失败让上军心里发虚，加之身体倦怠，扛不住齐军气势如虹地冲锋，阵形被迅速撕开一个裂缝。

鲁国两军都像沙包似的垮得一塌糊涂，军阵一旦散开，战斗的范围无形中扩大了。为了有效阻击鲁军，齐军也不要阵形了，索性混战，对战从布阵交锋，变成了单兵独斗。齐国战士的个人作战能力，是列国中的翘楚，直到战国时，齐国的技击之士，依然是闻名天下的勇战之兵。骁勇的齐国战士，如滚瓜切菜一般，将鲁国战士挨个地屠宰，常常一辆战车横冲而过，兵戈飞箭之下，三四辆鲁国战车接连翻车，战马四蹄伏地，人也四仰八叉。齐君的车下步兵也披荆斩棘，这边猛勾马脚，致使战车颠覆，那边五兵齐出，斩断鲁国步兵归途。

全面溃败的鲁国两军，仿佛一群四散奔窜的残废蚂蚁，再不能整师反击，唯有逃跑可以选择，反正，鲁侯跑得最快。

穷寇虽逃，然战胜之师却不愿放过他们。国君命令，捉得鲁俘者皆有赏，若能捉得鲁君，赏千顷田。齐军为讨赏，一鼓作气追了出去，喊出了气人的口号：“活捉鲁君！”

鲁侯跑得苦胆也要吐出来了，后边的齐军却紧追不舍，尾巴黏人，甩也甩不掉，他才想到是车上九旒七仞的诸侯旗太惹眼，也来不及脱扃，迅速下车，换乘一辆轻车，让那辆国君戎车吸引追军而去，他自己另择便道而逃。

鲁军战士逃得起劲，齐军战士追得更起劲。有追得狠绝的，竟追到鲁军前头去了，折转回来，与后至的同袍合力，正好瓮中捉鳖。

这趟奔逃，鲁侯觉得自个儿已使出了文王周公之神力，一路风声鹤唳，山间一只鸟啁啾，也以为是齐军射来的冷箭，怕得隐隐腰疼；终于跑入阳关，踏上鲁国土地，却是鞋也跑掉了，袜也跑烂了，披头散发，满面污垢，仿佛鲁国最鄙视的蛮夷。

他在阳关调养身体，平息心情。暂歇的两日里，等到了残兵，也等到了同样狼狈的公子纠，要不是召忽拼死护卫，公子纠早成了齐军俘虏。两个见面，不知说什么好，各自都有怨愤，都以为败覆是对方的错，却不好挑明。可气憋着毕竟难受，鲁侯便把气撒在公子庆身上：若不是尔蠢拙，为一己私利，一味求战，寡人岂会有此大败！平时吃寡人的用寡人的，到寡人有所为时，无一个管用！

公子纠听得懂鲁侯的指桑骂槐，他也气，更冤，又不能学鲁侯骂公子庆，寻来寻去，寻到先他半日来阳关的管仲，也不指着人驳斥，夹枪带棒地讽刺道：

“不愧是惯逃，君未曾归，他自己倒先逃回来了。”

管仲哪里能不明白公子纠的意思，他全然不理会。公子纠见他淡定得令人可恨，更气了，也不旁敲侧击了，当面就气势汹汹地发问道：“管傅，如今这般局面，是何人之责？”

管仲反问道：“公子以为呢？”

公子纠像吐鱼刺，没提防一口唾沫涌上来，把刺冲下去，卡着了咽喉，他忍着难受，稳着情绪说道：“烦劳管傅明告，纠也好查缺补漏。”

管子淡淡地说：“皆因公子不听良言，先不肯出师诛逆贼、定大局，后不肯早归国、定君位，拖延迟误，犹豫不决，以致时机一失再失，拖到公子小白抢先入继。今小白君位已定，再想夺位，难矣。”

说来说去全是自己的错，公子纠大为光火，既往旧怨也翻了出来，摁也摁不住，责问道：“难道管傅便没有错？”

管仲不说话，神色仍无异动。

公子纠以为管仲是理亏而强撑，过去无数次的猜忌，与现在失败的沮丧搅合起来，怨气噼啪地爆出来，冲口道："若不是管傅为鲍叔报信，小白焉能自临淄脱身，又如何与我夺位？干时之战，管傅明明已可得手，为何草率而归？倘管傅有决杀之心，小白早成枯骨！正为管傅屡屡为小白谋、为小白虑，才至时机一失再失，敢问管傅之心，是在我，还是在小白？"

话太赤裸裸，也太尖刻，一旁的召忽听得冷汗淋漓，想要打圆场，却总也插不上嘴。

管仲片时无言，俄而淡漠道："公子疑心如此之深，夷吾无话可说。"

公子纠要的是解释、认错、服软，而不是置若罔闻和冷处理。管仲的不在乎，其实显出的是对自己的不在乎。怪道坊间盛传，管仲起初想教导的公子是小白，是先君诸儿硬把管仲塞给自己。公子纠也知道，小白自幼便喜欢管仲，就爱找管仲陪他玩，这两人素有渊源，难说自己的落败，不是他们联手做的局。

他半是赌气半是较真地说道："管傅对我无话可说，去对小白说吧。"

管仲似愁非愁地一叹，对公子纠深深一拜，仍是没有一个字的解释，转头便走了。

我让你去找小白，你当真要去找吗？公子纠气得一身的血像结了冰，舌头被冻得不听使唤，磕巴着说："让你去找小，小白，我先让你找，找死！"

召忽慌得说道："公子误解夷吾，他侍君无二心，绝不会与小白私下勾连，弑君之变报信于鲍叔，全为朋友之谊，非为小白。"

子纠烦躁道："别提那朋友之谊！为了鲍叔，管傅罔顾君臣之义，便是召傅，不也挂碍鲍叔安危吗？"生管仲的气不够，把召忽也责怪进去，他便乜着眼睛，脸上挂着怪异的笑，"召傅也要去投奔小白吗？"

召忽无奈道："公子如何也对忽起了疑心？忽与公子，已定君臣名分，绝无背叛之意。"

尽管召忽剖白心意，公子纠也不觉感动，酸楚地说："小白是胜者，我是败者，败者难免一死，孰人不求活，何必与死人做伴？唯投奔胜者，方得利好。"

"公子说差矣！"召忽慷慨道，"忽与公子，君臣名分已定，不容变更，若公子有疑虑，忽可对公子起誓，公子若有不妥，忽也不苟活！"

公子纠丧气得很，对召忽的誓言不甚相信，他并不知道，正是他的猜疑，把召忽激到了死角，非死不可的死角。

七

齐鲁干时之战，齐国大获全胜，俘获鲁国兵士无算、车马甲杖无算，鲁侯的戎车也遭拦截，由齐国战士拾掇干净，毕恭毕敬地献给国君。

赢了鲁国，小白格外开心，因此犒赏全军，定鲍叔牙为首功，择选最好最多的战利品赐给他，并宣示群下，鲍叔牙为群臣表率。这还不算，他将鲍叔牙召来，郑重地告诉他，欲擢升鲍叔牙为正卿，任太宰之职，执国政。

鲍叔牙感谢国君的恩渥，但他拒绝了。

小白疑惑不解："鲍傅为寡人殚精竭虑，黾勉效力，若无鲍傅，何能有今日之齐君？况鲍傅之才、鲍傅之忠，寡人浸润久矣，深以为可秉国政，奈何回拒君令？"

鲍叔牙诚恳地说："臣才具平庸，我君加惠于臣，不使冻馁，于臣则为大恩，若执国政，不是臣所能做的。"

小白嗔责道："鲍傅过谦了，若鲍傅是才具平庸，不敢执国政，孰人能执国政？"

"管夷吾。"鲍叔牙不假思索道。

小白目光一闪："夷吾吗……鲍傅何以认为，夷吾较鲍傅执国政为优？"

鲍叔牙振振道："臣之所不若夷吾者五：宽惠柔民，不若也；治国家不失其柄，不若也；忠信可结于百姓，不若也；制礼义可法于四方，不若也；执枹鼓立于军门，使百姓皆加勇焉，不若也。"

他一顿，字字着力地说道："非夷吾，不可执掌国政；非夷吾，不可辅佐我君！"

小白带着怨气道："管夷吾射寡人钩，差点置我于死地，我怎么能用他！"他抚了抚腰腹，中箭之处至今仍疼，想到当时若没有带钩阻隔，现在已成了先君，心中的恚恨，如何能平？

鲍叔牙道："当时情势，各为其主矣。夷吾单乘摩阵以射我君，也可见他侍君必效死力，昔能对公子纠尽忠，今也能对我君尽忠。”

道理很容易懂，但小白就是过不了这道坎，以往与管仲有多交好，现在便对管仲有多恼怒：枉我视你为友，你竟对我下手不留余地，必要置我于死地！不杀你祭旗已是我大度能容，还要用你治国，堂堂齐君，便这样不知耻吗？

鲍叔牙也猜得到小白的心结，说道：“夷吾为天下之才，我君舍而不用，设若鲁国授以政，鲁必强而齐必弱。”

小白本抚着腰腹的手颤了一下，缓缓地放下，唇角微微翕动着，却没发出声音。

鲍叔牙见他心结松动，语气越发温和地劝道：“川泽纳污，山薮藏疾，瑾瑜匿瑕，国君含垢。不辞小瑕，难为美玉；不忍小忿，难成大事。”

小白仍是缄默。

“昔年夷吾能忍我君，望我君今日也能忍夷吾！”鲍叔牙提声道，他拜了下去。

小白震颤，鲍叔牙这一句话，击中了藏在他心底最柔软的记忆，无数隐没在光阴中的温馨片段，像被夜风吹开的昙花，盛开了，凋谢了，又盛开了。

他幼时喜与管仲厮磨，正因管仲能忍他。人人道小白顽劣，便是鲍叔牙在教导他之前，也对他极头疼，唯管仲待他温善，不以他吵闹，还赞他是天才赡逸，非比寻常。

“当年鲍傅愿为寡人傅，是管傅竭力劝服吧？”小白静静地问道。

从小白对管仲称呼的转变，鲍叔牙已察知小白心态的变化，道：“臣当年不识真金，是夷吾苦心规劝，一再言道，我君乃天纵之才，臣方才勉力任之。时至今日，渐知夷吾所言极善。数年之前，他便窥知我君成就不凡。”

小白思考了一会儿，问道：“鲍傅说管傅侍君效死力，他能为寡人效死吗？”

鲍叔牙坦率道：“效死力，然不效死。”

“怎讲？”

“往昔臣与夷吾论将来之事：倘有一日两公子搏决，可死纠乎？夷吾曾言，他不为一公子而死，唯社稷破、宗庙灭、祭祀绝，死之，非此三者，生之。”

臣不肯为君死，却为社稷死，小白不觉忤意，竟朗然一笑：“有趣，还是寡人认识的管夷吾。”他悠长地叹了口气，道，“那便依从鲍傅，呼传管傅……还有召傅，一同回来。”

他没有提公子纠，鲍叔牙也没问，彼此心照不宣。鲍叔牙忧道：“仅是呼传，恐怕鲁国不放，臣想请君命，亲往鲁国走一遭。”

小白轻鄙道：“鲁国伪君子厚颜，敢扣住寡人之臣，鲍傅去也好，不要让他们得逞。”他忽地冒出一个绝好想法，“鲁国率师来我齐国治兵，礼尚往来，鲍傅也率师往鲁国治兵。”

这想法让他得意不已，笑得刹不住。任性地宣泄情绪，正是小白的独特性格，做一个喜怒不形于色的君主，从来不在他的选择内。

鲍叔牙率师赴鲁，对鲁宣称，是为行成而来，明面上的意思是请邦交正常化，可看似平息纷争的外交来往，却以大军压境，武力威逼的深意昭然若揭。

鲁军在干时覆败，元气大伤，鲁侯率残兵沮丧归国，衔群臣出城迎接战败之师的，是施父。

施父一见鲁侯，便说道：“臣早言之……”

鲁侯赶紧打断他：“寡人疲累，耳目不聪，待寡人休养得当，再谛听施父之训诫。”

施父很不高兴地瘪起嘴，也不便开口了。

自从鲁桓公身死齐境，早预祸事的施父便有了一句口头禅“臣早言之”，他岂不是早言之吗？公子曼不是好女人，风骚劲儿掩不住，迟早闯下弥天大祸，鲁桓公不听他言，落得凄惨下场。

若一早听从逆耳忠言，将公子曼废了、杀了、车裂了，又怎能发生后面的惨事？鲁国又怎会给齐国当了八年的狗？让列国长舌妇们取笑，称鲁侯是犬君，鲁国大夫是犬大夫。

至于为公子纠夺位一事，施父从一开始就不赞同介入齐国内争，也不是秉承互不干涉内政的高尚操守，而是瞧不上公子纠。以维护旧时代秩序为荣的施父，鄙薄一切践踏“非礼勿动”的逾矩行为。公子纠的母亲扑倒齐僖公的桃色事件，原是鲁国避而不谈的丑事。施父偶念此事，心也丑疼了。齐国人自己都嘲笑公子纠贱，鲁国还上赶着去为他夺位，更有甚者，鲁侯对公子纠表现出的殷勤态度，比之当年谄媚诸儿，有过之而无不及，当狗当惯了，一日不吠三声，想是身上痒。

鲁侯那翻身奴隶势要砸烂主人家的隐匿心思，施父不能领会，故而君臣起了冲突。鲁侯嫌施父絮絮叨叨，进谏时时危言耸听，不准他再议此事，封了他的口，这让施父私下喋喋了很多日子的“防民之口”。直到鲁军大败于干时，施父长叹一声，终于能说出“臣早言之”这句颠扑不破的谶语。

归国不多时，鲁侯因战败而惊飞的魂魄，尚有三缕在外游荡，齐国大军就席卷而至，先期至鲁的行人，向鲁侯提出了以下要求：

“寡君有不令之臣在鲁，公子纠，亲也，请君讨之；管、召，仇也，请受而甘心焉。”

鲁侯不悦这强硬的态度，板着脸孔问道：“寡人若不允呢？”

行人用一丝不苟的冰冷语气说道：“寡君敢辱君，如君有忧患，寡君欲与君治兵于鲁，为君分忧。”

鲁侯一口气差点没倒上来。什么是战胜国？就是肆无忌惮地往战败国脸上抽耳光，抽到颜面荡然、人格消弭，才叫甘心。

他遣走了行人，将群下召来，商榷到底该怎么办。

齐国的两条要求，并不难理解，其一有关公子纠，他与小白夺位，已成水火之仇，势不能容，小白要他的命，但又不想手上沾血，要求鲁国代为处理；其二关于管仲、召忽，明言是小白之仇，到底是“受而甘心”，还是要召他们回去重用，也难断定。

施父逮着了说话的机会，着急得气喘吁吁，说道：“臣早言之，不该为公子纠出头，而今招来齐军逼境，国难矣！”

鲁侯皱眉道：“目下该思之事，为如何退齐军、平国难，总翻旧话有什么用！”

公子庆断然道：“一个也别给，我鲁国乃文王子孙、周公血胤，怎能唯齐国马首是瞻，齐国敢强要，大不了再战一场！”

“莽夫之见！”鲁侯呵斥道，“干时败绩，甲兵损伤，士气不振，如何战？怎样战？战若再败，亡国矣！”

他扫了一眼群下，悲哀地说：“二三子食禄君上，竟无有良言乎？”

“臣以为……”有人温声温气地说。鲁侯循声而去，是公子友，在议事的群臣中，公子友年纪最小，个子也小，平常话语不多，跻身其间，不仔细挑拣，不易察觉。

鲁侯鼓励道："子友有何良策？但言无妨。"

公子友一拜，不紧不慢地说道："齐国欲借我之手杀公子纠，我君不当为齐国除仇雠，不如将公子纠送还回去，是生是死，由齐君自己决定。至于管、召……"他有意停顿了一下，又说道，"那管夷吾，天下大贤，大器也，孰国用之，孰国强。我君若有用才之心，留而不去；若不用，请杀之，授齐以尸。"

说的是取人性命的狠话，用的却是轻缓的语气，旁听群臣都觉寒意突袭。鲁侯也不禁打个冷战，疑道："杀了管夷吾？"

公子友道："齐君虽言受而甘心，非为甘心，实是召而用之，我君不杀，管夷吾得志于齐，鲁必称臣于齐！"

被公子友的骇人言论激发，底下纷议起来。有否认公子友之谏的，"齐为大国，乘战胜之势而兵临城下，提出两个也不太难的要求，从了就是，何必对抗"；有对管仲抱怀疑态度的，"没看出这野氓出身的齐大夫有何卓越之处，大费周章地杀了他，无此必要"；只有极少数人赞同公子友，也不是有公子友的远见，而是不想遂了齐国的意。

鲁侯却忽然惊觉，在鲁国群臣中，公子友是最先也是最深入地发现管仲身具大才的，管仲真有卓尔不群之能？鲁侯没看出来，或者说，是没有看出那才干到底有多大。

"子友之言，是为吾鲁国谋，容寡人详思。"鲁侯说道。他确实需要详思，把一个活着的公子纠和一个死了的管仲，一起送回齐国，会引发什么样的结果。

鲁侯详思的第三日，鲍叔牙进入了鲁国都，曲阜城内风言风语，道路纷传鲁侯要杀管仲，也不知是谁将内朝之语漏言于外，鲍叔牙向鲁国提出，要立刻见管、召。

"急了点儿。"那迎接鲍叔牙的鲁国使者扭捏道。

鲍叔牙严肃地说道："寡君之不令之臣，藏匿鲁国，不早逮拿，不解寡君之忧，我难道不该急吗？"

鲁国使者将鲍叔牙的话上报鲁侯，还没想好杀不杀管仲的鲁侯，并不认为这是难解之事：不就见个面吗？推三阻四的，倒显得我鲁国小气，不过旁边倒是得有我鲁人守着，顺风听听他们说了什么，也极好。

可管仲、召忽这时不在城内，说是出城往逵泉去了，同行者还有一个曹沫。

干时战败后，公子纠意志消沉，萎靡不振。召忽鼓励他振作起来，他不知该如何振作，也不想振作，每日唯以酒消愁，喝得烂醉后便管不住嘴，劲儿十足地骂人：骂小白奸诈阴险，骂鲍叔牙无耻下贱，更要骂管仲，说他是小白的细作、鲍叔牙的爪牙，埋伏在自己身边多年，只为了行阴谋。

每逢公子纠撒酒疯，管仲一概不回嘴、不解释、不规劝，能忍便随他去，不能忍，转头便走。

召忽屡次劝诫，公子纠他也不听，还谯让召忽多事，也疑心召忽与小白勾结。召忽撬不动这块顽石，又气又累又伤，有次气极，吼道："不要把人心逼走了！"

"要什么人心，人心都在小白那里，你也去吧！"公子纠挑衅地说。

这已不是公子纠第一次用言语刺激他。召忽伤透了心，他待公子纠从无异心，愿意尽忠，更愿意效死，但公子纠总是心存猜疑，是不是把心剖开，把一腔热血都洒出来，也仍然换不来真心信任？

召忽一生，以忠义为信仰，倘有人质疑他不忠不义，是在摧毁他的立身之本，与其苟活，莫如求死以得清白。公子纠的数次猜忌、数次怀疑，一步步将他逼到不得不以死明志的绝境。被怒火灼晕了神志的公子纠，没想到那样的结果，便是当时的管仲也没意识到，怀疑的刀锋，正在削弱召忽求生的意志。

鲍叔牙来曲阜这日，公子纠又喝高了，赤膊光脚坐在地上，骂得昏天黑地，这趟先君诸儿也遭了殃，骂他故意给自己使绊子，好为小白铺路。

召忽看不得公子纠发疯，本想劝说一二，恰有曹沫来寻他们，管仲把召忽拖走了，劝召忽：放手一天，公子纠还好点儿，越是搭理他顺从他，越是猖狂。

公子纠折腾太久，便如病入膏肓的垂死之人，良医也无计可施。召忽早就心力交瘁，索性听管仲的话，放手一天，由得他闹得沸反盈天，也不管了。

曹沫知他们才遭蹉跌，心境不佳，来邀他们出城散心。再有，许久没在一块儿饮酒谈心，朋友难得相聚，不如一起同乐如何。

三人遂去了城外逵泉。那里景色与往日无异，泉水清可见底，水中大石磊磊，仿佛一张张颓唐而沉默的黑面，还有掩映在花木间的针巫氏私第，依然幽静而富贵。风物一样，景致一样，但人已不一样了，念及于斯，惹出恼人的伤感来。

曹沫与召忽对酌。得了酒意帮助，召忽忍不住倾诉起来，说心里难受，现在也不敢求公子纠有多大抱负、多高成就，只要他平和些，别活得不像个人！召忽日日见得公子纠失性，却无能为力，真想一死了之，看不见便不用操心了。

曹沫叹道："你是执拗之人，我也是。我辈并非过不了挫败，而是过不了自己。你我皆不如夷吾，倘能具他十分有一之度量，又岂会烦恼！"

两人提及管仲，转脸去看他，管仲正坐在水畔的一块大石上钓鱼，全神贯注，一动不动，仿佛浑然不知周遭议论。

"难！"召忽摇摇头，"夷吾与我辈不一样，生来能容天下事，我们学不得。"

像是这句赞誉被管仲听见了，他猛地回过头，若有所见、若有所闻，手上微微一颤，钓竿缓缓放下来，人也缓缓站起。召忽与曹沫也看见了，鲍叔牙正站在管仲背后。

两人面面相对，俱是无言，也许有千言万语，也许有种种心意，却像被大坝拦住的洪水，冲不出那坚固的藩篱。鲍叔牙张了张口，声音没出来，眼泪倒抢了先。

管仲仍不语，默默地看着鲍叔牙流泪，良久，他幽幽道："鲍叔如此伤切，是夷吾要死了吗？"

鲍叔牙不曾回答，旁边有个声音说道："何必伪哭，又不曾死。"

说话的是施父，他是奉了鲁侯之命，陪同鲍叔牙来见"不令之臣"，顺便听听墙脚。这差事很让他糟心，血脉纯正的鲁国姬姓贵人，要探听消息，也该堂堂正正地听，缩在旁边竖耳朵窃听，像什么样子！国君为何派他来做这事？难道国君误认他是钻床底听私房话的惯犯，经验老到，出手必胜？

有施父像门柱似的杵在一旁，鲍叔牙不方便说话，正在斟酌该如何委婉表达意思。曹沫大步走过来，捞水底肥鱼似的，将施父捞在臂膀里，朗声笑道："对施父仰慕久矣，来来来，今日定要交施父这个朋友！"

遭曹沫突然袭击，施父惊得三魂七魄阵亡殆半——想我富贵肉食者，竟被吃素的武士挟制，岂有此理！施父努力地挣扎着，曹沫的手臂却似生铁似的强悍，使他动弹不得，鼻子偏又不争气，闻到曹沫身上浓厚的酒气，真要窒息而亡。施父无力反抗，一面口里抗议着“非礼也”，一面被曹沫裹挟得越走越远。

管仲看得笑起来：“有赖曹沫，能挟肉食者远走。”他慢慢看向鲍叔牙，“鲍叔甘心否？”

鲍叔牙盯着他：“为何人何事甘心？”

“一场搏局，鲍叔赢了，夷吾输了，岂不甘心？”管仲怅怅道。

鲍叔牙沉默一会儿，道：“非夷吾输给牙，乃夷吾之君输给牙之君。若你我换位，赢的必是夷吾。”

管仲笑道：“多谢鲍叔誉辞，我心里舒坦多了。”他重又坐在那大石上，将那钓竿挪开。鲍叔牙会意，在他身边坐下。管仲道：“说吧，是来取我性命，还是另有所图？”

“自不会是前者。”

“后者呢？”

鲍叔牙切切道：“请夷吾归齐，执掌国政。”他补充道，“这是国君的想法。”

管仲不作答，却看了一眼召忽，即便鲍叔牙来了，也没让召忽心情好转，曹沫挟施父远走，无人对饮，召忽便独个喝闷酒。

“执国政？”管仲没有一丝兴奋，“许诺太大，不切实际，总成空言。”

“夷吾不信国君吗？国君能忍你射钩之恨，召你回国，足见他之诚心。”

管仲轻轻蹙额：“不是不信，然我何能，竟越过国、高，执齐之政？这齐国大夫偌多，凭什么授政于我？许诺虽易，践行实难。”

鲍叔牙没有管仲思考得这样深，他想当然地以为，执国政无非是国君的一道命令，直到后来经历了一场刻骨难忘的血腥之变，他才真正明白，当初管仲顾虑的正确性。

执政之事当中有太多勾连牵绊，过于复杂，没法与鲍叔牙须臾厘清，管仲撇开道：“暂不议这事了。”他下意识地又睨了一眼召忽，低声道，“你们打算怎么处置公子纠？”

问题尖锐而残酷，鲍叔牙想不出个妥善说法，又很担心管仲有想法，便支吾着不道出实情，可纵便不说，心思又如何能瞒得过管仲。

“当真留不下来吗？”管仲期期道。即使他被公子纠猜疑，彼此嫌隙深不可填，也不愿眼睁睁看其赴死。

鲍叔牙婉转地说道：“国君不想无知之事重现。”

如一击致命重拳，将恩情、不舍、怜惜统统击碎，管仲无言以对。君位之争是生死之局，谈慈悯心太奢侈，何况公子纠曾想要小白的命，单单这一件事，也足以让小白对公子纠下杀手。

管仲长叹，伤怀道：“纵我不死纠，忽就难说了。”

鲍叔牙心里一沉，举目瞧见落落寡欢的召忽，只觉万钧的难事落在肩上，但他不能卸下，非得硬扛下来，赌誓似的发狠道：“你们谁也不能死，都得跟我回去！”

会见管、召当日，鲍叔便入宫觐见鲁侯，直言不讳地问道：“闻君欲杀管夷吾？”

被人当场揭穿小九九，鲁侯涨红了脸，干巴巴地解释道：“谣传，鲍子不当信。”

鲍叔牙像出鞘的利剑，毫无怜悯地直刺出去，义正词严地说道：“管夷吾，乃寡君大仇，寡君愿生得之，以戮于国；若不生得，是君与寡君之仇为好也！非寡君之请，使臣不能受命。”

鲁侯打哈哈道：“寡人岂能与齐君贼比，公子纠、管夷吾、召忽三人，在齐为不令之臣，在鲁为寡人之客，主不好随便撵客，望鲍子体谅。”

鲍叔牙愤然道：“此三人为寡君贼臣，君竟待他们为客，不是与寡君贼比，又是什么？”

鲁侯言出太随心，自打脸了，他涩涩地笑道：“不好这样说，三人寄寓我鲁国，寡人总得尽东道之谊。”

“蒙君为寡君看管不令之臣，若君决意留之，外臣不得已，也当留鲁，为寡君羁押不令之臣。”鲍叔牙像索命的判官，没给鲁侯一点儿残喘时间。

即是说，鲁国一日不放人，鲍叔牙便一日不走。里边有这魔王天天催命，外边还有陈兵边境的齐国军队，鲁侯觉得自己正被架在柴堆上，火不大，慢慢烤，不幸烤成了夹生，里外都难受。于是生出三分闲气，他不怪漏言，却怪起公子友多事，平白说什么杀掉管仲，该杀的人多了，一管仲而已，值得兴举国之力杀之吗？

他和气地说道："鲍子何以在鲁羁押齐之罪臣，既是齐君欲生得罪臣，寡人焉能不遂其心意。"

鲁侯妥协了，不妥协又能怎样，刚死了一个肆意凌辱他的舅父，又来了一个不好惹的舅父，不能忘记还有一个惹麻烦的舅父，正蜷在国都撒酒疯怼天怼地，"舅父"便是他生命中的魔咒。

得到鲁侯允诺，鲍叔牙不肯耽搁，两日后便启程归国。向鲁侯陛辞时，鲁侯将一只簇新的红漆匣交给鲍叔牙。那匣子系着手指粗的锦绳，打的是死扣，沉得压手，像是里头放着泰山的石头。鲁侯笑盈盈地说，这是送给小白舅父的大礼，他必定会喜欢。

鲍叔牙虽能带走管仲与召忽，却犹豫该如何同行，到底管、召现在的身份，对外宣明的是不令之臣，也就是有罪之臣，哪有罪臣不加桎梏、不系缧绁，大摇大摆地回国的？可要他把朋友当成重犯押解而行，他于心不忍。

管仲看得很通透，反去劝他：射君之钩，是死罪，不敢同于常人。管仲泰然自若地登上了槛车，一丝沮丧之色都没有。召忽也不惧身加桎梏，但他问了一声："公子纠呢？为何不与我们同行？"

鲍叔牙神色平静地说："公子纠其身尊贵，有他人护送。"

召忽又问："欲定他何罪？"

"国君自有论处，我不敢言。"

召忽轻轻"哦"了一声，再也不问了。

与从前一般，曹沫又来送他们，依旧是出城相送三十里。分别时，曹沫对管仲说道："夷吾回齐，必执齐政，他日齐鲁交兵，该如何应对？"

曹沫坦率，管仲也不伪言："执齐政不敢妄言，齐鲁交兵却有可能，我也一问，若沫得举鲁政，该如何应对？"

曹沫沉思少时，慷慨陈词道："曹沫若有幸举鲁政，齐鲁交兵，不避、不让、不降、不服，夷吾为齐，我为鲁，各尽其责。"

管仲缓然一笑，"好！各尽其责！"

与曹沫分手后，鲍叔牙担心节外生枝，加快了行程，多赶路而少歇脚。离齐境越近，鲍叔牙越来越宽心，召忽却越来越颓唐，鲍叔牙几次想问召忽何以不悦，怕问出伤人的言语来，强行忍住了。

这日终于走到齐境的堂阜（今山东蒙阴县西北），鲍叔牙大舒了一口气，他给管、召解了绁桎，抱歉苦了他们这许久，让他们好好歇一日，明早再赶路，一鼓作气，直奔临淄。

多日寡言而颓靡的召忽突然开口道："有酒喝吗，我渴酒。"

鲍叔牙惊喜，沉寂得仿佛死去的召忽竟然要饮酒，定是心情转好，此时别说是给召忽酒喝，把自己半条命割给他，也是情愿的。

"有酒，怎会没有！"

召忽露出笑容来，说要三人同饮："我们有多久没聚过了，难得今日脱了缧绁，又身在齐国土地，怎可不痛饮祝贺！"

鲍叔牙欢喜他恢复意志，说立即去安排："今日一定要三人同醉，我虽不好酒，也当舍命相陪！"

堂阜是处边鄙小邑，位于蒙山之北，地处山区，生活不易，因而人口不多。乡邑里君负责招待鲍叔牙一行，听说贵人要喝酒，哪里有不巴结的，赶紧为鲍叔牙送来三罍酒水，说是乡人自酿的高粱酒，辣得能呛出眼泪，里君特特叮咛：这酒后劲忒大，鲍子悠着点儿饮。

里君殷勤地为他们安排了一座小院，干净也清净，背后一望，能瞧见盘蛇卧虎似的蒙山，前头一眺，目力跑远点儿，能看见临淄城的国君呢。

三人便在屋里就座，召忽举爵说了声有幸，他便先干为敬，一口饮尽，那两人自当跟从。这酒果真辣，鲍叔牙顿时双目滚泪，抹着眼睛笑道："丢人了。"

召忽像是没了味觉，竟连饮三爵，他清声一叹："有幸，与夷吾、鲍叔相识，结为至交，一生得友如斯，死而无憾！"

他又斟满一爵酒，捧起来："吾三人是为至交，然吾之心，早已视二子为亲人，既为亲人，当剖心以对，肝胆相照。"他倏地盯着鲍叔牙，目光泠泠，"我以赤心待二子，望二子也以赤心待我，勿相骗也。"

鲍叔牙被那目光迫压，秘密无从遁逃，他知道瞒不住了，本也不想瞒了，他坦白道："我不瞒你，你想了解的事情正是你不想要的结果。"

召忽双手颤抖着，片刻的情绪波动，他压抑住了，一仰头，将那爵酒饮得一滴不剩，镇静地问道："公子纠死在哪里？"

"生窦。"

鲁侯不愿公子纠死在曲阜城，就算充了刽子手，也要做出与他无关的姿态，仿佛人死远了，授意杀人的便不是他了。遂将公子纠带去远离曲阜城的生窦，赐给他三样求死之物：毒酒、白绫、短剑。公子纠也还镇定，没哭天抢地求饶，总算维系了尊严，他选了毒酒，饮之前问道：

“召傅在何处？”

被告知鲍叔牙带走了召忽，公子纠苦叹一声：“人心离散，俱不在我。”

到生命的最后一刻，他还在怀疑召忽的忠诚，他终究把失败归结为旁人的背叛与无能，而不是自己。

当召忽离开鲁国，他便猜到公子纠必死无疑，此刻确认公子纠已死，眼睛红得骇人，像那目中烧着滚烫的炭，可他没落泪。他自己说过，人死了，哭不回来，生命如烟灰，为风吹散，谁能挽留呢？

他怆然道：“夷吾曾言，两公子搏击，一君必死，我辈当若何？夷吾说他不死公子，唯社稷破、宗庙灭、祭祀绝，死之。而我……”

管仲忽地截断他：“求死何易，求生何难，君子生于世，求易而弃难，怯也！”

召忽凄然笑道：“不用激我，我不早死，将有所定，一定公子纠死否，二定诸友生否。”

“诸友皆生，你却求死吗？却让我等如何思量！不用多言，也不准死，跟我回去！”鲍叔牙咬牙道。他甚至想到，如果召忽一心求死，他便将召忽绑起来，任他如何责骂，也由不得他。

召忽否决道：“回去作甚，为小白效力吗？非也，杀公子纠而用我，是再辱我。”

管仲期许地注视他：“纵不为效力新君，也不为任何人，为御寇呢？”

召忽心中震了一刹，眼眸深处一片清亮的光，仿佛有泪即将涌出，他仍是死死压住那伤情的阀门，而坚刚的意志已在摇摇欲坠，断断续续道：“御寇……不在我……”他便看着管、鲍，沉凝的目光里有依依之情，有决绝之志，也有信任之心，缓缓说道：“在二子……”

他再次斟满一爵酒，慢慢地站起来，动作变得异常郑重、庄严、沉着，如同在太庙行祭祖灌礼，他便将这一爵酒缓缓饮尽，仿佛饮的是一生的甘苦，这一爵之后，生的滋味已全然明了，又何须惋惜？

他微微仰面，原来有结巴的毛病，只要情绪激动，往往吐字不清，至此生死别离之时，言辞却清晰又连贯，因朗声道："国士之恩，岂容忘怀。至此，夷吾为生臣，忽为死臣。死者成行，生者成名，名不两立，行不虚至。二子勉之，死生有份。"

话才落尘，召忽将酒爵丢开。耳际当啷一声，视线里却是一派悚然，二人看不清他如何出手，也不知他到底预谋了多久，只在挥手之间，他像掐灭残烛的火光一样，掐灭了自己的生命。

管仲与鲍叔牙同时跳了起来，这近在咫尺的一步之距，却遥远得像跨越了千山万水，怎么奔跑，怎么奋争，怎么倾尽全力，也是赶不上，因为这距离，隔绝的是生与死，活的生命，永远追不上死的沉默。

召忽就倒在他们面前，他用那柄曲刃剑，刺穿了自己的心脏，没给自己留任何余地。正是那柄曲刃剑，将他带到生的梦想里，也带到死的门里。

鲍叔牙失声痛哭，他想自己多么迟钝、多么愚蠢，只差一步，真的只差一步，他便可以将朋友带回家，回到从前的日子。那时他们还行走在天下，人生尚有无数可能，天地偌大，理想偌远，这漫漫无垠的天下，总有个地方藏得下这不碍大务的朋友之谊。

听见鲍叔牙悲痛的哭声，管仲不知为何，总也哭不出来，是召忽说的，死去的人，哭不回来，可若真能将离开的人召回来，那就痛快哭一场，哭很多场，用一生的眼泪去呼唤故人魂兮归来。

仿佛是不忍目睹召忽的最后模样，管仲转头望向窗外的山野，目光被远景拉得很长，心里的悲伤也给拉长了，很多情绪止不住，又何必止，眼泪终于流了下来。

蒙山的墨绿剪影，如奔马似的，从窗前一掠而过，深秋的季节，天气转冷了，凉得透骨的风从幽林崇山吹过来，吹得心渐悲凉，吹得泪水满面，吹得整个世界伤心欲绝。

风仍不息，伤心也不止，在这万物皆步入晚景的季节里，死亡以一瞬之力，凝固了生的面孔。

第五章
跌宕春秋

一

齐桓公元年（公元前685年），冬日的凛风如万马奔腾，自临淄城的九街八陌呼啸而过，一路狂奔，一路掳掠，将城市新鲜而温暖的活气扫荡干净。平日繁华富贵的庄道、岳道似遭到洗劫，显得萧疏寂寞，行人少有，车马不出，道路两旁遍植的高大乔木褪去了绿意，枯黄落叶碎了一地。

年末，是国都一年中最忙的时节，也是最闲的时节。忙的是，举国上下要统计三年以来的政府财政收支、农业丰歉情况、人口增减变化、山林资源利用等，先由各乡邑计量，统一汇报国中，国中会计出三年的各项数据，称为国会，因是每三年一校比，又叫大比，再根据近三年国会，制定未来三年的管理预算。

然而闲的是，由于这项统计工作一直流于表面，各级官署揣着“差不多”“就这样”的懒政心态，有的乡大夫，连本乡到底有多少人口也是一抓瞎，平时不问政，到年底需会计上报国中，便胡乱报个整数，常常闹出本乡耕牛数比人还多的笑话。反正这瞎眼的数据报去国中，执政的卿大夫也不管，因为他们更懒：若问他们国有民几何、田几何、战士几何、女工几何，一概不知。若问的是发财致富的放贷业务，哪家哪年哪月、欠贷几何、利息几何、还期几何，俱是门儿清。

下头敷衍了事，上头不究责任，致使干系一国民生的国会，形同虚无。在卿大夫心中，甚至在国君心中，世界只有国都那么大，举大事问国人，问的都是国都的国人，至于国都外的乡人野人，功能主要是交税，以及作为放贷的对象。

这倒也不是齐国独有的弊病，实际上春秋列国，基层管理都是半瘫痪状态。春秋以来，各国扩张地盘，在远郊皆设有乡邑。这些乡邑居民多为野人，国家不给以国人待遇，却要攫取巨额租税，每有战事，还强行拖去充当后勤厮役，致使临战时逃徒纷起，啸聚奔往山林。

既然会计国会，是乱捏数字糊弄国君——国君大约也不爱看枯燥的数字，又逢着年底，眼瞅着新年将至，人人无心司事。齐国各署很闲，闲得要生出霉菌来，更番休息的绞尽脑汁不去公门露脸，该当御的也想方设法躲懒，当然那是公事上闲，家里其实还挺忙。

每逢节日，是卿大夫们勾连交通的好时机。这家设宴，那家待客，礼尚往来，你吃我一顿，我又吃你两餐。过去被认为是阴私里只手传递的贿赂，而今乘着过节的暖风，当作是节日贺礼，光明正大地送出去。

种种潜规则，在国君的眼皮子底下礼貌而优雅地进行着。国君也不是盲眼，而是不予理会，先君齐襄公不管，先先君齐僖公不管，就算太公从坟里炸出来，也只有不管。

新君继位不到半年，关注重心在正君位。与公子纠的夺位之争，耗去了他的大半精力，下头的蝇营狗苟，他大概不甚注意，即便注意了，应该与先君先公们一样，不管。

其实卿大夫们对谁端坐在国君位置上，并没有太在意，只要是太公子孙，姜齐血脉，爱谁坐谁坐，别耽搁我发财就行。卿大夫们离家入朝，是国君之臣，回家关起门来，仿佛独立王国，宗族势力坚固得针插不入、水泼不进。

就如这新君，若没有高傒力挺，他如何坐得君位？只怕早被公子纠斩于马下。他那日密返临淄城，是高傒将他领去见群臣，振臂呼道："拥新君者居左！"

底下还在犹豫不决，国氏宗子国牧头一个往左边站。国、高皆拥新君，其余卿大夫纵有异议，也不敢声张，相继挪左，有别扭不动的，被同伴硬拉了过去。

新君在“万众拥戴”的局面下，顺利登位。能正君位，国、高功不可没，所以国、高仍是正卿，执齐政不变。甚有人感叹：哪一日泰山塌了，国、高还在持掌齐国国政。

因国、高之故，新君之傅鲍叔牙才力辞正卿，不敢与国、高同列，试问齐国，谁又能越过国、高去？鲍氏宗子尚不能号令国、高，其他人号令得动吗？

这段时日，临淄城隐隐有传闻散布，新君心中另有一个特别的执政人选，听说新君极为赏赞他，慕他之才也非一日。但传闻还是传闻，当不得真，若许多树大根深的卿大夫家族，没谁能撼动国、高的执政地位，凭他在齐国毫无根基，又无家族依凭，怎能位列卿大夫之首？

然而此时，新君心中的执政之人，还是戴罪之身，居槛车，系缧绁，刚刚抵达临淄城下。随他同行的，还有一具棺木，因人死得太突然，准备也仓促，只有一副小棺材容身。

如此草率地装殓，鲍叔牙一直自责对不起故人，发誓回了临淄，必定厚葬，还要请命国君恩渥，加一等而葬。

“他不在乎身后之礼，能落葬于母邦，于他已足够了。”管仲对此到还看得开，死而无知，殓葬奢侈有何意义，死人能欢喜吗？

鲍叔牙也知管仲有理，但他过不去，召忽的死，给他造成心理重创，他既痛于召忽自决，也恨自己不能救友一命，于是固执地想要弥补，可除了以无用的外在之物，去装饰那冷冰冰的死亡，又能如何呢？

这样悲悲切切地走一路伤一路，仿佛走了大半辈子，他们才走到临淄。未曾入城，已有人前来迎候，头一个冲来的是乐无荒。无知封城时，乐无荒远在郑国，得悉齐国变乱，朋友去国，家人禁锁临淄，他本是极讲义气之人，立刻丢开手头事务，千里奔赴。也还凑巧，恰是无知被杀，城门已开，他便奔入城中，自此，不曾离开临淄半步，那居守的管、召家人，多得他周全照顾。

多日担忧安危的朋友，终于平安归来，心甚喜悦，可又见到那具薄棺，心又甚悲，不禁抚棺号啕大哭，想素昔执手同游、狂歌痛饮的朋友，今日阴阳两隔，永不能见，怎不让人肝肠寸断，愿与同死！

稍后接他们的人是忖里乙，令人意想不到的是，他是奉了小白之命，来给管仲脱枷，并带来了国君的问候：管傅车马劳顿，离家多日，暂归家与亲人叙别情，迟些日子，寡人当与管傅会面。

小白没有立刻见自己，管仲很能理解：两公子夺位，闹得风风雨雨，多少是非恩怨搅和进去，小白没想好如何面对他，他其实也没想好如何面对小白，倒不如这样冷处理，待事情的余波平息，彼此也想清楚想透彻，再见不迟。

撇却与小白的纠葛，管仲看出忖里乙身份的变化，问道："先生如今不在国学了？"

忖里乙点了一下头，眉眼间有几分得意，但为着君子不以得势而喜的矜持心，款款稳住了。小白继位不久，便册命忖里乙为大夫，时常召他入宫，咨询国政，寻访学问。外头浮言很多，都道傲忤不合群的忖里乙，何以得到国君重用，国君对他恩宠有加，目的何在，是仅仅找个话多的陪着聊天，还是有别的用意。

管仲对忖里乙的跃升，一方面为他由衷高兴，熬了这许多年，终于熬出头了，原来天尚有情；一方面也生出难言的顾虑，小白要用忖里乙固然好，但忖里乙其人是偏锋之剑，必须用得其法，用对了，一往无前；用差了，怕要误伤自己。

小白能真正用好忖里乙吗？管仲没法下结论，他现在与小白还有隔阂，没获得对国君言无不尽的权利，小白对他也做不到言听谋决。

暂不能觐见国君，管仲自要先归家。原来以为是寻常分离，没想到事起仓皇，这一别竟拖得如此久，连妻子产子也没赶上。听乐无荒说，儿子已会爬了。

这才踏进家门，一屋子等得心急火燎的亲人，搴衣挈裳地狂奔出来，见着活的管仲，都像被雷击了，呆着愣着、傻着蒙着，激动得不知该做什么好。先是管璧忍不住，抱着他大哭，倒把他哭得笑出来："这回来的是尸体吗？不然，何以哭丧？"

管璧呸呸地吐着，让他把不吉利的话咽回去，他偏就不肯，说自己若真有咒谁谁就死的本事，天下难事不虑矣。

因又与母亲叙话，管母不似管璧好哭，眼睛红了一圈，便渐渐消去了，平平常常地问了几句闲话，便让他去看妻儿，念叨着："婧太不容易了，身为丈夫，妻子生产，竟不在身边，你岂知女人的苦，以后不可再抛下她。"

管仲终于见到了儿子，果如乐无荒所言，真的会爬了，胖嘟嘟一小团，仿佛一棵嫩生生的花菜，他又是喜爱又是感伤，问道："取名了吗？"

姜婧惆怅道："你不在，谁取呢？"

管仲默然，突兀地说："可惜不是女儿。"

这话太不着边际，姜婧不明所以，或是当时人多，管仲不便解释，到了晚上，夫妻独处时，他才告诉姜婧，与他结成儿女亲家，是召忽的遗愿。

姜婧便觉伤心难持，哽咽道："忽为尽忠赴死，我不敢置喙，只是可怜妻儿孤苦，将来仰仗谁去？"

"有我在，有鲍叔在，不会没有仰仗。"管仲确定地说。

姜婧哀哀一叹，含糊地说道："还好。"

"还好我没赴死吗？"管仲猜中她的心思，偏要逗她。

姜婧嫌他玩笑开得过火，恨恨看他一眼，感怀道："我虽有庆幸之心，但也知道，你与召忽不同，他是赴义烈士，为酬答国士之恩，不惜以死相谢，而你不是。"

"我是怎样？"

姜婧用心地说道："你不为私恩死，不为小节小忠死，你持的是大节大忠，此大节大忠非关一人，大若社稷，广媲天下。"

妻子的轻言细语，没有矫饰的力量，却感动人心，刹那的柔情涌动，管仲将妻子揽在怀里，彼此依偎温存许久，姜婧说道："给儿子取个名字吧。"

管仲不迟疑地说道："我已想好了，叫友。"

姜婧懂得这名字的寓意，朋友之友，至友之友，这是用新生命的名字，来纪念那离去的故人，孩子每成长一天，仿佛为故人多活一天，为友谊多铭记一天。

"很好，就叫友。"她戚戚地说。

一旬后，召忽于临淄落葬。尽管他是为公子纠赴死，小白还是赠送了丧仪，称其为烈士。国君不计前嫌赞誉敌人，彰显了为君的宽广心胸。

鲍叔牙没能为召忽争取到加一等而葬的荣誉，但他对召忽的葬礼尽了全力，再殓以重棺，厚葬以金宝，召忽家人也说僭礼了，他却仍是固执己见，生不能为友共其有无，死要让友风光安眠。他甚至头一次动用宗子之权，为私事行方便，命令鲍氏大宗小宗都服孝送葬，服的还是重孝的齐衰。

管仲知他是弥补心态，偏执得失了理智，规劝道："你便是把天下人拖来殉葬，他也活不过来了。"

鲍叔牙岂能不知自己行为失度，可他就是伤心得控制不住自己，伤心里又有深深的自责，顽固地认定召忽的死，是自己佑护不力。

召忽落葬的第二日，小白突传君命召见管仲。对此，管仲平和淡定，鲍叔牙却紧张起来。召忽的死让他伤得太深，这创伤至今鲜血淋淋，痊愈遥遥无期，生怕朋友再出意外，于是说要陪着去，万一有什么祸事，他可以挡在前面。

管仲耐心地劝道："国君传召者，只我一人，你也跟去，岂不是在宣示，对他不信任？臣竟不信君，乃忤上之罪，没事也要惹出事来。"

鲍叔牙从来信服管仲，因为他以为管仲事事在理，纵有不放心，也把心摁下去，可人不去了，有些希望不能不说出来，于是期颐道："若国君令你执国政，望不辞。"

管仲一笑："一则国君不会令我执国政，二则纵使国君真有此意，我也当辞。"

在鲁国时，鲍叔牙说归国可执国政，管仲以为不切实际，回了齐国，他还是这意思，鲍叔牙仍不能理解，管仲到底在踟蹰什么，是对自己没信心，还是不相信小白？

小白召见管仲之地，并不在齐宫，而是城外的申池。寒冬之季，湖面风大且冷，湖畔花树凋敝，那如汪洋一般的竹林，也枯败了一大半，恍惚有一个师的黄发老者在此煎熬残年。

小白却像是不怕冷，一早率国君御士来到申池，在湖畔空地烧了两堆火，一堆火烤鱼，一堆火烤野兔，先在一边监工盯梢，后来嫌御士们笨得让人着急，总烤出夹生肉，他便自己挽起袖子，一面亲自动手烧烤，一面数落道他们怎能如此蠢！

管仲来时，小白刚烤好一条鱼，抬眼瞧见反缚双手的管仲远远走来，啧啧一叹，笑道："管傅何以自系桎梏？"

管仲恭谨拜下："不令之臣，身负重罪，不敢脱桎梏。"

小白玩味地一笑："管傅自称重罪，不知是何等重罪？"

"射君之钩，置君于死地，不是重罪又是什么！"管仲的语气很沉重。

提到射钩，小白便怅惘地抚着腰腹：“管傅那一箭，好不厉害，寡人险些丧命，为何如此不留情面？”

“当时情形，实为不得已，君有所为，臣有所忠矣。”

小白喃喃念着“君有所为，臣有所忠”，倏尔一叹：“管傅为尽忠而倾全力，是为臣之本分，寡人又怎会狭隘偏颇，与忠臣计较？”

这话一出，管仲的射钩之罪算是被宽恕了，小白便吩咐左右道：“为管傅脱去桎梏！”

管仲脱了束缚，小白顺手将一条烤好的鱼递给他，眨巴着眼睛，脸上现出恶作剧似的笑，盯着管仲咬了一口鱼肉，饶有兴致地问道：“味道如何？”

管仲轻一蹙眉，慢慢说道：“十分之……不好吃。”

小白大笑，或许是这事太可乐了，直笑得前仰后合，手里握住的鱼脱手掉落，眼泪飞出来，肚子也笑疼了。

周围的御士都有些尴尬之容，他们与小白朝夕相处了近半年，仍不习惯这位不愿掩饰情绪的国君。先君诸儿浪荡不羁，轻薄俗礼，仿佛对天下万事不在乎，但也要矫饰心情，怒时说无恙，喜时说无趣。据说喜怒不形于色，是一个有城府的君王的基本素养，让臣下猜不着心思，他们才会害怕你，并臣服你。可小白到底算怎样的君王，若他将悲喜怒愁都一一显露，如何以不怒自威震慑臣民？

笑起来便收不住的小白，终于把笑容刹住，微敛声色，说道：“召管傅来，有几件事。头一件，雍廪这人，管傅是知道的……”

对雍廪的事，管仲远在国外，也有耳闻，雍廪孤身刺杀无知，成了齐国的功臣，在弑君之变中百无一用的卿大夫们卸了肩上重担，纷纷推崇雍廪为齐国第一勇士，有激赏雍廪非凡胆略的，请雍廪做他家私属家臣。然雍廪对诸多赞美与拉拢毫无兴趣，只求在先君安葬时，服重孝为先君灵柩执绋。

这样一个于国有功的孤胆英雄，不求功名、不要荣誉，那他要的是什么呢？管仲浮想着，耳听小白说道：“他对我齐国有大功，本该大赏，可他既不求升秩，也不要赏赐。寡人前回问他有何求，他称，愿追随管傅。”

管仲一惊，他是真的猜不到雍廪的要求是追随自己，小白叹息道：“雍廪有心追随管傅，难为他如此人物，竟甘愿伏身为臣仆，管傅以为如何？”

“臣……想想。”管仲只能暂时给出这个回答。

小白也不逼他："那便想想。再一事，关于管傅的仇人……"他住了口，像是故意留个话茬，等着管仲来问他。

管仲异常冷静地说："臣没有仇人。"

小白想不到他会是这个回应，愣了一下，倒笑起来："管傅扯谎，谁会没仇人，管至父不是你仇人？"

原来说的是管至父，无知身死，作为同伙的连称与管至父被逮拿下狱，但因弑君之变后国政不宁，接续又有夺位之争，卿大夫忙着讨论谁来做国君，竟来不及给这两人处刑，便一直关押。

"不是。"管仲一如既往地神色不异。

小白对这答案不满意也不理解，说道："寡人岂能不知，他过去得势时，曾欺凌管傅，管傅难道不恨他吗？"

"恨过，但不是仇人。"

"那……管傅以为，怎样才是仇人？"

管仲神色凝重地说道："仇既有私仇，也有公仇，私仇者，毁家灭族；公仇者，弑君灭国。臣无私仇，至若公仇，前有无知也。而管至父，相与弑君，是为公仇，人人可敌之，岂能是臣一人之仇？"

小白略有些迷惘："依管傅之言，管至父反成寡人私仇了。"

管仲的神情更严肃了："非也，国君只有公仇。"

小白沉默了，过了一会儿，漠漠地说道："既是管至父并非管傅私仇，便不用理会他了。"他原来是要告诉管仲，管至父与连称俱论处大辟之刑，按着管仲与管至父过去的是非纠葛，八成要幸灾乐祸一番，他便可当个乐子，但管仲不以为私仇，那么这人的生死，于管仲来说，就无所谓了。

然而这一番对话，后来的很多年里，小白都会不断温故，直到某一日，他将彻底领悟，作为国君的他只有公仇，而管仲，从没有私仇。

他打消了找乐子的念头，说道："最后一件，寡人恐要烦劳管傅职司一要紧事。"

"为君分忧，是臣职分，怎敢让我君称烦劳。"管仲诚惶诚恐道。

小白淡淡一笑："年末乃会计国会之时，每年国会之算，常有出入差缪，衡不得准，国不得立，寡人想请管傅今年司国会。"

原来是为这事，管仲还没回答，小白又说道："司国会之事，烦琐多务，人少了举事不便，故而寡人欲为管傅寻一帮手。”他若有所思地看着管仲，道，“管傅也认识，是忖里乙。”

与忖里乙共事？管仲心头腾地一跳，可小白的话还没有说完：“国会在于衡，不衡何以成国。君不守衡，臣家守；主不守衡，仆家守。想这齐国之境，陪臣封建之地，寡人不能守；山间林野之地，寡人不能守；边鄙远疆之地，寡人不能守。寡人之国，五分不能守其二，明明是衢处之国，却似托食之君。”

这语气太像忖里乙的口吻，若不是此刻站在面前的是小白，管仲还以为是忖里乙在演说轻重之术。

他担心小白言之过偏，提醒道：“我君令臣司国会，稍稍说远了。”

“没说远，这就是寡人的本意。”小白确定无疑地说，“司国会之务，是为矫正国不能守之弊，期管傅与忖里乙同心协力，重正国会之轨，事之大务是如此，至于一应细务，管傅可去问忖里乙。”

这司国会是小白的意思，还是忖里乙的意思？忖里乙到底对小白灌输了怎样的思想？小白又想借着司国会希图何事？管仲生出了种种疑问。

那壁厢小白说完正事，又捞起一条鱼烤将起来，语气轻松地说：“好歹说完了，待寡人收拾了鲁国伪君子，再议他事。”

齐鲁要交兵吗？

但小白仿佛是随口之言，自此再不提一个字，更没有像鲍叔牙认为的那样，让管仲执国政。

也许在小白心里，此时只把管仲看作尚可闲聊的臣子，既没有认定管仲为独一无二的辅相之才，也没有全心交托自己的信任。而管仲，也还不能倾尽全力辅佐小白，将自己的理想与小白的理想合为一体。发生在寻常君臣之间的嫌隙、生疏、防备，在他们身上依然存在。

管仲与小白，在成为一对精神契合、信仰一致、责任同担的君臣之前，还有漫长的路要走。

二

小白出兵鲁国的提议，刚一宣示朝堂，卿大夫们有大半反对。

年中才与鲁国在干时激战一场，歇了半年不到，战士的伤还没养好，又要举兵，而且鲁国也没有影响邦交的恶劣作为。前回鲍叔牙率师赴鲁行成，让鲁国杀公子纠，鲁国杀了，让鲁国放了管仲召忽，鲁国放了，温顺如绵羊，老实如黄牛。国君到底哪里气不过，定要与鲁国过不去？

“鲁国无礼于我。”小白的回答很简洁，却隐着不容置疑的君王力量。

鲍叔牙也不赞成加兵于鲁，国君继位半年，连续两次兴兵，头一次可以说是自卫反击，这第二次便师出无名。国君言鲁无礼，是怎样的无礼呢？在国君承位时，支持公子纠吗？那么这出师，难道仅仅为泄愤？

有了鲍叔牙打头阵，卿大夫们蜂拥而上，七嘴八舌地进谏：伐鲁无益，伐鲁有弊害，我君当休养民力，再说快过年了不是，元朔兴兵，是为兵者，凶事也，很不吉利。

小白沉默地听着群下纷议，丝毫不见恼怒，却露出怪异的笑容，慢腾腾地说道：“二三子糜碎心肝于鲁，好不感人，怪不得前番与鲁盟誓，其赤诚之誓，言犹在耳。”

国君突如其来挥出一记暗拳，下头遭了迎头痛击，登时鸦雀无声。

与鲁盟誓的丑事，是卿大夫们的心病。平日耀武扬威夸夸其谈的齐国君子，国难当头，社稷倾危，不是奋起抗争，为国舍命，而是屈服于别国淫威，任其凌轹，说是正君位盟誓，其实与城下之盟也无二致。

正因太丑，当日携盟书归国的大夫们听说小白继位，惊惶之下，将盟书烧成了灰，以为这样一番自欺欺人的操作，再去新君面前觍脸呼一声“我君万年”，小白便不会追究。可不是吗，这一年要过去了，小白对盟誓的事提也没提一声。

现在好歹是明白了，小白不提不是不追究，而是把旧账都记在心里，只看他愿不愿翻出来，然而他即便要算账，又如何知道谁联署名字，谁没有落名呢？

忽然诸大夫都聪明地想起来了，鲍叔牙从鲁国返回，将一件鲁侯的礼物转给小白，那礼物装饰得精巧雅致，据说是满满一匣奇宝，晶莹之光真要闪花人的眼，往那奇宝里翻一翻，最下边埋着一份系了丝绳的卷帛——齐鲁盟书。

鲁侯把齐国诸大夫卖了。

因鲁侯着意叮嘱过此礼是送给小白，鲍叔牙从不曾有打开观瞻的好奇心，所以从头至尾，鲍叔牙也不知道里边装的是什么。

明眼人都看得出，这是鲁侯施的离间计。只因小白的抢先夺位，打乱了他的全盘计划，致使干时惨败，插手齐国内政的美梦成了空，过去忍了诸儿八年，现在又要忍小白，他也是被逼得投告无门，才想出这下作手段，竟也不怕背上无信的恶名。

小白发现盟书后，久久不言，只说了一句话：“寡人成全你。”

成全谁？成全鲁侯，还是成全与盟的齐国大夫？直到小白宣示兴师伐鲁，所有人才仿佛醒悟，也许是要一起成全。

这次论议伐鲁的朝会不欢而散，国君不高兴，卿大夫们也不舒服。齐鲁盟书是一根刺，拔了也就拔了，翻篇了过去了，大家自在上路，国君留着这根刺做什么。

散朝归家的鲍叔牙，想起伐鲁，又想起盟书，无论哪一件事，都让他烦恼，行到半道，忽命御者转向，驱车往城外而去。

原来管仲被小白遣去负责国会，仿佛是为了躲过临淄城内的纷扰耳目，竟不在城内会计，却将办公之地挪去了一处国都乡邑——繇乡，距临淄城有五里之地。

繇乡在归属国都的诸乡里，田土最广，由于周代军制以田土广狭为征赋基准，因而繇乡的军赋负担很重。农闲时作战也罢，若是农忙时兴兵，青壮年劳动力都在战场上搏杀，只好妇孺老弱下田犁地。

管仲与忖里乙的办公之所，临时设在乡大夫公署。不同于边鄙的小乡邑，作为行政长官的里君职位低微，一辈子熬得头白，也未必能进入临淄城面君。繇乡是大乡，而国都乡邑的长官是大夫，爵秩虽比不得内朝大夫，但也不低，因其职责是为国君看门，与国君也说得上话。卿大夫家族常将支脉别宗塞到国都之乡做乡大夫，混上几年，熬熬资历，便能入内朝为君谋事，无形中使得乡大夫成为想往上爬的小宗镀金的抢手职务。

这繇乡的乡大夫是崔氏小宗子，名叫崔子服，听说国君遣近臣来此处分国事，赶紧将大夫公署让出来，里外打扫得一尘不染，一根头发不见，殷勤问候还缺什么，甭管吃的玩的，男的女的，只要吩咐一声，立刻奉上。

“我等奉君命司事，岂是来此玩耍！”忖里乙板着面孔说。

崔子服赔笑道：“是，国事靡盬，不遑启处。”

管仲与忖里乙在繇乡驻扎，一时间，各乡邑报上来的统计荟萃于此，起初他们以为既是一国之算，应是卷帙成山，特意搬空了一间屋子，专门用来安放各乡邑的比要（即统计簿册），结果，大半乡邑的比要都收上来了，也没放满屋子的五分之一，堆起的卷帙上头还空着一大截，足可站一个人。

再看那比要，有的乡尚能潦草写出人口数耕地数，一到本年收支就成了糊涂账，有的乡却只有两行字，简牍底下空白太多，可能乡官也不好意思，于是补上一段对国君的思念之词。

忖里乙看了两日怪相不断的各乡邑比要，苦笑连连：“这便是齐之国会，下不司事，上不问责，上下相瞒，乱之本也。”

鲍叔牙来时，管仲与忖里乙已无比要可阅。剩余没有上交比要的乡邑，派人去催，回复是等一等，拖欠理由是花样繁多，这个是老母重病，那个是妻子难产，还有的是吾家死人，不得已要奔丧。

忽在繇乡看见鲍叔牙，管仲略感愕然，鲍叔牙不想直抒来意，含蓄地说道：“来看看你，再有些小事咨询。”

管仲领会其意，与忖里乙说了一声，便带了鲍叔牙往别屋叙话，两个方坐定，鲍叔牙不先说自己的事，问起管仲这阵子会计国会的情况。

管仲摇头叹道：“齐国都下辖之乡二十余，郊遂之乡有一百余，上交比要者三分有二，其中，只有二分之一勉强能书会数，其余二分之一，会数不可读也。”

这糟糕的状况，鲍叔牙也始料未及，惊讶道：“偌大齐国，竟是浑噩一团吗？”

管仲忧心忡忡道：“下以浑噩理事，君以浑噩治国。上下皆不知国中战士几何、野氓几何、工商几何、游士几何、田土几何、山海几何。平时无事，遇变则以乱应乱，哪一日国中之人尽皆不在，只怕还以为能拥内众而拒外敌。”

鲍叔牙听得心惊：“国会之算，历年皆有，却从没人察知问题，未想齐国之政，紊乱如麻。夷吾以为，可有解决之道？”

“并非朝夕可以解决。”管仲凝起眉头，片时，一字一顿道，“倘要决此国会之乱，唯君尽心，臣死力，遇难不退，遇险不避。”

鲍叔牙明白了，解决国会混乱的办法，不是简单的改变行事作风，而是变革，可要变革，便是将现状推翻了重构，谈何容易！正如管仲所言，君要以全心支持，臣要以死力谋事，管仲也许具有坚钢不摧的能量，可小白有没有勇往直前的魄力呢？

管仲把这事暂置一边，说道：“说说你的事。”

鲍叔牙叹了口气，郁闷地说道：“国君一意孤行，誓要伐鲁，诸大夫反对，他竟用为公子纠盟誓一事，堵大夫的口。”

管仲一阵讶然：“伐鲁？”忽想起那日在申池，小白无意中透露的只言片语，说道：“是为泄愤吧。”

“我也这么想。”鲍叔牙即便能理解小白的怨愤，还是以为过于任性了。他不愉道：“为泄愤而擅举兵戈，诸大夫苦劝，他也不听，倒来怨责诸大夫为鲁操心。”

“国君与公子纠夺位，已成生死仇雠。他怨公子纠，自然要怨鲁国，一并怨与鲁盟誓的诸大夫。这口恶气不出，他不肯罢休。”

“我是想，夷吾向来多智，也比我善言，你能不能进言国君，劝他罢兵戈。”鲍叔牙请求道。

管仲叹道：“鲍叔之心，我自然明白，但我便是进言，国君也不会听。”他心里很清楚，他与小白，还没有到全心托付的地步，他说的话，与诸大夫所言，并没区别。

鲍叔牙愁得眉目不展他自教导小白以来，小白每有错事，他便如临大敌，若不能敉平这错误，真要愁断了肝肠。他烦懑地说道：“那该怎么办？”

“不管。”

“不管？”鲍叔牙愕然。

“国君其人，惕而有大虑，然无小智，性又纵逸，不喜拘束，若用力规劝，惹他反感，只恐激出大祸来。可待少时，悔必将及。”

管仲的意思是让小白自己想明白，鲍叔牙半信半疑，但他知道，最了解小白的是管仲，最能忍小白的也是管仲，所以他希望管仲能成为小白的辅相，上次两人在申池见面，小白未提管仲执国政之事，这让他久不能释怀。

小白到哪一日，才能醒悟过来，管仲是他可以倚重一生的良臣？

鲍叔牙没在繇乡待多久，因要赶着回临淄，与管仲匆匆话别，出门却遇见崔子服，见他一脸惶急，地鼠似的钻来钻去，像要赶着去抢亲。

乡里碰见鲍氏宗子、国君宠臣，崔子服怎能不献媚。鲍叔牙才与他客气地寒暄了两三声，他倒说了一箩筐恭维话，马屁拍得都要冒烟了，那话茬还没断，弄得鲍叔牙走也不是，不走也不是，只好含混说道：

“崔子忙呢……”

鲍叔牙是委婉表达你忙着我先走，崔子服却当成是向上峰汇报业绩，更来劲儿了，口沫横飞地说道：“可不忙着呢，前头为会计国会一事，跑前跑后，以至老母不管、妻小不顾，然为我君分忧，也是该当。今又接到大蒐礼君令，急征军赋，每回蒐礼皆是国乡之责，真要跑断腿……”

后头的话，鲍叔牙无心听进去了，他唯记住大蒐礼。国行蒐礼，必为兴兵，一定是卿大夫们反对小白伐鲁，小白懒与他们说理，索性越过卿大夫们，直接下达大蒐礼的君令，这独断专行的作风，很像末世的先君诸儿。

鲍叔牙打个激灵，不与崔子服纠缠下去，紧急赶回临淄，才入国都，已是满城风雨，人人在说国君兴师伐鲁，卿大夫有进谏者，一律挡了回去，唯见了高傒一面，高傒问国君伐鲁可是为了发泄私怨。

小白特别坦率说道：“寡人欲使齐鲁如先君时。”

这回答让高傒竟没法接招了，使齐鲁如先君时，即是如诸儿时，彼时的鲁国仿佛齐国的狗，无事不顺，无役不从，几乎类于附庸国。诸儿死后，齐鲁关系一夜之间颠覆，昔时奴颜卑躬的鲁国竟敢插手齐国内政，大军还深入齐国国境，倘不是齐国战士英勇抗敌，只怕鲁军要饮马淄水。

也许那种主仆似的邦交维系时间太长，以至让很多人习惯了，固执地认为过去的齐鲁关系是常态，现在是变态，所以小白要恢复常态。

齐国将伐鲁的消息，很快为鲁国获知，鲁侯当时就傻了，一招恶毒的离间计没让齐国烧起来，反把火引到了自己身上。

干时之战的覆败，让鲁侯心有余悸，卿大夫们也后怕，至今回想，后脖颈子还发凉，仿佛齐国追兵的冷箭仍在两寸之外嗖嗖掠过。

鲁侯急召群下商量对策，三分之一的大夫力主一战，倾举国之力打败齐国，便能一劳永逸；再三分之一建议和谈，只要避免战争，城下之盟也可接受；最后三分之一没主意，风吹即倒，战和都赞成。

永远主战的公子庆，慷慨陈词，表示他愿率师与齐血战，痛斥主和的大夫是懦夫，两边倒的大夫是废物，后来骂激动了，主战的大夫也被他唾弃为无能之辈。

公子庆这遇事便抡拳头的做派，像是血里燃着炭，天天烧得慌。鲁侯看不下去了，埋怨道："前回寡人听吾子一言，与齐战于干时，结果我师败绩，甲兵残失，战士顿挫。如今又要战，携我衰残之师以敌齐虎狼之师，吾子可有十全把握？"

施父忙道："臣早言之……"

鲁侯也受不得他了，迅速打断道："行了，早言之、早言之，吾子除了早言之，还有何善言？皆因二三子言得多，行得少，置鲁国于累卵之境。"

鲁侯仿佛炮仗，逮着谁炸谁，只要有人进言，必被他回怼，这不仅是为齐所逼而激出怒气，也在发泄往日的怨气。国君理智不存，下头不吭声了，与其提建议遭驳斥，不如沉默以对。

没人进言，鲁侯更不乐意，拍着大腿，叹道："想我周公之国、秉礼之邦，无一个敢担当者！"

夹在人群中的公子友慢慢地说："臣以为举大事问国人，今鲁有国危之难，我君何不询国人。"他说话永远不疾不徐，声调不高不低，与惯常急火攻心的公子庆对比分明，鲁大夫都道他是没脾气的温吞人，像是没睡醒，有一半的魂陷在梦里。

鲁侯把身子立了起来："询国人何为？"

国君分明急于求答案，公子友还是慢悠悠地说："国有大事，则致万民而询焉，一询国危，二询国迁，三询立君。今齐侵我鲁境，是国危矣，而齐于我国人，是为同仇之敌，国人焉得不献良策进善言，为君分忧，为国担责？"

这是把战争之难宣示中外，鼓励国人建言建策，没准说话的人多了，真能得胜敌之策，就算得不到，激发出国人同仇敌忾之心，也能凭此一战。

"善！"鲁侯又拍大腿，但这次是受鼓舞的拍打，他趁机对群大夫训诫道，"二三子当效公子友，进良言，少空言，尤其不当说'早言之'的废话！"

鲁侯向国人咨询迎战决策的君令，于当日宣布国中，国人若有退敌之策，可往周公庙献言，不拘说什么，只要敢言，国君皆察纳之，且有赏，如能退敌，更有大赏。

主要为讨赏赐，次则为平国难，国都的国人积极进言，一日之内，曲阜城近半之人涌去周公庙，真是说什么的都有。有的说让他率师出征，必定马到成功；有的说他可潜入齐军，刺杀齐侯；有的说他认识异能之士，可在泰山下诅巫退敌；或是纯粹出于瞎说八道，反正也能揣一点赏品归家。

负责纳言的小司马听得满耳杂碎，一面录笔不遗漏，一面一一筛选，简择部分尚可一听者，上报给鲁侯，请国君斟酌之。鲁侯看了半日，从诸多的言论里，翻出一份献策，沉吟良久，说道："让这个人来见寡人。"

左右不敢怠慢，问国君是哪个，鲁侯熟稔地说出了一个名字："曹沫。"

一听是曹沫，众人都不陌生。曹沫在曲阜城是名人，皆因他太愤世嫉俗的缘故，鲁国卿大夫们很少没挨过他的骂，过去有人向先君桓公举荐他，桓公嫌他过于激愤，弃之不用。鲁侯自小就听过他的轶事，知道他与管仲、鲍叔牙交好，这两人如今是齐君小白宠臣，若鲁国起用小白宠臣的朋友，哪怕别无长处，也可以硌硬小白。

有国君的宣召，曹沫来得很快。鲁侯像浏览史书一般打量他。百雉城墙似的身板，那背脊骨像是不会打弯，即便对国君稽首行礼，也直得很。外头都议论曹沫刚正而暴烈，天天骂"肉食者鄙"，惹得诸大夫不悦，施父尤其不舒服。

鲁侯开门见山道："曹沫……你献策寡人，说决战之资，不在他人，而在寡人？"

曹沫倾身拜道："战之事，举兵于外，而谋事于内。邦内不和，不可以整军；军心不齐，不可以列阵；布阵不谐，不可以出战，此为三教。且夫三教之成，在君矣。"

话说得简练，却切中要害，鲁侯以为所言得体，颔首道："善！然而今寡人与欲与齐战，奚如何？"

曹沫不作答，反而问道："敢问我君，何以为战？"

这是问鲁侯凭什么敢与齐战，鲁侯仔细地想了一想："衣食所安，弗敢专也，必以分人。"他显出几分得意之色，作为一个嗜好囤财的君主，肯与群下分宝贝，鲁侯觉得自己大方得超乎想象。

曹沫摇头："君之赐，恩惠不遍人，小惠耳，民不得惠，不可为战。"

国君的恩惠，也只局限在近臣，而与敌作战，却要牺牲那些从未得到国君优渥的普通战士，让他们为没有得到的恩惠而战，太过牵强。鲁侯只好又说："牺牲玉帛，弗敢欺神，必以信。"

在人身上寻不到为君作战的理由，竟去求神的护佑。曹沫又摇头："今君祭神求福，仅为利己，不为利民，乃小信，神不赐福。"

曹沫不停地摇头，无论鲁侯找出任何理由，他都不赞同。鲁侯也焦虑起来，忽地想起刚刚曹沫提到的"三教"，刹那间醒悟了，说来说去，曹沫认为胜敌关键，在民心。

他庄重地说道："大小狱讼，虽不能尽问，必以情。"

曹沫露出一丝浅笑："此为民谋利，可凭此一战。"

终于不摇头了，但凭此一战，具体策略又当如何，鲁侯问道："然则如何战？"

"臣敢辱我君，战则请从，必退齐师！"曹沫铿锵有力地说道。那不惧死、不畏战的丈夫气魄，感染了鲁侯，他像曹沫似的，脊梁也挺直得折不弯，毫不犹豫地说道："沫有必胜之志，寡人又有何惧，当与沫同乘，与齐一战！"

鲁侯与曹沫一番论战，极受鼓舞，擢升他为下大夫，与自己同乘，共击齐军。对此打破常规的举动，鲁侯宣称非常之际当有非常之举。这让一帮子守旧的卿大夫恼得骨头都要生烟，施父一连碎碎念了几日的"非礼也"。公子友建议国危询国人，询也无妨，得了良策，赏赐便是，有必要为一策而乱常秩吗？

诸大夫与鲁侯理论：我鲁国乃周公之国，怎可效仿隔壁齐国，让小人与君子同埒！鲁侯当面就驳道：二三子不服曹沫，二三子去退齐军，倘不能举策退敌，在此饶舌有何用！

鲁侯不拘一格重用曹沫，却振奋了国人，这仿佛是在黑沉沉的等级天幕上，忽然现出的一线阳光，人人追着那阳光奔过去，原来一个人只要有真才，便有可能突破身份的界限。于是这一次举兵的大蒐礼，国人踊跃应征。往年遂人征赋，常会遇见逃役事件，今年却容易得很，都道曹沫给了无数有心上升的国人希望。

集结完毕的鲁军，即刻开拔战场，而这时的齐军，已挺进鲁国边境。

行过新年告朔礼，齐师从临淄出发后，一路顺风顺水。冬日之季，天却清爽，风也不烈，有时太阳还挺大，暖烘烘地晒在身上，格外惬意。进入鲁国后，齐军做好了与鲁军决战的准备，却迟迟不见鲁军出现，仿佛鲁国人被干时之败吓破了胆，召集不起一支可与大国对抗的军队。不被阻击的齐军便长驱直入，沿途数个边鄙小邑不堪一击，摘熟桃子似的，举手便落了，缴获的各样战利品不计其数，一起装车押走。

这日齐军抵达长勺，便是那既会制酒器又会酿酒的长勺氏聚居地，或是惧于齐军淫威，长勺氏们闻风遁逃，人生了两条腿可以跑，酿酒坊里的酒没有腿，留了下来。

早就听闻长勺酒特供鲁侯，齐军把酒坊里的酒统统充公，选出最好的两罍酒，虔诚献给国君。小白好奇又好酒，当下饮尽一爵，赞美道："果然是好酒！"

小白因此下令："国君一乐何如众人同乐？将酒分发全军，当与寡人共饮，为庆贺伐鲁顺利，也为祝福新年，今夜无算爵无算乐！"

出师遂顺，又得好酒，齐军战士人人欢喜，你捧一觯，我擎两杯，恭贺我君万年，乐和得仿佛已占了曲阜城，这手里捧着的，是鲁侯的头盖杯。

一夜纵酒，忘乎所以，人醉了，意识缥缈了，恍惚以为身在临淄郊野，天上那轮轻薄的月亮，永远倒映在淄水里，别处的水，没有这为月所凝的荣幸。

月亮还不曾隐没，醉得梦也忘记做的小白被人摇醒，有人在他耳边狂呼："鲁军来了。"

鲁军来了！

宿醉的齐军手忙脚乱地着戎装持兵杖，叵耐醉得过狠，腿直发软，登战车时没法潇洒地跳跃，只能手脚并用地爬行。车下步兵也是头晕脑涨，列阵时找错了战车，与其他步兵挤作一团，相互埋怨，吵吵嚷嚷。

相对于嘈杂的齐军，逼近阵地的鲁军静若渊薮，所有声息都稳稳地沉压下去，那为风所振的旌旗，也威重而有规律地叹息着。

两军列阵以对，仍与干时之战一样，俱是两军。齐军是入敌国作战，唯一战决之，取胜之心比鲁国急切，率先敲响了战鼓。

既然对方欲战，战便是。鲁侯也要敲战鼓，为他驭车的曹沫果断地否决道：“不可！”

对方有战斗之意，我方竟不动吗？鲁侯忧道：“何时可？”

“等！”曹沫唯一字答应。

急欲决战的齐军敲得那战鼓如同盛夏惊雷，轰隆之声，震彻长天，预示着一场剧烈的暴风雨即将到来。然而，对方军阵却镇定若泰山，任凭山巅雷嗔电怒，一木不摇，一石不松，不见丝毫动静。

雷声徐徐减弱，暴风雨没有来到。

须臾停歇，第二遍战鼓再次敲响。

鲁侯不以战鼓回应，先去看曹沫，那张冷峻的脸上没有一丝表情，于是鲁侯握紧了鼓槌，仍然不动。

第二遍战鼓如同春雷，雷声在远山发作，随春风春雨传于四海，伴随雷声来到的是万物复苏、天地始开，一个崭新的世界将在春雷的鸣唱中诞生。

鲁军像被冰封了千年，春雷惊不醒他们沉睡的意识，春雨化不开他们寂静的思想。想立即投入战斗的齐军原还可趁着没消的酒劲，痛快地暴揍对手，却见鲁军如死了似的，仿佛面对一堆没有知觉的白骨，都觉泄气得很。有战车甲士不顾军中不可喧哗的禁令，也可能是酒没醒，大声地咒骂起来：要战便战，这般不死不活，是欲何为？

第三遍战鼓漫不经心地敲响了，这趟却似冬雷，偶然响于天际，沉闷而孤单，带不来任何改变。击鼓者也累了，把这鼓击得断断续续，要死不活，不像战鼓，更像催眠曲。

鲁军久不做反应，齐军战士等得烦躁，沉淀在胃里的酒意冲上来，眼花了头晕了，呵欠不知不觉打出来：要不这仗不打了，各自回营睡一觉，睡饱了再战如何？

曹沫猛地呼道：“可矣！”

鲁侯问也不问，想也不想，挥起鼓槌，用力敲击下去，被齐军战鼓一遍遍刺激斗志的鲁军，终于听见进攻之鼓，那憋了许久的怒火爆发了，向着齐军整齐地踏步前行。

鲁军这是要决战了吗？快睡着了的齐军处于半梦半醒间，对现实世界存有疑惑，适才期盼决战，现在对方主动出击，倒有些措手不及。

两军皆以下军先出战，鲁军是守国门而御外敌，气势汹汹，安行疾斗；齐军于宿醉中惊醒，加上长时的等待，斗志被胃里的酒消化了，刚举第一步，军阵左翼便歧出一角。

两军左旋的一刹，干时之战的对战景象重演了，但却是局面互换，齐军上军遭到腰斩！

鉴于干时之战的教训，齐国战士的单兵作战能力强于鲁国战士，鲁军始终保持军阵完整，绝不以单兵出列。被腰斩的齐军聚合不起一股力量，像被绞断成两半的绳索，鲁军不像干时之战的齐军存着全歼的贪念，把兵力撒出去围追堵截，而是迅速而凶猛地精准打击其中一半，将这一半再次腰斩。

被切成数段的齐国上军像被冲垮的堤坝，遏不住奔涌的洪水，尽管不避斧钺的齐国战士，人人英勇善战，但单个的力量不能对抗集体的合力，失败在所难免。

齐国下军覆败，观战的小白不甘心失败，想全军压上赌一把，大不了又混战。有清醒的甲士谏道："我君想要全军被歼灭吗？"

顶着国内的反抗之声出师，打了败仗不说，再落个全军覆灭的下场，那帮卿大夫还不得抢地而号：国君不听忠言，致我齐国战士死伤！

齐君退兵的金铙敲响了，未战的上军撤离战场，战败的下军也奔逃而归。望着败退如潮的齐军，鲁侯狂喜过望，即要命令全军追击败兵，将干时之战受的窝囊气统统讨回来，曹沫再次拦住了，说道："不可！"

他举目观望了一会儿，这才点首："可矣！"

号令之下，鲁军追了出去，干时战败的屈辱与敌国入侵的愤怒，燃烧成势必歼敌的决心，鲁国战士奋勇争先，追得是风生水起。齐军生怕被俘，一切以逃生为优先考虑，阻碍奔逃的负担一概丢掉，兵杖、旌旗、甲胄、粮秣，该丢不该丢的一概丢掉，夺取鲁国边鄙时缴获的战利品也丢下了，还好小白撤离及时，没像上次鲁侯那样，把国君戎车丢给追兵，好歹是保住了大国君主的尊严。

长勺一战，鲁国大获全胜，鲁侯喜得将缴获的齐军战利品，择其可者分给全军，慷慨得不像他的作风。然能有此胜，亏得有曹沫举策得益，鲁侯是自己无方，便把赌注都压在曹沫身上，毕其功于一人，其实他不太明白为何会胜，便向曹沫讨教原因。

“前日我师已出，子却言，应该缓一缓，不急与齐战，是为何？”

“入他国远征，以速战为要，我当避其锋芒，以小败使其骄傲，骄兵而劳师，怎能不败。”

“三鼓而战，胜而不急追，又是为何？”

曹沫平静地一笑，道：“夫战，勇气也，一鼓作气，再而衰，三而竭。彼之士气衰竭而我之士气充盈，故能克敌。然大国之意难测，恐有伏兵，臣视其车辙乱，望其旌旗倒，是真败，故敢逐之。”

鲁侯恍然大悟，原来“不可”与“可矣”的简单言辞，藏着这样深思熟虑的谋断，鲁侯对曹沫赞不绝口，也对自己敢用曹沫，自誉不已。

齐鲁长勺之战，鲁国以一鼓之师逼退了齐国衰竭之兵，齐鲁关系没有像小白期望的那样，恢复如先君时，反而埋下了更深更持久的邦交矛盾，齐国为此战付出的代价，将在未来的岁月里渐渐显露，后来人们回顾历史，惊然发现，那一场激荡春秋的变革，原来是始于长勺。

但这场于鲁国来之不易的胜利，却使曹沫一战成名。

从此鲁人提到曹沫，不再是怒吼“肉食者鄙”的曹沫，而是在长勺战胜齐国的曹沫。

三

战败归国的小白，约莫是觉得丢脸，一进入临淄城，就把自己关在宫里，禁断任何人求见。听闻国君打了败仗的卿大夫们，闪入心头的第一个念头是：我早就知道了。于是众卿大夫急不可耐地等着国君回来，必要与他原原本本地论理，说到他脸红认错。

可小白拒绝与生人见面，一场窝窝囊囊的败仗，让人变成了鬼，他不需要蓬勃的活气来救自己，只愿闷在无人的世界里冥想，也许就想通了。

如果想不通呢？

小白回国的翌日，管仲与忖里乙也返回临淄。入城时，天已向晚，忖里乙本想马上面君，管仲以为不可：天要黑了，不必夤夜觐见，扰君清梦，明日再见吧，后日更好。

“为何要拖？”忖里乙感到迷惑。他们在繇乡会计国会，查出太多问题。忖里乙几回感叹，这齐国稗政竟比各乡邑的比要还多，依着他的脾气，别说快天黑了，就是中夜时分，也要请命见君，将会计国会的全部情况，一五一十地告诉国君。

管仲说道：“长勺战败，国君心不洽，不宜于此时再添烦恼。便是这国会之弊，该如何说，说多少，也当斟酌。先生稍安，容我细究，自不会贻误大事。”

只因战败，就不理国政了吗？忖里乙更不能理解了，当初他向小白提出应重视国会大比，此为国君掌权的关键，小白听他演说轻重之术多日，很是信服他，才令他与管仲同司国会，小白信任他，他也会全心待小白。可照管仲的说法，会计国会中发现的问题，要对国君有所隐瞒？这种做法，与那些欺上瞒下的蠢蠹乡官，有何区别！

忖里乙露出厌恶的神情，冷淡地哼了一声，语气轻鄙地说道：“瞒而不言，你也这样想。”

管仲情知忖里乙对自己生了嫌心，却没法廓清误会，他可以费力开释这样做的复杂原因，忖里乙却未必能懂，懂了也未必肯从。

忖里乙有才干有想法，也有成好事的决心，但他太过骨鲠刚烈，常常不知转圜，前边是墙，非要撞上去，好心者告诉他旁边有路，也不回头。

管仲耐着性子说道：“先生误解了，夷吾岂会瞒而不言？然而事有轻重缓急，言有详略难易，国会之事，涉及到一国大计，怎能仓促进言？望先生耐心。”

忖里乙沉默着，神色有些黯淡，没精打采地说道：“罢了，明日再说。”

两人在城内分手，管仲莫名不放心，临别又嘱咐道：“先生请耐心待之，即便要见国君，也当与夷吾同见。”

忖里乙好像是应了一声，但他没回头。

周历二月，却是严冬之季，临淄城寒风振荡，满天飞舞着枯枝败叶，天色渐趋暗沉，一抹紫红晚霞渲在西城，血泪似的慢慢滚落。忖里乙的背影像一叶飞出墙头的残花，为风吹得越来越远，管仲待在原地目送他很久，说不来的忐忑情绪，让他生出任性的冲动，想要追上忖里乙。

追上以后呢？再与他说一遍不要着急吗？管仲以为自己可笑，是自己想多了吧，这样疑神疑鬼，毫无必要。

管仲刚进家门，里头便来报说，有客人拜访，等了他大半日了。

“是谁？”

不用说明，来客已走了出来，两下照面，管仲惊喜呼道：“宾胥无！”

自先君齐襄公五年（公元前693年），宾胥无赴京，已有八九年时间。他一直待在京师，求学不倦，矢志不渝，几要将周王室典藏的礼书刑书阅至韦编三绝，现在终于回国了。

他欢喜地问宾胥无：“何时回来，面君了没有？不知老友来访，害你苦等，实是对不住。”

宾胥无说道：“前日刚回来，已见过国君，还见了鲍叔。闻夷吾今日归家，特意来遇你，为见老友一面，苦等又何妨。”

两人一面说一面往里走，都为这重逢激动难耐，想起当初他们同为国君御士，相处甚善，中道各为其事，一晃过去多年，一场弑君之变，从前的御士伙伴一多半零落为泥，顿觉唏嘘。

说到宾胥无数年的求学经历，管仲调侃道：“还以为你要长留京师，为天子王臣。”

宾胥无难为情地笑了一下：“不瞒夷吾，差点便成了王臣。”

原来宾胥无在京师苦学，时间久了，人人皆知齐国有个好学者，在王室藏书的天府研读典籍，每日天不亮便进去，天黑了才出来。他这攻苦食淡的求学精神，令京师王臣交口称赞，连周天子也赞他有毅力肯钻研。

正因为宾胥无熟读刑典，脑子里装的刑法条款，比天子司寇还多还精深，王室若有坐狱之事，遇到处论不明之时，天子还要向他咨询：此狱该引用哪条刑律？是用夏法，还是汤刑？

天子赞赏宾胥无，王臣也屡屡进言：“何不将宾胥无留下来，为我王效力？”可每次天子表现出这种意向，宾胥无要么说学未有成，要么不做回应。

直到宾胥无动身回齐国之前，天子还在问他：“愿不愿留在京师？你之才，足可任职司寇。”

听完宾胥无的讲述，管仲也问：“胥无为何不愿任王臣？”

宾胥无踌躇着，叹了口气：“能任王臣，为天子效力，固然好，可夷吾该知，天子尚且失位，王臣何能有作为？”

如今天子式微，诸侯不朝，列国不敬，说是普天之下莫非王土，实际天子的政令，到不了一诸侯小国，天子只是一面想起有用便拉来扯起的旗帜，为诸侯征讨、会盟、称霸充门面。

管仲曾与宾胥无深谈过，知道他的志向不在食禄富贵，而是有更为远大的抱负，有对这个时代崩乱秩序的忧患意识，与想要改变现状的责任感。而这样的人生追求，与自己何其契合，旁人或许以为宾胥无奇怪，管仲却能完全且深刻地理解。

“也好。”管仲粲然一笑，“能回来是好事。”别的话不用多说，他想宾胥无也明白。

宾胥无也一笑，谆诚地说道：“我返齐，欲与夷吾共事，齐国群大夫之作为，我既不认同，也不信任。”

管仲动容道：“多承胥无信任，夷吾有幸，得与胥无相识相知。”

宾胥无有些不好意思，轻轻抚了抚膝盖，说道：“前日，我还见了雍廪。他说，自先君薨逝，他无处可去，想追随在夷吾左右，可夷吾不要他。雍廪其人，多勇而死忠，倘能得他随从左右，不言其他，护身不难，夷吾为何不要他？”

小白上次对管仲提起雍廪的意愿，管仲说要再想想，但随即去了繇乡会计国会，这一下便过去几个月，想也没时间想，今日听宾胥无重提此事，想来是因为自己的拖延不答，雍廪是有了情绪。

“没有说不要。”管仲解释道，“我与雍廪，昔时同为御士，他又为稳我齐国社稷之功臣，夷吾何能，怎敢驱使他。”

宾胥无畅声笑道：“夷吾多虑了，雍廪从不介意这等俗念，他行事只从心而发。国君也罢，大夫也罢，哪怕只是个乡野小人，只要他认定，必定为之效死。”

管仲抱歉道：“是我想差了。也罢，雍廪有此诚心，我岂能拂逆之。”

管仲终是答允让雍廪效力。宾胥无为此欣悦，略说了几句闲话，说要告辞，趁着还没宵禁，他还来得及去找雍廪，把这好消息告诉雍廪。管仲也不留客，彼此告辞。

夜来入睡，管仲却是心事重重，每要入梦，心中陡然一紧，梦似遭了打劫，无奈脱离掌控，费尽力气夺回来，持握不过一刻，又遭掠走，如此反反复复，把人折腾得疲惫不堪。

他这里辗转不眠，身旁的姜婧睡意浅，受他影响，也睡不成，见他满脸是汗，眉头锁得也紧，关心道："你怎么了，有心事？"

管仲迟迟地说："没有……"他也说不清到底是有还是没有，若有，为何心不能平静？若没有，又是什么？

他自己为事所牵绊，却让妻子受连累，于是充满歉意地说道："我心绪不宁，倒害了你，你如今身子不同，该好好休养。"

他回来才知道，姜婧又有了身孕，母亲便埋怨他："为什么每次婧养孩子时，你都不在身边？丈夫与父亲之责，尽到哪里去了！这趟婧生产，必须在家待着！"他也觉有愧妻子，便答应了母亲，至少在孩子诞生的那一日，他要守在姜婧身边。

姜婧并不在意，她起身从床头巾栉架上取来一条手巾，给他揩去汗水，柔声道："你不是挂碍心事之人，向来能容大事难事，想来是有极不易处分之事，才让你不能释怀，放心，总能想到解决之道。"

得到妻子的软语安慰，管仲心里轻松了一些，他温情地搂住妻子，感激道："多谢婧之良言。"

负累卸去，睡意终于卷土重来，再不为心事所累。可才睡到晨曦微露，外边忽来报，国君宣召。

才卸下的心事，立刻跳将上来，压得身上一沉，管仲不敢耽误，急忙赶去宫里。也是太早，偌大的临淄城像座荒庙，人影也没有，鬼影也寻不得，透骨的寒风满城乱窜，呼啸之声刺耳又难听，像是哪个泼妇尖酸刻薄的骂人话。

齐宫里一样凄清空旷，中庭有几个宫人在扫地，在这寂静而寒冷的早晨，洒水的声音也大得吓人，各门当御的御士站得一动不动，瞠着眼睛像尊泥塑的鬼像。

这个黎明，一切都像不新鲜的、不清晰的。天是暗的，风是冷的，人是模糊的，像梦，却比梦还不真实。

小白正在内朝寝殿，管仲踏进去时，抬眼看见的第一幕景象，像针一样刺进眼睛，他担心的事真的发生了。

忖里乙也在。

忖里乙到底没能按捺住，或是出于责任心，或是性格里的焦虑感，他越过管仲与小白见面。从他们略显倦怠的神色，管仲看得出来，他们已谈了整整一夜。

一夜的时间，能说的话太多，能灌输的思想太多，能决定的大事也太多。管仲在繇乡时，曾旁敲侧击地警示忖里乙，不要对小白一次导入太多想法，慢慢来，让他自己领悟，今日明白一点儿，明日理解一点儿，把外来的理念，渐渐变成是他自己不可分的血肉脏腑，他才会完美执行，也有彻底完成的毅力与勇气。

填鸭式的洗脑，只会带来灾难性的后果。

管仲已来了，小白却不开口，只看了忖里乙一眼。忖里乙明白，对管仲说道："昨夜我已将本次会计国会之细务告知国君，国君对国会弊政深感忧虑，一国之会数紊乱如斯，国何以立，故而欲再比国会。"

重新会计国会，是管仲与忖里乙在繇乡时商量出的决策，由国中派人下到各乡邑，与当地乡官一起清查，这样，既避免乡邑再度弄虚作假，国中也可以得到第一手数据。

若是重比国会，本就在预想之中，管仲自不会反对，因说道："臣以为可行。"

忖里乙又说道："这次重比国会，必使举国之田土、山林、人众、称贷、军赋、女事、余食、孤贫等一应之轨，尽为国中所掌，以后便可行相地利、官山海之国策，以为调高下、分并财。"

这些举策也是管仲与忖里乙曾经讨论过的，因为国会弊政实际透射出齐国行政管理的混乱，国都不知乡野，乡野不隶国都，必须彻底而全面地改变，但这不是一朝一夕可完成，也非一人一己可推动，这将是一场触动国家根基的变革，也许是往深水里投巨石，谁也说不好会激出来什么动静。正为兹事体大，管仲才踌躇良久，不急于向小白剖明一切，他需要时间考虑，也需要更多同道中人投入其中。

显然忖里乙没有这个耐心。

管仲不得不问道："敢问重比国会，设限多久？"

"半年。"

"其余相地利、官山海之国策呢？"

"两年。"

不到三年，欲使混乱的秩序整饬，这不是简单地拼图，而是打碎了重组，愿望是迫切而美好的，但现实岂能手到擒来？管仲坦诚地说道：“过于操切，臣不敢苟同。”

“管子认为要多久？”小白终于开言了。

管仲说道：“仅重比国会一事，纵是一切顺手，也需两年。”

小白惊愕：“这样久？”

“国会者，一国之轨数也。正如忖里乙适才所言，举凡田土、山林、人众、称贷、军赋、女事、余食、孤贫一应之数，无所不包。容臣实言相告，我齐国往昔每三年之大比国会，同于无比，故而所谓重比国会，实为首比。国都辖乡二十余，有往昔国会可为参照，惜也不全，而国都之外，大乡小邑百余，国会之数零散不可知，再有边鄙之邑，其地与卫、鲁、莒诸国交错，田与人往往徙移不定，更为难比。故而，自始而起，形若盲夜行道，过去无经验，前途又不知深浅，半年之期岂能足够？便是两年，也当黾勉司之，不懈为之。”

小白呆住了，一次重比国会，竟会这样麻烦吗？他生长于公侯之家，与底层少有接触，像列国君子们一样，眼里的世界只有繁华富贵的国都，眼里的人也只有身份殊贵的国人，至于国都之外，乡邑有几何、贫窭有多苦、山林有多广、湖海有多深，从不知晓，便是那广袤的天下，也以为只有一掌之幅，两指之距。

甚至可以说，出身野氓的管仲的出现，给他生活的封闭世界打开了一小扇门，他幼时喜欢与管仲厮混，某种程度是源于对那异类世界的好奇心。

管仲的话让小白挫败感很强，内心有个声音告诉他，管仲也许是对的，可要承认自己错了，面子上过不去，便沉着脸不说话。

小白沮丧了，忖里乙却不以为然，反驳道：“夷吾谨慎过头了，重比国会而已，岂用两年！若依夷吾之意，比国会已需两年，后头的官山海等国策难道要十年？”

管仲沉沉地说：“夷吾曾与先生议过，此非寻常国是，乃举国之变革，欲朝夕而定，谈何容易！若十年能成，亦大善也。”

忖里乙不住地摇头：“如此拖拖拉拉，商汤不得灭桀，周武不得克纣。汤武革命，若无决死向前之心，商周不立！”

“决死为向死而生之决心，非必死！以操切之心变国，不顾实际，不问形势，国既不能变，恐要灭亡。”管仲语重心长地说。

忖里乙觉得与管仲说不通，干脆转向小白：“夷吾言，行变国之政，则国将亡。臣却以为，国会不平，利出多孔，才是亡国之相，期我君断之。”

臣下争执不下，口出危言以相敌，小白皱起眉头：“二三子说差了，何至亡国乎！”他略一思索，说道，“忖里或者操切，管子也太小心，然弊政不可不更。寡人以为，一年比国会，三年行变国之政，如何？”

明是两边折中，其实还是偏向忖里乙。管仲仍想劝服小白，说道：“我君之断，还嫌操切，变国之政……”

小白不待他说完，摆摆手道：“不必多言，天壤之数，君不守，富家守；专利之权，君不掌，富家掌。若再惘然不问事，这齐国还不知是谁之国！”

小白暗含怨气地说出来后，管仲回过神来了，小白之所以支持忖里乙变国政，也有与诸卿大夫置气的意思。齐大夫与鲁盟誓，便在他心里种下一颗愤怒的种子，长勺之战前遭到卿大夫集体反对兴兵，又为这种子供应了养料。小白是得意则宽容、失意则褊狭的性子，若是胜了，种子将伏土不动，偏偏战败了，种子便破土而出。

耳听得小白殷殷道：“期管子与忖里同心协力，更弊政而成善政。”这是希望自己也进入这急风暴雨的巨变中，管仲很想将小白拉回来，可现在的小白是开弓的箭，飞得太远，他有心为小白开拓一条更宽平更有效的变国之道，任性的小白又岂肯随他而行。

到小白愿与管仲同行的那一日之前，还要走一段分道扬镳的歧路。

“恕臣不能。”管仲干脆利落地回绝道。

小白不乐意了，冷着脸质疑道：“管子是在逃国事吗？”

管仲不慌不忙地说道：“不敢逃国事，我君但有所嘱，臣岂能不尽心奉事？奈何臣德薄能鲜，可举小事，不堪大任。今君以变国之政授臣，臣惶惑不敢承命，并非逃避，而是害怕贻误。”

小白往前倾了倾身子，稳着语气说道：“管子之才，有目共睹，说什么不堪大任，岂非过谦，亦是欺妄！”

管仲用忧伤的语气说：“不瞒我君，臣尚有私事扰心，前次臣之长子出生，臣别在他国，使妻子受苦，家人担忧，臣心有愧久矣。今次内子再有身，臣唯恐她有差池，不敢离她半步，但有国事，当不出临淄也，想这变国之政，大务细务皆涉一国，岂能拘于国中司事而已乎！臣也知私事不当碍公事，然臣已有负家人一次，不欲再负，望我君体恤之。”

老婆生孩子，所以无心执国事，这是什么奇怪理由？小白竟是哭笑不得，想起先君诸儿半玩笑半认真地说过：管夷吾机诈又滑头，太知道变通，撞南墙而不回头的偏执行为，永远不会在他身上发生。

管仲拒绝与国事，让小白极为无奈，也失望透顶，外边非议管仲过去是惯逃，今日有幸当面见识了，果然这临阵而逃的本事是驾轻就熟。

行吧，你想逃国事，那就成全你。小白不阴不阳地说道：“管子对妻子如此深情，寡人又能说什么，为人君者，岂可强人所难，随你了。”

管仲连忙稽首称谢，恳恳请求国君准他辞别，像是有要紧事需处理。忙什么呢？忙着回家给老婆接生吗？鲍叔牙曾说“管仲有大志，可执国政，强齐国”，可现在看来，这公私不分的管仲，与那些个整日惦记老婆孩子热炕头的庸碌大夫，也无二致。

是我也看错了？小白暗暗失落，也惘然不懂。

管仲拜辞国君，出得寝殿，天已大亮，一颗鸡蛋似的金色太阳，悬于东方，像神从天幕后探出来的一只眼睛，目光灼热，视力远阔，看清了人间的万千纷扰，看不清光明背后的钩心斗角。

在宫门口登上轩车，御者问道：“主是否归家？”

“不。”管仲一丝儿犹豫没有，“去鲍氏宫。”

车马嘚嘚驰离齐宫，前行一里不到，往右一拐，奔上了宽平如胸膛的庄道。

四

重比国会之令，于三月初发出。对这道君令，卿大夫们大多没太当回事儿，认为是国君闲极无事而生非，新君嘛，忽然大权在手，总要折腾些新花样，以获得做国君的快感。历任国君都是这么过来的，刚开始都意气风发，生出各种新鲜想法，要革新、要变化、要重整秩序，实在想不出花样，便去与邻国开战，夺得两三个遍野荒草的边鄙；过后发现其实什么也改变不了，一切都如死水一般纹丝不动，也就罢手了，也就麻木了，等着自己成为先君，将神主挪进宗庙，让无数后来者垂泣而赞：先君乃守成之君也。

生活的秩序仿佛铜墙铁壁，人人习惯了在墙里观天，习惯被时间逐渐加固加深，成为终生秉持的信仰，因此都仇视破壁者，甚至连破壁的想法也不曾有。

国君知道卿大夫们习惯了倚墙为生，也不求他们帮忙做事，由国君自行遣派使者，下到各乡邑重比国会，必在一年之内查清举国轨数。所谓轨数，卿大夫的理解是，某乡有几口人几亩田，一堆无聊至极的数字。但其中有一条，引起了卿大夫们的注意，即廓清全国称贷之家。

放贷是齐国卿大夫的谋生之本，致富之业，大夫们可以不知国人几何、野人几何，但不能不知国人借我贷几何、野人借我贷几何。债务关系深入到齐国的犄角旮旯，国君权力相对弱化的鄙野，债务却强势入驻。

称贷在齐国是公开的现象，但称贷之家数目、债务负担高低、欠贷人家情况，却是秘密，把这些秘密揭开，就像把卿大夫们的内宅敞开来，所有见不得人的阴暗交易、肮脏勾当都被曝露在阳光下，这便是破壁。

破壁之后呢？是仅止于破壁吗？或是有更大动作？

一开始，卿大夫仍把这事当成是国君的新花样，兴头上的一时冲动，新鲜劲儿过去，终究得不了了之，大多数人都认定，不仅查称贷进行不下去，重比国会也会半途而废。

君令发出不到半个月，自临淄派出的重比国会使者，陆续下去各乡邑，因为远近有别，人手也有限，进展各有不同，国都所辖二十余乡有地理之便，也有近国之利，率先热火朝天地会计起来。

这其中繇乡首当其冲，田土最广，人口最多，借贷之家也可观，便由忖里乙亲自坐镇，一为彻底清查繇乡数据，二为以点守面，以繇乡为点，事务面向国都之乡，更面向全国。

因在繇乡长住，负责安排相关外围事务的仍是崔子服。忖里乙上次在繇乡比国会，与崔子服接触一番，便厌他谄媚，有个管仲当中斡旋，遇有矛盾，还可挡一挡，才没发作出来，这回管仲不在，两个交往没了缓冲，日日相对，日日生隙。

忖里乙也发现了，若是清查人口，如军赋、女事之类，崔子服勉强肯干，事是做得糙，丢三落四，挂一漏万，但一旦涉及称贷事宜，他便推三阻四，今日说得从长问之，明日说其实本乡并无多少称贷借贷之事，问他为何知道，他回答说一向如此。

“你也称贷？”忖里乙曾问他。

“我？”崔子服露出惊疑表情，然后用力摇头，“没有没有。”

忖里乙故意道：“崔氏乃齐国大宗，岂不称贷？”

“外头传言，或许是大宗的事，我不知晓。”崔子服谨慎地说，嘴像缝了针，一丝口风不漏。

忖里乙在繇乡待了两个月，为得到最真实的称贷情况，不辞劳苦，挨家挨户地问乡人。起初半月，有三分之一的乡人愿意托出实情，个别人家还拿出券契来证明，后来不知收到什么风声，一个接着一个跑来找忖里乙，改口说记错了，其实已经还清了，从此再没借贷过，当初借贷的债主是谁，因是中间人牵线，更记不得了。

其余各乡的摸底情况比这还糟糕，有的乡自称无一家借贷，欲与乡人当面盘问，人却不知跑哪里去了，正是农忙时节，竟也弃田而逃。乡大夫一把鼻涕一把泪地痛诉：“本乡惰夫多，不好躬耕，逼得我年年下田，看我这一双腿，长期在田里操劳。”

国都之乡重比国会像推石上山，国都之外的乡遂之邑，却似陷入大雾，前途是坦途抑或险阻，全然不知。

不比国人对国家还有归属感，对君权还有敬畏感，野人们戒心却很重，听说是临淄派来的国君使者，警惕得汗毛绷紧，问什么也咬死不吭气，以为又要抓他们上战场充厮役。本来放贷对野人的盘剥比国人更重更残酷，国人若为三分利，野人就是利滚利，受苦久了深了，把这伤害当作是生活的常态，没想过要改变，倘或有人告知，其实可以改变，也当成是虚假的玩笑话。

现实比梦还缥缈，梦还有希望的假想，现实却毫无希望，敝屣贱人与华服贵人，一起活在墙下，彼此敌视，彼此睽违，彼此却达成了古怪的默契，共同反对破壁者。

各乡邑的重比国会情况，统一报给忖里乙，由忖里乙阅后，又上报给国君。忖里乙在上书中说道，重比国会以查称贷最难，少有所获，皆因阻拦太多，请命国君该如何做。

小白这时的心思却不在重比国会上。长勺战败，他耿耿于怀，也想顺了这口气，可总是顺不了，只有选择再战一次，又想到单凭齐国之力攻下鲁不易，遂积极寻求盟友。这一段时间他都在忙于联盟宋国一起伐鲁，并师征讨的时间也约定了，正待要告庙出师，却接到了忖里乙的上告。

被报复性战争搅乱心绪的小白，丧失了沉稳的耐心与细腻的思考，一听闻阻拦多，便想到国君之令在有的人心中形同具文，查称贷执行不力，是对国君权威的严重挑战，怒火似被浇上热油，压也压不住，也不暇多想，严厉地下令道：

“凡称贷之家，限两月内自动准衡，一经查出，严惩不赦！”

如果当时身边有人善意警醒，小白不至于如此不顾后果地信口怒喝，他并不是不知权衡各方关系，也不是不能忍一时之急，而是那一瞬燃起的情绪之火，烧掉他的理智。于是国君理智遗失时，脱口而出的气话，被当成正式的命令传达下去。

小白发出这道命令，便离国出征，他的全副心力，都在对鲁之战，那道脱口而出的命令，被他远远地抛在脑后，一度遗忘殆尽，他竟从没想过，那道命令会引发怎样的后果。

君位空悬的齐国，即将被风暴席卷。

称贷自查的命令，迅速在临淄城传播开来，诸大夫先是发蒙，后是浮议纷起。前段时间大张旗鼓地查称贷，诸大夫略施手段，把查询之路截断了，以为知道厉害的国君总该铩羽而归，可别瞎折腾了，现在又来这么一出，竟要称贷之家自己把底裤暴露出来，难道国君不是新君继位玩花样，是来真的？

已有不明来历的小道消息四面传布，国君之所以急于准衡称贷，是为了把伏头的草统统捋起来，方便挥刀芟荑：国君惦记着咱们的私库呢。断我财路，如夺我父母妻子，是可忍孰不可忍！

国君要动手，诸大夫岂能坐以待毙，三五成群地串联起来，你拿主意，我出计策，便有着急上火的，以为此事严重，需广泛交通权势者，邀上利益相关方，同去拜访高傒讨商量。不想高傒生病了，不能见客，出来待客的家臣抹泪说：“主病得厉害，已昏睡了数日，诸子有何要紧之言，可告诉我。”

要命的大事，必须与高傒当面商量，告诉一家臣有何用！见不得高傒，众人又去找鲍叔牙，他们断定这事是国君昏聩胡为，应由不怕死的忠臣规劝，临淄卿大夫里，还有谁能比鲍叔牙更不怕死？况且他对国君有教傅之责，也该他出头去平息事端，然而令人猝不及防的是，也许是被高傒隔空传染，鲍叔牙竟也病了。

高傒城府极深，腹中有爪牙也不显露，伪病避祸也有可能。可鲍叔牙不是这种遇事闪躲的性格，国君有错，他总是头一个冲上去指出来，在这关键时刻生病，也太奇怪了。

同样是家臣待客，同样是泪涔涔地诉说主家病重，不能见客，三下五除二就把诸大夫打发走了，回头便进入内宅给主人复命。

鲍叔牙好端端地待在家里，没有一丝病容，屋里也有客人，却是管仲。

“来的都有谁？”鲍叔牙问道。

“崔子、隰子、曹子……”家臣逐一回忆，末了，又补充道，“还有国子属臣。”

鲍叔牙错然：“国子属臣？”

管仲淡淡地道：“自己不便出面，遣属臣来探探口风，倘有不妥，反正露脸的不是他，也能全身而退，国子极聪明。”

鲍叔牙不再问，叫那家臣退下，才对管仲说道：“不出你所料，全跳出来了。”

管仲摇头，讳莫如深地说道：“还有一人没出来。”

鲍叔牙一愣，旋而恍然道：“伯子！”

提起放贷，在齐国无人不知道伯舆，其所放之贷，如蛛网一般伸向齐国全境，并以汹汹之势跨过边境，蔓延至天子脚下，有人戏谑道：伯舆是齐国模范，纵使天子记不住齐君，也会记得伯舆。

按理说，一生事业与称贷密不可分的伯舆，逢着称贷准衡，应该比任何人着急，可他竟迟迟不闻动静，不要说与诸大夫串联谋事，连临淄城也没入，始终居守骈邑，任凭水面波浪翻叠，他在水下沉默如石。

管仲轻轻蹙眉，疑惑道：“跳出来不奇怪，太沉得住气，反而奇怪了，又不似高子，向来少与纠纷，奈何伯舆又不是这样的人。他是无利不钻营，有利尚且竭尽所能，如今遭遇损利之变，怎会如此镇定？”

对伯舆的无利不钻营，鲍叔牙深有体会。当日在穆陵关下，伯舆以扼守通道之权，与小白达成利益交换的契约，伯舆背公子纠而助小白，小白给以伯舆掌山林之利。这事在小白心里生出若深的芥蒂，数次对鲍叔牙抱怨，觉得自己被胁迫了，很想撕毁契约。鲍叔牙劝他忍一时之忿，即使伯舆有胁迫之意，也是你亲口允诺，国君不可无信。

鲍叔牙也觉伯舆奇怪，可又想不出他到底为什么静止不动。他暂把伯舆的事搁置，有一桩存在心里多日的疑难事，必须问出来，因说道："前次你让我不与事、不进言、不交通、不问政，我依从了，现在该告诉我，如是这般，对此乱象有何裨益？"

"多承鲍叔信任，不问原因，我只一言，你竟全部照做。"管仲感动道，倏地便是一叹，"操切之政，必生变乱，倘置身其中，卷入太深，若遇大祸，再想补救，难矣，不如静观其变，以谋后续。"

数语点拨，鲍叔牙已透彻明白，管仲果然是考虑深远，有他二人在，遭遇天大的祸事，还能设法救回来，若他二人也卷入变乱中，身陷疾祸，再有谋国之心，断事之能，也救不回来了。

这操切之政，皆因小白任性妄为，鲍叔牙怨怪道："国君继位以来，国政弥乱，你说他不喜用力规劝，自己会后悔，我瞧他离后悔还远得很！"

管仲沉定地说："是真不远了。"他一顿，又刻意强调道，"便在此次伐鲁之战后。"

"伐鲁若是赢了，他是志得意满，还会听劝？"鲍叔牙叹道，想起那肆意不轨的小白，心又疼又急。

管仲却道："曹沫岂是泛泛之辈，长勺一战，重创我师，鲁国士气为之大振。今二战我师，虽有宋师为盟友，但并无敌过曹沫之能人，我师讨不着好处。"

连番的败仗，对小白无疑是重大打击。他是姜齐子孙，生得一身傲骨，自负又好面子，能不能抗得过这样的重创，反思己过，振作意志，鲍叔牙没有把握。

管仲猜到鲍叔牙顾虑，说道："多历挫折，磨砺心智，对国君是好事，他日举一策行一事，必会谨慎思之。鲍叔宽心，国君有大虑，不要逼他太紧，他走岔了路，自己会回头。"

鲍叔牙默然，他想小白是太稚嫩了吧，因为年轻，所以冲动、任性、骄傲，姜齐子孙有的毛病，他都有。但他与小白相处弥年，也能看出小白不同寻常的优点，管仲说小白具天才之智，既然是天才，缺点与优点一样突出。

良久，鲍叔牙忧道："国君若能回头，忖里先生呢？"

小白的任性，很大原因在于忖里乙推波助澜。忖里乙是憋屈太久，忽然得志，像从井底跃到天上，身份的跃迁，产生掌控世界的错觉，便要一夜达成愿望，而达成路上的风险、忧患、危难、陷阱，全可不管。

管仲绸缪道："我有意在国君回师前，与忖里乙先生深谈。重比国会率遭阻遏，忖里先生该有所警醒，再有国君若回头，他不会执拗不改。"

"也好，我陪你一起去劝他。"

要事说完，管仲告辞回去，说起姜婧的身子越来越重了，分娩不过月余，他不敢不守着她。两个才要作别，外头家臣慌里慌张地跑来，急得像被恶犬追咬，见到鲍叔牙，又像撞见鬼面，前后都怕，吓得结巴起来：

"出，出大事了……"

鲍叔牙沉声道："出什么事？"

"死人了！"

"谁死了？"

"崔，崔子服……被忖，忖里乙逼，逼死了……"

宛如天际响起雷霆之声，将全部谋算、期望、顾虑，轰得尸骨无存，风暴来临了。

忖里乙逼死崔子服的祸事，其实忖里乙未想逼，崔子服也不必死，忖里乙虽然看不惯崔子服媚好权贵，但他不至想要崔子服去死。

肇端正在小白那道不经熟思的君令，要求称贷之家自查自告，后面还跟着杀气腾腾的威胁：若有违背，严惩不赦！

一道草率的君令发出来，对忖里乙而言，却像是拿到了可专断杀伐的斧钺，也是该出事，恰这时谁来通耳报，说崔子服也放贷。

刚刚在繇乡重比国会时，忖里乙问过崔子服是否称贷，崔子服矢口否认，倘若外间传来的他称贷之事属实，崔子服便是有意欺瞒，忖里乙本就恼他媚态丛生，行为不类君子，今又闻知他欺公罔法，更是容不得了。

当下里把崔子服提溜来，劈头盖脸一顿痛斥："尔胆敢隐瞒称贷，尔以为尔岂是在哄骗我吗？尔是在欺君！”

崔子服仍是否认自己放贷，坚持是谣传：“一准是哪个小人诬告，舌头太烂，说出的话也烂不可闻。”

忖里乙不信他的辩白，威慑道：“国君有令，各称贷之家当自准衡，你敢不认，便是蔑视法度，违抗君令！”

崔子服嬉皮笑脸地说道：“忖里子这话说得过逾，我没有，我认什么呢？忖里子咄咄逼人，逼不出来，欲加之罪吗？想我齐国称贷之家何其之多，便在那临淄城，放贷的大夫百指也捋不完，忖里子不去寻他们，偏与我这小小的乡大夫过不去，何苦呢？”

忖里乙听出他话里的激将意味，隐隐还含着羞辱，更来气了：“你猖狂什么，想是有谁为你做依仗，是崔氏大宗，还是哪家罔顾国法的大夫？你便以为能目空一切，连国君也不放在眼里！”

不管忖里乙如何威逼怒斥，崔子服都是一副无所谓的表情，笑得像只咕咕叫的鸽子，眨巴着眼睛说道：“我能有什么依仗，忖里子太看重我这乡大夫了，哪里敢与忖里子比，身负重任，为国之栋，国君尚且要依仗你呢！”

这满口的讽刺，让忖里乙恨得银牙咬碎。他算是认清了，崔子服便是没皮没脸的二流子，更或者，他是齐国乡官的典型，媚上而欺下，在其位不谋其政，眼里只有自己那一家一族的私利，而君父与国家，不过是他们攫取权财的工具。

忖里乙怒不可遏，命令左右速速将崔子服逮了，崔子服却高呼自己无罪。忖里乙冷冰冰地说道：“国君有令，称贷之家当自准衡，如有违背，严惩不赦！”

崔子服被捆得像只蚕蛹，腘窝处遭踹了一狠脚，一跤跌跪下去，被迫跪在日头底下反省，承认了，将过往罪行一一交代清楚；不承认，接着跪！

忖里乙收拾了崔子服，转头去忙别的事，未想这一日手头的杂事实在太多，思虑不及其余，竟将那罚跪的乡大夫忘了。左右即便有想起这茬的，因知忖里乙极厌崔子服，怕开口求情，惹他迁怒，也不敢说。

也是时运乖谬，正值溽暑时节，日头暴烈似火，烧得大地焦枯生烟，那崔子服顶着骄阳跪了整整一日，起初喊冤声不绝，说要去国君面前坐狱，忖里乙嫌他闹得人心慌，命左右禁他的声，有想法过于刁钻的，竟拿块脏布把他嘴堵上了。

崔子服发不出声音，即便被烈日烤得脱水濒死，也没法呼救。无数看似偶然的因，叠加出一个必然的果，事情朝着不可收拾的方向一去不归。到了深夜，忖里乙像终于梦醒，忽然想起崔子服还跪在乡大夫官寮的后墙外，着人去瞧一眼，他认不认罪。

侍从擎着火去瞧人，火光晃在一张灰青的脸上，不像脸，更像拧得太干的抹布，崔子服像被烤焦的鱼片，死去多时了。

忖里乙要崔子服认欺君罪，可直到死，他也没有认罪，不是不肯认，是来不及。忖里乙对崔子服的惩罚，便成了无罪擅杀乡大夫，可就算有罪，他也没有施刑的权力，便是国君要杀大夫，也须经过一系列司法程序，最终由掌法的司寇或大士决定，施以何种刑辟。

刑不上大夫，是西周以来断法的原则。处于等级社会上层的大夫，其贵重的身份将刑讯拷掠推挡出去，于是乎，诞生了坐狱这一特殊的诉讼方式，哪怕是死罪，大夫们也少受大辟之刑，往往选择自杀——君子不受辱，纵然犯法当死，也要留存体面。

忖里乙对崔子服处以私刑，致他惨死，挑战了刑不上大夫的传统秩序，将本与自己不洽的卿大夫们更进一步推离，也把自己推上了万劫不复的绝路。

听闻忖里乙逼死崔子服，鲍叔牙惊惧得话也说不出，下意识地去看管仲，一向遇急难之事而从容不迫的管仲也像是太震惊，久久没缓过来，眉头越锁越紧，讷讷道：

“前事尽废……”

只有鲍叔牙懂得他这句感慨的意思，管仲避事不与政，甚至不惜得罪小白，是为了身在局外，未雨绸缪，临变应对，以期救回这偏离正道的国政，也救回小白与忖里乙。可崔子服的死，让他的苦心成了空，谋划做了废。

管仲忽地一顿足，焦急道：“不行，马上得走！”

“去哪里？”

“去救忖里先生，迟了便来不及了！”

管仲与鲍叔牙紧急赶往繇乡，事实证明管仲的先见之忧何其正确，要不是他们行动迅捷，忖里乙早已命归黄泉。

崔子服的死掩不住，很快传遍繇乡的田间灶头，又传入临淄城，正为自查称贷焦头烂额的卿大夫们立即炸了锅：这还了得，竟敢擅杀大夫，忖里乙以为自己是谁，国君也不敢做的事，他倒伸手去薅除，他是天子吗？

为崔子服之死激出的愤怒，为自查称贷积攒的怨气，为国君不轨压抑的不满，齐齐搅合起来，仿佛油盆里扔火把，轰地爆发出来。首先是崔氏宗族忍不下，纠集了一百来人冲入繇乡，要问忖里乙讨说法，说是讨说法，其实是闹事。人群将乡官寮围了起来，门前把守，院后看管，高呼忖里乙出来，不出来便朝里边扔石头扔破鞋。

管仲、鲍叔牙赶来时，两边已对峙了半日，官寮外除了群情激奋的崔氏宗族，还有若干看热闹的乡人，比肩接踵，昂首踮足，将那门前之道挤得水泄不通，车马行不得半步，二人只有下车慢慢推进，费力地拨开那人群，似拨开夹向的山壁。

崔氏宗族怎会认不得管仲、鲍叔牙，即刻围拢上来一拨人，脸红粗脖子地质问：二子来此何干？是为崔子服申冤，还是为忖里乙作伥！

这是二选一，选前者，还有得商量，选后者，便是敌人，甭管你们是大夫，忖里乙敢坏了规矩杀大夫，我们也不怕，趁乱砸死两个大夫，反正法不责众，查不出始作俑者。

管仲平静地说："来断事。"

"断何事？"

"有何事断何事，诸人来此，想也是为断事，不然，何以聚集于此？"

众人被问哑了，总不能坦白自己是来向忖里乙索命，可以动手做，但不能宣于口，谁也不是傻子，却见管仲等人要进官寮，八成是要帮助忖里乙脱离困境，嚷道：

"管子欲带走忖里乙吗？忖里乙戕害无辜，未曾服罪，不能走！"

管仲严肃地说道："忖里乙有何罪、是否服罪，该由国君处论，怎能在此处定罪？此非断狱的地方。"

众人怎肯放手，彼此交流眼神，索性把管仲、鲍叔牙一起扣下来，困一个大夫是困，困两个大夫也是困，闹已闹了，闹大更好。

企图心生出，却不及动手，管仲身后走出一人，像从泰山压下来一爿厚重的阴影，迫得人胸臆骤紧，他便似藩盾一般守在管仲身边，向周遭慢慢地扫了一眼。

这一眼，仿若万箭穿心，所有蠢蠢欲动的妄念、意有所图的阴谋，被射死在摇篮里，死也不够，还遭凌迟分尸。

他是雍廪，齐国最威猛的勇士也惧他三分，当年孤身刺杀公孙无知，以一己之力挽倾巢于即倒，可歌可泣，也可骇可畏，齐国人敬他也怕他，乃至大人唬小孩儿：你不听话，晚上雍廪来找你！小孩儿立马乖得不敢犯半个错。

为齐国建大功的雍廪，不接受任何褒赏，也不要爵秩官位，甘愿跟随在管仲身边，生死相护，不离不弃，这桩怪事让临淄城的闲人议论许久。

雍廪守在大门口，他就是不动，也让人怕得汗毛倒立，仿佛只要伸一下小指头，便能勾断谁的脖子。崔氏宗人没一个敢出头，眼睁睁地看着管仲走进官寮，将忖里乙接出来，登车而去。

待管仲等人走远了，众人才像从噩梦里惊醒，颤抖着回过神来，你看看我，我瞅瞅你，一起喊将起来：

“不能算了，找大宗去，找其他大夫去！”

五

崔子服死后三日，灵柩从私宅挪去了崔氏宫，葬礼也在崔氏宫举行，因此，吊丧的客人也当前往崔氏宫。

因为众所周知的原因，一个乡大夫的葬礼，堪比正卿，吊丧者俱是齐国有头有脸的人物，赠送的赗仪贵重无两，满室也皆是贵气逼人的君子，以至身份稍低的，连停灵的堂室也进不去，只能在中门哭两嗓子。

崔氏大宗子崔夭充任了丧主，一切迎客、踊哭、受襚之礼，皆由他主持。从来大宗为小宗之主，小宗去世，大宗有临丧之礼，却不为丧主。他这僭礼的举动，仿佛直系血亲殒命，再见他哀毁过逾，服的又是斩衰，让人错疑崔子服是他儿子。

到大殓之礼这日，诸贵俱至，唯高傒遣了家臣送丧仪，人没到，说是还病着：勉强也可抱病一行，但虑着来了伤心，徒使主人烦恼。

高傒不来，诸贵虽遗憾，也莫可奈何。从重比国会开始，高傒就蹊跷地“生病”，算来病了近半年，国政不理，族事也不管，他这是要病至天荒地老吗？

诸贵在崔子服灵前哀哭一场，真真假假不说，眼泪倒还能挤出来几行，俟后聚集在崔氏宫后院正堂，抹一把泪，受一爵酒，终于回归正题上来。

仿佛经历丧子之痛的崔夭，扶着一根笪杖，敲了敲地，重叹一声：“吾宗不幸，遭此惨事，多承诸子与丧致哀，夭感激不尽。”

崔夭谢客，宾客要还以谦辞，但有国牧在场，谁也没抢话，等着国牧说道：“不敢，崔氏之丧，也是我等之丧，与丧者，礼也。”

国子一发话，宾客纷纷回应，响亮地附和道：“正是，国子所言极是，崔氏之丧，也是我等之丧！”

崔夭仿佛感动至极，不觉低头，发出抽噎之声，哀泣道：“崔氏何德，敢辱诸子同丧！此为崔氏一宗之难，不敢缧绁他宗。”

隰氏宗子隰辰年纪最长，鬓角已灰白了，嗓门却最大，说道：“崔子说哪里话，周文公有诗曰：兄弟阋于墙，外御其侮。齐国大夫之家，皆兄弟也，有难同担，纵是同系缧绁，又有何惧！”

隰辰起了个头，诸子焉能落后，争先恐后向崔夭剖心窝子，愿与崔氏同舟共济，齐国大夫之家一条心，不能容外人欺到头上来，话越说越露骨大胆，终于，曹氏宗子曹鳌悲痛地呼了一声：“子服冤也，何罪之有！”

呼冤之声登时此起彼伏，天大的冤情诉不完，又凄凄惨惨哭起来。

隰辰愤然道：“子服之冤，罪在忖里乙。而今子服殒命，忖里乙无恙，不公也！”

曹鳌显出苦闷之色，呜呜咽咽道：“忖里乙有倚靠之势，谁敢动他！”

“倚靠之势是谁，国君还是管鲍？”

“他为国君重用，自以得势，向来跋扈，暴虐恣睢，不是国君为他撑腰，何敢擅杀大夫？”

听宗子要把崔子服之死怪到国君头上，国牧忙道：“过了过了，忖里乙之为，乃他专断不轨，与国君何干？诸子不可妄议君父。”

国牧不愿将责任推给国君，宗子们岂会不懂，小白能继位为君，正为高傒与国牧鼎力支持，小白做不好这个国君，打的不仅有小白的脸，更有国牧的脸。当初强势压服诸大夫，不立小白不可，孰料小白承绪国君一年，事事拂逆诸大夫，国政渐趋乱象，让国、高脸上也不好看，于是一个生病，一个绝口不议国君。

不议国君也可，那就集中火力对付忖里乙，卿大夫们早就对忖里乙恨之入骨，知道是他向小白进言重比国会，又因重比国会，牵出查称贷，仿佛是要把大夫之家逼得穷途末路，至人人为崔子服。

卿大夫们绝不会放过忖里乙，隰辰提议向国君上书，忖里乙刑杀大夫，其罪可诛。崔夭担心道："国君倚重忖里乙，岂肯听。"

隰辰自信地说："我们可联署，人多了，国君不可不听舆论。"

"又联署？"曹鳌后怕起来，上次大夫联署与鲁盟誓立公子纠，盟书至今还在国君枕下安眠，小白敢与卿大夫作对，一多半原因是拿着了他们卖国的把柄。

隰辰恶狠狠地说道："何所惧！我们便联署请杀忖里乙，国君若包庇忖里乙，请来杀我们，诸子愿引颈就戮，空齐国而待忖里乙！"

"我倒以为不必，若忖里乙有罪，就事论事而已，何必逼国君？无君臣之礼也。"隰辰身后有个声音轻轻地说。

众人正沉浸在慷慨赴死的假想中，突遭一桶冷水淋下来，凉得心颤，却见那出声者原来是个青葱少年，十五六岁过了头，二十岁也不到，生得清清瘦瘦。有识得他的宗子，想起这少年名唤隰朋，是隰氏小宗，与大宗子隰辰隔着几层亲缘，或是隰辰见他伶俐，带在身边充使唤厮役。

隰辰把脸拉下来，呵斥道："有你什么事！敢于众君子中恶语喧哗，滚出去！"

当众遭宗子责骂，隰朋不恼不羞不急，款款行了一礼，从容地走出门去。

隰辰抱歉是自己管教不力，期诸子勿怪。众人再又商议，定下联署之策，便由国牧牵头，联络临淄诸大夫，既有联名上书，也有单个上书，一书不能，两书三书接续而上，若能使各乡邑大夫、里君也署名，那便更好，势必让国君感受到，这汹涌澎湃的舆论力量。

"要不要去问一声高子？"曹鳌建议道。

崔夭苦笑一声："问也可，只怕他又病而不能书名。"

那也是，前次大夫联署立公子纠，高傒不肯落名，事后小白拿到盟书，天天对联署的大夫冷嘲热讽，唯独对高傒怪不起来，只有偌重的感恩之情。

永远干净的高傒，永远置身事外的高傒，永远不落把柄的高傒，所以也是永远赢到最后的高傒。

联署的上国君书，由国学的饱学师氏捉刀，写得悲情慷慨又激情飞扬，着实文采斐然，洋洋洒洒要读晕人的头。前文既长，后边联署的名字也用去了五片简牍，统共合起来，厚厚一扎，一起装函，系以丝绳，修饰得富丽堂皇，仿佛不是控诉之文，而是贺礼。

回师的小白，还没进临淄城，便收到了这份沉甸甸的上国君书。

这次伐鲁之战，齐国又败了。

如管仲所言，伐鲁讨不着好处，好处被鲁国人掖得严实，一毫不拿出来分人。

并师出兵的齐宋联军，开始所向披靡，战无不胜，一路推锋前进，战线推到了曲阜城郊野的郎邑，便再也推不进去了。

就在郎邑，齐宋联军滞留了一个月，看山看水看鲁人，仿佛在等待胜利自动来到，但胜利没等来，却等来了反攻的鲁国军队。

鲁师也狡猾，柿子挑软的捏，不去碰齐师，远远避开，一拳头砸向宋师脸上。鲁国潜师而出，战马俱蒙虎皮，先犯宋师，提防不足的宋师受了惊吓，三五回合便即大败，军中最有勇之将南宫万也被生擒。

列阵观战的小白大为光火，宋国人一如既往地戆而呆，被几只假老虎吓得尿裤子，齐师甚至来不及出战救援，他们已一败涂地，残兵慌不择路，跑得满山遍野，成了鲁国网罟里的兔子。

鲁师胜了宋师，转头便扑向齐师，小白不敢恋战，急速撤师，鲁师也不追。

郎之战，齐师虽没有损失，但劳师远征，战而不胜，与战败也没什么区别。

两次伐鲁不成，小白沮丧得要坠入渤海里，回想先君诸儿揉搓鲁国，如揉搓软面团，怎么到自己为国君，区区一个鲁国也啃不动？不仅硌牙，还伤心。

是我错了吗？

一丝悔意被泰山的风吹入心间，又一丝悔意叠上去，压得膨胀的自负缩了身子，待走到临淄城外，小白已后悔得七七八八，他甚至想到了向群臣亲口道歉，面子暂搁一边，承认错误更重要。

如果没有那份上国君书，他会像管仲预料的那样，自己反省，自己警示，自己改正，但那灼烫的烙铁，飞到了他手里，将他的自我反思烧成灰烬。

小白雷霆大怒。

他生平最恨被人威逼，你可以对他晓之以理，可以循循善诱，可以哀戚恳求，可以直言不讳，即便劝谏刺耳也无妨，但不能逼他，越逼他，他越要反抗，越反抗，越要一条道走到黑。

小白把那装上国君书的文函砸得稀烂，满口血腥味地赌咒道："想杀忖里乙，先得弑君！"

国君不答应杀忖里乙，还口出危言。卿大夫们没人是善茬，岂肯罢休，更多上国君书雪片儿似的飞入宫中。小白看也不看，更不见人，遣了个寺人出来统一回复：

"二三子欲逼宫，抑或弑君？"

"国君为一忖里乙而置群大夫于危境，置社稷于累卵，太公在上，岂不痛心！"卿大夫们义愤填膺地说。

小白还是不露面，代言的寺人学着小白的口吻道："二三子为一己私利，罔顾忠义，逼君杀人，太公在上，必不恕之！"

国君与卿大夫们陷入了剑拔弩张的危险关系中，现在是薰莸不同器、冰炭不相容，将来或许是你死我活、血流成河。

人的矛盾将临淄城斩成了两半，一半是势不相让的国君，一边是咄咄逼人的卿大夫们，国都空气紧张得像埋着一触即发的引线，城内国人为这压抑氛围所慑，甚有人准备举家奔逃。正在这恐怖僵持之际，病了半年的高傒突然痊愈，他怎么病的说不清，怎么康健的更不好说，总之，高傒病好后做的第一件事，是入宫觐见国君。

小白可以不见任何人，但绝不可不见高傒，君臣摒人说了一日的话，守门的御士眼见东边的日头慢慢滑向西边，玫红朝霞渐为紫红晚照取代，一钩残月咬着天的腮帮子升上来，黑夜如纸上浸水，徐徐弥漫人间，高傒才离开。

接着，宫里人看见一个苍白颓唐的国君。他盯着所有人，仿佛一只鬼盯着一群鬼，很久以后，才衰弱地下了一道君令："即刻逮拿忖里乙。"

国君……终于让步了。

因是君臣密晤，没人知道高傒到底与小白说了什么，后来守门的御士喝醉说胡话，说亏得他耳朵灵敏，隔着门听得三五句零碎言辞，高傒对国君说：君今日不忍杀一人，明日忍杀举国大夫乎？

一个人与一国大夫的对决，小白没有选择。

逮拿忖里乙的君令连夜发出，耳报跑得快的卿大夫欢呼雀跃，要不是怕太张扬，几乎要夤夜举宴庆祝。但国君的让步只让卿大夫高兴了短暂一会儿，落后又觉出别扭味道来，说是逮拿，其实是软禁在家里，既不下狱，也不受刑。本来指望着忖里乙落在司刑官手里，日日给他拶手指、压膝盖、灌盐水、拔头发，弄不死他也要弄残他，结果一样刑具都用不上。

忖里乙家门口有御士日夜守卫。知情的，晓得是国之重犯，不知情的，还以为是在保护什么重要人物。

国君到底杀不杀忖里乙？不会永远圈禁下去吧，那也太便宜他了！卿大夫们认为，对忖里乙这种大凶之徒，刑不上大夫的断狱原则不适用，非得斩首车裂轮番来过。按照一般的刑礼规定，极恶的重犯大辟后，大夫陈尸于朝，士陈尸于市，卿大夫们坚持忖里乙不配享有陈尸于朝的荣誉，他也只配把一身腐肉横陈于鲍鱼之肆。

不过目下的情形，忖里乙不要说陈尸于市，能不能被判处大辟之刑也难断定。卿大夫们忍了几日，见国君久无动静，相互再次串联怂恿，预备发动第二轮的舆论攻势。

忖里乙被禁锁家中半个月后，某日黄昏，门口守卫的御士忽听见铃声逐着晚风渐渐临近，一辆轩车从远街尽头驶来，在门前五步外戛然停住，倏尔下来一人。

御士们认得来人，他清声道："奉国君令，来见忖里乙。"一面往里走，一面仿佛随心地问道，"忖里乙如何？"

御士都是人精，也像随意地回答："敢告管子，与他日无差。"

管仲不言了，径直走到里屋，忖里乙正在搦管不停，因过于专注，竟不知有人进来，管仲只好特意咳嗽一声，忖里乙猛地抬头，见是管仲，恍惚若梦，用疑问的语气说："夷吾来了？"

管仲走至他身边，瞥到他手中持握的简牍，好奇道："先生在书什么？"

忖里乙并不遮掩，将那简牍递给管仲："闲得慌，手不得停。"

管仲定定一瞧，那简牍之上书得密密麻麻，字的行间逼仄，却端正有度，一笔一画不见潦草，原来录的是轻重之术，他把目光从简牍上挪开，慢慢移到这间屋子，便在墙角窗下，看到叠起的厚厚一摞简册，有的字迹且旧，有的墨痕未干，应该都是忖里乙所书。

他这是要将所学所知，竭尽其力留下来吗？

忽然的悲伤，从心底冲上来，在眼底泛滥，管仲把脸转开，透窗的夕照绽放璀璨光华，将那瞬息的伤情掩过了。他将那简牍放下，静静地一笑："先生好不勤勉。"

忖里乙援笔再书，叹道："世上勤勉者，有教习者，亦有践行者，我乃教习者，而夷吾——"他停下来，凝视着管仲，目光清亮如镜鉴，一字一顿道，"是践行者。"

这一席话说出口，管仲便知道，忖里乙彻悟了，再不用说任何警醒之言，也不需俗气的告慰，忖里乙懂得，从来就懂得，一如他过去能看清这天下的弊端，现在也看得清自己的结局。

管仲看着他疾书不止，缓缓回忆道："犹记当日第一次听先生论说轻重之术，真如饮烈酒，平生未有之畅快，至今温故，仍是无穷滋味。"

忖里乙笑道："我问夷吾为何想学轻重之术，你答不知。"

管仲也一笑："先生言，心里有天下方能真正懂轻重之术，我问先生天下为何，先生反问我，这天下有没有在我心里须臾存在，我想过天下什么样，认为天下该是什么样。"

他轻声叹息着，又动情地说道："未遇先生之前，夷吾不知天下，心中狭窄至一己一家耳，遇见先生，方知天下，这列国万民，皆在心中，是先生，为夷吾推开天下之门。"

忖里乙长叹："忖里乙一生自傲，忤世而陵众，妄想一步登天，真无能而愚蠢，该遭此覆败，然能教出夷吾，死而无憾！"

说到"死"，管仲心中一紧，强制的镇静几乎陨坠。忖里乙微凝他一眼："我让国君难做了吧。"

小白给管仲下达的君令，别无多言，只说去看看忖里乙，仿佛是抚慰受委屈的臣下，可看了之后呢？小白没说，也许他自己也不知道，或者是不愿意把那血淋淋的现实揭开来。

管仲没法给出答案。忖里乙喟叹道："受君深恩，如今却置君险境，不忠也。"

“先生……”管仲挣扎着，声音越来越低，“夷吾这次救不了你……”

忖里乙无所谓地说：“你已救过我一次，这一次，我当自救。”他说完，那简上的最后一字也书完，他捧起来吹了一吹，将这片简牍与其余简牍合拢，寻来一条长绳，来回捆了两圈，托起来压得手臂下沉。

他对管仲说道：“乐无荒去秦国了，算算归期，也该来齐了，烦劳夷吾告诉他，欠他的酒只好一直欠着，不要怪我。”他戏谑地笑了一声，从此别后，至交老友不再能见，极深的悲生着尖刺，从身体里滚过，扎得脏腑鲜血淋淋，他却忍住了。

他将那一大捆简牍交给管仲，谆谆道：“这天下，唯夷吾能真正懂轻重之术，也唯夷吾能践行轻重之术。我毕生所学尽在此，全传给你，人可死，肉身可灭，而有用之知不可湮灭。”

管仲稳稳地接过来，忖里乙扶着他的肩膀，将他转过身去，指着那门口，用力地说道：“走！不要回头！”

管仲微微一停，他捧着那捆沉得似山的简牍，像捧着谁的命，一步一步走了出去，没有回头。

最后的晚霞在天边喷洒热血，将半个临淄城渲染得绚丽无比，而黑夜在那晚霞背后整装待发，准备接管这世界。管仲眺望着那明暗参半的天幕，眼泪终于夺眶而出。

当夜，忖里乙自杀于私第，他死前写有遗书转呈国君，唯有两行字，第一行字是：臣死，齐国定。

小白接到遗书时，是第二日清晨，天高云淡、阳光灿烂的好日子，好郊游的卿大夫们应该会喜欢，在这美好得让人心旷神怡的天气里，小白却忽然想起那一年的苦寒冬日，他被诸公子欺负，逼他光脚跑齐宫，不跑完没饭吃。

为了活下去，他便奋力奔跑，像一只穷途末路的小老鼠，齐宫可真大，仿佛装下了整个天下，一寸土是一国，一楹屋是一疆，总也跑不完。

他现在是国君了，可在他心里，总觉得自己还是那个光脚奔跑的孩子，顶着凛冽寒风，眼泪涌出来，落下去，涌出来，落下去，人们在议论、在嘲笑、在闪烁其词，“那个孩子在哭呢”，可没人管他。

后来人们说，国君收到遗书，哭得真像个孩子。

忖里乙的自杀，终结了持续许久的政治分裂，一场破壁之政，才在墙上凿了一道痕迹，便被卿大夫们成功阻击。

旧秩序的高墙依然坚若磐石，无人可撼动，谁会成为下一个破壁者呢？卿大夫们丝毫不惧，因为传统不可能改变，生活将永远沿着既定的轨道，一步不差地走下去。

而变风渐起，在无声之处悄然蓄势。

（未完待续）

《上兵伐谋：管仲传2》精彩预告：

在鲍叔牙的举荐下，小白不计前嫌，任用管仲为齐国执政。手握大权的管仲立刻开始了轰轰烈烈的改革大业。

改革的浪潮汹汹而至，从卿大夫到平民，从国乡到鄙野，所有的利益关系都被打破。随着改革的深入，暗潮开始汹涌，阴谋正在酝酿，来自朝野的不满一浪又一浪向管仲袭来。值此关键时刻，国君小白的态度也不禁松动……

面对贵族的仇视、民众的反抗、国君的动摇，身在局中的管仲将如何应对？

危机接踵而至，改革是扶摇直上还是全面崩盘？

最终，管仲能否使齐国完成称霸天下的伟业？

敬请阅读《上兵伐谋：管仲传2》。

读客传记火爆畅销！

《知行合一王阳明》大全集

百万畅销书！通俗讲解王阳明
及其心学思想的经典全集！

《曹操：打不死的乐观主义者》

越是逆境，越要乐观！

《秦始皇：创造力一统天下》

领略秦始皇如何用无穷无尽的创造力一统天下！

《成吉思汗：意志征服世界》

比智慧更强大的是意志！

《李世民：从玄武门到天下长安》

层层解读玄武门风云突变的疑点细节，
条条理析李世民名垂千古的曲折历程，
领略千古一帝先发制人的决断和心怀天下的胸襟。

《深不可测：刘伯温》

乱世攻城略地，拿下元朝万里江山；
盛世安邦治国，定下大明百年基业。
翻开本书，领略刘伯温深不可测的谋略智慧！

认准读客熊猫

读客所有图书，在书脊、腰封、封底和前勒口都有“**读客熊猫**”标志。

两步帮你快速找到读客图书

1. 找读客熊猫君

2. 找黑白格子